W0225249

BASTEI
LÜBBE

Konsalik

Der Träumer
Gesang der Rosen
Sieg des Herzens

BASTEI LÜBBE

BASTEI-LÜBBE-TASCHENBUCH
Band 17036

1. Auflage Febr. 1980
2. Auflage März 1980
3. Auflage Okt. 1980
4. Auflage April 1981
5. Auflage Dez. 1981

© 1980 by Autor und AVA Autoren- und Verlagsagentur, München-Breitbrunn
Lizenzausgabe: Gustav Lübbe Verlag GmbH, Bergisch Gladbach
Printed in Western Germany 1981
Einbandgestaltung: Manfred Peters
Gesamtherstellung: Ebner Ulm
ISBN 3-404-01316-6

Der Preis dieses Bandes versteht sich einschließlich der gesetzlichen Mehrwertsteuer

INHALT

Der Träumer

Wirklich, es ist etwas Besonderes, ein Mädchen zu lieben, das wie ein Sonnenstrahl durchs Leben tanzt und zudem auch noch Paulchen heißt. Wenn ich des Abends am Fenster meines Landhäuschens sitze und in den brennenden Spätsommerhimmel blicke, komme ich mir wie ein Krösus vor, denn ich träume, daß das Gold des Himmels Teil meines Reichtums ist.

Schade, daß Sie Paulchen nicht sehen können. Sie würden es nämlich sofort verstehen, daß der sonst so nüchterne Geist eines modernen Menschen ein klein wenig romantisch wird und einmal für Stunden alle Atomenergie und politischen Schlagzeilen vergißt, um sich tief in sein Inneres zurückzuziehen und ein prächtiges Wunschschloß mit den Bausteinen der Seele zu errichten. Sehen Sie, hier beeinträchtigt mich keine Behörde, keine Baugenehmigungskommission, brauche ich keinen Dringlichkeitsnachweis – hier kann ich unumschränkt glücklich sein und herrschen im weiten Land einer verliebten Phantasie. Und dieser Spielraum ist es, der mich in einen immer neuen Taumel des Glücks versetzt. Wer auf der Welt neigt mehr dazu, selig zu sein, als ein Liebender?

Eigentlich ist Paulchen alles andere als ein lyrisch und romantisch veranlagter Mensch, vielmehr meistert sie das Leben als eine junge, tüchtige Geschäftsfrau. Ihr Sinn für die Realitäten des Lebens holt auch mich immer wieder auf den Boden der Tatsachen zurück, wenn mir meine Gedanken – die Gedanken eines Dichters – davonzufliegen drohen. Paulchen ist auch dann noch immer eine kleine, entzückend energische, sachliche, besonnene Frau, wenn mir z. B. wieder einmal sämtliche Kragen geplatzt sind und ich mit der Feder gegen die Schlechtigkeit der Menschen zu Felde ziehe und die ganze Welt, die im argen liegt, innerhalb von vierundzwanzig Stunden grundlegend verbessern will. Dann sitzt sie neben mir und schüttelt mit einem klugen Lächeln die blonden Locken, zaubert allerliebste Grübchen in die Wangen und sagt: »Dummer Liebling, sei vorsichtig, sonst zerreißt's dich. Die Menschheit braucht dich noch länger. Vor allem brauche ich dich noch länger. Du sollst ja nicht aufhören, die Welt verbessern zu wollen, aber vergiß nicht, dabei auf dein Knie zu achten.«

»Wieso auf mein Knie?« frage ich dann.

»Weil du es dir sonst verletzt.«

»Warum? Das verstehe ich nicht.«

»Wer zu vieles zu rasch übers Knie brechen will, läuft Gefahr, daß er an sich Körperverletzung begeht.«

Paulchen ist, wie gesagt, klug, witzig, amüsant – und oft von einer umwerfenden, echt weiblichen Unlogik. Gerade das macht sie so unterhaltsam. Alles in allem ist sie ein ruhender Pol in meinem manchmal recht stürmischen Leben.

Wie groß ist doch die Liebe der Frauen! Sie tragen eine Welt der Gefühle auf ihren schmalen Schultern. Der Mann glüht in den Feuern dieser Erde, in Kriegen, aber auch im sogenannten friedlichen Beruf, im Konkurrenzkampf, zum härtesten Stahl. Tausendmal läßt er sich von kalter Überlegung leiten, ehe er einmal das Gefühl zu Wort kommen läßt. Wie anders sind doch die Frauen, auch wenn sie – siehe Paulchen! – durchaus mit dem Leben fertigzuwerden wissen. Sie sind – mit einem Wort – wärmer.

Ach Paulchen, wenn ich an all das denke, wächst du vor mir in die Flammen des abendlichen Himmels hinein, und ich möchte mein heißes Gesicht in den Falten deines Kleides verstecken und von der Güte deines fraulichen Herzens jene Kraft empfangen, die meinem Leben fehlt.

Im Gedanken an Paulchen muß ich milde werden gegenüber den Abscheulichkeiten unserer Welt und nachsichtig gegenüber dem Geifer aus der Tiefe, denn was bedeutet er vor dem spürbaren Teil Gottes in meiner Liebe und vor dem Willen, die Achtung vor mir selbst als Schild vor mich zu halten, um für Paulchen achtungswürdig zu sein und zu bleiben. Paulchen wägt die Welt gegen die Menschen und die Menschen gegen ihre Taten und ihre Taten gegen ihr Können ab, und ihre Achtung vor dem Menschen verblaßt, wenn sie eine Minderung des Willens sieht.

Ich will in ihrer Seele meine Heimat finden. Die besten Jahre meines Lebens war ich heimatlos. Unter den Trümmern meines Hauses suchte ich die Leiche meines Vaters und schleppte meine letzte Habe durch die Straßen. Meine Tränen waren Tropfen nur in einem Ozean von Tränen. Mein Fluch ging unter in einem Gedröhn von Flüchen. Und doch zog vor uns allen eine Sehnsucht her, die Hoffnung und der Glaube an die Heimat, die wiederauferstehen wird.

Wenn ich an Paulchen denke, bricht die Sonne durch die fahlen Wolken, und ich wage es, die Arme weit von mir zu strecken und tief zu atmen in der gewitterschwülen Luft.

Ach ja, es ist schon etwas Besonderes, ein Mädchen zu lieben, das Paulchen heißt, aber ist es nicht ein ewiges Geheimnis dieses Lebens, daß der Liebende nicht wagt, manches in den Glanz der Augen der Geliebten hineinzusprechen, das er mit jubelndem Herzen zu schreiben vermag?

Oh, laß mir die Scheu vor dem Wort, denn lauter als die Zunge ist die Seele, glänzender als das offene Bekenntnis ist die verhaltene Träne des Glücks in den Winkeln der Augen. Ja, laß uns demütig sein vor dem Gefühl und uns schweigsam die Hände reichen. Weit offen ist das Tor der Zukunft, und zum Blumenpfad wird uns der felsige Weg, wenn wir ihn gemeinsam beschreiten.

Wenn ich an Paulchen denke, weiß ich, warum ich lebe.

Ja, es war bestimmt nur jener unwiderstehliche Drang der Sehnsucht, der mich veranlaßte, hinein in die große Stadt zu Paulchen zu fahren. Aber ich wollte mir diesen Drang selbst nicht eingestehen, ich unterdrückte ihn in meinem Inneren und auch nach außen hin, denn wo kämen wir Männer hin, wenn wir unsere Gefühle auf der Zunge oder in den Augen, die leuchten, zur Schau trügen und unsere Masken der »angeborenen« Überlegenheit einmal ein klein wenig lüfteten?

In der Stadt gab es den Balken-Verlag, und das war Anstoß genug, den Sprung aus der Abgeschiedenheit zu unternehmen, ohne in den Verdacht zu geraten, ich könnte der Spielball einer plötzlich aufgeflammten Leidenschaft sein.

Es ist nicht weit von meinem westfälischen Städtchen bis in diese Großstadt, aber gestern war es eine Tagesfahrt, da das Land noch schwer unter den Nachwehen des Krieges zu leiden hat und die Wunden der Erde die Bewegungen der Menschen hemmen. Man mußte, wollte man am Morgen in der Stadt eintreffen, in den nächsten Kreisort fahren und dort übernachten, um mit dem Zug jenes Trümmermeer zu erreichen, das einmal eine blühende Hansemetropole gewesen ist.

Aber was machte mir das aus! Was war eine schlaflose Nacht gegen die tief in der Brust brennende Wonne, Paulchen zu sehen, mit ihr zu sprechen, ihr zuzuhören, und war es auch nur für die kurzen Stunden eines in rasender Eile verfliegenden Besuches!

Wer abends in einer fremden Stadt eintrifft, auf die ebenfalls die Faust des Krieges herniedersauste – und dies nicht nur einmal –, der suche nicht nach erstklassigen Hotels mit weichen Daunenbetten, sondern schraube von vornherein seine Ansprüche zurück und freue sich, einen einfachen Gasthof zu finden, der wenigstens sauber und gediegen ist. Es gelang mir, in einer solchen Wirtschaft ein Zimmerchen zu ergattern, hoch oben unter dem Dach, mit schrägen Wänden, eingerichtet wie eine Puppenstube mit einem weißen Bett, einem Schrank und einer Waschkommode im grauenvollen Jugendstil. Das stört nicht einen Liebenden, der durch das Dunkel einer fremden Stadt mehr schwebte als ging, der jederzeit bereit war, unter allem möglichen zu leiden wie ein Fakir, um sich seiner Liebe würdig zu erweisen.

Quartier Latin, sagte ich mir, als ich im Bett lag, jene Waschkommode und eine rosarote, geblümte Tapete vor Augen, Quartier Latin – wahrhaftig, selbst Paris kommt dir in deinen Lebenskreis zurück mit allen schmerzlichen und süßlichen Erinnerungen, jetzt, wo du ganz woanders bist, nämlich auf der Reise zur erträumten Ergänzung deines Lebens.

Die Herzen zweier Liebender sollen innerlich erglühen bei dem Gedanken, zu einem gemeinsamen Ganzen zusammenzufügen die getrennten Teile der jeweiligen eigenen Welt.

Vom Gastzimmer herauf dringt das Klimpern eines alten, recht verstimmten Klaviers. Ein Schlager, den vielleicht ein Mann mit einer Zigarette im Mundwinkel herunterhämmert. In einer Dachstube nebenan trällert eine helle Mädchenstimme ein träumerisch-verliebtes Zigeunerlied. Der Gesang bricht ab, setzt wieder ein. Ob das Mädchen heute nacht seinen Schatz erwartet? Horch – knarrt da nicht die Treppe?

Ach, trällerndes Mädchen, du scheinst jung zu sein, sehr jung, so jung, wie ich es noch einmal sein möchte, und auch so unbeschwert im Geben und Nehmen. Du liebst, weil du lieben mußt, du lebst leicht und froh und erhebst dich und schwebst wie ein Falter um die Kerze und machst dir keine Gedanken, wie gefährlich die Flamme ist, die still und rein darauf wartet, daß du ihr zu nahe kommst. Davor hast du keine Angst, weil du dir, wie gesagt, keine Gedanken darüber machst. Du bist ganz anders als ich.

Ja, eigentlich bin ich viel zu ernst für dieses Leben, und viel zu ernst erst für die Liebe. Doch was hilft's, wer im Leben schon mehr sah als das Morgen- und das Abendrot und dazwischen etwas Sonnenschein und Regen, der muß auch in der Liebe mehr als einen

Taumel sehen und all das mit Bedachtsamkeit in das Dasein setzen, was die Jugend sorglos, keck, leichthin überspringt.

Bin ich bedachtsam? Sehe ich nicht mit offenen Augen Paulchen vor mir, klingt in meinem Schlaf nicht ihre Stimme wieder, und strömt vom Herzen nicht das Blut in heißen Wellen durch die Adern? Ach, Paulchen, Menschen, die von innen brennen, sind im Wesen gleich, auch wenn die Glut sich außen anders zeigt und sich für jeden wandelt. Ich kann dir gegenübersitzen, kann dich lächelnd sprechen hören, und du wirst immer meine Augen voll Interesse sehen und nicht meinen inneren Kampf gegen die Versuchung bemerken, mir selbst nachzugeben und mein Haupt in deinen Schoß zu legen.

Wie wenig muß der Dichter von der Liebe sagen! So, wie die höchste Ehre Gottes nur sein Name »Gott« sein kann, der, mit Innigkeit gesprochen, allumfassend wird, so wird die Liebe nur den größten Wert und jene süße Schmerzlichkeit erfassen, wenn sie wie ein Gebet im Mund der Liebenden nur »Liebe« heißt. Oh, könntest du mich ganz verstehen, wenn ich dieses heilige Wort in mir wie eine Fackel trage, die mich erkennen läßt, was ein Diogenes mit der Laterne vergeblich suchte – die Menschenwürde in der Menschlichkeit und mit ihr auch den Menschen in der Liebe!

Im Zimmer nebenan ist es jetzt still. Die Kleine träumt wohl von den Küssen ihres Liebsten. Von unten dringt Stimmengemurmel herauf, eine Haustür fällt zu – dann ist dunkle Leere. Nur um das Dach kichert der Wind wie ein neckender Faun. Wie wenig habe ich früher auf die alltäglichen Geräusche geachtet, sie waren tot für mein Verständnis, waren eben Lärm ohne Tiefe. Jetzt aber wird der Wind zum Kobold, der mich, den Sinnenden, verlacht. Das unendlich leise Tappen weicher Katzensohlen auf den Schindeln wird zum Lockruf der Natur, und in der eigenen Brust dröhnt Hammerschlag auf Hammerschlag und schmiedet meine Seele, daß sie ein Leben lang das Schicksal trägt.

Ich schließe die Augen ... ja, ich lasse willenlos mich treiben ... ich fahre jetzt zu Paulchen, nur, um sie zu sehen, nur, um sie zu sprechen ... eine, zwei, höchstens drei Stunden lang, und dann zurückzureisen, um weiter in der Hoffnung stark zu werden. Doch sieh – fahre ich wirklich nur zu Paulchen? Ist dies nicht auch eine Fahrt zu meinem eigenen Herzen? Was wußte ich, wer ich in Wahrheit bin? Ich trage hundert Masken, hundertfach fällt das Leben mich an. Jetzt aber gleiten diese Hüllen ab, und ich stehe nackend vor dem Spiegel meiner Selbstkritik.

Das also bin ich? Hm, ziemlich primanerhaft – denn wer wird schwärmen wollen, wenn Überlegung am Platze ist?

Halt! Oh, zerstöre nicht das Wachstum meiner Menschlichkeit, denn ich war Mensch bisher und habe eingesehen, wie wenig dies doch ist, wenn der Geist sich nur eine weite Halle baut und nicht die Wände schmückt und wohnlich macht, und sei es auch nur mit einer Blume, die einsam in einer Vase steckt. Was diese Blüte Gold sich von der Sonne trank, wird sie in meiner Halle widerleuchten lassen.

Wie still es ist! Ich höre nur das Klopfen meines Herzens und bin glücklich, daß es schnell und drängend schlägt. Ob Paulchen an mich denkt? Wohl weiß sie, daß ich morgen komme – doch ob in ihr die gleiche Sehnsucht glüht und die Erwartung auf einen Gipfel treibt, von dem abzustürzen, würde sie enttäuscht, tödlich wäre?

Phantast! Ich stehe auf und starre in einen wirklichen Spiegel – den an der Wand.

Das ist mein Antlitz, ruhig, ohne Zucken, glatt wie immer. Und innen speien die Vulkane und strömt die glühende Lava aus den Klappen meines Herzens in die durstigen Adern, ohne sie zu verbrennen. Dies kommt einem Wunder gleich.

Wie merkwürdig ist doch der Mensch! Die Augen blicken fast verschlafen. Wo ist der Glanz, aus einem Sonnenstrahl geboren?

O Mensch, Mensch – diese Maske, diese bildgewordene Glätte deines Wesens –, schämst du dich des Gefühles zu Paulchen, weil es jung ist, blühend jung wie zur Zeit der ersten Jugendtorheit im Schein des Mondes?

Ich wende mich vom Spiegel ab und trete ans Fenster. Ein leichter Regen rieselt lautlos aus dem Schwarz des nächtlichen Himmels, schwach glänzt im ungewissen Licht das Pflaster einer Straße. Weit in der Ferne singt ein Mann, bellt ein Hund. Der Mann mag betrunken sein, der Hund nicht. Im Haus gegenüber geht im letzten hellen Fenster das Licht aus ... ach, es ist Frieden in der Welt für jedes Auge, doch wie viele Herzen mögen in dieser Nacht im Kampfe der Beglükkung beben?

Was bricht aber nicht alles, wenn den Rausch der Sinne die Helle eines Morgens aufzehrt und unser Leben doch zum Mörder unserer Seele wird?

Ich schaudere frierend. Nein, Paulchen, nein, laß uns daran nicht denken, ich will nicht taumeln, gar stürzen, ich will zu meiner Welt auch deine Welt noch nehmen und werde lächeln, wenn der Schmerz der Last meinen Körper prüft, denn wer im Schmerze lächelt und blutend sich freut, wird lieben können, wenn die Götter gnädig werden.

Ich fahre zu dir, Paulchen, mit meinem Herzen, das ich neu entdeckte, das dein verborgenes Herz in die Sonne reißen will. Ob du mich ganz, ganz tief verstehen wirst?

Ach, es ist schmerzlich schön, von diesem Glück zu träumen . . .

Der Zug rattert über die notdürftig geflickte Eisenbahnbrücke hinein in das weite Trümmerfeld. Unter mir zieht breit der Strom nach Westen, durchsetzt mit den Skeletten der gesprengten Brücke. Im Morgendunst ragen die Türme halbzerstampfter Kirchen in die Höhe – die Stadt hat mich wieder.

Ich weiß nicht, ob das Rattern der Räder oder der Schlag meines Herzens in meinen Ohren lauter klingt. Ach, ich weiß überhaupt nicht, was ich sagen soll, wenn ich ihr gegenüberstehe. Wie schwach sind alle Worte, wenn man nur die Lippen sieht, die sich dem Kuß entgegensehnen, und wie verteufelt lächerlich ist dann der Mensch, wenn er den Kopf beugt und die Hände statt der Lippen küßt.

Vor einigen Jahren schrieb ich ein dickes Buch, das die Hohlheit der Gesellschaft schmähte, das, im Gegensatz dazu, junge Menschen in der Freiheit ihrer Herzen zeigte. Ich ließ die Menschen sprechen, wie der Urdrang ihnen die Worte prägte, und ließ sie handeln, wie das Schäumen ihres Blutes sie zum Glücke trieb. Damals schrien diese Masken der Gesellschaft auf, nannten mich den Zerstörer der Moral, einen Ketzer – und heute, o Ironie, bin ich der Ketzer meiner selbst, da ich die Maske der Gesellschaft wieder trage als einen Schild vor meinem ungewappneten Gefühl.

Ein Schriftsteller hat es leicht, die Welt nach seinem Geist einmal zu schildern, doch sie zu leben, wird er selten fähig sein, es sei denn, daß er mit dem Geist auch seine innere Substanz wandelt. Er weist den anderen den Weg, die diesen, auf den dichterischen Rat vertrauend, auch beschreiten – er selbst aber zögert vor der eigenen Straße und wird dadurch zum Scharlatan. Er, der ein lächelnder Prophet der Menschlichkeit zu werden meinte, fällt sich selbst in den Rücken.

Ach Paulchen, all das kannst du nicht verstehen. Du lebst dein Leben sicher zwischen Pflicht und Ruhe. Dein Leben hat zwei Pole, die dich im Gleichgewicht halten und durch diese Menschheit tragen. Doch ich bin ein Komet – ich zische feurig auf und zittere vor jenem Augenblick, in dem die Bahn sich senkt und ich flammend in die Tiefe stürze. Du mußt mich halten, hörst du, mußt . . . oh, »müssen« sind Gedanken, nur das Können ist real, und was du kannst, Ersehnte, ist nicht »müssen«, es ist »wollen«.

Der Zug fährt fauchend in den Bahnhof. Über mir wölbt sich das Stahlgerippe eines kaputten Hallendaches. Die Menschen hasten zu den Sperren, stoßen, ballen sich zu Klumpen. Ich stehe ganz allein noch auf dem Bahnsteig, starre in das sich von mir entfernende Gewühl und weiß nicht, was ich denken soll.

Es ist jetzt plötzlich leer in mir, so gähnend leer, und meine Seele irrt durch weite Räume und sucht den rettenden Gedanken in der Einsamkeit. Was soll ich sagen? Soll ich steif sein, diplomatisch, oder gar galant? Soll ich mich wie der Bräutigam im Film benehmen? Ach, Paulchen, wüßte ich mit Sicherheit, was ich nur zu ahnen meine, ich würde ich sein, weiter nichts, und doch wär es mein größtes Glück, mich selbst in meiner Ganzheit hinzugeben.

In einem Blumenhaus an der zerstörten Oper erstehe ich einen Riesenstrauß goldener, purpurner und prallgefüllter Astern, der durchsetzt ist mit grünen Farnen und langen, biegsamen Gräsern. Er soll für Paulchen sein, denn Blumen haben Freude in sich eingesogen, und Freude ist die beste Bundesgenossin, um Sympathien zu erregen.

Wie heiß die Sonne scheint nach all den trüben Tagen. Sie hat den Morgendunst besiegt, ihn aufgezehrt, und bizarr liegen in ihrem Licht nun die Trümmer der Ruinen. Ich gehe durch die Straßen, in der Hand den mächtigen Strauß, und lächle vor mich hin, weil ich an Paulchens blonde Locken denke. Was kümmern mich die Leute, denen mein Lächeln zu denken gibt, die an mir zweifeln mögen – sie wissen alle nicht, daß ich den Weg voll Rosen vor mir sehe und selbst der Kalkstaub auf den Trümmern für mich einer Schicht von losen Blütenblättern gleicht.

Ach, phantasielos ist doch unsere Welt! Fordert das Dasein auch die Härte absoluter Klarheit – ich will das gar nicht leugnen –, so laßt mich dennoch einmal in der Liebe fern von allem sein, was sonst den Menschen allein real und wichtig ist. Laßt mich träumen!

Laßt mich schweben! Der Materialist wird nie das Glück der Seligkeit erfahren. Halb nur nenne ich den Menschen, der nie der Lust erlag, als Fremder sich selbst zu begegnen.

Ja, dort ist Paulchens Haus. Auch hier, in der Nähe, hat der Kriegszyklop den Boden noch so sehr geschüttelt, daß die Wände barsten, daß Steine brachen, auch hier röchelten und starben die Menschen in den zusammenstürzenden Kellern. Und doch scheint heute mir ein Blühen über dieser Stadt zu liegen, als brächen aus den Trümmern sieghaft Frühlingsknospen hervor.

Langsam wische ich mir mit der Hand die drängenden Gedanken von der Stirn. Dabei fühle ich auch, daß leichter Schweiß mir aus den Poren dringt. Vor den Augen flimmert mir die Luft. Wie glücklich wäre ich in diesem Moment, alles zu sein, nur nicht ein Autor, der sich dem Drang der Gefühle beugt und nur nach außen wie ein gewöhnlicher Mensch aussieht, der schwitzt und scheinbar überlegend zögert.

Wie ungeheuer dick ist doch die Schminke unseres Lebens, die selbst das Lächeln des Glücks zur starren Grimasse werden läßt. Paulchen, du mußt sie sehen, diese Schminke, mußt hinter den Schleier meiner Augen blicken, du mußt die Hülle, die gesellschaftlich und glatt sich vor dir neigt, zur Seite stoßen, um mit dem Kelch deines Herzens all die Tropfen meines Glücks aufzufangen, die sich von meinem Herzen lösen.

Ich stehe vor der Tür, drücke zögernd auf den Klingelknopf. Grell schreit die Glocke in die Stille des Hauses hinein, und ich hole tief Atem.

Ich stehe vor der Tür und gebe mich kühl, gemessen, selbstbewußt, ein wenig herablassend fast, so, wie mich viele kennen in der Gesellschaft. Ein rascher, prüfender Blick gilt meiner Bügelfalte: sie steht scharf über den hellen Sommerschuhen, der Sakko und das Hemd sind farblich aufeinander abgestimmt. Ich taste mit der freien Hand – die andere hält den Blumenstrauß – nach dem Knoten des Schlipses, er sitzt nicht schief, er sitzt richtig. Ach Paulchen, wenn du sehen könntest, daß diese Zeichen innerer Unsicherheit mich selbst durchaus ärgern, doch ich kann mich ihrer nicht enthalten, sie überwältigen mich.

Im letzten Augenblick fällt mir ein, daß die Blumen aus dem Papier gewickelt werden müssen. Rasch hole ich das Versäumte nach, überlege mir zugleich einen wirkungsvollen Aphorismus. Zu spät.

Ein Kind lacht irgendwo im Haus. Wessen Kind? Ich frage mich das, aber ist es nicht egal? Was gehen mich irgendwelche Untermieter mit einem Kind an?

Ein Schritt nähert sich von innen der Tür. Ein leichter, eiliger, fast springender Schritt. Rasend schlägt das Herz mir bis zum Hals, meine Finger krampfen sich zusammen, daß die Knöchel weiß unter der Haut erscheinen. Paulchen, Paulchen, jetzt möchte ich gleich die Augen schließen und nur den Kuß deiner Lippen fühlen. Aber ich wage nicht die Initiative dazu, die von mir ausgehen müßte, zu ergreifen. Ich lächle nur, richte mich auf und lockere meine Taille, um elegant nach vorn einzuknicken.

Die Tür öffnet sich, Nebel wallen vor meinen Augen, und in diesem Nebel leuchten zwei braune Augen, zwei rote Lippen. Dichte, blonde, fast goldene Locken rahmen das hübscheste Mädchengesicht der

Welt ein. Der Mund lacht, makellose Zähne blitzen. Paulchen freut sich. Ich höre mich sagen: »Gnädiges Fräulein, ich habe mir erlaubt, mein Versprechen einzulösen . . .«

Ein Aphorismus ist das nicht. Ich habe mir also erlaubt, mein Versprechen, sie zu besuchen, einzulösen.

»Kommen Sie rein«, sagt Paulchen vergnügt.

Auch kein Aphorismus.

Kein Aphorismus, nein, aber das Natürlichste, Einfachste, Klarste, Beste, Klügste, was in dieser Situation zu sagen ist.

Ich bin stolz, daß ich nicht vergessen habe, ihr meine Blumen entgegenzustrecken. Das hätte leicht passieren können.

Ich bin bei Paulchen, in ihrer Wohnung, betrete das Speisezimmer, beschreibe jetzt mit wohlgesetzten Worten kurz die Fahrt, während Paulchen ihre Aufmerksamkeit teilen muß, die eine Hälfte hat sie mir zuzuwenden, die andere den Blumen, deren Unterbringung in mehrere Vasen unaufschiebbare Aufgabe ist.

Ich sitze inzwischen bequem, habe Einkehr in mein Herz gehalten, Einkehr bei Paulchen – und bin vorerst doch nur einer der üblichen Besucher, die mit leicht zur Seite geneigtem Haupt von den unbedeutendsten Dingen dieses Lebens sprechen.

Und Paulchen lächelt, lächelt so verschmitzt und vergnügt, als sähe sie die Maske, hinter der meine Verlegenheit, ja Verkrampfung angesiedelt ist. Liegt die Blöße meines Herzens offen vor ihr? Amüsiert sie sich über die von mir zur Schau getragene Männlichkeit, mit der es gar nicht so weit her ist?

Sie mustert mich mit ihren hellen Augen, prüft

mich, geht vor mir durchs Zimmer, strahlt mit jeder Bewegung Verlockung aus – und schüchtert mich nur noch mehr ein. Plötzlich lacht sie, und ihr Lachen schneidet scharf in meine Seele ... gerecht, oh, nur gerecht sind diese Qualen. Stampfe mich zusammen, Paulchen, quäle, trete, foltere mich! Ich habe nicht den Sprung gewagt, der mich aus meiner Geistigkeit ans Ufer der Gefühle getragen hätte.

»Sie sehen blaß aus«, sagst du, und ein ernster Zug verdunkelt deine Augen, während die Lippen nicht aufhören, mir blühend entgegenzulächeln. Und ich verneige mich und schwöre, daß es nur die Reaktion auf meine viele Arbeit ist. In den letzten Nächten hätte ich kaum Schlaf gefunden, da ein Roman mir auf der Seele gebrannt habe.

Nein, Paulchen, nein ... ich lüge, lüge frech dir ins Gesicht! An *dich* hab' ich gedacht, hab' ein Sonett auf dich geschrieben! Hundertmal habe ich die Worte vor mich hingemurmelt, habe sie mir eingeprägt, obwohl ich wußte, daß ich sie dir doch nicht in deine Augen sagen könnte. Ach Paulchen, Paulchen, diese Nächte waren Fegefeuer, Hölle, Himmel, alles zusammen. Alles mischte sich in mir, und ich saß mit geschlossenen Augen vor der Lampe meines Tisches und brach mit bebenden Händen meinen Bleistift mittendurch. Ich sah dich glücklich durch die Räume meines Häuschens gehen, sah dich im Garten liegen, eingehüllt in den goldenen Strahlenmantel der sommerheißen Sonne, sah dich über mir mit seligem Lächeln, wenn ich den heißen Kopf kühlend in die Kelche deiner Hände legte.

Jetzt sitze ich vor dir, ziehe meine Bügelfalte gerade

und spreche zu dir vom Wesen Hegelscher Materialisation. Es ist ein Plätschern in den Wassern unserer Geistigkeit, es ist ein Vorhang vor dem, was unsichtbar, doch spürbar gegenseitig überspringt. Du hörst mir zu und lächelst ... ach, dieses Lächeln könnt' ich trinken ... und deine Augen tasten meine Züge ab und wollen hinter ihnen die Gedanken lesen.

O Paulchen, warum spielen wir dies heiße, wehe Spiel? Sieh, wie ich zittere!

Jedoch mit ruhigen Händen zünde ich mir eine Zigarette an.

Bin ich ein Feigling, weil ich Angst vor den Gefühlen habe?

Oh, glaube das nicht, denn endlich weiß ich, wie die Liebe ist.

Wirklich, es ist nicht gut, wenn ich im Wege stehe (ich habe mich erhoben), denn Paulchen deckt den Tisch im Speisezimmer mit dem Staatsgeschirr, dem leicht getönten Porzellan mit goldenen Rändern. Sie schmückt den Tisch wie eine stille Hochzeitstafel und sagt es mit verschmitztem Lächeln unbefangen mir in meine Augen, als sei Scherz das, was unsere Herzen heimlich taumeln läßt. So festlich ist die Wohnung plötzlich, und in der Brust füllt sich mit dem Wein des Lebens der Kelch der Seele, den ich dir kniend reichen möchte, o Ersehnte ...

Und doch – wie wenig ist ein Mann, wenn eine Frau im eig'nen Reiche waltet. Er steht herum, weiß mit seinen Händen nichts anzufangen und ärgert sich, daß er untätig einer Arbeit zusehen muß, die nur seinetwegen nötig geworden ist. Und erst ein Schriftsteller – oh, wie täppisch stehe ich da und folge mit den Blikken stumm den Schüsseln, Tellern und Terrinen, die aus dem breitgelagerten Bufett auf eine blütenweiße Decke wandern. Wahrlich, ich schelte mich, Paulchen die Mühe auferlegt zu haben, dies Porzellangebirge aufzutragen, später wieder wegzuräumen und zu spülen. Ich sehe aber, daß sie dies alles mit dem süßen Lächeln tut, das wie ein Balsam um mein brennend Herz sich legt.

Ich weiß, ich stehe dir im Weg ... ich gehe, Paulchen. Ein Mann ist schrecklich ungeschickt, wenn er bei Frauenarbeit helfen möchte. Besser, ich verderbe nichts, sehe nur still dir zu. Ganz im Innern weiß ich, daß jede Schüssel, jeder Teller, den du unter meinen Blicken auf die Decke stellst, dich freut. Ein heimliches Liebkosen deiner Hände ist die Arbeit, ein mühsam unterdrücktes Jauchzen jeder Schritt. Verzeih mir, wenn beschämt ich aus der Stube trete – ich kann dir nichts entgegensetzen als mein volles, übervolles Herz.

Und selbst dies Kärgliche mußt erst du aus der Schale brechen ...

So bleibe ich doch im Zimmer, trete ans Fenster, starre durch die Scheiben auf das Trümmerbild der geborstenen Häuser zu beiden Seiten der Straße und fühle deinen Blick in meinem Nacken brennen. Paulchen, ich schäme mich, oh, schrecklich schäm' ich mich – was aber kann ich anderes tun, als stilvoll schweigen? Soll ich jetzt von den Herzen sprechen, während du die Teller rückst, soll ich gestehen meiner Seele Höhenflug beim Tragen einer Suppenschüssel? Wär' ich kein Schriftsteller, der die Stimmung dieses Lebens wie den Nektar trinkt, würde ich es mir nicht so schwer machen, den rechten Platz fürs rechte Wort zu finden. In meinen Büchern und Theaterstücken steht dies alles so verständlich – man stellt den Teller hin, holt Atem, und die Worte quellen aus der Tiefe. Das ist die Theorie. Hier aber, in der Praxis, die mich fordert, versage ich, indem ich schweige.

Ach, die Romane! Heute sehe ich, wie leblos dieses Leben auf Papier ist, wie oft die Theorie sich blühende Gärten schafft, die im Frost der Praxis keine Geburt erfahren. Der Sonnenglanz bleibt hinter Wolken versteckt, das laute Wort wird zum heimlichen Gedanken, und von der Faszination eines geistsprühenden Adonis bleibt nichts als das Schweigen, das allein gefüllt wird vom Glanz der Augen.

Unten auf der Straße streiten sich zwei Männer. Ich höre nur den Bruchteil ihrer Worte durch die Scheiben und weiß dennoch, daß es um die Politik der Straße geht. Zwei verhinderte Weltverbesserer, zwei kleine Strategen der Staatskunst lassen ihre Meinungen aufeinanderprallen. Sie erhitzen sich, ich sehe, sie fuchteln mit den Armen, ja, jetzt schreien sie, und einige andere kommen noch hinzu und beteiligen sich an der heißen Fehde, der nur noch das Fäusteschwingen fehlt. Sie wissen nicht, warum, jedoch sie müssen schreien, denn schrecklich wäre es, schweigend einmal Demokrat zu sein.

Wirklich, jetzt muß ich lächeln – seht ihr, ich schäme mich nicht mehr, denn unnütz, unangebracht sind oft Worte, wenn es genügt zu fühlen, und gar verderblich ist der laute Ton, wenn überlegend mir die Handlung einen Nutzen öffnet. Ist diese schlichte Weisheit nicht auch für die Liebe gültig? Glaub mir,

Ersehnte, daß mein Schweigen mehr gesteht, als wenn mit wohlgesetzten Worten ich der Liebe Sinn und Zweck erkläre. Es kommt darauf an, wozu geschwiegen wird. Das Schweigen des Pontius Pilatus brachte Christus ans Kreuz, ich aber, Paulchen, will schweigend alle Tore öffnen, die zwischen dir und meinem Herzen liegen.

Nun ist es still geworden auf der Straße. Die Schreier sind fort, sie haben sich verlaufen. Nur noch ein Zeitungsblatt liegt im Staub der Straße, flattert jetzt hinein in den gähnenden Krater einer Bombe, die ihr Ziel zwischen zwei Häusern gefunden und dadurch beide so ziemlich hinweggeblasen hatte. Was mag wohl auf dem Blatte stehen? Freiheit des Individuums? Selbstbestimmung? Recht auf Menschlichkeit?

Wie klein ist heute diese Welt, kann ich am Throne Gottes knien und von dem Tische seiner Gnade einen Brösel seiner Liebe meinem Paulchen geben.

Ich dreh' mich um – allein bin ich im Zimmer, doch aus der Küche nebenan klingt schwach das Klirren von Geschirr. Da hab' ich plötzlich einen praktischen Gedanken und trete mutig in das Reich der Hausfrau. Erstaunt blickt Paulchen mir entgegen, rührt in einem Topf – und lächelt.

»Kann ich ein wenig helfen?« lautet meine schlichte Frage, zu der nicht viel geistiger Aufwand gehört.

»Nein, nein, ich bitte Sie, das ist nicht nötig.«

»Doch, doch, mein Besuch zwingt Ihnen dies alles auf.«

»Wer sagt Ihnen das? Ich müßte auch für mich allein kochen.«

»Für zwei macht's doppelte Mühe. Und erst die Gedecke, die Sie aufgetragen haben . . .«

»So wie heute«, unterbricht sie mich lachend, »wird jeden Tag bei mir gedeckt, bilden Sie sich nur nichts ein!«

Ich will es glauben, Paulchen, gerne glauben, auch wenn du noch so deutlich lügst und krampfhaft das Erröten unterdrückst. Ich freue mich über deine Liebeslüge. Dein Bestreben, mir Gutes zu tun, macht mich selig.

Schweig nicht schon wieder, Paulchen, sprich! Deine Stimme will ich hören, nur ihren Klang, ganz egal, welche Worte er füllt.

»Sie kochen eine Suppe?«

»Ja. Schätzen Sie Suppen nicht?«

»Und wie!«

Ich trete an den Herd heran, wobei ich frage: »Darf ich sehen?«

»Nicht gern. Ich liebe Töpfegucker nicht«, antwortet Paulchen halb im Scherz, halb im Ernst.

Mich reitet der Teufel.

»Ich habe nie gewußt, daß Sie mich lieben könnten«, sage ich.

Jetzt schweigst du, aber du erglühst. Hab' ich dein Herz getroffen, Paulchen? Erwartest du nun noch mehr als diese kecke Antwort?

Still rührt sie in dem Topf, blickt nicht mehr auf und lächelt nicht mehr.

Ich weiß nicht, wie ich mich entscheiden soll. Helft mir, o Götter! Soll ich am Küchenherd das schönste aller Worte sprechen? Die Suppe könnte überkochen, wenn wir still uns küssen. O Paulchen, Paulchen, wie schwierig ist es doch zu lieben, wenn man als Schriftsteller die richtigen Worte sucht und einem keines gut genug und passend erscheint.

Die Gelegenheit geht ungenutzt vorüber. Schweigend verlasse ich die Küche und begebe mich wieder ins Speisezimmer. Jedoch beim Wenden seh' ich noch, wie Paulchen wieder lächelt. Ach, ich bin wütend auf mich, mir fehlt's an Mut, ich bin ein Feigling, ein passiver Träumer.

Verärgert werfe ich mich in den Sessel, starre aus dem Fenster, zähle finster eine Vogelschar, die lärmend auf der Dachrinne eines halbzerstörten, unbewohnten Hauses hockt. Bei 27 geht hinter mir die Tür, ertönt ein leichter Schritt, Paulchen trägt unsere Suppe auf. In die Stirn hängt ihr eine blonde Locke, die dem Versuch, zurückgeblasen zu werden, mühelos widersteht. Erst als Paulchen die Terrine abgesetzt und dadurch ihre Hände wieder frei hat für Aufgaben der Kosmetik, erfährt die Locke eine rasche Verweisung auf ihren angestammten Platz. Schade, ich fand die kleine Unordnung, die entstanden war durch Küchentätigkeit auf Paulchens Kopf, ganz entzückend.

»Ein schöner Tag«, sagt Paulchen nach dem Essen und blickt mit hellen Augen in den wolkenlosen Himmel. »Der ganze Sommer war bisher schön, ein Tag wie der andere, kein Unterschied mehr, muß man sagen.«

Nein, Paulchen, will ich schreien, heute ist ein heiliger Tag, Passionstag unserer Herzen, Golgatha der Seelen . . . o Wahnsinn, was denke ich, es ist der Lichttag unserer Liebe, Sonnenwende unseres Lebens!

Paulchen, wie kannst du diesen Tag in den Kalender reihen und nüchtern ihn beziffern? Oder tust du's nur, um meine Worte aus der Tiefe heraufzulocken und durch Provokation die Schale meines Herzens aufzubrechen?

»Ein Tag wie viele Tage« – das ist nicht mehr als nur ein Datum wie viele Daten. Die jetzige Stunde aber sprengt für mich jeden Rahmen, und ich wandle mich zum Schüler des Euphorion.

Ich überlege gut, was ich sage, und gräme mich, wie die Worte gar nicht besonders klingen.

»Man soll die Sonnentage als Geschenke nehmen. Es sind die letzten dieses Jahres.«

Paulchen erteilt mir eine Lektion.

»Ich lasse sie in meinem Herzen weiterleuchten. Scheint die Sonne nicht auch, wenn wir sie in uns speichern, um hell zu sein im grauen Dunst des Winters? Auch Ihre Blumen, die Sie brachten, sind Sonnenspeicher meines Lebens. Ich kann an Blüten nicht genug um mich versammeln. Die ganze Wohnung möchte ich dauernd in Blumen fassen. Es ist so herrlich, in der Schönheit der Natur zu leben und in der Blume eine zarte Schwester unserer Menschlichkeit zu sehen.«

Ich nicke hingerissen. Paulchens Stimme hüllt mich ein in einen samtenen Mantel, sie setzt mich auf die Flügel meiner Phantasie und wirft mich wie einen Falken hinein ins Jubelblau des golddurchtränkten Himmels.

»Ihr ganzes Leben sollte nur der Schönheit dienen«, sage ich und weiß nicht, daß ich wieder träume.

»Der Schönheit? Wissen Sie, wie schwer es ist, die Schönheit nur zu ahnen? Das Leben ist in heutiger Zeit nur eine Hast mit der Sekunde, und erst die Nacht kühlt etwas meine Stirn, die jedoch schon wieder sammelt die Gedanken für die neuen Tageskämpfe. Wie oft bin ich dann einsam unter tausend Menschen!«

»Sie sollten eine Heimat in der Realität der Wünsche finden.«

»Der Wünsche? Was reden Sie? Was man sich heutzutage wünschen möchte, ist jenseits unseres Lebenskreises: es sind Ruhe, Glück und Einkehr in das Ich. Haben Sie schon einmal die Möglichkeit der Erfüllung auch nur eines einzigen dieser Wünsche gesehen?«

Ich schweige, muß ja schweigen, weil ich lügen müßte, denn gerade heute fühle ich, wie ich mich selbst erkenne.

Ich kann es dir nicht sagen, Paulchen, denn du würdest jetzt, ja gerade jetzt, an leere, vielleicht sogar trügerische Worte glauben, und ich will doch deiner Seele die Heiligkeit des Lebens schenken mit eben dieser Kenntnis meiner eigenen Person, um auch dein Leben zu wandeln.

Denn Sonne wird noch um uns sein, wenn wir im Winter unseres Lebens stehen ...

Die Stunden verfliegen, ich habe mit der Zeit zu leben, und doch ist jeder Drang nur ein sinnendes Verweilen. Was nützt es mir – ich muß den verrinnenden Minuten stumm mich unterordnen und an der Schwelle des Verständnisses mich und Paulchen daran erinnern, daß der Abschied naht.

So gerne möchte meine Zunge noch liebe Worte sprechen, zu feurig dringt die Sehnsucht in den Adern mir zum Kopf – und doch wäre jeder Satz wohl auch wieder nur leichtes Geplauder und drehte sich pirouettenhaft um unser drängendes Gefühl.

Ich muß jetzt gehen, Paulchen, es ist Zeit, in einer Stunde fährt der Zug mich in die Einsamkeit zurück. Bis zum Bahnhof ist ein ziemliches Stück zu gehen. Soll ich in dieser letzten, verfliegenden Frist noch sagen, was du mir bedeutest?

Nein, hier ist der Sturm verfehlt, der brausend unser Herz entblättert. Nur langsam wächst in uns der heilige Glaube, denn von der Wurzel nur dringt gut der Lebenssaft in alle Adern.

Ich schaue auf die Uhr und sehe deine Augen ängstlich meinem Blicke folgen.

»Es ist schon spät ... in einer Stunde fährt mein Zug ... ich muß wohl gehen«, sage ich und lächle, wie mir selbst verzeihend.

Sie schüttelt protestierend die blonden Locken und legt mir rasch die kleine Hand auf meinen Arm.

»Sie sind so kurze Zeit erst hier ... es fährt abends noch, glaube ich, ein Zug.«

»Jedoch der Anschluß«, wage ich zu widersprechen. »Ich muß morgen vormittag um elf wieder zu Hause sein. Ich habe eine Autorenlesung und kann hundert Leute nicht versetzen – so gerne ich noch bei Ihnen bliebe. Wirklich, ich muß fahren ...«

»... der Teufel hole die Pflicht!« stoße ich aus ganzem Herzen hervor.

»Und wenn ich Sie inniglich bitte?«

»Warum machen Sie mir den Abschied so schwer?«

Sie senkt den Kopf.

»Und ... kommen Sie bald wieder?« fragt sie, während sie zu Boden blickt.

»Natürlich ... wenn ich darf ... wenn ich Sie nicht belaste.«

»Was reden Sie! Ich würde mich sehr freuen.« Sie erhebt sich, tritt ans Fenster, ordnet eine Falte der Gardine und schaut auf die Straße. »Ich werde Ihnen schreiben, ja? Nicht morgen, nicht die nächste Woche . . . dann, wenn ich etwas anderes zu sagen habe als den üblichen Nullachtfuffzehnbericht . . .«

Ich muß lachen.

»Woher kennen Sie diesen Ausdruck?«

»Mein Bruder war Soldat.«

»War?«

»Er blieb bei Stalingrad.«

»Oh . . .«

Ich verstumme. Was soll ich sagen?

Wir blicken einander an. Sie unterdrückt, was in ihr aufquellen will, und meint: »Aber *Sie* können mir schon morgen und übermorgen schreiben, *Sie* beherrschen das Metier, in *Ihnen* muß sich nichts ansammeln. Schicken Sie mir alle Ihre neuen Werke, Ihre Novellen, Ihre Essays. Ich lese gerne, was Sie schreiben.«

Ich fühle, wie ich innerlich erbebe. Jetzt diese Seele in den Händen tragen dürfen und weit sein, ganz weit im seligen Vergessen . . .«

Ich wende mich stumm ab und gehe zur Garderobe.

»Ich werde Ihnen alles schicken«, sage ich dann, »auch wenn es nicht das ist, was innerlich erhebt. Denn vieles schreibt man, um den Geist zu formen – und es nicht tut; und selten sind die Stimmen, welche die Seele regen.« Ich stehe vor ihr, ein gutes Stück größer als sie, und reiche ihr mit festem Druck die Hand. »Und vielen Dank für die schönen Stunden.«

»Sie waren so kurz . . .«

»Lassen Sie uns trotzdem froh sein. Es gibt Minuten, die ein halbes Leben wiegen.«

Plötzlich fährt sie zusammen, schlägt sich mit der Hand leicht an die Stirn.

»Was werden Sie unterwegs essen? Sie brauchen Reiseproviant, daran habe ich gar nicht gedacht.«

»In meiner Manteltasche steckt noch ein belegtes Brot.«

»Was bin ich für eine unmögliche Frau, ich schäme mich!«

»Das wäre töricht von Ihnen.«

»Kommen Sie mit in die Küche, ich mache Ihnen noch rasch etwas zurecht.«

»Unter keinen Umständen!«

»Doch, ich wünsche es!«

Fast geraten wir in Streit, vergeuden Worte an eine Sache, die es nicht wert ist, statt uns zu sagen, was Wichtigkeit in sich trägt. Die Minuten rasen.

»Schluß jetzt!« beende ich den Disput energisch. »Sonst komme ich überhaupt nicht mehr . . .«

Sie lächelt erschrocken.

Es macht mich rasend, dieses Lächeln, macht mich durstig nach dem roten Glanz der Lippen. Was tun? Nichts. Die Zeit hat sich erschöpft.

Ich bin ein Feigling, Paulchen, ein passiver Träumer.

Gekonnt verbeugt sich meine Hülle und schreitet zur Wohnungstür. Lautlos brüllen innere Vulkane.

Die Tür öffne ich, auf der Schwelle stehe ich – vorbei, verspielt, verpaßt – ich Narr, ich jämmerlicher Narr!

»Gute Fahrt«, sagt Paulchen noch. »Ich freue mich schon auf das nächste Wiedersehen.«

Ich eile, nein, ich springe die Treppe hinab und stürme aus dem Haus, wende mich nicht mehr um. Ich wüßte nicht, ob ich das durchhielte, dieses Fortstürmen, wenn ich es auch nur ganz kurz noch einmal unterbräche.

Die Menschen weichen mir aus, um nicht niedergerannt zu werden von mir. Der Hund einer alten Frau will mir an die Beine, nur um eine Handbreit ist die Leine, die ihn daran hindert, zu kurz. Ich bemerke es kaum, eile weiter.

Ermattet sinke ich im Zugabteil aufs Polster und starre vor mich hin. Mit einem fast unmerklichen Ruck fährt der Zug an. Leise, lauter und schneller werdend klopfen unter mir die Räder. Es klingt so dumpf in meinen Ohren, selbst die Gespräche der anderen Passagiere in unserem Abteil höre ich nur, als schirme mich rundum eine Wand ab. Mir ist, als würde sich mein Gehör nach innen wenden und nur die Schreie meiner Seele wahrnehmen.

Ich zwinge mich dazu, mit dem Nachbarn zu meiner Linken eine Unterhaltung zu beginnen. Es ist ein Herr mit leicht ergrauten Schläfen, scharfer Hakennase und energisch vorgeschobenem Kinn. So sehen in den Vorstellungen mancher Autoren, die ihr erstes Buch noch nicht an den Mann gebracht haben, die Verleger aus. Meistens jedoch entpuppen sich solche Herren als biedere, runde Durchschnittsbürger mit einem Beruf ohne jede erwähnenswerte Besonderheiten.

»Verzeihen Sie«, höre ich mich wie einen Fremden sprechen, »Sie fahren auch nach A.?«

»Ein wenig weiter – München ist mein Ziel.«

»Ah, München! Kenn' ich gut. Hab' manches Glas

im Hofbräuhaus getrunken. Die Lustigkeit dort ist der Gegensatz zu der in Köln. Am Rhein trinkt man den Wein, an der Isar stemmt man den Krug mit Bier, doch die Räusche, die erzielt werden, sind die gleichen.«

Der Herr lacht.

»Sprechen Sie aus Erfahrung?«

»Fehlt es Ihnen an solchen Erfahrungen?« antworte ich mit einer Gegenfrage.

»Das will ich nicht sagen. Allerdings bin ich nur Weintrinker.«

»Und wie steht's mit Schnaps?«

Intelligentes Gespräch, das wir führen.

»Den Schnaps trinkt bei mir zu Hause meine Frau.«

Allgemeines Gelächter im ganzen Abteil.

»Sie sind also verheiratet?«

»Sie nicht?«

»Nein.«

»Dann haben Sie auch noch nichts versäumt.«

Sogar zwei Damen, die mit uns im Abteil sitzen, scheinen sich auch zu amüsieren. Sie lachen, etwas verhalten zwar, aber sie lachen.

Ach Paulchen, Paulchen, wenn du uns hören könntest . . .

Ein Mann in mittleren Jahren sagt: »In München hätte ich gern studiert.«

»Und wo *haben* Sie's getan?« fragt ihn der mit dem falschen Verlegerkopf.

»Im Textilgeschäft meines Vaters. Ich mußte es übernehmen.«

»Werden Damenartikel wieder teurer?« will die ältere der beiden Frauen wissen.

»Herrenartikel auch.«

»Alles wird teurer, das kann gar nicht anders gehen«, erklärt der Herr mit dem falschen Verlegerkopf.

»Sind Sie auch Geschäftsmann?«

»Ja.«

»In welcher Branche?«

»Ich bin Verleger.«

Irritierend, der Mann.

Nach kurzer Pause wendet er sich wieder an mich.

»Sie kennen also München?«

»Ziemlich, ja.«

»Woher?«

»Ich habe dort studiert.«

»Na also«, sagt er zu allen, »da haben wir ja einen, der nicht das Textilgeschäft seines Vaters übernehmen mußte.«

Gelächter.

»Leider«, seufze ich.

Paulchen, Paulchen, wenn du uns hören könntest . . .

»Und *was* haben Sie in München studiert?«

»Philosophie und Psychologie.«

»Großer Gott! Und womit ernähren Sie sich?«

»Ich schreibe.«

»Allmächtiger! Was? Werbetexte?«

»Nein. Schöngeistiges.«

»Grundgütiger Vater!«

»Sie sind entsetzt?«

»Und wie!«

»Das verstehe ich nicht. Sie kommen doch aus der Branche, haben Sie gesagt? Sie sind Verleger?«

»Verleger von Teppichböden.«

Idiot!

Homerisches Gelächter aller.

Paulchen, Paulchen, wie gut, daß du nicht gezwungen bist, dir das mit anzuhören. Aber ich könnte den Mann beruhigen, es läuft gar nicht so schlecht bei mir.

Die Unterhaltung im Abteil versiegt. Mitleidige Blicke streifen mich. Ich entziehe mich ihnen, indem ich aufstehe und mich draußen im Durchgang ans Fenster stelle.

An mir vorbei fliegt sonnenhell deutsches Land. Fleißige Menschen arbeiten auf den Feldern. Vor einem Schober küßt sich ungeniert ein bäuerliches Paar. Ich trommle mit den Fingern an die Scheibe, es ist ein großer Rhythmus ... Mozart, ha ... du Ironie der Kunst ... ein Mädchen oder Weibchen wünscht Papageno sich.

Die Finger trommeln, ja, ich pfeife jetzt sogar ... mich zu zerfleischen ist die letzte Lust, die mir noch bleibt.

Der Zug hält. Endstation. Drei Brücken sind vor uns gesprengt, die Schienen hat die Faust des Wahnsinns aus dem Schotter gerissen. Der Anschlußzug steht sieben Kilometer weit von hier. Schon sehe ich die ersten Leute laufen, die ihn erreichen wollen. Soll ich in ihrer Mitte um die Wette traben? Nein. Ich lasse sie rennen.

Glück widerfährt mir. Ein Laster mit Kohlen erbarmt sich des einsamen Mannes am Straßenrand. Ich winke ihm nur zaghaft, ohne große Hoffnung, trotzdem hält er an. Allerdings werde ich zu den Kohlen verbannt, und nun sitze ich also hoch oben auf den rutschenden Briketts und erlebe eine Reise, die ich nie vergessen werde. Der Wind reißt mir den Hut vom Kopf, entführt ihn mir auf Nimmerwiedersehen. Die helle Sommerhose erfährt auf den schwarzen Kohlen ganz rasch ihren völligen Ruin. In einer Zeit, die keinen Ersatz für Verlorenes oder Kaputtes kennt, sind das Schläge, die normalerweise zur Verzweiflung treiben. Ich aber lächle, träume. Ich habe im Traum Paulchen bei mir.

Das war ein seliger Tag, o Träumer, ein Geschenk der Freude. Du mußt es nur verstehen, diese Gabe zu verwerten. Im dicken Grau des Alltags sieht nur der den zagen Sonnenstrahl, der innerlich ein Leuchten binden kann.

Jetzt hat die Einsamkeit mich wieder. Ich sitze am Blumenfenster meines Häuschens und kann so lange in den trüben Himmel starren, bis mir die Augen weh tun. Die Sonnentage sind der trägen Regenflut gewichen, die Tropfen reihen sich zu einem grauen Perlenvorhang vor dem Blick, und dieses Grau ist lichtlos, wenn nicht in der eigenen Brust die Freude widerleuchtet vor dem stillen Glanz des Lebens.

Einst habe ich mein Dasein nach den Philosophen angesehen. Ich habe Schopenhauer heiß geliebt, weil er die Menschen haßte, und beugte mich vor Kant, der unser Ideal geheiligt. Ich las mit glühenden Wangen Nietzsche und die Worte des Descartes und fühlte, wie der Bau der Welt nur schwankend in den Angeln lag. Oh, damals war ich jung, ein hitziger Student des Geistes, und glaubte, mit dem Überschwang der Jugendlust die Flut der Wahrheit einzudämmen und diesen Deich das »streng reale Denken« zu benennen. Wie töricht war dies alles, und doch möchte ich's nie missen, denn leblos nenne ich den Menschen, der nicht in sich selbst den Menschen suchte.

Heute weiß ich, daß das Leben alle Grenzen sprengt, denn jede drängende Philosophie ist konsequent, das Leben aber hält sich nur durch dauernde Inkonsequenzen. Ich wollte einen Philosophen aus mir machen und wurde so ein Schriftsteller – wer weiß, vielleicht zum Guten. Wer nämlich die Welt liebt, muß sie hell besingen, der kritikoffene Geist wird sie verdammen. Mir blieb die Wahl, und ich ergriff die Leier, da ich der Schwerter Fülle nicht vermehren mochte. Und singt das Herz auch oft nach blutigen Noten – es singt, und seine Stimme läßt mich glücklich sein.

Dazu gehört, daß ich ein Träumer bin. Ja, ich träume gern von Idealen, die jenseits unserer Menschheit liegen und nur dadurch nicht irdisch befleckt werden. Oft kann ich am Fenster meines Häuschens sitzen und in die Weite meiner Berge sehen – und wenn ich wie aus einem tiefen Traum erwache, ist schon der Abend über alle Grate aufgestiegen, und es reitet auf der höchsten Kuppe dick der Nebel.

Warum nennt man mich oft den Lebensfernen? Ist es nicht schön, sich selbst das Leben zu bereichern, indem man seinen engen Kreis verläßt und – sei's auch nur mit den Flügeln der Sehnsucht – in himmelhohe Fernen schwebt? Sie sind ein Geschenk, die Stunden dieser menschlichen Besinnung, und weich wird jener harte Blick, den sich die Seele nahm zum Dolmetsch ihrer Träume . . .

Ach Paulchen, sei dem armen Träumer gnädig, der jetzt nicht weiß, ob er dich wirklich sah oder auch nur ein Schattenbild seiner inneren Wünsche faßte. Ist es nicht Frevel, dich zu lieben, o Ersehnte, und dein erdenhaftes Leben in das Traumreich meiner Phantasie zu setzen? Du hörst in dir das Klopfen deines dunkelroten Blutes, du kannst die Hand fest auf den zarten Busen pressen ... des Dichters Adern füllt der Nektar von den Göttertischen, und seine fleischliche Hülle ist nichts als der Mantel seiner Seele. Ist dies ein Hindernis, darf ich dich deshalb nicht lieben? O doch, denn ich liebe ja den Menschen, bin sein Rhapsode, seine Stimme, sein verdichtetes Gefühl. Ich will ein Dichter sein, Paulchen ... und ich sollte dich nicht lieben, nicht lieben dürfen, weil ich unter oder über diesen Menschen stehe?

Verzeih mir, daß ich denke, wo ich fühlen sollte, ich vergesse eben nicht, kann es nicht vergessen, daß der Mensch nur eine Puppe in den Händen des Gefühls ist, wenn er das Spiel nicht leitet mit dem Wesen seines Geistes.

Es klopft. Wer mag mich jetzt besuchen? Ach, es ist ein Freund, ein seltener Freund, ein Schriftsteller ... auch ein Träumer. Wohlan denn, Bruder, träumen wir gemeinsam weiter, es ist ein neckisch Spiel, die Träume sich wie Bälle zuzuwerfen.

»Du bist so still«, spricht zu mir der Freund. »Und deine Augen glänzen nicht, wie einem Bräutigam es eigentlich ansteht. Was ist?«

»Ich denk' an Paulchen«, sage ich und schweige wieder. Was weiß er, was die Wirklichkeit an Kapriolen schlägt, und daß dieses Leben nie mit Logarithmen zu berechnen ist.

»Ist alles klar mit dir und Paulchen?« fragt er weiter.

»Ich liebe sie«, ist meine Antwort.

»Und sie? Sie liebt dich wieder?«

Oh, ich weiß es nicht. Ich möchte laut es schreien,

daß die Wände gellen und schreckhaft die Blumen vor mir welken. Doch leise sag' ich nur: »Vielleicht – wir sprachen nicht darüber.«

Der Freund sieht mich mit deutlichem Erstaunen an. Er schüttelt leicht das Haupt und rückt an seiner Brille.

»Ich denke, du bist hingefahren, um dies nun alles zu regeln? Du bist doch extra – na, ich weiß ja nicht, jedoch glaube ich . . .«

Ja, ich glaub' doch auch – es ist allein nur dieser Glaube, der mich hält, denn wüßte ich, daß Paulchen mich nicht liebt, ich schluchzte längst in deinen Armen wie ein Weib. Und ich bin nur gefahren, um dies alles aufzuklären? Hat nicht der Drang, allein nur sie zu sehen, mich in ihre Stadt getrieben?

O Freund, was ahnst du von den Nöten deines Freundes? Wie könntest du das auch, da meine Augen klar und kühl sind und meine Stimme trocken klingt. Wie lästerlich gefühllos mußt du mich doch sehen.

»Ich habe Paulchen eine Frist gegeben«, sage ich und wundere mich, wie leicht ich heute lügen kann. »Ich will nichts überstürzen, weißt du, sie soll klar und sicher sich entscheiden. Ich möchte nicht, daß sie den wichtigsten Schritt des Lebens einst bereut.«

»Und wann, denkst du, ist alles klar mit euch?«

»Wenn jeder unbewußt des anderen Nähe sucht.«

»Mir scheint, daraus kann eine reichlich lange Wartezeit entstehen.«

»Um unser Leben danach auszurichten, ist sie kurz.«

Der Freund schweigt, und ich sinne weiter in den Bergesnebel und möchte jetzt hoch oben auf den Graten stehen im Milchgrau dieser Wolken. Auf meine Schulter legt sich plötzlich eine Hand.

»Ist Paulchen hübsch?« fragt leise jener Freund.

»Sie ist ein Sonnenstrahl. Nennst einen Sonnenstrahl du hübsch?«

»Ich nenne ihn die Lebenskraft.«

Ich nicke. »Dann weißt du auch, wie Paulchen ist und was sie mir bedeutet.«

Es ist, als schrecke plötzlich dieser Freund zurück. Hab' ich gelästert, als ich Paulchen eine Sonne nannte? Ach, bester, liebster, treuester Freund – ich träumte doch schon wieder, und wer im Traum die Götter menschenwürdig lobt, ist nicht ein Ketzer, denn die Götter schenken uns den Traum.

»Was willst du tun?« fragt nun des Freundes Stimme weiter. »Willst du hier auf sie warten?«

»Sie wird schreiben.«

»Und wird sie auch in diese Berge kommen?«

»Sie wird schreiben.«

»Wird sie mit dir in diesem Hause wohnen, oder ziehst du in die Stadt?«

»Ach Freund, sie wird mir schreiben.«

»Und du? Du willst nichts tun als warten?«

»Ich werde glauben, daß ich warten kann, und ich muß warten, weil ich glauben will.«

»Und wenn sie weder schreibt noch kommt?«

»So ist auch dies ein Schicksal, das ich tragen kann. Ich fürchte nur den Hasser in dem Träumer.«

Da schweigt der Freund und lehnt den Kopf an die Scheibe. Er starrt wie ich ins neblige Tal hinaus und trommelt mit den Fingern auf meine Fensterbank. Es ist kein Rhythmus in dem Trommeln, aber es beruhigt sehr. Ich spüre, daß der Freund mit meine Lasten trägt.

»Soll ich für dich zu Paulchen fahren?« sagt er endlich. »Ich werde mit ihr sprechen – über alles – und bringe dir die Klarheit.«

Ich schüttle den Kopf. Was soll er Paulchen sagen? Daß ich sie liebe, aber nicht zu sprechen wage, weil ich ein Feigling bin, der die Worte scheut, die seiner äußerlichen Männlichkeit ein wenig Weichheit geben würden? Ach, liebster Freund, wie einfach willst du dieses Leben machen! Oder bin ich zu kompliziert, um diese Einfachheit als einen Segen zu empfinden?

»Ich spreche selbst mit ihr«, sagt meine schrecklich flache Stimme. »Und sie wird kommen, bald ... ich glaube es, weiß es ganz bestimmt. Ich danke dir, bist ein guter Kerl, mein Freund.«

Ein fahles Leuchten durchdringt den Nebel, schwimmt wie eine Lache über dem Gebirge und saugt sich auf im Grau der eiligen Schatten. Ein Frösteln zittert durch die Bäume, und die Schwaden werden dunkel. Die Nacht kommt von den Bergen in das Tal geglitten.

In meinem Rücken geht die Tür. Ich bin allein im Dämmer meines Traumes und streichle die Blüten vor mir in den Blumenkästen und fühle unter meinen Händen der Ersehnten samt'ne Haut.

Verzeiht, wenn ich den Kopf in meine Hände grabe und glücklich schluchze, daß ich träumen kann ...

Und leise klingt in meinen Ohren eine süße Melodie ...

SONETT DER SEHNSUCHT

O himmlisch ist, den Ring der Brust zu sprengen,
der des Gefühls erahnte Freiheit dämmte,
daß endlich nichts die hohe Seele hemmte
und wir den Mensch im Menschlichen erkennen.

Der Trunkene reißt schaudernd sich vom Krug,
der Grübler trinkt sich Sonne aus dem Wein,
ich aber bade meine Seele rein
und kühl die Schwären, die der Zweifel schlug,

als du, Ersehnte, nur mein Herz erträumtest . . .
doch flammten Opferfeuer am Altare . . .
Wenn du dich aus dem Dunkel zu mir bäumtest,

baut ich den heil'gen Tempel für das Wahre,
und eine Harfe klingt im Menschen wider,
träumt ich in deinem Schoß das Glück der Lieder.

Oh, süßer Wahn, in den der Mensch sich hüllt – ich schlürfe ihn wie einen Becher Nektartrank – und auf dem See der Sehnsucht gleite ich dahin und führe kühn den Kahn durchs Flammentor des Lebens.

Ich bin so glücklich, Paulchen, ach, so himmlisch glücklich!

Wie wär' ich einsam, wäre ich kein Träumer . . .

Vor einen Spiegel hab' ich mich gesetzt und schaue mir mein Antlitz an. Es ist mir heute fremder als je zuvor, weil es gelöst und menschlicher in der blanken Scheibe schwimmt. Ich schaue meine Augen an, die Stirn, die sich gar nicht geistig zu den Haaren hebt, und schüttle das Haupt, da ich erkennen muß, daß eher sich die Meere leeren, als daß man hinter diesen

Augen, dieser Stirn die drängenden Gedanken und Gefühle erahnen könnte.

Es ist dem Menschen schwer gemacht, sich selbst ganz zu erkennen. Mancher starb schon im Wahnsinn, als den Sinn des eig'nen Lebens ihm sein Geist gewährte. Ja, schaudernd wendet sich der Mensch ab vor sich selbst, denn für den Durchschnitt ist der letzte Lebenshalt der Selbstbetrug, da jedes Fallen einer Maske uns mit bleichen Lippen zeigt, wie gierig dem Erfolg die Minderwertigkeit entgegentaumelt.

Oh, ich bin nicht ein solcher Gaukler – oder bin ich's und will's nicht sein?

Nein, ich will in diesem Spiegel einmal selbst mich sehen ... und sehe doch nur einen Menschen, der so schrecklich nichtig ist, daß ich voll Grauen dieses Spiegelbild zertrümmern möchte. Ja, diese Nichtigkeit des Menschen ohne Maske macht den Wahnsinn unserer Menschheit aus, denn wer es spürt, wie wenig er in Wahrheit ist, der wird sich Tag und Nacht nicht Ruhe gönnen, wenigstens als etwas zu erscheinen.

Ich will dies nicht – o nein, ich bin ja stolz darauf, daß ich nichts bin und vielleicht mehr, viel mehr als alle anderen im Stolz mich wiegen kann, denn sind sie alle nichts, so bin ich immerhin ein Träumer. Ha, das ist eine Wonne, außerhalb von allem zu stehen, im freien Raum mir bunte Bilder zu ergreifen und mit den Teppichen aus den Gesängen von Tausendundeiner Nacht ins Reich der Feen zu entschweben. Wer kann dies noch in unserer mechanisierten Welt? Wer hat im Stampfen all der Kolben, im Gedröhn der Maschinen Zeit und Gelegenheit, dem Donner dieser Höllen zu entfliehen, um in den Sphären die Schalmei des Pan zu hören? Bin ich nicht mehr als andere Menschen, die mich »Träumer« schelten und die vielleicht die Hälfte ihres irdischen Glücks gäben, wenn sie für eine Stunde in das Reich der Götter könnten?

He, Träumer, welchen Unsinn schwatzest du?

Einst stand ich vor der Wahl des Paris, und ich gab den Apfel nicht der Aphrodite, nicht der Hera und auch nicht der Pallas – ich aß ihn selbst mit himmlischem Vergnügen und sah die Grazien sich in Schmerzen winden. Hab' ich damit mein Glück als Mensch gegessen? Es wär' phantastisch, als der einzige der Menschheit in mir selbst das Schicksal fortzutragen, ja, und vielleicht mein Schicksal schon verdaut zu haben. Oh, dieser Witz der träumenden Gedanken, dieses Lächeln meines Spiegelbildes – ob ich es frage, was es über mich denkt?

»Wer bist du?« frage ich mein Bild in der Scheibe.

Und sieh, es lächelt, und es gibt Antwort, ohne eine Lippe zu bewegen.

»Ich bin, was du gern sein möchtest«, sagt es sanft.

»Hah – und was bin ich?«

»Du bist das, was du in dir tagtäglich treiben läßt.«

»Also ein minderwert'ger Mensch!« schrei' ich und starre in den Spiegel.

»Nein«, sagt mein Abbild. »Nein – denn nur, was steuerlos im Meere treibt, wird einst im Angesicht des Strandes auf die Klippe stürzen.«

»So meinst du, könnte ich das werden, was ich sein kann?« frage ich, und mein begierig heißer Atem trübt die blanke Silberfläche.

Mein Bildnis lächelt, und die Augen glänzen hinter Schleiern.

»Du bist ein Mensch. Genügt es nicht, ein Mensch zu sein? Im Menschen spiegeln sich die Götter. Ist es da nötig, daß der Mensch sich in den Göttern spiegelt? Sei, was du bist, vollendet, so bist du groß als Mensch und wirst im Rahmen dieser Welt als Genius gelten, denn da der Mensch sich selten über seine Mittelmaße hebt, wird der vollendet sein, der ganz zum Menschen wurde.«

Ich schaue vom Spiegel weg auf meine Berge. Schwer saugt die Nacht sich fest am Bergwald und verschluckt die Spitzen; es ist ein geiles Ineinandergleiten der Natur, ein brünstiges Sichvermählen aller Schatten. Dort oben möchte ich jetzt stehen, mitten unter diesen Wipfeln, die der Sturm zerfetzte und der Fröste Beischlaf spaltete. Dort oben unter den Lawinen möchte ich jetzt singen und in der Nacht die Flöte meiner Sehnsucht spielen. Es drängt mich in die Mächtigkeit der Welt hinaus, da ich erkenne, daß ich winzig bin, nicht nur als Substanz, sondern auch im Wesen.

Inzwischen wartet stumm mein Spiegelbild und lächelt.

»Was lächelst du?« frag' ich nach einer Weile der Besinnung. »Willst du mir sagen, daß die Sehnsucht wenig ist im Leben eines Menschen? Oh, sie ist viel!«

»Vielleicht auch alles. Ein Mensch hört auf, sein Leben produktiv zu formen, wenn er nicht mehr der Sehnsucht halb sich unterordnet und nur halb die Wege des Realen sucht. Doch deine Sehnsucht ist nicht die zum Menschen, sie ist weit leuchtender – sie führt vom Menschen weg. Du willst als ganzer Mensch zu Füßen deiner Götter sitzen. Der Mensch im allgemeinen wünscht, einst selbst ein Gott zu sein. Darum wird am Ende seiner Tage der nur die Erfüllung sehen, der auch sein Leben als Vollkommenheit betrachten kann.«

»Nein!« rufe ich und umklammere den Rahmen. »Es gibt noch eine Grenze, eine Lücke, eine Nichtbefriedigung im Menschen, auch wenn er sonst den Lebenskreis gerundet – das ist die Liebe! Denn vollkommen ist meist der Verstand – die drängenden Gefühle aber sind verwundbar, sind die Achillesferse unserer Welt. Sieh mich – ich liebe Paulchen –, aber lieb' ich sie?«

»Du bist ein Kauz«, lacht schallend da mein Bild. »Du solltest Stolz und Liebe einmal trennen.«

Sieh, ich erröte – daran hab' ich nicht gedacht . . . und wahrlich, sagte ich nicht eben, daß ich stolzer bin als ihr?

Oh, diese dumpfe, ewige Borniertheit im Menschen, sich selbst als Krönung eines Ganzen anzusehen und jegliches Geschöpf an seinem Maß zu messen! Bin ich auch so? Bin ich wirklich nur zu stolz, daß ich wohl Paulchen liebe, aber diese Liebe als den Abbruch meiner Würde sehe? Oh, hartes Bild im Spiegel, welche Würde dichtest du mir an? Die Würde eines Träumers? Sie ist Seifenschaum! Die Würde eines Dichters? Sie ist ein bunter Luftballon! Die Würde eines Mannes? Sie gleicht oft nur der Krawattenseide!

Nein, nein – ich liebe Paulchen, wirklich, aber diese Liebe ist mir heilig – bin ich da verwerflich stolz, wenn ich die Heiligkeit nicht anzutasten wage und auf die Stunde warte, in der das Zueinander Gottesdienst der Herzen ist?

»Was lachst du, du affig grinsend Spiegelbild? Du glaubst mir nicht?« Meine Augen lodern in den Spiegel, und meine Finger krallen sich in den Silberrahmen. »Ich liebe Paulchen, liebe, liebe, liebe sie! Und wenn sie kommt, will ich es klar ihr sagen!«

»Ja, *wenn* sie kommt. Das aber ist der Stolz in dir. Nicht *sie* soll kommen, *du* mußt stark zu ihrem Herzen reisen. *Du* hast den Vorhang zwischen ihr und dir gespannt. Mir scheint, es ist auch deine Pflicht, ihn wieder wegzuziehen. Du traust dem Weibe zu, was du als Mann nicht wagst? O eitler Träumer – dieser bill'ge Stolz ist Frevel!«

»Schweig!« schreie ich. »Schweig!«

In meiner Brust zerreißen Nebel, es kreisen Sterne, und die Sonnenglut quillt über. Köstlich kühl ist dieser Marmor meiner Fensterbank, so lebensspendend kühl, wenn heiß das Antlitz auf ihn sinkt.

O Paulchen, wüßtest du, was du an Selbstbetrug in mir entblößt! Ich stehe nackend da im Hohngelächter meiner Seele und tappe durch die trüben Pfützen meiner Weltlichkeit. Was wähnte ich im Traum zu sein – und ach, was bin ich? Selbst die Erniedrigung wird eitler Stolz. Bin ich denn wirklich nur ein nichtiges Produkt aus Hoffart und Eitelkeit, dem sogar der Liebe Harfenklang wie eine flotte Tanzmusik in den Ohren klingt?

Ich fühle, wie des Marmors Kälte meinen Leib durchzieht. Das macht mich nüchtern, läßt mich denken und die Zweifel finden, denn der Zusammenbruch des Ichs soll nur das Fallen einer Mauer sein, und hinter ihr erwacht die eingeschlaf'ne Menschlichkeit.

Ich schiele auf den Spiegel, der mich meine Person hüllenlos erkennen läßt, und zaudere, das Bild noch einmal anzusprechen. Wie, wenn die letzte Hoffnung, eben Paulchens Liebe, auch nur Truglicht eines Kobolds ist, das mich im Sumpf der Weltlichkeit versinken läßt? Denn was den Menschen auf dem Steg des Lebens hält, ist neben seiner Ehre seine Liebe. Und diese Liebe fand ich – sag, o Bild, ich fand sie doch . . . ich hab' mich an sie geklammert, sie als Fundament ummauert . . . o sprich doch, sprich!

»Du bist ein Träumer, gut – kannst du dem Traum entsagen, um zu lieben?«

»Die Liebe ist doch Traum.« Ich röchle und winde mich im Stolz.

»Nein, Freund, die Liebe ist real. Wer sich im Traum der Liebe aus dem Leben gaukeln läßt, ist ein Phantast, der nicht den Wert des Seins erkennt. Gab dir ein Gott die Gnade, sehnsuchtsvoll zu sein, so gab er auch die Kraft, der Sehnsucht Brücken in die Wirklichkeit zu bauen. Bist du dir zu fein, die Hände strebend dir zu beschmutzen, wirst du auch den Wert der reinen Hände nicht kennen. O Freund, du scheinst mir menschlicher zu sein als träumerisch ein Träumer, denn auch im Menschlichen ist so viel Traum, wie du im Traume Menschliches ergründest.«

»Und wird das Menschliche in mir die Sehnsucht finden?«

»Was nennst du Sehnsucht? Was du träumst? Dann ist es Nebel. Und was du willst, ist überlegter Geisteswunsch. Allein nur deine absolute Menschwerdung ist eine Sehnsucht, die sich noch erfüllen läßt. Kann deine Liebe diese Sehnsucht in den Ring der Seele setzen, wirst du mehr sein als ein Träumer, ganz ein Mensch – und wirst doch in den Augen deiner Brüder wenig menschlich wirken. Das aber tötet deinen Stolz . . .

und dann erst liebst du!«

Der Spiegel schweigt, stumm kommt die Nacht ins Zimmer, und um die Grate heult der ungestüme Föhn. Die hohen Tannen biegen sich erdwärts, es knirscht im Holz, es jammert in den Zweigen. Es ist die schönste Melodie seit Jahren, die in mein Ohr dringt, und betend fast schau' ich ins Wirbelschwarz der Nacht.

Und tief in meinem Innern leuchtet hell ein Licht ...

Ich glaube, durch die Liebe noch ein Mensch zu werden ...

Sie hat geschrieben! Paulchen hat geschrieben, einen lieben, langen, ach so paulchenhaften Brief. Ich renne durch die stummen Berge, lache laut dem Herbstlaub zu, wenn es auf mich niederregnet, ich greife danach, ich sammle alle Farben dieses Herbstes, ich singe es hinauf in die kahlen Äste ... sie hat geschrieben, o ihr Götter ... jede andere Lust verblaßt ... in diesem Brief spiegeln sich die Seligkeiten!

Auf einen Baumstumpf am Hang eines Berges setze ich mich nieder und falte nochmals die Bogen auseinander. Ich lese Wort um Wort ... ach, lesen – es fließt die Sprache mir in meine trinkende Seele, und ich bin trunken von dem Glück, das in den Sätzen gärt.

»Ich komme«, schreibt sie, »komme bald. Ich werde Nachricht geben, ach, wie freu' ich mich ...«

Sie freut sich, hört ihr es, ihr Winde, sie freut sich ...

Wie schlägt das Herz mir, wie leer ist mein Gehirn ... ich kann nur denken, daß sie kommt ... sie kommt ... sie kommt ...

»Ich werde«, schreibt sie weiter, »Sie aus Ihrer Einsamkeit ein wenig in das Leben rütteln. Sie waren mir zu traurig, als Sie mich besuchten . . .«

Nein, Paulchen, nein, ich war nicht traurig, ich war von der Heiligkeit ergriffen, die plötzlich ungeahnt in meinem Inneren Dome der Gefühle baute. Ich war zu klein, um diese aufgestellte Größe zu begreifen. Ich war zu sehr ein Träumer, um als Kämpfer aufzutreten.

Doch endlich habe ich mich selbst erkannt. Der Selbstbetrug ist abgefallen. Ich sehe meinen Weg, und deine Worte werden Fackeln sein, die mir zum Ziele leuchten. Großen Dank dir, menschlich hohen Dank, Ersehnte. Nun werden alle Stunden meiner Sehnsucht, alle Pendelschläge meiner Hoffnung Steine für die Straße sein, auf der du, Liebliche, zu meinem Herzen ziehst. Da werden selbst die kahlen Bäume liebend seufzen, und alle Gräser, die dein Fuß zertritt, stehen sterbend neu in Blüte.

Ja, pfeift, ihr Winde, spielt in meinen wirren Haaren; wie ihr euch mit den Wolken heiß vermählt, will ich mit Schluchzen in die Arme der Ersehnten sinken.

Ach Paulchen, wenn du kommst, was möchte ich alles dir zu Füßen legen! Wie stammelnd spricht ein Jüngling von den hohen Sternen, die seine Liebe dir zur Erde zwingt . . . wie lächerlich ist jenes Luftschloß, das mit Seufzen man auf mondbeschienenen Bänken baut. Ich will dir etwas geben, das so wenig ist, daß es als viel gilt, weil es winzig ist: die reine Menschlichkeit in mir. Ich will in deinem Schoße von den Wundern unseres Lebens träumen, und jeder Schlag deines Herzens soll die Stufe einer Treppe werden, die mich vom Träumer in die Menschwerdung trägt.

Was dieses Städtchen bietet an versteckten Kostbarkeiten, will ich wie bunte Bilder vor dir breiten. Du sollst mit deinem Ohr den Atem unserer Erde hören, sollst mit dem Kichern unserer Winde auf den Bergen lachen. Du sollst das Winterlied der starren Bäume kennen und durch den Nebel hell deine goldenen Locken tragen. Du sollst eine erdenhafte Göttin sein, Herrin des kleinen Reiches meines Lebens . . . und du sollst mehr sein, viel mehr als dies – die letzte, himmlische Erfüllung meines Glaubens an den Menschen!

Den Weg zum Berg hinauf müht sich eine alte Frau, die Häuslerin am Stadtrand. Sie trägt eine Kiepe auf dem Rücken, um dürre Zweige zu sammeln, denn ihre karge Rente reicht nicht für den Holzschlag in den Wäldern. Ermüdet stapft sie auf mich zu, grüßt stumm und setzt die Kiepe schwer ins Heidekraut, wischt sich den Schweiß aus ihren Runzeln und verhält den Atem.

»Schwer ist's, im Alter die Last, die Jungen nicht leicht wäre, zu tragen«, sagt sie mit brüchiger Stimme. »Du bist doch der ›Dichter‹, nicht? Der ›Dichter‹ aus dem Städtchen?«

»Ja, Mutter«, sage ich und räume meinen Baumstumpf, der ihr sehr willkommen ist, »so wie ihr es meint, bin ich vielleicht ein Dichter.«

»Ach, warum nur vielleicht? Die Leute sagen's doch.«

»Doch wenn man's selbst nicht fühlt, was dann?«

»Ich melke meine Ziege, weil sie mir Milch gibt«, erwidert die Alte. »Ich stoße Sahne, bis sie Butter wird, weil sie mich nährt. Und warum schreibst du?«

»Weil ich muß!«

»Und kannst mich da noch fragen, ob du Dichter bist?«

»Man nennt so vieles Dichtung, was doch nur Geschriebenes ist.«

»Davon versteh' ich nichts. Ich hab' nie ein Buch gelesen, hab' nur daran gedacht, wie ich den Magen füllen kann und meine Kinder gute Menschen werden. Doch kann ich mir ein wenig vorstellen, wie ein Dichter sein muß: Ich möchte, wenn ich etwas lese, etwas Leben sehen.«

»Du meinst, Dichtung muß ergreifen können, Mutter? Sie muß den Menschen an die Seele rühren, er muß im Tiegel seines Lebens liegen, er muß sich selbst im Spiegel dieser Dichtung sehen?«

»Ach, welche Worte, von denen ich kein einziges verstehe! Eine Ziege, die magere Milch gibt, wird geschlachtet. Was macht man mit einem Dichter, der unnütz ist?«

»Man kann ihn nicht auch schlachten, Mutter.«

»Was macht man mit ihm?«

»Man läßt ihn verhungern.«

»Schlachten wäre barmherziger, denn es ginge schneller.«

»Oder er selbst wendet sich von seiner Berufung ab und ergreift einen Beruf, Mutter.«

»Das verstehe ich wieder nicht, was du da sagst.«

»Das Verzweifelte, Mutter, ist, daß man nicht nur Dichter, die keine sind, verhungern läßt.«

»Wen noch?«

»Wirkliche, echte, große Dichter.«

»Das tun die Menschen?«

»Das haben sie jedenfalls schon oft getan.«

»Warum?«

»Weil sie sie nicht erkennen.«

»Dann sollen die Dichter es ihnen sagen.«

»Gerade daran scheitern sie, die Dichter. Sie sagen oder schreiben es mit jedem Wort, wer sie sind, aber die Welt versteht ihre Sprache allzuoft nicht.«

»Dann müssen sie sich so ausdrücken, *daß* sie verstanden werden – oder sie dürfen sich nicht beschweren.«

Mutter, denke ich, dazu gäbe es viel zu sagen. Dieses Thema ist so alt wie die Kunst selbst. Der Alten Interesse daran scheint aber erloschen zu sein, denn sie fragt mich: »Wie alt bist du?«

Ich sage es ihr.

»Der gleiche Jahrgang wie mein Sohn«, nickt sie.

»Was macht er, Mutter?«

Sie zuckt ungewiß die Achseln.

»Wo ist er?« frage ich.

Dasselbe Zucken.

»Das weiß ich nicht«, sagt sie. »Er ist schon lange fort, die Rosa auch.«

»Welche Rosa?«

»Meine Tochter. Beide haben sie mich verlassen. Ich hab' nur gerackert für sie, und wie's jetzt in meinem Alter mit mir steht, das siehst du am besten an meiner Kiepe hier.«

Mit diesen Worten erhebt sie sich, um sich wieder mit ihrer Last zu beladen, doch das lasse ich nicht zu. Rasch schultere ich die Kiepe mit dem dürren Reisigholz und trage sie zu Tal in die armselige Häuslerkate. Stumm folgt mir die Alte, erstaunt mehr als erfreut, und schneuzt sich mehrmals in die hohle Hand. Ich aber fühle mich gelöst und frei und hell und freue mich darüber, daß wir Bekannten begegnen, die überrascht den Dichter mit der Kiepe auf dem Rücken sehen.

Am offenen Feuer in der unwirtlichen Hütte habe ich mir die Hände gewärmt und eine Schale heißer Milch getrunken. Die Alte sitzt nun murmelnd neben mir und lullt mit monotoner Stimme mich in süße Trance . . . es ist, als schwebe ich inmitten langer Flammen und tanzte mit dem Feuer. Knarrend biegt das Reisig sich im Ofen. Ferne Berge grüßen, Hirtenweisen erklingen, und schlanke Schäfermädchen wiegen tanzend sich auf bunten Blumenfeldern . . . ich träume wieder, und aus dem lichten Blau des Himmels steigt die Ersehnte herab zu mir auf die Wiese, wo ich mit verzücktem Lächeln einer fernen Geige lausche.

Die Flammen prasseln, knackend paart das Holz sich mit dem Feuer, und knisternd biegt das Reisig sich im Ofen. Oh, das ist Melodie . . . das ist die Flammenhymne, die mein Inneres versengt. Und da ist diese Geige, dieses Schweben in den Lüften . . . und diese goldenen Strahlen aus der Sonne gleiten zart mir über meine heißen Augen . . .

Ich schlief . . . und hörte eine Geige klingen,
die ein Poet mit trunk'nen Fingern strich,
und fühlte mich im Traume mit ihr singen –
da ward es hell um mich und minniglich . . .

Ich fahre auf – hat es nicht an der Tür geklopft? Auf meinen Knien liegt ein Blatt mit wenigen Zeilen, und durch das Dunkel schlurft die Alte an die Pforte. Ich sitze starr am Feuer, blicke in die Glut und weiß nicht, ob ich dieses Leben schon gesehen habe, so fern ist alles, so verhüllt, so im Nebel verborgen.

Ein Mann tritt ein, ein Telegrafenbote. Er grüßt mich, kommt an den Ofen und grüßt noch einmal.

»Ich war bei Ihnen, fand Ihr Häuschen leer. Ein Ehepaar, das Sie mit der Kiepe sah, wies mir den Weg hierher. Ein Telegramm für Sie.«

Ich gebe ihm ein Trinkgeld, nicke nur und schweige. Der Bote geht, und leise fällt die Tür ins Schloß.

Ein Telegramm? Wer hat's so eilig?

Will man mich sehen, hören oder einen neuen Vertrag mit mir abschließen?

Will man . . . oh, nichtig ist dies alles, trifft nur meinen Körper, meinen Geist . . . heute aber soll die Seele eine Heimat finden und soll das Herz vergessen, daß es bluten kann.

Langsam öffne ich den Umschlag, entfalte das Papier . . . ihr Götter, haltet mich, o haltet mich . . . ich rase . . .

»Ich komme übermorgen mittag, freuen Sie sich? Paulchen.«

Ich springe auf, jauchze, schreie in die Glut des Ofens, reiße die erschrockene Alte an mich, tanze mit ihr durch die Stube.

Sie kommt . . . sie kommt . . . wenn jetzt das Herz im Jubel bricht, es wäre ein seliger Tod . . .

Soll ich nun weiterträumen, soll ich Dichter sein, im Maße leben . . . ihr steifen Puppen meines Ichs – ins Feuer mit euch . . . endlich werde ich ein Mensch!

Ach Paulchen, wenn du kommst, wirst du in mir das Leben wecken. Ist es nicht köstlich, unter deinem Kusse zu erwachen?

Denn sieh: Es bauen Götter selbst das Tor des Lebens, wo die Liebe ist . . .

Mein kleines Landhaus stelle ich heute auf den Kopf, jawohl, ich drehe alle Möbel um, ich klopfe meine Teppiche, ich wische Staub, ich schrubbe, und ich habe endlich auch die Dielen neu gestrichen. Die Fenster habe ich geputzt, die Möbel bis zum Spiegelglanz poliert und in die Lampe über der Haustür eine längst fällige neue Birne eingeschraubt. Den Garten habe ich geplündert und die Zimmer in kleine Gewächshäuser verwandelt, denn Paulchen liebt ja Blumen außerordentlich. Da stehen Astern in den Vasen, protzen Dahlien, und in den Schüsseln aus Kristall schwimmen breit die Treibhausblüten einer tropischen Orchidee.

Bei all dem Wirbel lasse ich mir von niemandem helfen. Ich stehe in zerrissenen Hosen an der Teppichstange, schrubbe auf den Knien liegend meine Dielen, während im Radio beschwingte Tanzmusik erklingt . . . ha, diese Kraft hab' ich seit langem schon gesucht, und fern schon ist der gestrige Tag, an dem ich noch ein Träumer war! Was nützt es, Idealen nachzujagen, wenn nur die Hand genügt, um irdisch hohes Glück zu fassen? Was nützt das Stammeln lyrischer Gedichte, das Seufzen sehnsuchtsschwerer Zungen, wo schon das helle Leuchten zweier Augen halb den Sieg erringt?

Hui, wie der Lappen fliegt – was brauche ich die Freunde, die mir helfen wollen? Ich will doch morgen stolz vor meines Hauses Schwelle stehen und sagen: »Paulchen, dieser Glanz um dich ist ganz allein das Werk der Hände, die jetzt die schönste Blume in die Sonne tragen . . .«

Und dann soll Paulchen in das Häuschen schweben,

von meinen Armen in das Glück gehoben . . .

Hei, wie der Staub sich vor den Schlägen flüchtet, die meinen Teppich an der Stange treffen!

Doch eigentlich ist dieser Hausputz äußerst schnell getan, und manches glänzt von außen, was doch innen weiterfault. So viele Lappen reinigen des Spiegels Fläche, doch wird durch sie das Antlitz niemals schöner, das sie wiedergibt. O Paulchen, keine Furcht – auch wo ihn keiner sieht, will ich den Hausputz halten, und selten rein soll diese Stunde sein, in der du lächelnd in mein Leben trittst. Ich rufe meinen Freund, weißt du, den Karl, von dem ich dir erzählte, er ist ein weiser Bruder im Garten dieser Welt, und oft bläst er die zweite Stimme zur Schalmei des Satyr.

Wahrhaftig, selbst die Sofakissen will ich neu beziehen, und mein zerkratztes Radio hab' ich mit Schuhcreme neu poliert, das Grammophon glänzt durch weißes Bohnerwachs, und in den Eingeweiden meiner Couch hab' eine lockere Feder ich mit Kordeln festgebunden. Es soll in meinem Leben nichts Lockeres mehr geben, auf festen Fundamenten soll dein Einzug ruhen – ach ja, und blankgeputzt hab' ich die Messingbeschläge meines marmornen Kamins und auf die schwere Platte eine breite Blätterpflanze gestellt. Dahinter hängt das Bild der Medicäischen Venus und neben ihr der Hermes von Praxiteles.

O nein, es hat dies wenig mit Symbolen zu tun, denn diese Ecke ist die sogenannte Musenecke meines Heimes. Links zwischen Bücherschrank und breitgelagertem Büfett ist meine Heimatecke – dort hängt das Bild des Kölner Domes, grüßen der Drachenfels, die Loreley, der Rhein. Die dritte Ecke ist der Tradition geweiht und birgt das Wappen und den langen Wappenbrief meiner Familie. Die vierte Ecke aber ist Bohème und Budenzauber, und kleine Verse bieten neckisch sich dar in den schmalen Rahmen.

Wenn ich mit offenen Augen in mein Leben blicke, ist selten nur die Wirksamkeit des Traumes zu verspüren. Als Sohn des Rheins wurde mir ein Gemüt geschenkt, das sonnig ist wie das Gold der Reben – jetzt lache ich – fürwahr, man soll den Kölner suchen, der länger traurig ist als eine knappe Stunde! Uns rollt das Sonnenblut des Weines in den Adern, und sonnig ist das Leben uns in seiner Vielzahl dunkler Tage, denn nie sind äußere Nebel dicht genug, als daß das innere Licht sie nicht durchdringen könnte. Und wenn mal hie und da ein Träumer zum Olymp steigt, so ist's ein Dichterling wie ich, der sich in Liebe windet und in Wahrheit nur vom eigenen Glanz geblendet ist, welcher ihm vom Herzen in die Augen springt.

Ich schaue wieder in den Spiegel – bah, wie struppig seh' ich aus! Staubbedeckt, mit Stoppeln am Kinn und schmutzigen Haaren, die Nase braun von Schuhcreme und am Ohr eine Portion Bohnerwachs – doch meine Augen lachen, meine Lippen pfeifen, und meine Hände bohnern wie im Takt die Diele.

Die Liebe ist ein Spiel zu zwei'n, und das heißt Er und Sie ...

Und morgen, morgen früh kommt Paulchen ...

Der Freund ist da und sitzt auf einer Teppichrolle und spricht weise Worte über liebestolle Männer. Soll ich ihn von der Teppichrolle stoßen, ihm mit Bohnerwachs den Mund stopfen? Ach, laß nur – dieser Bursche badet sich doch nur in einer den Ereignissen vorauseilenden Schadenfreude, denn er hat längst drei Kinder und trägt den Bauch gutgenährter Ehemänner vor sich her.

»Also, sie kommt?« fragt er zum sechsten Male und krault sich seinen Kopf.

»Ja!« schreie ich. »Sie kommt! Und morgen ist Verlobung!«

»Bist du so sicher?« zweifelt dieser widerliche Freund. »Frauen tändeln in der Liebe gern. Wenn auch du die Karten mischt, die Trümpfe spielen immer sie.«

»Du bist ein Ekel!« brülle ich und putze meine Fenster. »Verschwinde! Selbst mein toter Teppich mag sich weigern, noch länger dich zu tragen!«

»Hast du ihn nötig, daß er dir beisteht in dieser Stunde deiner Unsicherheit?«

»Ich bin nicht unsicher! Verschwinde, wiederhole ich! Ich habe noch zu tun, stör mich nicht länger! Ich will um zehn Uhr morgen vor Paulchen ein reiner Mensch in reiner Umgebung sein.«

»Ein reiner Mensch ist reizlos. Wer im Leben nie sich einer Dummheit freute, ist ein Betrüger an der eigenen Menschlichkeit. Weißt du das nicht?«

Was soll ich tun, der Freund bringt mich zum Rasen, denn was er spricht, ist Wahrheit, und ich selbst, ich Narr, hab' diesen Aphorismus geprägt? Was dieser Teufel auf der Teppichrolle jetzt und auch in den folgenden Minuten noch sagt, sind Zitate aus meinen anerkannten Büchern. Ich kann nicht widerrufen, was ich einst aus Überzeugung schrieb, und will es auch gar nicht widerrufen, weil es heute auch noch Wahrheit ist, solange Menschen ehrlich denken. Der Freund ist also, ich kann's nicht ändern, mehr als ein Mephisto, er ist der Narrenspiegel meines komödiantenhaften Ichs.

»Du glaubst, daß Paulchen meine schwarze Seele gelten läßt?«

»Die Liebe ist wie Radiumbestrahlung, sie hat Tiefenwirkung. Den Krebsherd brennt sie aus. Das Gute wandelt sie zur Frucht. Es ist der dunkle Fleck der Seele stets ein Ansporn wahrer Liebe.«

Ich schrubbe, daß die Dielen Späne lassen. Wahrhaftig, meine eig'ne Sprache schlägt mich wieder nieder! Die eig'ne Burschikosität stößt mich mahnend in die Rippen!

Wo ist die lyrische Empfindsamkeit, die gestern noch mein ganzes Wesen bannte, die mich am flammenden Kamin in helle Weiten trug und unter Äolsharfen leise singen ließ. Zerstoben ist das Traumbild von der Tafel des Olymp – ich find' mich wieder auf der Erde, mit dem Teppichklopfer in der Hand.

»Bin ich ein Dichter?« frage ich den Freund und halte ein mit Putzen.

»Wie bitte?« Endlich, scheint's, hat's die Stimme etwas ihm verschlagen. »Ob du ein Dichter bist – wieso?«

»Ich war in meinem Leben sieben Tage lyrisch – doch Hunderte von Tagen weltlich frech.«

»Na und? Ist Lyrik das allein nur gültige Wertmaß für den Dichter? – Im übrigen ist deine Frage voll des Hochmuts.«

»Ah! Es war erst vor drei Tagen, als du stolz mich nanntest. Das ist ein Unterschied.«

»Den Stolz hast du abgelegt. Jetzt bist du eingebildet. Du bist das inkonsequenteste Geschöpf, das ich kenne.«

»Warum bin ich seit heute wieder aus der Lyrik ausgestoßen?«

»Warum gibt eine Kuh nicht Buttermilch?«

Ich habe diesen Freund bisher geschätzt, nun hasse ich ihn. Es bereitet ihm eine Wonne, mich zu quälen. Wenn er nur einmal sagte: ›Nein, du bist ein Schreiberling, ein herzlos blasender Trompeter der Vernunft!‹ Doch daran denkt er gar nicht, er redet frech von Kuh und Buttermilch, und ich weiß nicht, wie meine Seele Kapriolen schlägt und mich in sieben Tagen durch die Himmel und Höllen eines Träumers führte, um mich, als ich mir Ruhe schuf, ins brodelnd heiße, plätschernd leichte Leben wieder auszustoßen.

»Brutaler Bursche!« brülle ich und schleudere, gutgezielt, ihm einen Lappen an den Kopf. »Begreifst du nicht: Ich war ein Lyriker, ich tanzte in den Sphären, und heute, plötzlich, ungeahnt steh' ich auf jenem Platz, den ich verlassen wollte.«

»Auf welchem Platz?«

»Auf dem bisherigen – dem Platz des ewig jungen Fants, des lachenden Hallodris, des Poeten, der nichts ernster nimmt, als er sich selbst als etwas Ernstes anerkennt. Das aber will ich nicht. Ich will für Paulchen nicht der Freie in den Sitten sein. Ich will mich wandeln, äußeren und inneren Hausputz halten, alle Schlacken von mir kehren – ich will ein Ideal sein!«

Oh, jetzt lacht der Freund! Ich sehe rot. Wie gut kann ich den Tatbestand des Totschlags im Affekt verstehen! Ich könnte diesen Satan mit meinen bloßen Händen hier erdrosseln.

»Ein Ideal!« Der Freund drischt sich auf die Schenkel, wiehert vor Vergnügen. »Du bist verliebt, so wahnsinnig verliebt, daß du verblödest. Schau doch in deinen Spiegel, sieh genau dich an: die wirren Haare, dieses Jungenlächeln, dieser Schelmentanz der Augen – *das* bist du! Willst du die Träumerei der Liebesblindheit in dein Leben setzen? Willst du, wie in diesen sieben Tagen, nur in Sterne blicken und mit dem Nebel tiefempfundene Gespräche führen? Oh, du verkappter Scharlatan, du Fant, du ewig großer Junge – wer in der Liebe anders wird, als er im Wesen ist, der braucht die Liebe nur als Tarnkappe seiner Unzulänglichkeit.«

Es tut mir leid, ich habe diesen Freund doch nicht erwürgt. Ich habe mit ihm eine große Flasche Schnaps getrunken und geschworen, so zu bleiben, wie ich bin. Mein Häuschen glänzt vor Sauberkeit und Frische, wie Puppenstuben sehen meine Zimmer aus – nur, ich habe mir die Haare nicht schneiden lassen, habe mir keine Hose aufgebügelt. Was ich habe, ist – ein süßer Schwips.

Ob Paulchen mit mir restlos einverstanden ist? Ob mancher Fehler doch nicht ihre Augen reizt?

Wirklich, ich habe Angst vor morgen, schrecklich große Angst.

Ich werde diese letzte Nacht bestimmt nicht schlafen.

Nie hab' ich geglaubt, daß Liebe ängstlich machen könnte.

Sprecht mich nicht an – ich bin für niemanden zu sprechen! Ich irre durch das Haus, ich ordne nun zum zehnten Mal die Blumen, die Messingklinken meiner Türen senden Sonnenblitze aus, der Teppich wird umschritten, denn jeder Gehfleck stört, die Lederbände mit dem Golddruck meiner Lexika sind nochmals blankgeputzt, und meine Schuhe habe ich eine Stunde lang gewienert. Der Satyrfreund hockt auf der Holzbank der Veranda und flötet Schuberts Ständchen aggressiv und laut. Ich möchte ihn erschlagen, ihn erdolchen – er macht mich zum Amokläufer, denn er pfeift die berühmte Liebesmelodie auch noch provozierend falsch.

Ich suche meine Hände und finde sie nicht. Sie flattern über die Gardinen, ordnen Falten, zupfen Decken gerade, sie rücken Vasen, schieben Sessel, wischen nochmal Staub, wo längst keiner mehr ist.

In einer Stunde kommt doch Paulchen, kommt zu mir in dieses Haus ... auch zum Satan, wenn der Freund noch länger bleibt. Hört er nicht gleich auf zu pfeifen, kann sie mich im Irrenhaus besuchen.

Ein Einheimischer, ein junger Bursche, kommt aus dem Tal heraufgekeucht. Er hat's eilig. In seinem Korb trägt er eine Fülle herbstlich bunter Blüten mit keinen – oder fast keinen – Stengeln mehr. Ich trete aus dem Haus, blicke ihm entgegen, wundere mich. Ich habe diesen Jungen nicht bestellt, kenne ihn noch nicht mal. Ob schon das ganze Städtchen weiß, daß heute sich mein schönster Tag vollendet?

Der Junge steht in einem Alter, das schwanken läßt, wie man ihn anzureden hat.

»Du ... Sie ... wollen zu mir?« frage ich ihn.

»Nein, zu dem Herrn da«, sagt er und zielt mit dem Zeigefinger auf meinen Freund. »Er hat für heute Blumen auf den Berg bestellt. Ich bin von der Gärtnerei Kellermann.«

Der Freund gibt eine Antwort in dem Dialekt dieser Gegend, nimmt den bestellten Blumenkorb entgegen und drückt dem Jungen etwas in die Hand. Das Trinkgeld muß ziemlich groß sein, denn im Gesicht des Jungen leuchtet es auf, er reißt die Mütze vom Kopf und stammelt Dankesworte. Dann eilt er beschwingten Schrittes den Hang hinab. Der Freund aber beginnt die Treppe meines Hauses mit den Blüten zu bestreuen.

Ich stehe sprachlos – was fällt diesem Burschen ein? Es ist ja fast, als ob man zum Begräbnis streue (und andererseits den Rosenteppich einer Hochzeit legt). Was soll denn Paulchen denken, wenn sie diese Blumen sieht? Ob sie nicht Angst hat, dieses Häuschen zu betreten? Denn auch innen wogt ein Blumenmeer, und allzu deutlich ist der Schmuck in seiner stummen Sprache.

Vielleicht ist's nur ein kleiner Herbstbesuch von ihr, der seine Unverbindlichkeit in amouröse Worte kleidet, vielleicht will Paulchen nur aus Mitleid mich beglücken, um meine Einsamkeit für Stunden zu erhellen.

Mich packt der Zweifel wieder mit Allgewalt, und schmerzend ist der Schlag des Herzens, das nicht Lösung weiß. Ob Paulchen mich auch wirklich lieben kann? Mir ist es unbegreiflich, wirklich, ich versteh' die Frauen nicht, die heiß behaupten, daß sie willenlos mich lieben. Wenn ich mich selbst in einem Spiegel sehe – na ja, ich weiß nicht, ob die Liebe doch nicht Lüge ist. Die langen, stumpfen Haare sind nicht liebenswert, der schlanke Körper wirkt mir gar zu schmächtig, das ganze Antlitz ist durchdrungen von

Arroganz und Dünkel. Allein die blauen Augen könnte man gelten lassen – und sie allein kann eine Frau nicht lieben.

Wirklich, es ist ein großes Rätsel, ob ich Paulchen auch gefalle. Ich kann es nicht begreifen bei dem Mittelmaß, das ich an mir entdecke. Vielleicht verwandelt sich der Mensch in den Augen einer liebesoffenen Frau, vielleicht empfindet sie als schön, was ich verachte. Jedoch, was kümmert's mich, was starre ich so dümmlich in den Spiegel – in einer halben Stunde ist doch Paulchen hier und legt mich in die Schale meiner Schicksalswaage.

Das Pfeifen meines Freundes ist verstummt. Ob er noch immer streut und jetzt vielleicht Girlanden windet? Wenn er ein Schild mit Blumenschrift »Herzlich willkommen« noch verborgen hat, dann erschlage ich ihn mit diesem Schild – wahrhaftig, ohne Reue tu' ich das!

Jedoch, der Freund ist fort, er hat sich leise weggeschlichen und läßt mich jetzt in meiner peinigendsten Stunde noch allein.

Oh, dieser Schuft, dieser billige Freund – nur pfeifen kann er, mit Aphorismen zur falschen Zeit um sich werfen und Blumen am falschen Ort streuen –, doch wo und wann er echt helfen sollte, kriecht er in den Busch und läßt den Freund allein in seinem eigenen Safte schmoren.

Wahrhaftig, Magenschmerzen habe ich jetzt auch noch, die Kehle ist so trocken, und schon dreimal war ich auf der Toilette! Ob das das Lampenfieber ist, von dem man in vielen Büchern liest und das ich immer als den Ausdruck einer Willensschwäche sah? Bin ich im

Willen schwach? Ach was, ich weiß schon, was ich will – jedoch, ich weiß nicht, ob das, was ich will, auch richtig ist.

Noch eine Viertelstunde. Von fern pfeift schon der Zug. Oh, Paulchen, Paulchen, kennst du diesen Drang, mit dem Kopf gegen eine Wand zu rennen, um endlich dieses innere Zittern abzutöten? Wo bleibt denn meine weitgerühmte Burschikosität, die Frechheit meines Fanttums, meiner Jungenhaftigkeit? Es hat doch keinen Zweck, untätig hier herumzustehen. Nervös schon schlagen meine Knie aneinander. Dies Warten ist ja fürchterlich, es ist das Fegefeuer meiner schwarzen Seele. Hätt' ich den Schnaps vor mir selbst nicht weit versteckt, es hielte mich keiner ab, mich zu betrinken.

O Paulchen, welchen Menschen willst du lieben?

Ich pfeife überlaut und grell den Triumphmarsch aus Aida.

Von fern heult es, es schweben weiße Wolken aus der Senke, das Rollen vieler Räder aus Stahl erschüttert die Luft, der Zug kommt. Paulchen sitzt darin ... ich pfeife, und die Finger trommeln hart den Rhythmus an die blankgeputzte Fensterscheibe. Da naht die lange Schlange schwarzer Wagen, stampft in das Tal und windet sich um einen Berg. Die Dampfpfeife schrillt, und der Rauch pufft aus der Esse, aus kleinen Fenstern recken sich noch kleinere Köpfe, um Ausschau zu halten nach dem Bahnhof – und ich steh' hier in meinem Wohnzimmer, beobachte das ganze Schauspiel, als ginge es mich nichts an, statt dort am Bahnhof die Ersehnte zu erwarten. Ich starre in das Tal und trommle, statt sie den Berg heraufzuführen ...

Ich bin ein alter Trottel, wirklich, bin noch immer ein Phantast, ein Träumer ... ich bin nicht wert, daß man nur eine Sekunde an mich denkt!

Der Zug entschwindet meinen Blicken, hält im Bahnhof. Ich sinke in den Sessel, schließe fest die Augen und verfluche mich. Jetzt stauen sich die Menschen an den Sperren, es leert der Bahnsteig sich, nur eine junge Dame steht allein noch in der Halle, sieht sich um, sucht jemanden, schüttelt ihre blonden Locken, wartet ratlos, blickt ständig um sich, wartet ...

Die Leute drängen sich an ihr vorbei, sie hasten nach dem Ausgang ... und Paulchen wartet, wartet.

Ich stöhne, stampfe mit den Füßen auf die Erde und hasse mich, wie ich noch keinen fremden Menschen gehaßt habe. Ich kann nicht sagen, warum ich nicht zum Bahnhof lief, ich weiß nicht, welcher Wahnsinn mich gefangenhielt.

Durch meine Finger, die ich vor das Antlitz halte, blicke ich auf die Uhr – 11.10 – jetzt muß sie den Bahnhof verlassen haben, nachdem sie den Weg zu mir erfragt hat. Und ihr Koffer, was ist mit dem? Ließ sie ihn in der Gepäckaufbewahrung zurück? Oder schleppt sie sich selbst ab damit? Mein Gott!

»Narr!« schreie ich. »Ich Narr! Ich Irrer! Ich Feigling, Scharalatan, Phantast, Träumer!«

Und ich reiße wild die Tür auf, stürme den Berg hinunter, springe über Steine, stolpere, stürze – ach, was tut's! –, hetze weiter, meine Haare wehen, mein Atem pfeift ... blinkt nicht ein helles Kleid dort durch den Tann, täusche ich mich? Nein, sie ist's ... Paulchen, Paulchen ... wen sehe ich an ihrer Seite? Keinen anderen als meinen Freund, er schleppt ihren Koffer ... ich verzeihe ihm alles ... ich fliege ... nein, ich stürze, will stürzen, doch zwei Arme fangen mich auf, schmiegen weich sich um meinen Hals, und dunkel ist's um mich, als ich den ersten Kuß der roten Lippen trinke ...

Nun ist es Abend, um die Berge braust der Föhn, der Geist der Wälder bläst im Tann die Flöte aus dem weißen Birkenholz. Ich liege auf der Couch, den Kopf in Paulchens Schoß gebettet, und küsse jeden ihrer zarten Finger, die so liebevoll mich streicheln. Nur eine kleine Lampe brennt im Winkel dieses Raumes ... und leicht gleiten die Herzen im Boot des Glücks durchs Silberwasser unseres Sees der Sehnsucht.

Wir sprechen nicht, denn jeder Ton entheiligt diese Stille. Wir schließen die Augen, selig in der Wärme unserer Körper ... wir fließen ineinander wie das Traumbild unserer Seelen ... allein nur Gott spricht zu uns mit den Stimmen der Natur.

»Ich glaube an das Leben«, flüstert Paulchen, »ich glaube an die Schönheit im Menschen ...«

»... und an den Gott, der uns die Menschlichkeit als heiligstes Geschenk verwahrte«, ergänze ich.

Und laß uns wieder schweigen. Diese Stille ist so satt von Glück, so prall von Wonne ... Hörst du die silberne Melodie, die aus den Wäldern kommt? Die Tannen spielen sie am Harfengitter ihres Mondes. Hör nur, die Elfen kränzen unser Haus, und Pan bläst auf der Flöte seine Liebeslieder. Die Bäche spielen klingend mit den Steinen, und Oberon, der Elfenkönig, küßt Titania, die spröde.

O Ersehnte, lege deine Hände auf mein Herz, sie

sind der Kelch, in dem die Tränen reinen Glücks sich sammeln . . .

Dieses Lebens Becherfülle
trinke ich mit einem Zug,
und im Taumel stürzend hülle
ich das Herz ins Weltenbuch.

Mögen dann die Götter fluchen
des gestürzten Ikarus –
ewig wird der Mensch sich suchen,
weil den Mensch er lieben muß!

Wie fern die Sterne glitzern – singen sie nicht auch? Oh, schließe beide Augen, gleite ins Vergessen . . . ich führe dich hinein ins Land des Traumes . . .

Komm, fürchte nichts, ich kenne jeden Steg . . . hoch über eine Sonnenbrücke führt die Straße . . .

Ist es nicht Gottes Gnadenblick, daß ich ein Träumer bin?

Oh, küsse mich, Ersehnte . . .

Ich habe Paulchen ganz allein für mich . . .

Gesang der Rosen

Von allen Glückverlass'nen bin ich der,
dem größter Jammer an das Herz gedrückt.
Ach, könnt' ich sterben – welches Glück
wär mir der Tod, er fiele mir nicht schwer!
Denn dieses Leben ist nur Angst und Not,
das hold'ste Wesen, Adanasia, ist tot –
oh, wie der Schmerz mich angreift mit Gewalt!
Verräter Tod, es ist dein Ruhm, zu sagen,
daß du das Beste dieser Welt erschlagen!

Was hilft mir Geist und Ehrfurcht, muntrer Scherz,
freundlich Willkommen und ein edles Herz,
was hilft mir alle Tat und Worte Macht? –
Oh, dunkle Welt, ich muß dich furchtbar hassen,
nichts bist du wert, seit dich mein Glück verlassen!

Pons de Cupdueil, Troubadour
(um 1180–1190)

... Nicht weit von Avignon in der fruchtbaren Provence liegt das Städtchen Carpentras. Zwischen seinen verfallenen Ringmauern träumt noch die Erinnerung an die zärtlichen Lautenlieder der Troubadoure, blühen die Rosen mit gleicher Glut wie vor 800 Jahren, und schauen die Augen der Mädchen sehnsüchtig nach dem Ritter aus, der aus den nächtlichen Büschen tritt und die Welt der Liebe in die Glut seiner Verse bannt.

Träumend liegen die grauen Häuser in der südlichen Sonne, träumend und weich ist der Gesang, der über den Feldern erklingt – träumend in Erinnerungen lächelt das Land durch die Jahrhunderte, wartend und hoffend, daß dereinst sich der Glanz der Troubadoure neu belebe ...

Es ziehen die Wolken über Carpentras – sie nehmen das Lied der Sehnsucht mit zum Thron des gnädigen Gottes ...

I

Ganz oben auf der Kuppe des mit Gebüsch bewachsenen Hügels lagen sie in der prallen Mittagssonne, kauten an Halmen, zeichneten mit den Fingern in der Luft die Formen der ziehenden Wolken nach, freuten sich über die Wärme der Strahlen und den Duft des hohen Büschelgrases und warteten auf das Läuten der kleinen Glocke auf dem schmalen Turm der Kirche unten im Tal.

»Gleich muß sie läuten«, sagte der sechzehnjährige André Tornerre, der Sohn des Küsters von Carpentras, zu der mit geschlossenen Augen lächelnden Jeanette Tergnier und drehte sein von schwarzen Locken umrahmtes Jungengesicht hinüber zu ihr. »Es ist doch gleich Mittag – oder glaubst du, noch nicht?«

Jeanette schüttelte den Kopf und zerpflückte mit immer noch geschlossenen Augen einen Wiesenklee. »Ob man zu Hause nach uns suchen wird?« fragte sie, richtete sich plötzlich auf und sah den Jungen mit großen, sehr dunklen Augen an. Ihre dichten, pechschwarzen Locken ringelten sich wie Schlangen um das gebräunte Gesicht. »Warum hast du mich eigentlich so hoch auf den Hügel gelockt? Um in der Sonne zu liegen und Gräser zu kauen? Unten warten sie mit dem Essen auf uns, und mein Vater . . .«

»Ach, vergiß im Moment deinen Vater.«

André setzte sich auf und blickte über die sonnige Weite der Provence. Am Rand des blaßblauen Himmels, fast dort, wo er auf die dunstige Erde stieß, floß breit und träge die Rhône. Auf den Feldern leuchteten die bunten Tücher der Mägde, und am Fuß des Hügels weideten die Herden der breitschädeligen provenzalischen Rinder, deren lange Hörner sie unverwechselbar machen.

»Ich habe dir ein Geheimnis zu verraten«, fuhr André fort, während Jeanette die Arme um ihre an den Leib gezogenen Knie schlang. »Ein Geheimnis, meine liebe Jeanette, für das der Trubel da unten zu laut und der Heuboden hinter eurem Haus nicht erhaben genug ist.«

Er verstummte und schaute wieder über das Land. Die kleine Jeanette blickte ihn von der Seite an und wartete ein wenig widerstrebend, im Inneren aber gespannt und voll prickelnder Neugier, auf das Geheimnis des Küsterjungen. Ein leichter, heißer Wind blies durch ihre Locken, während André ein vergilbtes, zusammengefaltetes Papier aus der Tasche zog, sich nach allen Seiten umschaute, als müsse er einen kostbaren Schatz vor Entdeckung durch Fremde bewahren, und sich dann wieder an Jeanette wandte.

»Ich habe unter der Krypta der Kirche, in der kleinen Felsenkapelle, weißt du, einen steinernen Block, der sich bewegen ließ, gefunden. Hinter dem Block lag eine Nische.«

Jeanette sah ihn mit großen, ziemlich ungläubigen Augen an und strich sich eine Locke aus der Stirn.

»Einen steinernen Block und eine Nische?« fragte sie dann, als André, die Wirkung seiner Worte abwartend, schwieg.

»Ja, eine kleine aus dem Fels gehauene Nische. In dieser befand sich ein kleiner hölzerner Kasten mit allerlei Sprüchen in einem fremden Dialekt, und in dem Kästchen lagen fein gefaltet lauter eng beschriebene

Pergamente – Gedichte, Lieder Romanzen und Liebesverse . . .«

Jeanette war aufgesprungen, aber André fuhr sie ziemlich barsch an: »Setz dich, damit man dich im Tal nicht sieht! Oder interessiert dich das Ganze nicht?«

»Doch, André, aber . . . aber sag mal, hast du das Kästchen deinem Vater schon gezeigt?«

»Nein.«

»Und dem Abbé Bayons auch nicht?«

»Dann hätte ich das Kästchen nicht mehr.« Und mit einer plötzlich ausbrechenden Heftigkeit packte der sechzehnjährige Knabe das Mädchen am Arm und zog es wieder herab ins Gras. »Schwöre mir bei all deiner Seligkeit, beim Augenlicht deiner Eltern und dem himmlischen Segen«, sagte er dabei, »daß du niemandem etwas erzählst – auch nicht dem Abbé Bayons.«

»André . . .«

»Schwöre!« sagte er hart. »Oder ich verbrenne das Kästchen und leugne, es gefunden zu haben. Ich werde es dem Abbé geben, wenn ich alle Gedichte abgeschrieben habe, das verspreche ich dir. Und nun schwöre!«

»Ich schwöre«, fügte sich Jeanette Tergnier, und ihre fast schwarzen Augen waren trübe, als wäre ein Schleier darübergezogen. Ein wenig ängstlich befreite sie sich aus der Hand des Jungen und rückte etwas ab von ihm, als fürchte sie, er könne ihr mit weiteren harten Griffen blaue Flecken zufügen.

»Ich habe das erste Gedicht, ein Lied, bereits abgeschrieben«, sagte er nun. »Es ist ein Troubadourlied. ›1166‹ stand darunter und der lustige Name ›Marcabrun‹.« Ein wenig lehrerhaft beugte er sich zu der staunenden Jeanette hinüber und fuhr fort: »Hier in der Gegend, in der Provence, lebten nämlich die Troubadoure, weißt du, junge, lustige und feurige Ritter, die von Burg zu Burg zogen, die Schönheit der Frauen besangen, für die Ehre der Frauen stritten und berühmt und reich wurden. Minne nennt das Ganze der Abbé Bayons und schimpft darüber. Ich aber finde es herrlich, wie das war, auf einem wilden Roß von Burg zu Burg zu ziehen, zu singen und zu streiten und die ganze Welt zu lieben, die unter den Hufen eines Pferdes lag. Gäbe es das heute noch, würde ich dich als die schönste der Frauen besingen und deinen Ruhm in alle Lande tragen. Dann würde man mich in Avignon, in Arles, in Nimes, in St-Etienne und in Lyon fragen: ›Wer ist die Schönste deines Landes?‹ Und alle würden sie erfahren: Jeanette Tergnier, die Tochter des Schmiedes von Carpentras.«

André hatte mit lauter, fast singender Stimme gesprochen und betrachtete nun verzückt und erhitzt das weite Land, über dem die heiße Luft flimmerte.

»Wäre das nicht herrlich, Jeanette?« fragte er.

Sie blickte ihn stumm mit ihren großen Augen an und fürchtete sich. War dies noch André, der Küsterjunge? War dies der stille, fast zu stille Spielgefährte, der stundenlang am Mühlenbach saß und dem Wiegen der Algen im Wasser zusah? Scheu rückte sie noch ein wenig weiter von ihm ab und schielte zu ihm hin, voller Angst, sie könnte jeden Augenblick einen unkontrollierten Ausbruch von ihm erleben. Sie erkannte ihren André nicht wieder. Es war ein fremder Junge, der da am Rand des Hügels hockte, mit brennenden Augen in die Weite starrte und ungeduldig große Büschel Gras aus dem Boden riß und sie mit nervösen Händen zerpflückte und zur Seite schleuderte. Wirklich, sie hatte Angst vor den zitternden Lippen in dem zuckenden, fast verkrampften Gesicht, das plötzlich so männlich und reif aussah und nur noch wenig dem des Küsterjungen André Tornerre glich.

Und die Augen ... diese heißen, brennenden Augen ...

Im Tal erklang der Ton einer kleinen, hellen Glocke und durchbrach die heiße Stille, bis er sich in der Weite des flimmernden Himmels verlor.

»Die Glocke«, sagte Jeanette aufatmend. Ihr gaben der helle Klang und ihre eigene Stimme Mut. »Dein Vater zieht jetzt am Seil. Er wird uns suchen, wenn er fertig ist.«

Der Knabe saß mit geschlossenen Augen am Rand des Hügels und drückte das Blatt Papier fest an seine erregt atmende Brust.

»Ich sehe den Troubadour den Schloßberg hinaufreiten«, sagte er versunken. »Vom Söller winken sie ihm zu, die Zugbrücke rasselt herab, und vom Turm ruft ihm die Glocke einen Willkommensgruß entgegen. Große rote Rosen blühen in den Gärten – Preise für das schönste Lied auf die schönste Frau. Und unter dem blauen Himmel singen selbst die Vögel die Melodie seines Herzens. – Höre, Jeanette, was der Troubadour singt, lausche dem Klang seiner Laute, der süß ist wie der Schlag der Nachtigall. Ich, der Troubadour Marcabrun, singe dir mein Lied ...«

Und indem er den linken Arm, wie wenn er eine Laute halten würde, ausstreckte und mit der rechten Hand das Zupfen der Saiten andeutete, sprach er mit schwingender Stimme in den Ton der Glocke hinein, und seine Worte woben sich ein in den heißen Atem des Windes:

»Blütenpracht liegt wie ein Zauber
leuchtend mir im lock'gen Haar,
meiner schönsten Frauen Hände
boten ihn mir gütig dar.

Im Turniere unbesiegbar,
in der Schlacht ein Fels im Meer,
fällt mich nur der Liebe Pfeile,
und es schützt mich keine Wehr.

Liebe Frauen, schenkt das Lächeln
Eurer Huld dem Troubadour,
jauchzend sing' in allen Landen
ich von Eurer Schönheit nur!«

In sich versunken, verstummte André und bedeckte sein glühendes Gesicht mit dem raschelnden Papier. Ein unverständliches Gestammel aus seinem Mund wurde dann laut.

Bebend vor Angst, Verwunderung, Freude und Ehrfurcht saß Jeanette neben ihm. Zögernd hob sie die Hand, zuckte ein wenig zurück, doch dann fuhr sie ihm über die wirren schwarzen Haare und sagte sanft: »Schön, André . . . wunderschön . . .«

»Wirklich schön?« fragte er, sie anblickend. »Gefällt es dir tatsächlich?«

»Ja.«

»Er ist auch ein berühmter Troubadour, dieser Marcabrun. Ich habe in Vaters Lexikon nachgesehen. Von 1140–1185 lebte er.«

»Und so alt ist das Lied, das du gefunden hast?«

André zögerte einen kleinen Moment mit der Antwort, er strich über das zerknitterte Papier, bewegte stumm die zuckenden Lippen, dann nickte er nur und blickte wieder hinunter ins Tal.

Wie herrlich lag dieses gesegnete Land in der Sonne! Heilige Erde, aus deren Schoß die Kulturen sprossen, Fruchtbare Erde, die Jahrhunderte trug und aus deren Schollen der Atem der Ewigkeit strömte. O herrliche, stolze, mächtige, schönheitstrunkene Provence, Wiege der in Verse geschmolzenen Liebe, Region wehender, bestickter Schleier um lange, geflochtene Locken.

Provence – du Mutter romanischen Lebens!

André Tornerre steckte das zerknitterte Papier wieder in seine Tasche und erhob sich, während Jeanette im hohen Gras sitzenblieb und verwundert zu ihm aufschaute.

»War das alles?« fragte sie und traf noch keine Anstalten, sich ebenfalls zu erheben. »Und die anderen Gedichte?«

»Ich muß sie erst noch abschreiben«, antwortete André und wischte Grashalme von seiner Hose. »Ich wußte ja nicht, ob dir auch nur eines gefällt. Aber nun, da ich sehe, daß das der Fall ist . . .« Er zögerte und sah scheu lächelnd auf das Mädchen hinunter, dann sagte er entschlossen: »Nun werde ich die anderen auch noch abschreiben.«

Jeanette nickte und stand jetzt ebenfalls auf. Sie war mit ihren fünfzehn Jahren sehr gut entwickelt, trug mit sichtlichem Stolz ihre feste junge Brust unter dem engen Kleid und ahnte aus den Blicken der Burschen im Dorf, daß ihre Hüften und Schenkel das Eckige des

Kindlichen zu verlieren und sich zu runden begannen. Gemessen an ihr, wirkte André Tornerre wie ein Mitteldingzwischen einem Knaben und einem Jüngling. Nur wenn man in seine tiefen Augen blickte, wurde man stutzig und ahnte unter den widerspenstigen Haaren die nicht mehr lange zu bändigende Kraft, die hervorzubrechen sich anschickte.

»Vielleicht ist es doch unrecht, dem Abbé Bayons den Fund zu verschweigen«, meinte Jeanette.

»Du hast geschworen«, antwortete der Junge, und der harte Wille ließ wieder die Backenknochen in seinem Gesicht hervortreten. »Beim Augenlicht deiner Eltern hast du geschworen!«

Aber plötzlich entspannten sich seine Züge, und ein träumerischer Schleier legte sich über die braunen Augen. Mit einer scheuen Bewegung legte er den Arm um Jeanettes Schulter und drückte seine Wange an ihre von der Sonne heißen Locken.

»Möchtest du das Lied haben?« fragte er sie sanft.

»Ach ja, bitte, schenk es mir«, antwortete sie und blickte in das Gesicht Andrés, das von innen heraus zu leuchten schien.

Wie unheimlich er ist, mußte sie wieder denken, wie fremd, wie weit fort von mir, obwohl ich seinen Arm spüre. Soll dies schon der erwachsene André sein?

Sie schüttelte unmerklich den Kopf. Sie konnte sich noch kein Urteil erlauben. Sie selbst, früh gereift unter der südlichen Sonne, fühlte ja das Aufblühen ihres eigenen Körpers, sie ahnte ja selbst, daß noch Geheimnisse, süß, schwer und trunken wie der rote Wein an den Hängen in ihren Gliedern schliefen, Geheimnisse, die in den Sommernächten wie heiße Wellen über ihre Brust fluteten und in ihr den wilden Drang weckten, an den Büschen entlangzustreichen, um da das leise Lied eines lockenden Ritters zu hören.

Ob auch André diesen süßen Taumel kannte? Ob das Leuchten seines Gesichts wohl Sehnsucht ausdrückte nach den Tiefen seines Wesens, das er jetzt langsam aus seinem Glauben an sich selbst gewann?

Er wurde unheimlich, dieser André, richtig unheimlich.

»Wenn ich dir das Lied schenke«, sagte er nach einer Weile und betonte jedes Wort, »dann darfst du es niemandem vorlesen oder zeigen, es nicht einmal erwähnen. Es ist nur ganz allein für dich, hörst du, nur du sollst davon wissen . . .« Er zögerte, doch dann sagte er mutig: ». . . weil du so schön bist!«

Und er zog das zerknitterte Papier wieder aus der Tasche, drückte es ihr in ihre kleine, weiche Hand, deren Finger sich schnell um das kostbare Blatt schlossen, sah ihr noch einmal tief und beschwörend in die hübschen Augen und drehte sich plötzlich schroff um, als müsse er befürchten, seine Tat zu bereuen. In großen, weiten Sätzen eilte er den Hügel hinab und ließ Jeanette allein auf der Kuppe im heißen Wind zurück.

»André«, sagte sie leise und drückte das Papier an die junge Brust. »André, warum läufst du denn davon?«

Aus dem Tal herauf drang von den Feldern der Gesang der Mägde, und ihre Lieder bejubelten die Schönheit dieser Welt.

*

Im Küsterhaus neben der kleinen Kirche saß der breite Schmied Jean Tergnier dem spitzbärtigen etwas gebeugten Küster Marcel Tornerre gegenüber und bemühte sich, die Anwesenheit der Hausfrau, der silberhaarigen Yvonne Tornerre, zu respektieren. Er dämpfte seine von Natur aus laute und polternde Stimme, der es gegeben war, bei der Arbeit den Lärm des Hufschlags zu übertönen und die weite Werkstatt zu füllen. Mit sichtlicher Anstrengung suchte er in seinem derben Wortschatz die gewähltesten Redewendungen, um die Frau des Küsters in keiner Weise zu schockieren.

Aber so groß seine Mühe auch war, die anzuerkennen Yvonne Tornerre nicht umhin konnte, seine Stimme blieb doch ein dumpfes Grollen, und seinen Worten fehlte der diplomatische Schliff, für den es im Rauch der Kohlenfeuer seiner Schmiede keinen Platz gab.

»Ehrlich gesagt, lieber Marcel, ich sehe es nicht gern, wenn dein Bengel, der André, mit meiner Jeanette die Hügel durchstreift. Nichts gegen deinen André, versteh mich recht, er ist ein braver Bursche und anständig – das will ich nicht anders sagen. Aber er träumt mir zuviel, weißt du, er macht mein Mädel meschugge mit seinen Geschichten aus früherer Zeit, mit seinen Troubadouren, Minneturnieren und romantischen Flausen. Mein Mädel soll im Leben stehen, soll anpacken, soll wissen, wozu die Hände da sind. Das habe ich immer so gehalten und bin ein redlicher Mann geworden. Aber dein André – versteh mich nicht falsch –, dein André dreht dem Leben den Rükken zu. Er liegt im Gras, reitet mit den Wolken in die

Unendlichkeit und steckt damit auch mein Mädel an.«

Er verstummte, putzte sich mit einem grobgewirkten Taschentuch die Nase und blickte auf den schweigenden, sich den Spitzbart streichenden Küster.

»Doch was das ärgste ist«, fuhr er dann mit erhobener Stimme fort, »was dir, Marcel, besonders an die Nieren gehen muß: Er leugnet Gott!«

Erschreckt ließ Yvonne Tornerre den Löffel fallen, mit dem sie in der Suppe gerührt hatte, während Marcel nur gelassen seinen zerknitterten Kopf schüttelte und sagte: »Das tut der André nicht.«

»Ich habe ihn am Sonntag während der Messe beobachtet«, ereiferte sich Jean Tergnier. »Als der Abbé seine Predigt hielt, saß der Bengel im Stuhl und schrieb in einem Heft. Und als es ans Beten ging, schreckte er auf und wußte nicht mehr, ob er stehen oder knien sollte.«

»Das ist mir neu«, erwiderte der Küster und warf einen schnellen Blick auf seine Frau, die dem Schmied mehr oder minder entsetzt zuhörte. »Ich habe über André nie zu klagen gehabt.«

»Du mußt deine Augen aufmachen. Was macht er denn heute wieder? Längst ist Essenszeit. Vor einer halben Stunde schon hast du den Mittag eingeläutet, und wen sehe ich hier nicht? Euren André. Und wer sitzt auch bei mir zu Hause nicht an unserem Tisch? Meine Jeanette. Der Grund ist klar: Sie liegt statt dessen mit deinem Bengel im Gras, von minniglichen Frauen spinnen die beiden, verträumen ihr Leben und verlieren den Blick für die Welt. Da schlag der Blitz drein – das hört mir auf! Jetzt setzt es was, wenn die meine heimkommt!«

Marcel Tornerre mußte lächeln. Sein André war der letzte, der ihm geblieben war, nachdem zwei Jungen bei Verdun, am Blutberg Donaumont, nacheinander im Heiligen Jahr 1917 gefallen waren, zwei blühende junge Männer, wild und stark wie die Stiere in der Arena von Arles. Gott hatte ihm, dem Küster, André gelassen, und daß dieser träumte, war der Wille Gottes, ein Segen vielleicht, der das heiße Blut, das seinen kriegsfreiwilligen Brüdern zum Verderben geworden war, in ihm zum rauschenden Quell weltferner Gedanken verwandelte. Und war romantisches Träumen nicht fruchtbarer als ungestümes Schäumen, war Träumen nicht ein Sichversenken in das All, in die Sehnsucht nach Frieden, ein Knien am Mund Gottes? Wer zwei Kinder opferte, sieht im dritten ein Mysterium der Liebe.

»Du bist zu streng, Jean«, sagte Marcel Tornerre milde. »Jeanette steht an der Grenze ihrer Kindheit, und André auch. Laß sie doch nach eigenen Gesetzen wachsen. Ein Mensch ist mehr als die ablaufende Rolle einer aufgespulten Erziehung. Und wenn sie beide träumen, bester Freund – das Leben selbst wird sie früh genug auf den steinigen Pfad stoßen, dazu braucht es deine Hand nicht.«

Der Schmied dachte nach. Er kaute an der Unterlippe und runzelte die Stirn. Die einfache Philosophie des Küsters ging ihm wohl in den Kopf, aber sie stand seinen Ansichten über das tägliche Leben konträr entgegen. Und eine Brücke schlagen konnte Tergnier nicht. Er verstand es zwar, ein Bandeisen um ein Faß zu ziehen oder eine Pflugschar zu schmieden, aber im Bereich der Seele und im Labyrinth der wechselnden

Gefühle war er ein Blinder. Sein Wesen war einfach, es ließ sich in Schwarz und Weiß zerlegen und kannte nicht die Nuancen der Farben. Simpel wie sein Wesen war auch der Marsch durch die Fährnisse seines Lebens. Entweder formte es sich in seinen Händen, oder es zerbrach.

Und doch spürte er heute, selbst erstaunt über die späte Erkenntnis, daß es im Leben noch etwas anderes gab als nur ein Links oder Rechts, daß verschlungene Wege existierten, Pfade, die im Dickicht endeten und einem die Wahl ließen, umzukehren oder die hinderlichen Büsche zu roden; er spürte, daß die Kraft nicht allein in den Armen lag, sondern geheimnisvoll und tief verborgen auch in jenem unfaßbaren Etwas, das die Menschen Seele nennen.

»Ich will einmal mit André sprechen«, erklärte Tergnier nach längerer Pause, in der er nachgedacht hatte. »Du hast doch nichts dagegen, Marcel?«

»Nein, Jean. Aber bleib vernünftig. Wenn du den Jungen anbrüllst, sagt er dir kein Wort.«

»Du sollst dabei sein«, antwortete Tergnier und wunderte sich, daß er so ruhig war. »Ich will ihn fragen, wie er eigentlich sein Leben sieht und wo es hinführen soll. Hast du das nie getan?«

Der Küster schaute seine Frau an, aber Yvonne blickte beharrlich in den Kessel, in dem die Suppe brodelte.

Ihr weißes Haar glänzte matt, und ihre Hände zitterten ein wenig beim Rühren.

»Nein«, erwiderte Marcel Tornerre langsam, am Schmied vorbeiblickend. »Nein, ich will André ein möglichst großes Maß an Eigenverantwortung zugestehen. Er selbst soll seinem Leben die Richtung geben können, die ihm vorschwebt. Letzten Endes spricht ja immer Gott dabei das entscheidende Wort mit, vergiß das nicht, Jean. Daran änderst *du* nichts – und *ich* auch nicht.«

Im Flur wurden Schritte laut. Die Küsterin sah von ihrem Kessel auf und wollte aus dem Zimmer eilen, doch da öffnete sich schon die Tür, und André trat ein, erhitzt und rasch atmend vom schnellen Lauf. Er hielt ein verrostetes halbes Hufeisen von verwunderlicher Schmiedeform in der Hand.

»Gesegneten Mittag«, sagte er ein wenig beklommen, als er den Schmied im Zimmer sitzen sah und dadurch an die auf dem Hügel zurückgelassene Jeanette erinnert wurde. »Habt ihr schon lange auf mich gewartet?«

»Das Essen ist gerade erst fertig«, antwortete Yvonne schnell, ehe Marcel oder Tergnier eine Entgegnung finden konnte, und verschwieg dabei, daß sie die Töpfe schon mehrmals vom Feuer genommen und zur Seite gestellt hatte, um nichts verkochen zu lassen.

»Wo ist Jeanette?« fragte der Schmied nun und blickte den Jungen verärgert an, der mit blanken Augen ihm gegenüberstand.

»Sie wird jetzt auch zu Hause sein«, erwiderte André. »Ich habe noch einen Umweg über die Kiesgrube mit ihren Ausschachtungen gemacht. Und dabei fand ich das hier.« Er streckte die Hand mit dem Hufeisen aus und zeigte es dem Schmied. »Es lag im Kies eingebettet, ein paar Meter unter der Oberfläche. Es sieht wie ein Hufeisen aus, aber die Form ist so merkwürdig, ist Ihnen so etwas schon untergekommen?«

Damit überreichte er Tergnier das halbe Hufeisen. Der Schmied drehte es in seinen Händen hin und her, schüttelte brummend den Kopf, hielt es gegen das Licht, rieb etwas Rost vom Eisen, wog das Stück wippend auf der flachen Hand und schüttelte dann wieder den Kopf.

»Ein leichtes Eisen, und klein. Kaum für ein Fohlen. Außerdem beschlägt man Fohlen nicht. Im Kies lag es, sagst du? Hm, na ja, die Pferde mögen damals anders ausgesehen haben.«

»Damals?« Der Junge nahm das Eisen wieder an sich und betrachtete es verzückt wie ein kostbar funkelndes Kleinod. »Damals? Vielleicht, als die Troubadoure durch die Lande trabten? Vielleicht auf Pferden aus Arabien, auf kleinen maurischen Pferden aus Granada oder Valencia? Auf Pferden mit silbernem Zaumzeug und purpurner Satteldecke?«

»Blödsinn!« polterte der Schmied los. »Hirngespinste! Träumereien! Verdreh mir damit bloß nicht auch meinem Mädel den Kopf! Der Satan soll dich holen!«

Als er jedoch sah, wie der Küster Tornerre mißbilligend den Kopf schüttelte und wie in den Augen Andrés der Trotz wie ein Funken aufglomm, biß er sich auf die wulstige Unterlippe und nestelte an dem weichen Kragen seines über der haarigen Brust offenstehenden Hemdes.

»Seid ihr wieder auf den Hügeln gewesen?« fragte er André.

»Ja. Wir haben die Rhône sehen wollen«, antwortete dieser.

»Der Tag war ja auch schön«, sagte der Schmied etwas nachgiebig.

»Er ist noch schön«, erklärte André, und es fiel ihm nicht auf, daß er den Ärger des Schmiedes damit wieder anheizte. »Nach dem Essen wollen wir noch einmal hinaus, vielleicht zur Kiesgrube.«

»So – wollt ihr das?«

»Ja, es kann sein, daß ich noch andere Dinge im Boden finde. Ich will sie sammeln und nach Avignon zum Geschichtlichen Museum bringen. Sie zahlen dort gute Preise für solche Ausgrabungen.«

»Und was willst du mit dem Geld machen?« fragte Tergnier und freute sich, daß sich so das Gespräch ohne Schwierigkeiten plötzlich in die erwünschte Richtung entwickelte.

»Ich möchte mir damit einen Herzenswunsch erfüllen, nämlich einmal nach Paris fahren.«

»*Was* willst du?« Marcel Tornerre sah seinen Sohn entgeistert an, dann blickte er hinüber zu Yvonne, die ebenfalls ganz konsterniert war. »Nach Paris willst du? Was willst du in Paris?«

»Ich möchte in der Staatsbibliothek einmal alle Originale der bisher aufgefundenen Troubadourlieder sehen.«

Marcel Tornerre und seine Frau sagten darauf nichts. Ihre Blicke begegneten sich. Sie lächelten einander an. Ein Jugendtraum, dachten sie nachsichtig, eine Sehnsucht jungenhafter Schwärmerei. In ihnen schwand die Furcht vor dem Wort, das sie zweimal gehört und seitdem tausendfach verflucht hatten, das Wort von Soldaten, von der Garnison Paris, dem Sammelplatz der Gladiatoren, die in der Arena von Verdun verblutet waren. Nun waren es nur die Troubadoure, die Liebesritter eines Jungen, dem der Menschenfrühling in den Gliedern sproß ... und sie lächelten und blickten einander an und dachten an die eigene Phantasie vor vierzig Jahren, an jenen kurzen Lebensabschnitt, den man im Alter wie einen süßen Traum der Erinnerung genießt.

Der Schmied aber fand diese Antwort Andrés ungeheuerlich und vermessen. Sein einfaches Herz fand nicht zum Zaubergarten seiner Jugend zurück. Das war auch ganz natürlich, denn wenn er sich schon einmal in einer stillen Stunde den Erinnerungen widmete, sah er nur Ruß und Eisen, Feuer, Hammerschläge, Prügel und karges Essen. Dazwischen blinkte ganz selten einmal ein Sonnenstrahl, den schnell der Staub der väterlichen Schmiede wieder aufsog. Jetzt blickte er die Küstersleute knurrend an, sah sie vor sich hinlächeln, brummte etwas von »Erziehung zum Wahnsinn« und »meine Tochter aber nicht« und stand polternd auf, ein Berg muskulösen Fleisches und fingerdicker Sehnen, plump und urweltlich wie ein Mammutjäger.

»Geh meinetwegen nach Paris und schluck den Staub der dicken Schwarten, wetz dir die Hosen durch und phantasiere, während dich das Leben dauernd ohrfeigt. Wahrscheinlich merkst du nie, daß die Welt Männer braucht, keine Träumer.«

»Die Troubadoure waren Männer!« rief der Junge laut, und seine Gestalt straffte sich, als wollte er dem Schmied zeigen, wie dieser die Dinge vollkommen einschätzte. »Sie kämpften mit dem Schwert genausogut wie sie die Laute schlugen. Und sie kämpften für das Recht und für die Ehre der Frauen.«

Der Schmied, dem ein Knabe in solcher Weise noch nicht entgegengetreten war, schwankte zwischen Erstaunen und Zorn. Doch als er den Küster und seine Frau mit stolzen Augen den Sohn betrachten sah, drehte er sich um, riß die Tür fast aus den Angeln und stampfte aus der Stube.

»Die werden noch verrückt mit dem! Von zweien haben sie sich sagen lassen, daß Heldentum die höchste Ehre des Mannes sei, und die beiden haben ins Gras gebissen. Der dritte verdreht ihnen den Kopf mit solchen Flausen – na ja, was geht's mich an«, schimpfte er draußen vor sich hin.

Als er vor der Haustür den heißen Wind, der von den Hügeln herabstrich, im Gesicht spürte, blieb er noch einmal stehen, blickte sich kurz um und brummte: »Aber mein Mädel lasse ich mir nicht verrückt machen. Und wenn ich sie an den Amboß schmieden muß; die wird eine Tergnier mit Eisen in den Knochen. Da soll der Teufel doch dreinschlagen!«

Dann strebte er mit weiten Schritten seiner Schmiede zu, und wo er hintrat, starb das Gras unter seinen schweren Tritten.

Im Küsterhaus saß André zwischen seinen Eltern am Tisch und löffelte die Suppe. Man schwieg, sah sich gegenseitig nur verstohlen von der Seite an und widmete der Suppe mehr Aufmerksamkeit, als sie verdiente.

»Du solltest einmal auf den Feldern mithelfen«, sagte Vater Tornerre nach langem Schweigen zu seinem Sohn. »Das ist gesund und stärkt die Muskeln.«

»Ja, Vater«, antwortete André, blickte aber von seinem Teller nicht auf.

»Und ich brauche für den Winter einige Stapel

Holz«, sagte sanft Yvonne. »Die könntest du mir auch hacken, André, das würde denselben Zweck erfüllen.«

»Ja, Mutter«, erwiderte André und fuhr fort, seine Suppe zu löffeln.

Und man schwieg wieder und aß weiter, schob endlich die Teller zurück, und der Küster setzte seine Kappe auf.

»Ich muß die Mahlzeit ausläuten«, sagte er dann und fragte seinen Sohn: »Kommst du mit, André? Magst du heute mal das Seil ziehen?«

Und als der Junge nickte und vom Stuhl aufstand, schob Marcel seinen Arm unter den seines Sohnes, blickte ihn lächelnd an und setzte hinzu: »Anschließend gehen wir hinters Haus und setzen uns auf die Bank. Und dann erzählst du mir von deiner Reise nach Paris und deinen Troubadouren.«

»Ja, Vater, ja!« rief André, und seine Augen glänzten, während er den Arm des Küsters an sich drückte und nochmals glücklich sagte: »Ja, Vater.«

*

Wie ein schwarzer Steinwürfel mit einer spitzen Haube, so lag die Kirche neben dem Küsterhaus im Dunkel der warmen Sommernacht da. Die am Tag blaugrünen Zypressen, die rund um den Kirchplatz standen, sahen aus wie greifbar gewordene Schatten, raschelten und wiegten ihre Kronen, und der gebleichte Sand des Marktes schimmerte mattgrau im verschwimmenden Licht vereinzelter, zwischen den ziehenden Nachtwolken hervorblinkender Sterne. Ein Geruch von dürrem Gras hing in der Luft, und die heiße Erde schien den glühenden Atem des Tages stoßweise wieder auszuhauchen. Der Boden war warm. Wenn man die Hand auf ihn legte, zerbröckelte er und staubte unter den Fingern. Auf den Äckern standen wie schwarze Klötze die Bauernwagen. Irgendwo blökten Schafe in ihren Pferchen. Nur wenige Lichter flackerten noch hinter helleren Fenstern, dort, wo die Heimarbeiter die Nacht zu rastloser Arbeit nützten.

Um den Markt herum herrschte die Stille der Nacht. Das Licht im Schlafzimmer des Abbé Bayons war ausgegangen, das Küsterhaus träumte im Schatten einiger Zypressen. Plötzlich öffnete sich die Gartenpforte einen Spalt, ein wieselschneller Schatten huschte heraus, glitt zur Mauer der kleinen Kirche und wurde von der Nacht aufgesogen, als habe es ihn nie gegeben. Nur ein leises Knarren durchbrach für einen Augenblick die Stille, dann lag der Marktplatz wieder ohne jeden Laut und jede Bewegung da.

Unter der kleinen, alten Kirche hatte man vor Jahren den Altarraum einer jahrhundertealten Kapelle ausgegraben, ein kleines Kreuzgewölbe mit vielen Nischen und abgeblätterten Mosaiken, mit Plattenboden und einem ausgehöhlten Stein, den der Abbé Bayons zu einem Taufbecken ernannte. Einige Sprüche in einem fremden altfranzösischen Dialekt waren rundherum an den Wänden in den Stein gehauen, in groben und ungleich großen Buchstaben, als habe eine ungelenke, trotzdem aber beseelte Hand den Meißel geführt. Heute war dieser alte Altarraum ein Anziehungspunkt für fremde Besucher, zumal der geschäftstüchtige Abbé noch einige Skulpturen hatte anbringen lassen, welche die Wirkung der Ausgrabung auf Laien erhöhten.

Eine steile, morsche Steintreppe führte hinter dem Altar der Kirche hinab in die Gruft der Erinnerungen. Eine leichte Holztür mit einem einfachen Riegel versperrte den Weg; eigentlich schützte allein das an sich hinter einem Altar überflüssige Schild »Betreten verboten« die Gruft vor frevelndem Eindringen.

In dieser Nacht stand die Tür offen, und der fahle Widerschein einer Stallampe glitt über die bröckelnden Stufen zur Rückwand des Altars, an die angelehnt die langen Stiele der samtenen Klingelbeutel standen. Unten im Kreuzgewölbe hockte auf einem zusammenklappbaren Feldstuhl neben dem Taufbecken der Küsterjunge André Tornerre, hatte ein Heft auf den breiten Rand des behauenen Steines gelegt und schrieb mit bedächtigen Federzügen Vers um Vers auf das linierte Papier. Das Flackernde, Heiße seines Wesens war verschwunden, eine kühle, fast andächtige Ruhe kam in der Haltung seines Körpers zum Ausdruck. Die unsteten Finger, am Tage flatternd, hielten die Feder fast graziös und führten sie in kleinen Bögen und Schnörkeln über das Papier. Seine Augen freilich hatten die sprunghafte Beweglichkeit behalten und blickten abwechselnd auf das Papier und in eine der halbdunklen, feuchten Ecken, zwischen Sinnen und Erkennen wechselnd.

Die Luft in der alten Kapelle war kühl, feucht und modrig. In den hier zu erwartenden Geruch nach Verfall und Auflösung mischte sich ein süßlicher Geruch, wie er an heißen Sommertagen auf Friedhöfen anzutreffen ist. Die Stallampe in dem blinden Glassturz flackerte ein wenig und verbreitete ein rotgelbes Licht. Irgendwo in einer Ecke der Gruft tropfte es gleichmäßig die Wand herunter ... klick ... klick ... klick ... eine Geräuschfolge wie von einem Metronom ... eintönig, einschläfernd und in gleichem Maße aufregend.

Was sagte der Schmied? fragte sich der Junge und legte seine Feder auf den Rand des Taufbeckens. Hirngespinste! Träumereien! Die Welt braucht Männer, keine Träumer! Warum versteht denn diese Welt nicht, daß es Bedeutenderes gibt als einen starken Arm und eine geballte Faust? Will diese Welt denn keine Seele kennen? Haben die ewigen Kriege nicht dem Menschen längst gezeigt, daß die größten Werte im Frieden der Selbstentfaltung liegen, in dem, was der Abbé Bayons das Aufgehen des Irdischen in Gott nennt?

Der Junge stützte den Kopf in beide Hände und blickte auf den runden Grund des Taufbeckens.

»Ich will hinaus«, sagte er leise vor sich hin, und der Ton seiner eigenen Stimme inmitten des Moders eines gestorbenen Jahrhunderts schreckte ihn auf und riß ihn empor. »Ja, ich will hinaus. Es ist zu eng in Carpentras – die Welt fängt ja erst an hinter dem Silberband der Rhône. Und dann habe ich die Weite vor mir, die Unendlichkeit des Raumes und die Geheimnisse des freien Lebens.«

Er sah in den Schein der Lampe und schraubte den Docht ein Stückchen höher.

»Der Vater sagt, in der Weite des Lebens verliefe ich mich«, sprach er weiter. »Aber scheuten denn die Troubadoure ein Abenteuer, oder schreckten sie zurück vor den Rätseln der Zukunft? Sie waren frei wie der Adler unter der Sonne, und sie schufen leuchtende Werke, in Verse eingefangene Sonnen. Bin ich nicht sechzehn Jahre alt? Ist diese Welt zu schwer für meine Jugend? Mit sechzehn Jahren begann Alexander ein Weltreich zu erobern; mit sechzehn Jahren ritt einst Konradin als Kaiser des deutsch-römischen Reiches durch das Blumenmeer von Neapel. Mit sechzehn Jahren legte Thomas Morus den Grundstein seiner Utopia. Und ich soll zu jung sein, eine Welt mit Versen auszufüllen?«

Er schwieg eine Weile und starrte in das flackernde Licht.

Eintönig tropfte es von den Wänden ... klick ... klick ... klick ... André mußte husten, die Moderluft legte sich ihm schwer auf die Brust. Ein Reiz, dauernd zu hüsteln, kitzelte in seinem Hals. Er stand auf, nahm die Lampe in die rechte Hand, schritt an den feuchten Wänden entlang, hielt das Licht dicht an die gemeißelten Sprüche und versuchte, sie zu entziffern. Als Küsterjunge von Abbé Bayons besonders beobachtet und geschult, hatte er schon in ganz jungen Jahren den Grundstock des Lateinischen erlernt und sich, getrieben von seinem Wissensdrang, stufenweise vervollkommnet.

Plötzlich blieb er vor einem halbverwitterten Spruch stehen, der unter dem abgeblätterten, nur noch in Konturen erkennbaren Mosaik eines Ritters mit einer Fahne in den graugrünen Stein gemeißelt war.

> Spernere mundum,
> spernere neminem,
> spernere se ipsum,
> spernere se sperni!

Verwundert schaute André den merkwürdigen Spruch

an, der so gar nicht in das Kreuzgewölbe einer Kapelle paßte, und übersetzte ihn, indem er die Worte halblaut vor sich hinsagte:

»Verachte die Welt,
verachte niemanden,
verachte dich selbst,
verachte, daß du verachtest wirst!«

Sinnend hielt er die Laterne an das verfallene Mosaik, betrachtete die Überreste des Ritters und ging dann zum Taufstein zurück, wo er sich wieder auf den Feldstuhl setzte.

»Verachte, daß du verachtest wirst«, sagte er leise, strich mit dem rechten Zeigefinger über das heiße Dach der Lampe und starrte in das flackernde Halbdunkel. »Ob man wirklich verachten soll, was einen nicht versteht? Liebet eure Feinde, steht geschrieben. Ist Liebe im Kampf um das Leben stärker als Verachtung?«

Es war André nicht möglich, darauf eine Antwort zu finden. Das lag nicht im Bereich seiner unreifen Gedanken. Allein das harte ›spernere se sperni‹ bohrte sich tief in das Bewußtsein Andrés, der plötzlich eine neue, unbekannte, nie gesuchte Welt in einem einzigen Spruch fand. Die Hügel von Carpentras, über die der heiße Wind strich, die Weite der sonnenüberfluteten Provence, die Täler waren seine Heimat, seit sich seine Gedanken im Leben zurechtfanden und seine himmelstürmende Jugend sich auslief in der scheinbaren Unendlichkeit der Rhône, die fern am Horizont mit dem blaßblauen, flimmernden Himmel verschmolz. Haß und Verachtung waren ihm frend – von ihnen war wohl zu lesen in Büchern, und ihre Begriffe konnten eine Phantasie beschäftigen, aber in seinem Leben besaßen sie keine Wirksamkeit und wandelten sich höchstens in Trotz und Einsamkeit um.

Oh, Einsamkeit kannte er! Wenn er allein durch die Gegend streifte, nur den Geruch der Erde und der Pflanzen um sich, wenn er auf einem seiner geliebten Hügel lag und die brennenden Gedanken mit den Bildern glänzender Vergangenheit veredelte, dann spürte er manchmal in der Brust eine große Leere, verbunden mit dem verzehrenden Wunsch, um sich einen Menschen zu haben, dem er den Traum seines Wesens anvertrauen durfte; einen Menschen, der ihn verstand, ihm wissend in die Augen sah und nickte. Nur nickte, sonst nichts, nur nickte, er brauchte ja nicht einmal ein Wort zu sagen. André wäre ja so zufrieden gewesen mit dem zartesten Hinweis auf sein Ich.

Ja, diese große Leere nannte er nun Einsamkeit. Selbst der Gedanke an Jeanette, an ihre schwarzen Augen, an das Streicheln ihrer Hände, an das Lächeln, bei dem zwischen den vollen Lippen ihre Zähne weiß und lockend glänzten, selbst das noch nicht ausgelotete Glück, das er empfand, wenn er ihren heißen Körper neben sich sitzen spürte, verdeckte nicht das drückende Gefühl, daß um ihn eine Welt lag, die ihn nicht verstand, hohl, phantasielos, leer im Alltag, ausgepumpt, verroht, ernüchtert.

Doch Haß und gar Verachtung? Nein! Verachten sollte man den, der eine Seele nicht versteht? Warum verachten? Lieben war herrlicher, und Liebe bezwang Festungen, gegen die von Haß und Gewalt vergeblich angestürmt wurde, und hinter der Liebe lag die sonnige Weite der Erfüllung und das Aufgehen in dem, was der Sinn des Lebens ist: das Menschliche.

Und doch – da stand es, in den Stein gemeißelt, roh und feucht, und die Jahrhunderte vermochten es nicht zu löschen – »spernere se sperni« – die Zeilen irdischer Verachtung!

André Tornerre ergriff die Lampe und ging noch einmal zu dem abgeblätterten Mosaik, betrachtete sinnend die Konturen des Ritters und suchte einen Vers auf die Verbindung zwischen Bildnis und Schrift.

»Es muß ein trauriger Troubadour gewesen sein, der diesen Spruch zu seinem Bild wählte«, murmelte er und schüttelte seinen Jungenkopf mit den wirren Haaren, in denen er während des Denkens mit nervösen Händen wühlte. »So schlecht kann eine Welt nicht sein, daß sie den Menschen fortführt von der Liebe«, flüsterte er und fuhr mit den Fingerspitzen vorsichtig über die kleinen, viereckigen Steine des Mosaiks. »Du hast dich geirrt, guter Ritter, du hättest die Verachtenden lieben müssen.«

André stellte die Lampe auf den feuchten, glitschigen Steinboden vor dem Mosaik und wanderte in der Gruft langsam hin und her. Sein langer Schatten begleitete ihn an den Wänden, wechselte Größe und Gestalt, verschwamm in der Ecke, in welcher das schläfrige, ewige Tropfen seit Jahrhunderten den Stein höhlte, und kam dann wieder aus dem Dunkel zurück. Beide Hände zu Fäusten geballt, so schritt der Küsterjunge in dem dumpfen Raum auf und ab und rang mit seiner Seele um die ängstliche und schmerzliche Erkenntnis, ob wirklich alles, was auf dieser Welt besteht, im letzten sich vor einer Liebe beugt.

Natur und Tier gehorchen dem Gesetz des Schöpfers, allein der Mensch sprengte die Maße der Gegebenheiten und lud die finsteren Götter in der Brust zum gleichen Gastmahl wie die lichten. Da waren seine Brüder, groß und jung, sie rissen Stiere an den Hörnern auf das Gras der Weiden und trugen Fuder Heu auf ihren breiten Rücken in die Scheunen. Sie schäkerten mit den Mägden in den Büschen, und ihre Augen wurden blank, wenn sie die Arme dehnten, um eine süße Last hinauf ins knisternde Stroh zu tragen.

Und eines Tages klang ein Horn durchs Dorf. Man lief, lief diesem Klang nach, zum Horn ertönte die Trommel, und eine Fahne knatterte im Wind, die Stimmen jugendheißer Kehlen fielen ein, die Marseillaise brauste durch die Lande, und Blumen, Blumen regneten auf bunte Helme, bis fern der Klang erstarb und nur die Tränen vom Weinen stiller Mütter und vom Schluchzen junger Bräute auf die sterbenden Blumen tropften.

Dann schrie die Welt, sie brüllte auf und gellte, und Tausende, Millionen schrien mit und röchelten und starben, bis wieder nur der Mütter und der Bräute Schluchzen ertönte und Fluch den letzten Halt des Menschlichen zerstörte. Auch Andrés Mutter fluchte, diese stille, zarte Yvonne Tornerre, sie schrie zweimal gellend auf und lästerte, hob die geballte Faust zur Sonne, drohend, zitternd, die Nägel in die Ballen pressend. Die Knöchel schimmerten weiß durch die Haut, die Adern auf dem Handrücken schwollen blau an, und Yvonne Tornerre schrie in den lachenden Himmel mit irren, flackernden Augen: »Mörder! Mörder du! Du Gott – Mörder!«

Und sie brach zusammen unter der Last dieses Fluches, so daß Marcel Tornerre sie weinend ins Haus tragen und auf das Sofa betten mußte.

Der Mutter wurden dann die Haare weiß; es waren nur zwei Wochen, die von diesem Vorgang in Anspruch genommen wurden. Der Vater wurde stiller, saß oft allein im Garten auf der Bank und sann in das Abendrot hinein, das in der Rhône untertauchte. Er ging bedächtiger umher und las nun noch öfters in der alten, gelben Bibel – doch Haß, Verachtung sah der Junge nie, es sei denn, daß der Vater sagte, Kriege seien teuflischer als Teufel.

André Tornerre blieb stehen, sah den Spruch des Mosaiks an und lächelte.

»Wir wollen einen Pakt miteinander schließen«, sagte er, »denn mit dem Denken allein ist diese Welt nicht zu erfassen. Ich bin noch jung – ich will hinaus, das Leben in all seiner Vielfalt kennenlernen. Ist dieses Leben wert der Liebe, dann, edler Ritter, ist dein Spruch nur eine Lüge, und ich werde ihn mit diesen Händen hier aus dem Stein hauen. Doch hast du recht, dann kehre ich zu dir zurück und beuge mich dem Rat, den du Jahrhunderte für uns aufbewahrtest: spernere se sperni – verachte, daß du verachtet wirst!«

Mit einem Ruck riß André die Lampe hoch und schwenkte sie so erregt um sein Haupt, daß sie flakkerte und zu blaken begann.

»Noch aber bin ich jung!« rief er, und der jubelnde Schall seiner hellen Stimme brach sich an dem morschen Gemäuer. »Noch ist in mir die Welt, noch trage ich sie hier in meinem Herzen, und du und Tergnier und Abbé Bayons und alle, alle könnt ihr sie mir nicht aus meiner Brust reißen! Oh, das ist schön, herrlich, göttlich! Das ist Leben, das ist Weite, Sehnsucht, Natur und Wirklichkeit der Träume!«

Und mit einem raschen Griff nahm er das Heft vom Rand des Taufbeckens, hielt Lampe und Papier dicht beieinander und las mit lauter, fast jauchzender Stimme, wobei er ab und zu einen triumphierenden Blick auf den schweigsamen, abblätternden, verfallenden Ritter warf:

Laßt die Hörner fröhlich klingen,
seht, mein Roß stampft schon im Sand,
schmückt mit Blüten mir den Helm,
denn ich reite weit ins Land.

Euer Lob, erlauchte Frauen,
tönt bald hell in aller Mund,
und ich streite Euch zu Ehren
heiß in der Turniere Rund.

Fällt mich eine starke Lanze,
ist's um Eurer Schönheit nur,
dann gedenkt in stiller Stunde
einmal auch des Troubadour.

Mit einem Lächeln des Sieges auf den Lippen klappte er sein Heft zu, nickte dem Ritter noch einmal fröhlich zu, drehte den Docht herunter und stieg die bröckelnde Treppe zum Altar hinauf. Dort blies er die Lampe aus, schob sich zwischen den Bänken hindurch und schlüpfte durch die einen Spaltbreit geöffnete, leise knarrende Kirchentür.

Lauschend blieb er am Eingang stehen, sah den Markt und die Häuser schwarz und bizarr im fahlen

Nachtlicht liegen, nickte und trat aus dem Dunkel der Türnische.

Lautlos glitt sein Schatten unter den Zypressen über den Platz, ein fliegender Spuk, der im Schwarz der Häuser verschwamm und sich auflöste.

Still und einsam lag die Kirche unter den wispernden Zypressen, und um sie herum dehnte sich Carpentras, die glückhafte Stadt, und träumte.

Und ihre Träume waren Jahrhunderte singender Liebe ...

*

In dem gutbürgerlich ausgestatteten Wohnzimmer im Haus des Schmiedes Jean Tergnier gab es am nächsten Morgen eine kurze, dafür aber um so lautstärkere Auseinandersetzung. Man hatte beim Aufstehen ein Blatt Papier auf der Fensterbank von Jeanettes Schlafzimmer gefunden, einen Bogen mit einem kurzen Troubadourlied, und nun brüllte der Schmied, daß die Wände wackelten und die Hausfrau sich in der Küche verkroch.

Jeanette, die wie ihr Vater wußte, von wem dieser nächtliche Liebesgruß stammte, saß mit gesenktem Haupt hinter dem Kaffeetisch auf dem breiten Sofa und hatte die gefalteten Hände in den Schoß gelegt.

»Den Bengel haue ich durch!« schrie Tergnier und schüttelte dabei die Faust, wohl wissend, daß er den herrlichen Gedanken, Andrés Hinterteil zu versohlen, nie ausführen würde. »Ich geh' zu Tornerre und sag' ihm, daß ich dir den Verkehr mit dem Schwärmer verboten habe! – ›Laßt die Hörner fröhlich klingen ...‹«, deklamierte er und rollte drohend die Augen, was bei ihm jener Ausdruck seines Mißfallens war, bei dem die Gesellen in der Werkstatt zu schwitzen begannen. »Eine hinter die Ohren bekommt er, daß ihm der Schädel fröhlich klingt!« brüllte er, als er sah, daß Jeanette unbeeindruckt schien und den liebevollen Blick nicht von dem Blatt Papier mit den großen Buchstaben wandte. »Gib den Wisch her! Sofort!«

»Nein, Vater«, antwortete Jeanette ruhig und sah ihn mutig an.

Tergnier verschlug es die Sprache. Auflehnung gegen den Willen des Vaters hatte es in diesem Haus, solange er denken konnte, noch nicht gegeben. Die absolute Gültigkeit des väterlichen Wortes war den Generationen mit der Hoheit Gottes zusammen gelehrt und – wenn nötig – eingebläut worden. Was den alten Schmied jedoch völlig aus dem Gleichgewicht brachte, war die Ruhe, die Gelassenheit, mit der Jeanette diese Revolution vom Zaun brach. Es lag nicht in der einfachen, geraden Natur des Schmiedes, diese Unvermeidbarkeit der Auflehnung vorausgesehen zu haben, so daß er auf sie vorbereitet gewesen wäre. Vielmehr fand er sich ganz plötzlich seiner fünfzehnjährigen Tochter gegenüber, die ruhig »Nein, Vater« sagte und damit eine Grenze setzte zwischen sich und väterlicher Machtausübung.

Tergnier schwankte innerlich nur einen Augenblick, dann brüllte er mit voller Stimme los. In der Küche bekreuzigte sich seine Frau dreimal rasch. Der Schmied stürzte auf seine Tochter zu, mit beiden Händen nach ihr greifend.

Jeanette war aufgesprungen und machte sich die

Barriere des breiten Tisches zwischen ihr und dem Vater zunutze. Sie lief um das Möbelstück herum, der Vater folgte ihr wie ein wütender Stier.

»Wenn du mich schlägst«, rief sie, »laufe ich weg! Rühr mich nicht an, Vater ... laß mir das Gedicht ... ich laufe sonst weg!«

Er hielt inne.

Erregt atmend stand sie ihm gegenüber, jeden Moment bereit, den Rundlauf wieder aufzunehmen, falls sich das als nötig erweisen sollte.

»Weglaufen willst du?« keuchte der Schmid. »Wegen diesem Laffen?«

»Wegen dir!« antwortete ihm Jeanette kühn. »Ich lasse mich nicht mehr schlagen, auch von dir nicht mehr!«

Dem Schmied blieb der Mund offenstehen, und er betrachtete, vielleicht zum erstenmal, genauer seine Tochter. Er sah die jungen Brüste sich unter dem Kleid abzeichnen, sah die runden Hüften und die geschwungene Linie der Schenkel, sah die vollen, roten Lippen, die heißen, fast schwarzen Augen und die Locken, die sich beiderseits dicht auf ihren Schultern sammelten. Die Worte fehlten ihm, er kratzte sich den breiten Schädel. Mit einem Knurren drehte er sich plötzlich um, stampfte aus dem Zimmer und begab sich in die rußende Werkstatt.

»Verdammt noch mal«, brummte er vor sich hin, »wo hatte ich meine Augen? Die Jahre fliegen ja, und man merkt es gar nicht. Trotzdem, eine solche Respektlosigkeit hätte es früher nie gegeben. Wie soll das nun weitergehen?«

Mit diesem Problem im Kopf stand er dann den

ganzen Tag in seiner Werkstatt, und die Gesellen hatten gute Stunden und flüsterten, der Schmied müsse eine Krankheit in den Knochen haben, denn seine plötzliche Duld- und Schweigsamkeit seien etwas Selteneres als Schnee und Eis im Mai.

In ihrem Zimmer saß Jeanette und las noch einmal das Gedicht.

André, dachte sie, warum hast du in der Nacht nicht ans Fenster geklopft? Wie schön und brennend wäre deine Stimme gewesen, wenn du – leise natürlich – die Verse selbst gesprochen hättest. Und deine Augen hätten dann geglänzt, und eine Angst hätte mich befallen, eine Angst, die doch nichts anderes gewesen wäre als eine Scheu vor tausend ganz geheimen Dingen.

Ach André, die Sonne brennt so heiß auf deine Hügel. Die Weite lockt dich fort, dem Silberband der Rhône folgt deine Phantasie, und wenn dein Blick hinausgeht über die Provence, dann liegt dein Arm wohl warm um meine Schultern, aber deine Seele ist mir fern.

Soll ich in dieser Nacht das Fenster offenhalten? Sieh, André, dann ist schützendes Dunkel um uns, du fühlst nur mich, und zwar so nah, daß du nicht mehr an die Weite denkst. Und kehrst du dann zurück zu deinen Troubadouren – o André, sing von mir und vergiß in deiner Welt nicht jene, die dich zu dieser Welt erst führen ...

André ... ich warte ...

Jeanette ging zum Fenster, stand sinnend davor, lehnte den Kopf an den weiß gestrichenen Rahmen und blickte in den blühenden Garten hinaus, in diese ewig grünende und sprießende Kraft sonnentrunkener Natur, und fragte sich, ob sie André für seine Gabe nun gleich danken sollte, was vorausgesetzt hätte, daß sie auf den Hügeln nach ihm suchte.

Die Tür in ihrem Rücken ging und schreckte sie auf. Die Mutter war ins Zimmer getreten und stand nun kopfschüttelnd ihrer Tochter gegenüber. Sie hatte die Schürze an zwei Zipfeln gefaßt und hochgezogen, ein paar Melonen hineingelegt, die den Anschein erwekken sollten, als ob sie soeben aus dem Garten käme. Tergnier liebte es nämlich nicht, daß nach seinem mißglückten Polterauftritt seine Autorität noch mehr zerbröckelte, indem darüber von Weib und Kind auch noch gesprochen wurde.

»Warum hast du dem Vater den Fetzen nicht gegeben?« sagte die Mutter mißbilligend zur Tochter. »Jetzt ist sicher wieder tagelang der Teufel los.«

»Ich konnte nicht, Mutter.«

»Warum nicht?«

»Das wäre Verrat von mir gewesen, Mutter.«

»Welcher Verrat?«

»Vater hätte das Gedicht gar nicht lesen dürfen. Schon dies mache ich mir zum Vorwurf. Ihm es zu geben war gänzlich unmöglich. Ich habe André bei eurem Augenlicht schwören müssen, daß keiner von den Versen überhaupt etwas erfährt.«

Die Mutter, rasch besänftigt, nickte nun, denn der Jugend Schwüre sind voller Überschwang, das wußte sie. Die träumerischen Augen ihrer Tochter weckten in ihr Erinnerungen an die Zeit, in der sie mit leichtem Sonnenschirm zur Arena gewandert war, um Arles berühmtesten Torero zu sehen, den jungen, schlanken

François Dupont, der die Stiere unter dem Jubel der Massen mit dem Blütenkranz schmückte. Damals war sie der Schwarm der jungen Burschen gewesen und hatte unter Mandelbäumen gekichert, daß den Männern heiß das Blut durch die Adern rann.

»Liebst du André?« fragte sie deshalb, noch halb im Banne der Erinnerung.

»Lieben? Was heißt lieben?« entgegnete Jeanette. »Ich seh' ihn gern, und manchmal, ja, Mutter, manchmal möchte ich, daß er den Arm um mich legt und mir süße Worte sagt, Worte, Mutter, die man nie vergißt und von denen man noch träumt, wenn man so alt ist wie du.«

Die Mutter nickte. »Also liebst du ihn.«

»Meinst du?« antwortete Jeanette, und ihre Augen waren groß und dunkel, weil in ihnen die Frage nach dem Leben lag. »Meinst du, daß das schon die Liebe ist? Ich weiß es nicht.«

»Du wirst es erfahren. Im Grunde ist jede Liebe ein großer Wunsch.«

»Und was ist die Erfüllung?«

»Die Ernte deines Lebens, die du speichern mußt. Von ihr zehrst du, wenn deine Welt arm wird an Liebe und du einsam bist unter Menschen.«

Die Mutter trat auf ihre Tochter zu und strich ihr mit der rissigen, verarbeiteten Hand über die braune, glatte Stirn. Jeanette empfand diese seltene Liebkosung wie einen tiefen Blick in die Geheimnisse der Seele ihrer Mutter und schloß die Augen, sich ganz der mütterlichen Hand hingebend. So selten war das Erlebnis eines kleinen Glücks der Geborgenheit, daß Jeanette selbst dann, als die Mutter ihre Hand schon wieder zurückgezogen hatte, noch nicht aufblickte, sondern mit geschlossenen Augen das sanfte Gleiten der Finger über ihre Stirn in ihrem Innern nachwirken ließ.

»Sei aber vorsichtig, Kind«, sagte schließlich die Mutter, die an die Jugend ihrer Tochter dachte. »Die Liebe birgt auch viele Gefahren in sich. Ihre größte ist die Enttäuschung. Laß dir deshalb Zeit. Unter diesem Blickwinkel wäre es wohl wirklich das Beste, André mit keinen anderen Augen als denen der Freundschaft zu sehen, weil es sonst sein kann, daß nur Tränen, Schläge und große Not im Haus drohen. Du mußt jetzt von der Kindheit weg und unterscheiden lernen, was gut fürs Leben ist und was dir Sorgen bringt.« Sie drehte eine der schwarzen Locken Jeanettes um ihren Zeigefinger, während sie mit einer hilflosen Traurigkeit auf ihre Tochter blickte. »Sei klug, Mädchen – überlege, was du tust.« Und leise fügte sie hinzu, und ihre Stimme klang so weh und ohne Trost: »Der Mensch merkt allzuoft erst spät, daß es sein Herz war, das ihm Unglück brachte.«

Mit schlurfenden Schritten verließ die erfahrene alte Frau das Zimmer, begab sich in die Küche, setzte sich neben den Ofen zu ihren Töpfen und Schüsseln und weinte lautlos in ihre Schürze, in der sie ihr faltiges, einstmals begehrtes schönes Gesicht barg.

In Jeanette klangen die wehen Worte der Mutter noch nach. Die Idee, André auf den Hügeln zu suchen und ihm für das Gedicht zu danken, kam ihr nicht mehr, und auch der rasche Gedanke, das Fahrrad hervorzuholen und eine Spazierfahrt zu machen, wich bald wieder einer fremden Angst, die in ihrem Gemüt von den Worten der Mutter wachgerufen worden war.

Ist es so schlimm, wenn André mich in seine Arme nimmt und küßt? dachte sie und schlenderte über den Hof der breiten, hohen Scheune zu, die rechtwinkelig zum Wohnhaus an einem großen Hof zusammen mit einigen Stallungen lag. Es lockt mich etwas dazu, meine Arme auszubreiten, grübelte sie, und dieser Drang, der doch so schön ist, soll Unglück bringen?

Sie öffnete das breite Scheunentor und schlüpfte hinein. Bis unters Dach gehäuft, lagerten die Ballen Heu und Stroh. Hoch oben neben einem Balken des gestützten Daches hatte Jeanette sich unter einer Luke einen Platz im Stroh geschaffen, an dem sie, ungestört vom lauten Treiben dieser Welt, ihren Träumen nachhängen oder auch ihre Probleme überdenken konnte. Manche Träne von ihr hatte schon das knisternde Lager benetzt, wenn sie, von Schlägen matt, dem Vater entflohen war und hier schluchzend kurze Ruhe gefunden hatte.

Auch heute kletterte sie auf einer steilen Leiter zu dem hohen Lager empor, von dem sie durch die Luke hinausblicken konnte zu den Hügelkuppen, auf denen jetzt André sicher in seiner so geliebten Sonne lag und auf sie wartete. Kauernd ließ sie sich auf das niedergetretene Stroh nieder, warf sich dann mit einem Seufzer zurück auf das knisternde Bett, schob die Hände unter die Locken und schloß die Augen. Das Kleid war ihr bis zu den Schenkeln hochgerutscht, so daß die Beine nackt im goldenen Stroh lagen.

»Jeanette . . .«

Flüsterte da nicht eine Stimme? Jeanette wagte nicht, die Augen zu öffnen. Sie lauschte angespannt, hielt den Atem an, obgleich der Puls rasend zu klopfen begann. Knackte es nicht im Stroh, kam da nicht jemand näher?

»Jeanette . . .«

»André?« fragte sie zurück und öffnete langsam die Augen.

Da stand er, über sie gebeugt, groß, ein wenig verwirrt. Die Haare hingen ihm über die glänzenden Augen, das Hemd war am Hals geöffnet und ließ ein Stück der braunen Brust frei. Wie stark er aussieht, dachte das Mädchen, fast ist er schon ein Mann. Das vielfach gebrochene Licht huschte über ihn hin, flimmernder Staub tanzte in den Sonnenstrahlen, die durch die Ritzen der Bretterwand drangen.

»Ich habe auf dich gewartet, Jeanette«, sagte André leise. »Ich wußte, daß du kommen würdest. – Du hast das Gedicht gefunden?«

»Ja, André.«

Jeanette blickte ihn, ohne sich zu rühren, unverwandt mit großen Augen an. Er sprach rauh und spröde, irgend etwas schien ihm in der Kehle zu sitzen. Sein Körper hatte das Jungenhafte verloren, war härter, fordernder geworden.

»Ich habe wieder ein neues abgeschrieben«, sagte der Küstersohn, während sein Blick über die nackten Beine, die Schenkel, den Leib, die junge, bebende Brust bis zum vor Erregung leicht zuckenden Gesicht des Mädchens glitt. »Du bist so schön«, flüsterte er, »und ich will es dir zuliebe ›Gesang der Rosen‹ nennen . . . weil du wie eine Rose bist, wenn du lächelst und deine Augen so dunkel sind.«

Ein leises Zittern ging durch seine Gestalt, er sank

neben Jeanette auf die Knie, zog die Lächelnde zu sich empor und preßte ihren Kopf an seine Brust.

»Der Schlußvers fehlt mir«, stammelte er. »Ich komme nicht weiter, es ist leer in meinem Kopf, ausgedörrt, als habe die Sonne alles versengt. Ich fühle es, ich sehe den Vers vor meinen Augen ... doch schreiben kann ich ihn nicht. Es liegt eine Schlucht dazwischen ... Dunkelheit. Oh, eine grauenvolle Ohnmacht ist das!« Er riß den Körper des Mädchens an sich und tastete mit heißen, bebenden Händen über Schulter und Brust. »Du mußt mir helfen, Jeanette«, flüsterte er, und sein Atem war heiß vor Erregung. »Hörst du, du mußt mir helfen. Kraft mußt du mir geben ... Licht ... Wärme ... Glück ... ja, Glück.«

Langsam ließ er den Körper nach hinten ins Stroh sinken, sank selbst auch mit, bis er, Jeanette in seinen Armen, das raschelnde Lager unter seinen Handrükken spürte. Er sah in ihre weit aufgerissenen Augen, die lockten und abwiesen, baten und schreckten, warteten und flohen. Zögernd erst, dann härter stießen seine Knie an ihre warmen, nackten Schenkel, seine Hände glitten über ihren Leib, und sein Kopf schmiegte sich an ihre Brust, während sie in seinen Locken spielte. Dann zog sie, um ihm ins Gesicht sehen zu können, seinen Kopf an den Haaren hoch, bis seine Lippen, weit geöffnet, über ihr schwebten. Nicht lange, und sie ließ seinen Kopf auf ihr Gesicht herniedersinken und begrub sich dadurch sozusagen selbst unter den Küssen des Stammelnden. Sie fühlte sehr, wie seine Hände sich um ihren Körper spannten.

»André«, flüsterte sie immer wieder, »André ...«

»Jeanette«, stammelte er ständig und ertrank in einem Nebel heißer Wildheit. Ein brennender Stich zuckte plötzlich durch Jeanettes Lenden und Schenkel, unerträglicher und doch wonnegetränkter Schmerz stürzte wie eine Flut über ihr Bewußtsein.

»André!« schrie sie da auf, »André, nicht!« und klammerte sich doch an seinen Körper, preßte ihn an sich, in sich hinein, obgleich ihr ein Brand durch den Leib jagte. Und dann senkten sich vom Himmel feurige Wolken und heißer Regen auf sie, Taumel und Süße, Jauchzen und die Lust, lachend zu sterben. Und das Stroh fiel von den Seiten herab, sammelte sich auf den Stammelnden und begrub ihre Körper unter Gold und knisternder Wärme.

Als sie, noch trunken vom Niegeahnten, Hand in Hand nebeneinanderlagen und stumm dem Tanz der Staubflocken in den Sonnenstrahlen zusahen, wandte André plötzlich den Kopf zur Seite und streichelte zart mit seiner braunen Hand das blasse, noch tränenfeuchte Gesicht Jeanettes.

»Warum hast du geweint?« fragte er sie sanft. »Bereust du die eine Stunde, die ein ganzes Leben ändert?«

»Nein, André . . . nein . . .« Sie stockte. »Alles war so neu . . . so schön . . . und . . . André . . . so schwer . . .«

Sie schwieg und schaute wieder auf die tanzenden Sonnenstäubchen.

»Nicht schwer, Jeanette«, bettelte er, »bitte, sag nicht schwer, sondern schön, nur schön . . . wunderschön.«

Er beugte sich über sie und küßte ihre feuchten Lippen, er legte seinen Kopf auf ihr Herz und lächelte, während er halblaut die langsamer werdenden Schläge zählte. Er streichelte ihren Körper, der warm und erblüht ihm gehört hatte. Er ließ sich verströmen in dem taumelnden Glück, das wild durch seine Schläfen hämmerte.

»Jeanette«, sagte er leise. »Jeanette ... was hast du mir gegeben ... welches Opfer hast du heute gebracht? Hell ist es um mich, hell und frei und weit ...«

Jeanette zuckte bei seinem letzten Wort zusammen und klammerte sich zitternd an ihn.

»Nicht weit, André!« rief sie. »Nicht weit ... bleib bei mir, André, verlaß mich nicht ... André, André ... frei sollst du sein, doch neben mir, in meinen Armen ... in mir ...«

»Fühlst du, wie das Licht in mich hineinströmt?« antwortete André und löste sich aus Jeanettes Armen, die entsetzt in sein verzücktes Gesicht blickte. »Siehst du nicht die Kraft, die zu mir kommt? Ich kann sie fassen, Jeanette ... ich kann die Verse fassen ... Jeanette.«

Er weinte, André weinte und küßte die Hände des Mädchens, riß einen Block aus der Tasche und einen Stift und schrieb mit fliegender Hand Vers um Vers auf das leicht zerknitterte Papier, und seine Lippen bebten dabei, als sängen sie nach innen, während sein Blick in die Ferne ging, irgendwo in die Weite des Raumes, wo das Ohr am Munde Gottes lauschte und die Stimme jubelte von der Gnade des Herrn.

Vers um Vers schrieb seine Hand, und unter dem Lächeln seiner Lippen und dem kosenden Streicheln bebend-heißer Mädchenhände formte sich hell ein wunderschönes Gedicht, der

GESANG DER ROSEN

Wenn sich die Rose trunken öffnet
dem ersten Morgenstrahl der Sonne,
wenn Tau den tiefsten Leib durchfeuchtet
und Duft entquillt der Blütenwonne,
dann reite ich auf schnellem Rosse
von deiner Burg hinab ins Land
und trage über meinem Herzen
dein Bild als deiner Liebe Pfand.

Wenn sich die Rose lockend wieget
im Wind, der von den Bergen singt,
wenn Mädchen sie in Locken stecken
und aus der Blüte Lust entspringt,
dann stehe ich mit Schild und Speere
vor eines Ritters strengem Blick
und singe hell von deiner Schönheit
als dieser Erde reinstes Glück.

Wenn sich die Rose müde senket
und Abendschatten sie umwehn,
wenn unter Büschen Liebe flüstert
und Wünsche mit den Winden gehn,
lieg ich allein im hohen Grase
und träume von der Küsse Glut
und wünsche mir zu meiner Sehnsucht
den sieggekrönten Freiersmut.

Wenn sich die Rose sterbend neiget
und schwarze Locken silbern sind,
wenn Ruhe durch das Leben wandert
und nur Erinnerung erklingt,
dann gehe ich zu meinen Rosen

und küß dein Bild im Abendwind
und denk noch einmal deiner Lippen,
bis mich die Weite zu sich nimmt . . .

Durch die Ritzen der Bretterwände drangen die Sonnenstrahlen, und das Stroh knisterte leise unter den Körpern zweier Menschen.

Ein Junge kniete vor einem Mädchen und hatte sein heißes Gesicht in ihre Hände gelegt, seine Schultern zuckten, und seine Brust bebte, denn er weinte, weil er so glücklich war und das Licht gefunden hatte in der Nacht der Ohnmacht, des Zweifels an sich selbst.

Und er weinte haltlos, weil ihn das Weinen befreite.

II

Auf der Straße von Borgues näherte sich kräftig hupend ein Auto dem in der Sonne brütenden Carpentras. Die seltene, hier fast unbekannte Pariser Nummer des Wagens ließ die wenigen Einwohner, die sich zu dieser Mittagsstunde aus beruflichen Gründen nicht in die Kühle der Häuser flüchten konnten, kurz aufschauen, aber was sonst in eingehenden Gesprächen begutachtet wurde und lebhafte Diskussionen über die ferne Metropole auslöste, erstarb heute unter der Glocke der erschlaffenden Hitze, die auf dem Ort lastete.

Nur einmal bequemte sich ein Weinbauer zu einigen Worten, und er empfand dies selbst als eine bemerkenswerte Kraftanstrengung. Unmittelbar vor ihm hielt nämlich der Wagen an, und der Herr am Steuer, der einen weißleinenen Anzug trug, fragte ihn, wo man hier preiswert einkehren und wohnen könne.

»In der Wirtschaft ›Zur Schmiede‹«, sagte daraufhin der Bauer und raffte sich auf, sogar die Richtung, in die gefahren werden mußte, zu zeigen. »Das ist ein sogenannter Universalbetrieb, den es in der Form wohl nur noch bei uns hier gibt. Aber Sie werden zufrieden sein. – Erst geradeaus, dann links, und Sie sehen es vor sich: ein großes Haus mit einigen Nebengebäuden.«

Dann trottete der Bauer erschöpft weiter, tupfte sich mit einem groben Sacktuch den perldicken Schweiß von der Stirn und aus den Haaren und hustete angewidert, als ihn die Auspuffwolke des wieder anfahrenden Autos traf.

Julien Bonnet hielt sich an die Weisung des Bauern und fand so glatt sein Ziel, die Liegenschaft des Jean Tergnier, der sich im Hauptberuf als Schmied empfand. Als Bonnet dann aus dem Wagen geklettert war und die kleine Schankstube erreicht hatte, pries er sich glücklich, endlich in einer erfrischenden Kühle zu sitzen. Mit einem schnellen, umfassenden Blick musterte er den Raum, fand ihn sauber, bequem (wenn auch nicht gerade komfortabel eingerichtet), und nickte mit einem Lächeln der Wirtin, Madame Tergnier, zu, die aus einer Seitentür hereintrat.

»Ich möchte gern ein Zimmer haben«, sagte Bonnet und legte seine Brieftasche mit den zur Anmeldung nötigen Papieren auf den weiß gescheuerten Tisch. »Außerdem suche ich eine Reparaturwerkstätte. Mein Wagen macht Schwierigkeiten. Anscheinend hat er was an der Vorderachse. Kennen Sie eine Adresse ?«

»Die brauchen Sie nicht mehr«, antwortete die Wirtin. »Mein Mann ist Schmied und versteht sich auch auf Kraftfahrzeuge. Ich sage ihm gleich Bescheid, daß er sich Ihren Wagen mal ansieht. Sind Sie damit einverstanden?«

Bonnet nickte und bestellte Wein – natürlich den funkelnden, roten provenzalischen Wein, die flüssige Sonne der Hügel, nach der es jeden Fremden ganz besonders gelüstete.

Die Wirtin brachte in einer Karaffe den Wein, stellte diese zusammen mit einem einfachen Glas auf den Tisch, wünschte »Auf Ihr Wohl!« und eilte hinaus in die Werkstatt, um ihrem Mann die Ankuft eines seltenen Gastes zu melden.

Jean Tergnier stand jedoch bereits draußen vor dem hellen, cremefarbenen Wagen, begutachtete ihn und ging um ihn herum, als seine Frau aus der Tür trat.

»Kommt aus Paris«, sagte er. »Möchte wissen, wieso der Mann sich hierher verirrt hat.«

»Er hat ein Zimmer bestellt«, antwortete seine Frau. »Und du sollst dir seinen Wagen ansehen.«

»Warum?«

»An der Vorderachse soll was nicht in Ordnung sein.«

»An der Vorderachse?«

»Ja.«

»Und du hast ihm wahrscheinlich gesagt, daß ich das ohne weiteres hinkriege?«

»Etwa nicht?«

»Hast du eine Ahnung von Achsen!«

»Soll ich ihm sagen, daß ich ihm zuviel versprochen habe?«

»Warte, will mal sehen. Was macht der Mann?«

»Sitzt drinnen und trinkt Wein.«

»Welchen Beruf hat er? Ist er zahlungskräftig?«

»Das weiß ich nicht.«

»Hast du ihn noch nicht eingetragen?«

»Nein.«

»Typisch! Das ist doch das Wichtigste!«

Tergnier blickte seine Frau tadelnd an und erklärte, plötzlich kurz entschlossen, wobei er sich auch schon in Bewegung setzte: »Ich werde ihn mir mal beschnuppern.«

Als er die Schankstube betrat, setzte der Gast gerade mit höchst zufriedener Miene sein Glas ab.

Die Frage, die deshalb Tergnier zur Begrüßung ohne weiteres riskieren konnte, lautete: »Schmeckt er Ihnen?«

Bonnet schnalzte mit der Zunge; das genügte.

»Selbst gezogen und gekeltert«, sagte Tergnier stolz.

»Besitzen Sie auch einen Weinberg?« fragte ihn Bonnet.

»Einen kleinen – aber in bester Lage! Ein Seidenfabrikant aus Lyon will ihn mir längst abkaufen.«

»Um Gottes willen, behalten Sie ihn unter allen Umständen! Wenn der Kerl ihn kriegt, verschwindet jeder Tropfen in seinem Keller, und wir Normalverbraucher haben das Nachsehen.«

Die beiden lachten.

»Gestatten Sie?« fragte Tergnier, ehe er sich nun auch an den Tisch setzte und nach seiner Frau rief, damit sie für nassen Nachschub sorgte.

Daß dieser Fremde den Wein mit hohem Lob bedachte – und dieser Herr kam aus Paris, besaß einen teuren Wagen, kannte sicher Weine, deren Ränge und Namen alle Zungen schnalzen ließen –, daß dieser Gast mit begeisterten Augen immer wieder ins Glas schaute und ihm, dem Wirt, mit Anerkennung zunickte, erregte in Tergnier, dessen Herz so selten glücklich war, fast das Gefühl der Bruderschaft mit ihm.

»Sie kommen aus Paris? Wie lange sind Sie gefahren?«

»Seit dem frühen Morgen. Ich legte Pausen ein, hatte es nicht eilig.«

»Haben Sie Urlaub?«

»Wie man's nimmt; ich verbinde das Angenehme mit dem Nützlichen.«

»Und – wenn ich das fragen darf – was ist das Angenehme?«

»Zum Beispiel . . .« Bonnet überlegte kurz und sagte, vergnügt auf sein Glas zeigend: »Ihr Wein hier.«

»Und das Nützliche?«

»Nun«, meinte Bonnet, dem der Alkohol schon etwas die Zunge zu lösen begann, »ich habe mit Literatur zu tun. Mein Spezialgebiet sind die Lieder der Troubadoure – bekannte und unbekannte. Auf der Suche nach letzteren bin ich eigentlich immer. Das ist auch der Grund, warum es mich schon mehrmals in die Gegend hier verschlagen hat. Fündig konnte ich allerdings bis zum heutigen Tage leider nicht werden.«

Jean Tergnier war so überrascht, daß er nur ausrufen konnte: »Da schlag doch der Donner drein!«

»Wieso?« fragte Bonnet, dem die Aufregung Tergniers nicht erklärlich war.

»Weil das hier in letzter Zeit nicht mehr aufhört mit diesen Troubadouren.«

»Nicht mehr aufhört mit diesen Troubadouren? Soll das heißen, daß vor mir schon einer wie ich hier war?«

Monsieur Julien Bonnet witterte wissenschaftliche Konkurrenz – die schlimmste aller Konkurrenzen – und schaute, vorübergehend jeden guten Tropfen vergessend, böse drein.

Doch zu seiner Beruhigung erfuhr er von Tergnier: »Nein, das nicht, hier war keiner, aber es genügt ja schon die – verzeihn Sie – verdrehte Tour eines Einheimischen.«

»Welches Einheimischen?«

»Unseres André Tornerre.«

»Wer ist André Tornerre?«

»Der Sohn des Küsters hier.«

»Das sagt mir gar nichts. Was macht er? Welches Studium hat er?«

»Studium?« Der Schmied lachte geringschätzig. »Das Bürschchen ist sechzehn Jahre alt. Sein Studium besteht darin, auf dem Rücken zu liegen, zum Himmel hinaufzustarren und den Herrgott einen guten Mann sein zu lassen. Unser Abbé hat ihm ein paar Brocken Latein beigebracht, das ist alles.«

»Was hat er mit Troubadouren zu tun? Oder habe ich Sie da falsch verstanden?«

»Nein, haben Sie nicht. Er kennt kein anderes Thema mehr. Meine Tochter hat er damit auch schon verrückt gemacht. Aber ich werde ihm schon noch einen Riegel vorschieben.«

»Sie mögen ihn nicht?«

»Er ist ein Taugenichts!«

»Warum? Weil er sich für Troubadoure interessiert?«

»Das wär mir egal, wenn er Jeanette in Ruhe ließe.«

»Wer ist Jeanette?«

»Meine Tochter, im gleichen Alter, ich sagte Ihnen ja schon, daß sie auch nicht mehr normal ist. Sie rennt ihm nach und läßt sich von ihm nachts solche Lieder aufs Fensterbrett legen.«

Madame streckte ihren Kopf wieder zur Tür herein und sah, daß die zwei Männer während ihres Gesprächs keinesweg vergessen hatten, dem Wein zuzusprechen. Die Karaffen waren leer, die Gläser nicht mehr weit von diesem Zustand entfernt.

»Mein lieber Freund«, sagte Bonnet, nachdem der Gefahr, bald auf dem trockenen zu sitzen, wieder von Madame Tergnier vorgebeugt war, »dieser Junge schreibt also Troubadourlieder. Nach welcher Vorlage?«

»Wie bitte?«

»Ich meine, diese Lieder, diese Texte kann er sich doch nicht aus den Fingern saugen. Dazu braucht er Vorlagen, verstehen Sie mich? Beispiele!«

»Das weiß ich nicht.«

»Kann ich ihn mal sprechen?«

»Ich habe keine Ahnung, wo er ist. Wahrscheinlich treibt er sich wieder in den Hügeln herum. Aber ich verstehe Sie nicht. Was soll das für einen Zweck haben, mit dem Kerl zu sprechen? Das ist doch das Ganze nicht wert.«

Bonnet nickte.

»Wahrscheinlich haben Sie recht«, pflichtete er bei. »Es ist auch gar nicht notwendig, mit ihm persönlich zu sprechen. Wir können das Verfahren abkürzen. Ist Ihre Tochter da?«

»Nein, wieso? Ich habe sie heute nach Avignon geschickt.«

»Schade, wir hätten sie sonst fragen können, ob sie noch ein Blatt davon besitzt. Wenn ja, hätte ich sie bitten können, es mich einmal lesen zu lassen.«

»Sicher hat sie das noch«, erklärte der Schmied zornig. »Etwas Heiligeres scheint es für sie ja nicht mehr zu geben. Aber das Lesen müssen Sie sich aus dem Kopf schlagen. Den Fetzen gibt die an keinen mehr heraus. Sie hat da einen Schwur leisten müssen, verriet sie meiner Frau. Total verrückt, das Ganze.«

»Schade«, bedauerte Bonnet noch einmal und wandte sich dem Glase zu.

Das Thema schien abgeschlossen zu sein. Die beiden wetteiferten nun darin, dem Wein die Ehre zu geben, und sprachen vom neuen Jahrgang, der zu erwarten war, bis der Schmied plötzlich sagte: »Wenn das ein rechter Mist wäre, würden Sie meine Tochter doch darüber nicht im Zweifel lassen, oder?«

»Wenn was ein rechter Mist wäre?«

»Dieser Text, den er ihr aufs Fensterbrett gelegt hat. Dann wäre sie nämlich endlich geheilt, wissen Sie.«

»Sie sagten doch, daß die das Papier nicht herausgibt. Außerdem ist sie ja gar nicht da.«

»Aber das Blatt.«

»Das Blatt? Wo?«

»In ihrem Schrank, nehme ich an. Und zu diesem hätte ich einen Schlüssel, von dem sie nichts weiß.«

Minuten später hielt Julien Bonnet den Bogen in der Hand, den André in jener Nacht vor einigen Wochen seiner Jeanette hatte zukommen lassen. Das Verhalten

Tergniers, aber auch Bonnets, der Einbruch in Jeanettes Schrank, war auf den enthemmenden Alkoholgenuß der beiden zurückzuführen.

Bonnet las. Es war still in der Schankstube. Dann legte Bonnet das Blatt auf den Tisch, setzte die Brille ab, putzte sie, setzte sie wieder auf, nahm das Blatt erneut in die Hand und las den Text ein zweites Mal, nun aber nicht mehr stumm, sondern mit vernehmbarer Stimme:

> Laßt die Hörner fröhlich klingen,
> seht, mein Roß stampft schon im Sand,
> schmückt mit Blüten mir den Helm,
> denn ich reite weit ins Land ...

Er brach ab, wischte sich mit der Hand über die Stirn, blickte mit einem ganz merkwürdigen Ausdruck den Schmied an, der das vernichtende Urteil, mit dem er rechnete, kaum mehr erwarten konnte, hielt ihm den Papierbogen vor Augen und stieß hervor: »Wissen Sie, was das ist?«

»Ja, ein Risenquatsch.«

»Nein, ein Rätsel.«

»Wieso ein Rätsel?«

Obwohl das gar keinen Zweck hatte, fuhr Bonnet, den wachsende Aufregung befiel, fort: »Kennen Sie den Namen Marcabrun?«

»Nein.«

»Marcabrun war einer der größten Troubadoure. Er lebte im 12. Jahrhundert, und zwar hier in dieser Gegend ...« Bonnet fuchtelte mit seinem Blatt vor Tergniers Nase herum. »Und dieser Text da erinnert in ganz unglaublicher Weise an Marcabrun. Ich kann mir das nicht erklären.«

Der Schmied guckte dumm. Er verstand nicht, wovon der andere sprach.

»Hören Sie«, sagte Bonnet, »wir müssen das noch einmal rekapitulieren ...«

»Was müssen wir?« unterbrach ihn Tergnier.

»Rekapitulieren ... wiederholen. – Sie sagten, dieses Blatt hier stammt von einem Küsterjungen ...«

»Ja, von André Tornerre.«

»Der kein Studium hat?«

»Nein.«

»Der sechzehn Jahre alt ist?«

»Knapp, soviel ich weiß.«

»Der sich aber mit Troubadouren beschäftigt?«

»Er hat nichts anderes im Kopf.«

»Welche Bibliotheken sind ihm zugänglich?«

»Was?«

»Welche Bibliotheken ihm zugänglich sind?«

Der Schmied guckte noch dümmer als vorher, und nun erst erkannte Bonnet das Fruchtlose seines Bemühens. Er sprang auf.

»Wo ist er?«

»Wer?«

»Der Junge!«

Tergnier zuckte die Achseln. »Wahrscheinlich in den Hügeln, sagte ich Ihnen schon.«

»Beschreiben Sie mir den Weg!«

Das geschah, aber vorher mußte sich der Herr aus Paris noch ins Gästebuch eintragen. Tergnier riß die Augen auf, als er die Eintragung las: Julien Bonnet, Professor, Literarhistoriker an der Sorbonne.

Auf der Kuppe seines Hügels saß André Tornerre im hohen Büschelgras und blickte auf den trägen Lauf der Rhône, die sich dickflüssig durch das Land wälzte, als habe die Glut der Sonne das Wasser zu einem langsam fließenden Sirup verwandelt. Neben ihm hockte in seinem weißleinenen Sommeranzug Julien Bonnet. Beide hatten die Hände um die Knie ihrer angezogenen Beine geschlungen. Interessiert betrachtete der um vieles Ältere aus Paris das verschlossene Gesicht des Sechzehnjährigen und war sich nicht schlüssig, ob er den Jungen noch duzen oder schon siezen sollte. Dann entschied er sich.

»Monsier Tergnier – Gastwirt, Schmied und Winzer in einer Person – hat mir gesagt, wo Sie zu finden sind. Er sprach mit mir über Sie.«

»O jeh!«

»Ich habe mich aber auch noch, ehe ich mich auf den Weg hierherauf machte, mit Ihren Eltern über Sie unterhalten.«

»Und warum das, wenn ich fragen darf?«

»Ich wollte mir, ehe ich losstürmte, ein Bild von Ihnen machen.«

»Losstürmte?« André grinste keck. »Warum so stürmisch?«

»Aus Neugierde.«

»Neugierde auf mich?«

»Ja.«

»Das muß doch einen Grund haben. Wer sind Sie? Woher kommen Sie? Was wollen Sie von mir?«

»Alles der Reihe nach: Mein Name ist Julien Bonnet; ich komme aus Paris; mich interessieren Ihre Beziehungen zu den Troubadouren.«

»Zu den Troubadouren?« fuhr André hoch. »Woher wissen Sie davon?«

»Ich sagte Ihnen doch, daß ich mit Monsieur Tergnier gesprochen habe und . . .«

»Der kann sich darüber kein Urteil erlauben!« unterbrach André brüsk den Herrn aus Paris, von dessen Fakultät er noch nichts wußte.

Bonnet nickte lächelnd. »Das scheint mir auch so. Ich konnte mich aber auch noch auf etwas anderes stützen . . .«

»Auf was?«

Der Literarhistoriker ließ sich Zeit mit der Antwort. Obwohl er hier nichts in der Hand hielt, um es zu lesen, setzte er die Brille ab, putzte sie, setzte sie wieder auf. Und dann zitierte er: »Laßt die Hörner fröhlich klingen . . .«

André Tornerre sprang auf.

» . . . seht, mein Roß stampft schon im Sand«, fuhr Bonnet fort.

»Also doch!« preßte André zwischen seinen Zähnen hervor.

Bonnet erschrak vor dem wilden Zorn, der in den Augen des Jungen loderte.

Aus dem Tal drangen zwei, drei Schüsse aus der Flinte eines Rebhuhnjägers herauf, den seine Leidenschaft der Hitze die Stirn bieten ließ.

»Ihre Empörung«, sagte Professor Bonnet vorsichtig, »läßt mich vermuten, daß Sie glauben, Opfer eines Verrats geworden zu sein.«

»Was denn sonst!«

»Sie mutmaßen, der Schwur, den Sie sich haben ablegen lassen, sei gebrochen worden?«

»Was denn sonst!« wiederholte André.

»Sie irren sich.«

»Ach was!«

»Doch, doch, Sie müssen mir glauben, Sie verdächtigen Jeanette Tergnier zu Unrecht, die ...«

»Schon die Tatsache, daß Sie ihren Namen kennen, beweist mir das Gegenteil«, unterbrach André den Herrn aus Paris.

»Sie sollten mich ausreden lassen«, erklärte Bonnet geduldig, »es war folgendermaßen ...«

Und er berichtete. Die Wahrheit konnte natürlich André nicht ganz und gar besänftigen. Zum Teil bereitete es ihm zwar Genugtuung, Jeanette rehabilitiert zu sehen, doch den Einbruch in ihren Schrank kreidete er ihrem Vater bös an. Er sprach von einer »Riesenschweinerei des alten Diktators ...«

Auch Bonnet kam nicht ungeschoren davon. André, der frühreife, scheute sich nicht, ihm ins Gesicht zu sagen: »Sie sollten sich schämen! Sie haben mitgemacht! Wer hat jetzt eigentlich das Blatt – Tergnier oder Sie?«

»Keiner. Es liegt wieder im Schrank. Jeanette wird überhaupt nichts merken.«

»So? Und dabei, glauben Sie, wird es bleiben?«

»Warum nicht?«

»Weil ich ihr Bescheid sagen werde.«

»Ich hoffe, Sie sind klug genug, das nicht zu tun.«

»Wenn Sie das hoffen, überschätzen Sie meine Klugheit.«

André war wütend, und die Art und Weise, in der er diesen Streit mit einem Vertreter der älteren Generation, die er wieder einmal ausnahmslos verachtete, führte, zeigte, wie weit er seiner eigenen Generation voraus war.

»Hören Sie«, sagte Bonnet, nun doch etwas die Geduld verlierend, »machen Sie, was Sie wollen. Wichtig ist hier etwas ganz anderes: Woher haben Sie diesen Text?«

André schwieg. Er setzte sich aber wieder hin; erst jetzt tat er das wieder; vorher hatte er die ganze Zeit eher dazu geneigt, abzuhauen und sich um den alten Mann hier nicht mehr zu kümmern.

»Woher haben Sie diesen Text?« wiederholte Bonnet. »Sie wissen, welchen ich meine.«

André räusperte sich vernehmlich. »Warum interessiert Sie das?«

»Das kann ich Ihnen ganz offen sagen: Weil ich ihn für ein bislang unbekanntes Lied des Troubadours Marcabrun halte – deshalb!«

André fiel in sein Schweigen zurück.

»Und«, fuhr Bonnet fort, »wenn ich das sage, hat das Gewicht.«

»Wieso?«

»Ich bin Literarhistoriker, Professor an der Sorbonne, Experte für überliefertes Schrifttum der Troubadoure.«

Literarhistoriker! Professor an der Sorbonne, einer der großen Universitäten der Welt! Experte für Troubadour-Schrifttum!

André wurde es schwindlig.

»Sie halten den Text für echt?« brachte er mühsam hervor.

»Ich kann Ihnen sogar exakt das Jahr der Entstehung sagen, es hat also keinen Zweck, mir etwas zu verschweigen. Man hat mir mitgeteilt, daß Sie in der Gegend herumstreifen. Sie müssen dabei auf einen unglaublichen Schatz gestoßen sein, auf einen Schatz der Literatur, über dessen Bedeutung Sie sich selbst vielleicht gar nicht ganz im klaren sind. Ich bitte Sie deshalb, die Karten auf den Tisch zu legen.«

André schwieg.

»Wie viele solche Lieder haben Sie gefunden?«

André blieb stumm.

Geld, dachte Bonnet, ich muß ihm Geld bieten. Die heutige Jugend ist geldgierig.

»Ich kaufe Ihnen alles ab, André.«

»Abkaufen?« André war aufgefahren. »Ich verkaufe meine Seele nicht!«

»André, diese Lieder sind doch nicht Ihre Seele?«

»Doch, sie sind es!«

»Dann«, sagte Professor Bonnet, nicht lockerlassend, »muß ich Sie an etwas anderes erinnern: Sie haben eine Pflicht Frankreich gegenüber, Ihrem Volk, Ihrer Nation gegenüber. Eine Pflicht der Literatur gegenüber, der ganzen Weltliteratur gegenüber haben Sie, verstehen Sie! Sie können nicht so tun, als ob es sich da um Ihre Privatangelegenheit handelte. Damit würden Sie sogar gegen das Gesetz verstoßen. Machen Sie sich keine Illusionen, das, was bisher Ihr ganz persönliches Geheimnis allein gewesen sein mag, ist nun kein solches Geheimnis mehr.«

Die eindeutige Drohung, die in diesen Worten lag, gab vielleicht den Ausschlag.

André antwortete: »Sie können, meinten Sie, sogar exakt das Jahr der Entstehung dieses Liedes sagen?«

»Ja.«

»Das glaube ich nicht.«

»Ich bin sicher, es ist das Jahr 1183, höchstens 1184.«

»Woher wollen Sie das so genau wissen?«

»Es würde lange dauern, Ihnen das zu erklären. Ich bin Experte. Ein Experte hat einen Blick, ein Ohr, ein Gefühl für das Echte und das Falsche auf seinem Spezialgebiet. Mein Spezialgebiet sind die Troubadoure, und deshalb bin ich in der Lage, Ihnen zu erklären, daß Sie ein bisher unbekanntes Lied Marcabruns aufgestöbert haben, eines seiner letzten, das 1183 entstanden sein muß, spätestens 1184.«

André dachte an seine Gruft in der alten, ausgegrabenen Kapelle. Von dort brachte er seine Abschriften mit. Welche Abschriften? Von welchen Originalen? Was fand er denn in jener Nische unter bröckelndem, verwitterndem Gestein?

Gedichte? Lieder unbekannter Troubadoure? Pergamente? Eng beschriebene, vergilbte, brechende Papiere?

In Andrés Schläfen hatte das Blut zu pochen begonnen. Er zwang sich, dem Blick Bonnets, der ihn erwartungsvoll ansah, nicht auszuweichen.

Marcabrun ... klopfte es im Hirn der Küsterjungen ... ein echter Marcabrun ... eines seiner letzten Lieder ... 1183 ... spätenstens 1184 ... o Jeanette, wärst du doch hier ... warum läßt du mich in dieser heißen Stunde allein? ... Was soll ich sagen? ... Die Wahrheit? ... Was würde dieser Professor Bonnet dann tun? Sich abwenden, mich schelten, mich den unbekannten, armen, unbedeutenden Küstersohn auslachen, verhöhnen?

Und plötzlich wären diese Lieder keinen Schuß Pulver mehr wert, würden sie in den Mülleimer geworfen.

O du lächerliche, dumme, nur den Namen liebende, bornierte Welt!

»Meine Annahme stimmt doch«, sagte Bonnet, »Sie haben das Original?«

André brauchte nur zu nicken, nur mit einem einzigen Wörtchen zu antworten ... und ein paar echte, unersetzliche, unsterbliche Zeilen von Marcabrun hatten noch einmal das Licht der literarischen Welt erblickt.

»Ich nehme sogar an, daß Sie nicht nur dieses Original haben, sondern auch noch andere. In solchen Fällen finden sich immer mehrere Blätter ... eine Sammlung ... ein Band. Stimmt's?« setzte Professor Bonnet hinzu.

André brauchte, wie gesagt, nur zu nicken, nur mit einem einzigen Wörtchen zu antworten.

Er atmete tief ein und blickte in die Sonne.

Sie, die Sonne, dachte er, hat die Lieder mir geschenkt. Aus ihren Strahlen drang die Wärme mir ins Blut. Sie öffnete mein Inneres für das Land, die Hügel, die Felder, den Wein, die Glocken, das Lachen, die Mädchen, die ganze Provence.

Für Jeanette ... die Einzige.

Er atmete tief aus.

»Ja«, sagter er zu Professor Bonnet.

»Na endlich!« rief dieser fast jubelnd und hatte große Lust, dem Jungen kräftig auf die schmale Schulter zu hauen. Lieder aus Marcabruns verlorengegangenen Liedern der letzten Jahre! Das ist eine Sensation! Die literarische Welt wird kopfstehen!«

Der alte Herr rieb sich die Hände. Dann fiel ihm ein, André zu fragen: »Sie haben die Originale mit Signum?«

»Ja«, antwortete André leise, und Bonnet wunderte sich, daß seine Begeisterung bei dem Jungen eine fast flehende Gebärde und Haltung hervorrief. André setzte hinzu: »Ja, mit Signum. Sogar eine Widmung ist dabei. ›Für meiner Frauen Huld gesungen‹ steht am Ende.«

»Sie sind ein Glückspilz!« rief Bonnet und schlug im Sturm seiner Begeisterung dem Küsterjungen nun tatsächlich auf die Schulter. »Stellen Sie sich vor, das ist die einzige Widmung Marcabruns, die nicht einer bestimmten Frau allein, sondern dem schönen Geschlecht in seiner Gesamtheit gilt! Mensch, Tornerre, das ist ja nicht zu fassen! Meine Kollegen werden staunen! Wo haben Sie die Originale? Kommen Sie, zeigen Sie mir die Lieder, zögern Sie nicht lange! Ich muß sie sehen! Hören Sie auf, mich auf die Folter zu spannen! Bringen Sie Licht und Farbe in die weißen Flecken unserer Literaturgeschichte! Mein Gott, und das in Carpentras!«

André Tornerre hatte während des Temperamentsausbruchs Julien Bonnets seine Fassung wiedergewonnen und sich entschlossen, eiskalt zu handeln und dem entscheidenden ersten Schritt, der getan war, die nächsten ohne Skrupel folgen zu lassen. Der Gedanke, das Geheimnis seiner Seele, das begraben lag zwischen den feuchten, verfallenden Mauern der Taufkapelle unter der Kirche, zu offenbaren, der wahnsinnige Gedanke, die Verse in seinem linierten, dünnen Schulheft der Welt als die Liebeshymnen des Marcabrun zu präsentieren, dieser einmalige, ungeheure, die Wissenschaft an der Nase herumführende Betrug, die Melodie der eigenen Seele als Gesang einer Jahrhunderte schlafenden Sehnsucht nach Schönheit zu verkaufen, dies alles gewann nun für André an makabrem Reiz.

Was mochte geschehen, wenn er dem Professor aus Paris die Lieder übergab? Vor allem mußte sich die Sache auch lohnen – in klingender Münze. Die Eltern konnten dann endlich Ruhe finden und einen alten Traum verwirklichen – die Gräber der Söhne bei Verdun besuchen, das riesengroße Feld der weißen Kreuze, das Mahnmal der Nation, einen solchen Wahnsinn in Zukunft nicht wieder zuzulassen. Und er selbst würde endlich in die Ferne schweifen können, in Paris die glanzvollen Zeugnisse des Ruhmes Frankreichs auf sich einwirken lassen können. Eine Welt würde vor ihm liegen, unendlich reich an Schönheit und Neuem, und seine Augen würden staunend auf fremde Völker und die Vielgestalt des Lebens blicken. Wenn er dann wieder heimkommen würde in die sonnige Provence, wenn dieser Hügel hier sich aus dem Dunst des sonnenheißen Landes schälen und Jeanette am Weg stehen und als erster Heimatruf ihr Lächeln ihn grüßen würde, dann würden ihre Arme heiß um seinen Hals liegen, und ihre Lippen würden blühen in der Sehnsucht nach Erfüllung.

Jeanette ... o herrliche Jeanette ... o Leben, das in deinen Pulsen klopft, in deinen Brüsten samtzart bebt und mir die ganze Welt erhellt in wilder Lust, in deinen Armen, deinen Schenkeln stammelnd zu ertrinken!

Jeanette ... du Einzige, Ersehnte, Lichtgeborene, du Sonnenleib, du Melodie menschlicher Unendlichkeit ... Jeanette ... soll ich gar dir zuliebe diese dumpfe Welt betrügen?

Jeanette ... verachte mich dann nicht, wenn du die Wahrheit erfährst ... verlaß mich nicht, nenn mich nicht einen Lumpen, wenn die Welt mich steinigt ... Ich will dich haben ... bei mir ... um mich ... immer ... wenn ich aus der Ferne in die Heimat zurückfinde und dein Lächeln alle Schönheit des erschauten Lebens überstrahlt.

Jeanette ... du bist es wert, daß ich mich selbst verkaufe!

»Sie sollen die Originale haben«, sagte André zu Bonnet, der größte Mühe hatte, seine Ungeduld zu zügeln. »Aber erst in zwei Wochen ...«

»Warum, ich bitte Sie!«

»Weil ich sie für mich selbst noch abschreiben möchte, zur Erinnerung, wenn diese Lieder in Paris der Welt zugänglich gemacht werden. Ich kann mich nur schwer von ihnen trennen, das werden Sie verstehen.«

»Natürlich ... natürlich ...«, stammelte Bonnet und grub die Nägel in die Handballen, daß es schmerzte. »In einer Woche ... alle Originale?«

»Ja ... Aber ich muß noch zwei Bedingungen stellen ...«

»Welche?«

»Erstens möchte ich, daß Sie mich mit nach Paris nehmen ...«

»Schon gewährt!«

»Und zweitens – das wird Sie überraschen – habe

ich meine Meinung geändert. Ich gebe Ihnen die Lieder nicht umsonst, sondern erwarte ein finanzielles Entgelt.«

»Auch einverstanden. Wieviel?«

»Das überlasse ich Ihnen. Ich will Ihnen nur sagen, daß ich Geld zur Verwirklichung meiner Pläne brauche. Außerdem soll auch noch für meine armen Eltern etwas abfallen.«

»Sie werden zufrieden sein«, sagte Professor Bonnet, dem kein exakter Preis, den André genannt hätte, zu hoch gewesen wäre.

In der folgenden Nacht lag André Tornerre noch lange wach in seinem Bett, und seine Gedanken kreisten um die Frage: Wer bin ich?

Endlich schlief er ein und träumte. Dieselbe Frage stellte sich ihm im Traum wieder. Er sah sich vor einem Spiegel stehen, hörte sich ein Gespräch führen.

Der Junge vor dem Spiegel fragte den im Spiegel: »Wer bist du?«

»Wer bist *du?«* fragte der Junge im Spiegel zurück.

»Ich bin André Tornerre«, lautete die Antwort. »Und du?«

»Marcabrun.«

*

Als der übernächste Abend kam und sich lange, bläuliche Schatten von den Hügeln auf Carpentras herabsenkten, stand André geduckt hinter seiner Hecke in der Nähe des Tergnier-Anwesens und wartete auf seine Jeanette, von der er wußte, daß sie um diese Zeit oft zum Krämer geschickt wurde. Unterm Arm trug er eine dünne Mappe und blickte vorsichtig nach allen Seiten, ob ihn auch niemand sah, drückte sich noch tiefer in die dichte Hecke, ließ aber die Straße nicht aus den Augen.

Die Unruhe seines Herzens, das schlechte Gewissen machte ihm zu schaffen. Seit ihn Bonnet auf dem Hügel verlassen hatte, redete er sich ununterbrochen ein, daß der von ihm in Gang gesetzte, ungeheure Betrug an Mensch und Seele, Geist, Gesetz und Ehre nur eine Rettung seiner Lieder darstelle, denen das Schicksal, niemals beachtet zu werden, nie an die Öffentlichkeit zu gelangen, erspart bleiben müsse.

Doch sosehr er auch das drängende, wie eine Last ihn drückende Gewissen zu beruhigen suchte, er fühlte doch mit einer schmerzhaften Klarheit die große Schuld, die er mit einem Wort, mit einer Zahl, ja, nur mit der Duldung eines Irrtums auf sich lud.

Endlich bog Jeanette mit einem Henkelkorb um die Kurve der Straße und kam auf die Hecke zu, in der André ungeduldig wartete. Ihr Anblick verwirrte ihn einen Moment, und der Gedanke, diese menschliche Blume von der großen Wiese seiner Sehnsucht gepflückt und an sein Herz gedrückt zu haben, trieb ihm das Blut zum Herzen.

Jeanette hatte es eilig. Ihre Absätze klapperten, schon hatte sie die Hecke erreicht, in deren Schatten sich der Küstersohn verbarg.

Ein leises Rascheln ließ sie zusammenfahren, sie stoppte kurz, doch dann ging sie wieder weiter, ohne die Hecke zu beachten.

»Jeanette . . .«

Flüsternd fast hatte es André gerufen. Das Mädchen

fuhr herum und preßte den Korb wie zum Schutz an die junge Brust.

»André?« fragte sie leise zurück.

»Ja, ich bin es. Hast du einen Augenblick Zeit für mich?«

»Die Eltern warten . . .«

»Nur einen Augenblick?«

Da nickte sie. Sie trat näher und streckte ihre Hand aus, die André mit seinen heißen Fingern umklammerte.

»Komm, hier können wir nicht stehenbleiben. Ich möchte dich etwas fragen«, sagte er leise und zog das Mädchen durch eine Lücke in einen Garten, eilte mit ihr über ein unbestelltes Beet und schob sie in eine alte, verfallene Laube.

»Was willst du hier?« sträubte sich Jeanette und drehte sich schon wieder halb um. »Ich habe keine Zeit. Die Eltern warten, sagte ich dir doch schon.«

»Wir sind gleich fertig, Jeanette. Ich habe nur eine Frage an dich . . .«

»Welche?«

»Glaubst du an mich?«

Jeanette blickte ihn verdutzt an, wußte offenbar nicht, was sie sagen sollte, schüttelte dann den Kopf und erwiderte: »Ich glaube an Gott, André! Wie kannst du so etwas fragen?«

»Glaubst du an mich als an einen Menschen?«

»Als an einen Menschen?«

»Als an einen Dichter?«

»Bist du denn ein Dichter?«

Die Frage Jeanettes, der Ausdruck der Belustigung in ihrem Gesicht schnitt ihm ins Herz.

»Komm, setz dich«, sagte er und zeigte auf die Bank in der Laube.

Sie lehnte ab, sagte noch einmal, daß sie keine Zeit habe.

»Wenn ich nun ein Dichter wäre?« fragte er sie leise.

»Du? Ein Dichter?« Der amüsierte Ton schnitt noch einmal tief in die wunde Seele Andrés, der den Kopf sinken ließ und vor sich hin starrte. Sie lacht mich aus, dachte er. Sie lacht, wie sie alle, alle über mich lachen würden, wenn ich ihnen verriete: Ich bin der Dichter dieser Lieder; der neue Marcabrun bin ich.

Man würde mich als verrückt bezeichnen, als einen Größenwahnsinnigen, einen frechen, anmaßenden Hochstapler. Man würde mich vielleicht sogar schlagen, wenn ich nicht zurückwiche, und würde dann nur lachen ... grauenvoll, gemein und tödlich lachen.

»Jeanette, was würdest du sagen«, machte er die Probe aufs Exempel, »wenn ich dir jetzt gestehen würde, daß ich alle Lieder, die ich angeblich fand, in Wirklichkeit selbst schrieb?«

»*Ab*schrieb«, verbesserte ihn Jeanette mit Betonung und warf mit dieser einen Silbe die Fackel der Verzweiflung in Andrés Seele.

»Nein!« rief er unvorsichtig laut, ohne einen Gedanken daran, daß man ihn draußen hören könnte – was ihm in diesem Augenblick auch egal gewesen wäre. »Nein! *Schrieb! Schrieb!* Mit meinen Fingern, aus meinem Geist! *Ich* dichtete sie! *Ich* ersann sie! Nicht Marcabrun ist der Dichter, sondern *ich* bin es!«

Jeanette war an die Tür zurückgewichen und blickte ärgerlich, gekränkt und trotzig auf den sie voll Erregung anblickenden André.

»Wie oft soll ich dir noch sagen, daß ich jetzt keine Zeit habe, mir deine Scherze anzuhören?« erklärte sie schroff. »Komm zu dir. Vielleicht bist du bis morgen wieder normal. Ich hoffe und wünsche es. Auf Wiedersehen.«

Mit einem fast damenhaften, gekränkten Nicken machte sie auf dem Absatz kehrt und verließ die Laube.

»Jeanette ...«, stammelte André. »Jeanette ... du ahnst ja nicht ... ich habe dir die Wahrheit gesagt ...«

Kraftlos sank sein Körper auf die Bank. Tränen stiegen ihm in die Augen. Er stützte die Ellenbogen auf die Knie, legte das Gesicht in die Hände. Die Tränen netzten ihm die Finger. Er brütete vor sich hin.

Wie soll die Welt mir glauben, wenn schon Jeanette mich auslacht? O Gott, gibt es denn keinen anderen Weg als den des Betruges? Warum, warum glaubt man mir denn nicht? Warum glaubt man dem Marcabrun die Lieder, und mir nicht? Was kann ich denn dafür, daß ich so jung, so arm und unbekannt bin? Ist es denn eine Strafe, Geist zu haben? ... Jeanette, liebste Jeanette, was hast du da getan?«

Lange saß André auf der morschen Bank, weinend, mit sich ringend, die Menschen nicht verstehend und zweifelnd am Sinn des Lebens. Sein ganzes junges, heißes, von Idealen beseeltes Inneres wurde aufgerissen, und schwere Schatten zogen in das lichte Herz und füllten es mit Trauer, Haß und Verachtung und mit der Angst, die rechte Straße zu verfehlen.

Erst als der Mond am Himmel erschien, erhob sich André und schlich sich aus dem Garten, ein Taumelnder, Gequälter, von Zweifeln Übermannter, ein Knabe noch, der zum erstenmal die Menschen haßte.

Mit unsicheren Schritten ging er durch die Straßen, hielt den Kopf gesenkt, die Haare hingen ihm wirr ins Gesicht. Nur einmal blickte er auf, als ein Nachtvogel über ihm zu den Hügeln schwirrte. Da lächelte er, denn er fühlte, wie ihm das Dunkel mehr wurde als das Licht.

Mit diesem Lächeln betrat er das Haus des Küsters und legte seine Arme um den Hals des Vaters, der auf ihn gewartet hatte.

Mutter Tornerre war schon zu Bett gegangen. Der Vater saß am breiten Tisch seinem Sohn gegenüber und schaute ihm beim Essen zu. Die wenigen Bissen, die André heute verzehrte, wollten ihm nur schwer runtergehen, so daß er den Teller bald von sich schob und sich auf seinem Stuhl zurücklehnte.

»Schmeckt es dir heute nicht, André?« fragte der Vater mit erstaunter Stimme.

»Nein, Vater.«

»Warum nicht?«

André zuckte stumm die Achseln.

»Fühlst du dich nicht wohl?«

»Doch, körperlich jedenfalls.«

»Und geistig nicht?«

»Ach Vater«, seufzte André, »mir geht so vieles im Kopf herum . . .«

»Wieder die Troubadoure?«

Andrés Antwort ließ auf sich warten. Er blickte den Vater an, fuhr sich durch die Haare, schaute zur Tür und fragte plötzlich: »Wo ist eigentlich Mutter heute?«

»Sie schläft schon, hatte Kopfschmerzen.«

Beide verstummten. Erst nach einer Weile räusperte sich André.

»Vater?«

»Ja?«

»Hältst du es für möglich, daß jemand ein Troubadourlied fälscht?«

»Ein Troubadourlied? Nein.«

»Warum?«

»Weil es keinen gibt, der heute noch solche Verse schreibt.«

»Es könnte aber sein, Vater . . .«

»Nein, André, diese Lieder sind an ihre Zeit gebunden, an längst vergangene Jahrhunderte.«

Marcel Tornerre mußte lächeln. Welche Gedanken sein Junge hatte! Ein Troubadourlied fälschen – wozu denn? Es gab doch genug echte, um die sich kein Mensch mehr kümmerte.

Dies war die Meinung des Marcel Tornerre, dessen schlichtes, einfaches, jedoch keineswegs dummes Gehirn sozusagen mit beiden Beinen auf der Erde eines Küsters stand.

André starrte auf den Tisch. Er hatte das Gefühl, vor einem geheimen Gericht zu stehen, und fühlte sich gezwungen, selbst die Verhandlung fortzusetzen.

»Wenn nun doch ein Mensch lebt, der wie diese Troubadoure dichtet, Vater?« fragte er.

»Es gibt ihn nicht!« antwortete der Alte mit Bestimmtheit.

»Angenommen, du irrst dich, und er lebt dennoch, er dichtet, er kann dasselbe, was Bertran de Born, Bernard de Ventadorn und Marcabrun konnten. Und trotzdem lacht ihn die Welt aus, sie glaubt ihm nicht, sie nennt die Lieder Stümperwerke . . .«

»Das wird sie wohl«, nickte Marcel Tornerre.

»Siehst du, Vater. Und nun geht dieser Mensch hin und gibt seine Lieder, die er gedichtet hat, als Neuentdeckungen aus. Er hat sie also gefälscht. Er setzt nicht seinen Namen unter die Verse, sondern die der alten Troubadoure.«

»Das wäre ein Betrug, ein abgefeimter Betrug«, sagter der Alte hart.

»Wirklich?«

»Was denn sonst?«

»Entscheidend ist doch, daß die Welt in diesen Liedern die Verse eines Genies sieht. Was sie ohne den sogenannten Betrug als lächerliches Stümperwerk bezeichnen würde, stellt für sie eine grandiose Dichtung dar, einen unvergänglichen Schatz der Kultur. Oder stimmt das nicht? Natürlich stimmt das! Und deshalb frage ich dich: Ist das gerecht? Ehrt man bei einer Dichtung nur den Namen, oder ehrt man die Leistung? Kann dieser Unbekannte nicht den gleichen Anspruch darauf erheben, gepriesen zu werden, wie dieser längst vermoderte Betran de Born, wenn er das gleiche leistet?«

Marcel Tornerre sah seinen Sohn eine Weile an und strich sich den Spitzbart. Plötzlich wiegte er das Haupt.

»Das schon. Aber . . .«

»Kein ›Aber‹, Vater! Hier gilt nur ein ›Warum?‹. Warum verlacht die Welt das Heute und umkränzt das Gestern?«

»Weil nie die Gegenwart, sondern nur stets die Erinnerung an das Vergangene oder der Glaube an die Zukunft befriedigen können. Der Mensch braucht Zeit, ehe er seine Umwelt erkennt; er lernt zwar aus den Fehlern der Vergangenheit, bemerkt aber nicht die Fehler der Gegenwart.«

»Und dadurch können unersetzliche Gedanken untergehen!«

»Das ist der Lauf der Dinge. Du kannst ihn auch nicht ändern.«

André kämpfte um ein Wort, um ein Verstehen, einen Weg, um ein Recht, mit dem er seine Tat zu schützen suchte.

Schweiß trat ihm auf die Stirn, den er mit einer schnellen Bewegung der Hand wegzuwischen trachtete.

Der Schweiß war kalt und klebrig.

André stand vom Tisch auf, ging hin und her und sagte: »Der Mensch, von dem ich sprach, ist anders. Er ordnet sich nicht unter. Er will ein Beispiel geben, ein Zeichen setzen. Er will die Öffentlichkeit zwingen, seine Kunst als solche zu bewerten. Er kann dasselbe, was Marcabrun auch konnte, er hat das Recht, auf einer Stufe mit diesem zu stehen. Er will nicht die Vermessenheit – er will nichts als die Wahrheit. Was macht er also gezwungenermaßen? Er fälscht die Lieder.«

»Es bleibt ein Betrug. Seine Seele mag ihn selbst freisprechen – vor der Öffentlichkeit, vor dem Gesetz bleibt er ein Lump.«

André ballte die Hände zu Fäusten. Er unterbrach seinen Marsch und blieb stehen.

»Und vor dir, Vater?«

»Dasselbe, André.«

»Aber . . .«

André brach ab. Hat ja doch keinen Zweck, dachte er. Er schloß die Augen, preßte die Lippen aufeinander und hörte die Zeitung rascheln, nach welcher der Vater griff.

Marcel Tornerre, der einfache, alte Küster hatte alles, was zur Sache zu sagen war, gesagt. André fühlte, wie die Einsamkeit von ihm Besitz ergriff. Plötzlich fror ihn. Er zuckte mit den Schultern und wandte sich zur Tür.

»Du hast recht, Vater«, sagte er müde. »Entschuldige, daß ich dich vom Zeitunglesen abgehalten habe. Gute Nacht.«

»Du gehst schon schlafen? Wieso denn?«

»Ich bin müde.«

»Gute Nacht.«

»Gute Nacht«, sagte André noch einmal, nickte dem Vater zu und trat in den Flur hinaus. Langsam stieg er die dunkle Treppe hinauf, leise schlug eine Tür ins Schloß, dann war es still.

Marcel Tornerre las auch nicht mehr lange die Zeitung. Bald begann er zu gähnen, zog den Rock aus, hängte ihn über die Lehne seines Stuhles, machte das Licht aus, ging zur Haustür und vergewisserte sich, daß sie abgesperrt war. Wenig später sank er neben seiner Gattin unbemerkt ins Ehebett. Sie hatte eine Schlaftablette genommen und lag in tiefem Schlummer. Trotzdem stellte er einen Versuch an, sie zu wekken. Er wollte ihr von den merkwürdigen Gedanken ihres Sohnes berichten.

»Yvonne . . .«

Nichts.

»Yvonne . . .«

»Was denn? Laß mich doch schlafen!«

Da gab er es auf.

*

Vor dem gestrengen Blick des Abbé Bayons fühlte sich selbst ein Junge wie André Tornerre ein wenig unwohl, der sich an den Priester eigentlich längst hätte gewöhnen müssen, war er doch schon oft genug im Pfarrhof zu Besuch gewesen, nicht zuletzt als Lateinschüler. Doch um die Erweiterung seiner Kenntnisse in der schönen Sprache der alten Römer ging es diesmal nicht. Etwas ganz anderes hatte ihn hergeführt.

Der Abbé Bayons, ein schwerer, breitschultriger und die Grenze des Ungeschlachten streifender Mann, dem sie Soutane das Gewicht einer erdrückenden geistlichen Autorität verlieh, blickte erstaunt auf den Küsterjungen und wußte erst einmal nicht, was er von der Bitte, die er soeben hatte hören müssen, halten sollte.

»Du willst einige Originale der Troubadourlieder aus dem Kirchenarchiv haben?« fragte er deshalb noch einmal, um sich zu vergewissern, daß er André richtig verstanden hatte. »Weißt du denn, was das heißt? Ich kann mir gar nicht denken, daß das dein Ernst ist.«

»Doch, Hochwürden.«

»Du lieber Himmel, du mußt verrückt sein!«

»Hochwürden, ich . . .«

»André«, unterbrach ihn der Priester, »erstens sind diese Originale kostbare Schätze, die nicht so ohne weiteres herausgegeben werden dürfen. Museen und

Bibliotheken in Paris streiten sich mit uns um sie, seit sie aufgefunden wurden. Die Herren dort trifft der Schlag, wenn sie hören, daß ich deinem Wunsche willfahren habe. Und zweitens ist der Inhalt dieser Originale auch nicht etwas, mit dem ich dich unbedingt bekannt machen möchte. Diesen Troubadouren wird nämlich, wenn du mich fragst, zuviel der Ehre erwiesen. Verstehst du mich, was ich meine?«

»Nein.«

»Dann muß ich deutlicher werden: Die waren zumeist recht lockere Vögel, denen, wenn man zwischen ihren Zeilen zu lesen versteht, die Unsittlichkeit etwas Erstrebenswertes war. Auf französisch gesagt: Sie hatten nur die Weiber im Kopf!«

»Hochwürden . . .«

»Es wird Zeit, daß ich auf dieses Kapitel auch einmal von der Kanzel herab zu sprechen komme.«

»Hochwürden . . .«

»Das wird natürlich Aufsehen erregen, teilweise unliebsames, aber das soll mir egal sein.«

»Hochwürden«, setzte zum drittenmal André an, den der Abbé, ein Verfechter der Sittlichkeit durch alle Jahrhunderte hindurch, nun endlich auch ausreden ließ, »mich interessiert nicht der Inhalt, sondern nur die Form.«

»Welche Form? Ich verstehe dich nicht.«

»Die Schrift, die Buchstaben.«

»Die Schrift?«

»Und die Zeichen.«

»Welche Zeichen?«

»Das ganze alte Bild dieser Originale.«

»Und was hättest du davon?«

»Ich möchte gern diese Schrift schreiben lernen.«

»Wozu?«

»Zum Beispiel, um aus der Bibel wichtige Stellen abzuschreiben und sie Ihnen zur Verfügung zu stellen. Ich würde das mit heiligem Eifer tun.«

Andrés Lüge schrie zum Himmel, aber das Charakteristikum solcher Schreie ist bekanntlich ihre Lautlosigkeit, so daß sie oft nicht gehört werden.

»Hättest du denn überhaupt eine Bibel?« fragte der Abbé.

»Auch um eine solche würde ich Sie bitten, Hochwürden.«

»Du hast also keine?«

»Doch, aber die ist schon sehr abgegriffen und nicht mehr vollständig, vom vielen Gebrauch, wissen Sie.«

Der Abbé lächelte.

»Dann will ich dir eine neue schenken.«

»Danke, Hochwürden, das wäre schön.«

»Was ist mit dem Schreibzeug? Hast du denn geeignetes Schreibzeug?«

»Sie meinen Feder, Tinte, Papier?«

»Ja.«

»Habe ich. Ich brauche nur noch die Originale, Hochwürden.«

Der Abbé blickte zum Kruzifix an der Wand und holte sich von dort einen letzten Ratschlag. Dann nickte er und sagte: »André, hoffentlich bringst du mich nicht in Teufels Küche . . .« Er stockte, bekreuzigte sich und fuhr fort: »Das muß ein absolutes Geheimnis zwischen uns beiden bleiben, ich beschwöre dich . . .«

»Sie können sich auf mich verlassen, ich schwöre es, Hochwürden.«

»Du bist mir auch verantwortlich, daß kein Blatt beschädigt wird. Hüte mir jedes wie deine Augäpfel!«

»Ich schwöre es Ihnen, Hochwürden.«

»Ich erschlage dich sonst«, stieß der Abbé ganz unpriesterlich hervor.

»Sie werden dazu nicht den geringsten Anlaß haben, Hochwürden. Mir sind doch diese Lieder heiliger als Ihnen.«

Damit wäre André in seinem Übereifer und seiner glühenden Verehrung für die Troubadoure beinahe übers Ziel hinausgeschossen, denn der Abbé sagte prompt: »Moment, übertreibe nicht. Es geht einzig und allein um die Form, wie du selbst sagtest. Vergiß das nicht. Der Inhalt ist mit ganz anderen Augen zu sehen.«

»Er interessiert mich keineswegs, Hochwürden.«

»Gut, dann komm morgen um die gleiche Zeit wieder zu mir und hol dir die Originale. Bis dahin werde ich sie dir zurechtgelegt haben.«

Und so geschah es. Vierundzwanzig Stunden später nahm André aus den Händen des Abbé eine schmale Mappe in Empfang, wobei er erschauerte.

Noch einmal wurde ihm gesagt: »Paß um Himmels willen auf das Zeug auf! Bring mich nicht in Teufels Küche!«

Nach dem obligaten Schlagen des Kreuzzeichens fuhr der Priester fort: »Auch die Bibel mußt du nicht gleich wieder zerfleddern, weil du sie geschenkt bekommen hast.«

André dankte mit einem stummen Neigen seines Kopfes, während ihm der Abbé das dicke Buch in seine freie zweite Hand drückte. Dann dachte der Junge, sich verabschieden zu können, doch er wurde vom Priester noch einmal zurückgehalten.

»André . . .«

»Ja?«

»Ich vermisse dich seit längerer Zeit im Beichtstuhl.«

Als hätte ihn ein Schuß getroffen, zuckte der Junge zusammen.

»Oder hältst du dich schon für erwachsen?«

André schüttelte den Kopf.

»Du weißt ja, was ich meine: Viele Erwachsene glauben, es genüge, einmal im Jahr – an Ostern – zur Beichte zu gehen.«

André nickte.

»Zählst du dich schon zu denen?«

»Nein, Hochwürden.«

»Schön, dann darf ich dich also bald wieder einmal erwarten?«

»Ja, Hochwürden«, log André, dem es ausgeschlossen schien, je wieder zu diesem Priester in den Beichtstuhl zu schlüpfen und ihm einzugestehen, zu welchem Zweck er ihm die Originale der Troubadourlieder entlockt hatte.

Der Abbé brachte seinen jungen Gast zur Tür. Dort sagte er: »Deine Freundin weiß, was sich gehört.«

»Meine Freundin?«

»Jeanette Tergnier. Die braucht keine Ermahnung.«

André guckte. Ermahnung wozu? Diese Frage stand in seinem Gesicht geschrieben.

Als ob er darin lesen könne, ergänzte der Abbé: »Zum Beichten.«

Glühend rot wurde André. Allzu deutlich hatte der

Abbé einer jener trapsenden Nachtigallen geglichen. Jeanette hatte ihm den Verlust ihrer Unschuld gebeichtet, und nun hätte der Priester gerne auch noch das geeignete seelsorgerische Wörtchen mit demjenigen gesprochen, der daran nicht minder Schuld trug als das Mädchen selbst.

*

André Tornerre lag im Gras auf seinem Hügel und sagte zu sich selbst: »Die Welt will ich umarmen. Ich will sie hier mit diesen Händen fassen, einmal ... und ist es nur ein Tag ... ein kurzer Tag voll des Glücks ... jenes Glücks, das man verspürt, wenn man sein Leben überblickt und freudig sagt: Ich bin zufrieden.«

Er setzte sich auf und legte die schmale Mappe auf seine Knie. Dann holte er Papier und Schreibzeug aus der Tasche, glättete den Bogen mit beiden Händen und begann zu schreiben, und es war kein Lied eines glücklichen Troubadours, nicht ein Gesang über aufblühende Rosen und wehende Helmbüsche, sondern es war ein Sonett, das unter seiner schreibenden Hand entstand, eine neue Art seiner Verse aus übervoller Seele, ein neuer Griff in ein Reich, das wesenlos war und aus Träumen Menschen und Welten, Gedanken und Schicksale gebar, ein Reich, das nie erfaßbar wird mit dem Geist des Banalen, sondern sich nur dem erschließt, der das Wesenlose des Lebens als eine Melodie vernimmt und den Menschen im Raume sieht wie einen Bruder der Winde.

Verströmt der Tau der götterhellen Güte?
O laß ihn strömen, Übermaß ist Kraft!
Schon morgen ist der Weg empor geschafft,
und deine Hand reicht mir die Siegerblüte.

Und doch, mich schwindelt schaudernd der
Gedanke,
daß ich das Maß des Menschlichen verliere,
daß ich mit Torheit meinen Ehrgeiz ziere
und grauenhaft verflucht ins Dunkel wanke.

Oh, halt mich, Liebste, fest in deinen Armen,
ich friere in der Sonne Flammenpfeile.
Es gibt doch für den Menschen kein Erbarmen,
ihm scheint das Glück nur eine kurze Weile.
Verzeih dem Wandrer in den Ruf des Lebens,
ich weiß, die Hoffnung auf die Sonne ist
vergebens!

Er überlas das Gedicht nicht noch einmal, wie er es sonst gewöhnt war, sondern faltete das Blatt zusammen und schob es in die Mappe. Dabei fühlte er die alten, harten Bogen der Lieder, und seine Hand zuckte zurück, als habe sie etwas Feuriges berührt.

»Nicht hier«, flüsterte André und schob die Mappe unter seinen Kopf, während er sich wieder zurück ins Gras legte. »Geduld . . . mein lieber Marcabrun . . . unten, in der alten Kapelle . . . vor dem Bild des Ritters ist der Platz! Dort sollst du mir sagen, ob dein stummer Bruder an der Wand der Menschen spottete, als er auf seine Fahne schrieb: Verachte, daß du verachtet wirst!«

Er blickte trotzig, als wisse er schon jetzt den Ausgang des Duells mit der Vergangenheit, und er lag und bot sich den goldenen Strahlen der Sonne dar, um sie in sich aufzuspeichern für das Dunkel kommender Tage.

So sank er in Schlaf und hatte einen herrlichen Traum. Er lächelte im Schlaf, denn er sah unter sich die Welt als einen Kaiserapfel in der Rechten Gottes.

Als der Tag sich verabschiedet hatte und die Sterne über Carpentras aufgegangen waren, schlich André Tornerre auf Zehenspitzen und auf knarrende Stufen achtend aus dem Haus, huschte als ein fliegender Schatten über den Marktplatz und schlüpfte in die Kirche, nachdem er deren Tür mit einem im Schloß leise knirschenden Schlüssel – dem seines Vaters – geöffnet hatte. Mit raschen Schritten eilte er den Mittelgang entlang, sank vor dem unter den hohen Fenstern wie ein mächtiger schwarzer Fleck aussehenden Altar kurz in die Knie und schlüpfte dann durch die kleine Tür hinunter in die modrige Krypta der alten, vergessenen Kapelle.

Erst als er die letzte Stufe erreichte, nahm er aus seiner Tasche eine Kerze und zündete sie an, schritt dann zu dem Taufbecken, ließ Wachs von der Kerze tropfen und klebte sie mit demselben auf den Rand des ausgehöhlten Steines.

Wieder, wie immer, wenn er in dieser Gruft weilte, fröstelte ihn, und er zog die Schultern zusammen. Mit einem scheuen Seitenblick streifte er das im Kerzenlicht halbdunkle, verschwommene und durch das Flakkern des Lichts lebendig gewordene Mosaik, ging dann zur hinteren Ecke, wo es unentwegt in einem monotonen Rhythmus von der Decke tropfte, und stand nun unmittelbar vor der steinernen Mauer.

Während der eigene Schatten auf seine Hände fiel, machte er sich an einem großen Stein in der Quadermauer zu schaffen, schob ihn zur Seite, griff in eine hinter dem Stein sich zeigende Höhlung und zog aus ihr ein schmales längliches Kästchen aus Bronze hervor, mit dem er zurück zum Taufbecken ging.

Langsam, als fürchte er sich vor einem unbekannten Inhalt, hob er den Deckel hoch und rückte das offene Kästchen näher an die blakende Kerze heran.

Mit den Fingerspitzen entnahm er ihm eine dünne Rolle vergilbter, brüchiger, unbeschriebener Pergamente, die vor Hunderten von Jahren einmal gekauft worden und dann auf unbekannte Weise in ein Versteck der damals sehr besuchten Kirche geraten waren.

Vorsichtig hielt André die Pergamente ans Licht, nachdem er sie entrollt hatte, prüfte mit dem Daumen ihre Festigkeit und riß an einer Ecke den ersten Bogen ein wenig ein.

Dann ließ er plötzlich die Papiere in den Taufstein fallen und schlug die Hände vor seine Augen.

»Eine Gemeinheit ist das, was ich tue«, stammelte er. »Ein Verbrechen ... Vater, du lachtest ... und dabei nanntest du mich einen Lumpen ... und du, Jeanette, du ließest mich allein, als ich dich brauchte ... als ich nicht anders konnte ... als die Wahrheit stärker war ... alle, alle lachten ... oh, dieses Lachen ... dieses Lachen ...«

Er legte die Stirn auf den Rand des Beckens, knickte in die Knie und verharrte in dieser Stellung eine lange Zeit.

In der Ecke tropfte es. Die Kerze blakte in der feuchten Moderluft. Der Drang zu husten kitzelte in der Kehle. André gab ihm zweimal nach und erschrak vor dem Geräusch, das von ihm selbst stammte.

Dann war es wieder still, so still wie in einem Grab, wäre das Tropfen nicht gewesen.

Im Inneren des knienden André rang eine lichte Welt mit schweren, durch die Seele ziehenden Schatten. Das Schluchzen, das jetzt unter den Händen laut wurde, verstieß den Jungen in die grenzenlose Einsamkeit, in der die Schatten zu Gespielen werden und das Licht zum Störenfried der Ruhe. Ein fremdes, wohliges Gefühl durchrann den knienden André plötzlich, er spürte, wie er in der Einsamkeit, im Dunkel glücklich wurde, wie das Gefühl des Schmerzes und der Trauer einen angenehmen Schauer gebar, und ergriffen von der fremden Wandlung seines kindlichen Gefühls sah er sich plötzlich in eine neue Welt gestellt, in welcher der Schmerz als Lust, das Leid als eine Art von Sinnlichkeit sich zeigten. Der vordem gräßliche Gedanke, außerhalb des Menschlichen zu sein, erweckte plötzlich Ströme wohliger Schauer, und die Erkenntnis, einmal an sich selbst zu zerbrechen, malte in dem gewandelten Gehirn prickelnde Bilder eines im Leiden süßen Unterganges.

Zwar schien die Sonne morgen wieder über Carpentras, und von den Feldern klangen Lieder, der Mägde Augen sprühten Sinnlichkeit, und an den Hängen reiften schwer und dick die Trauben, doch diese Welt schien jetzt nur noch ein Rahmen, der das wahre Bild der Dunkelheit versüßte, und alle Sehnsucht nach dem Leben, das in der Sonne reifte, war nur ein schnelles Lächeln gegen die Gewalt der Sinne, die aus den Schatten in die Seele stiegen.

André Tornerre atmete rasch. Er hob den Kopf, griff, noch kniend, in den Taufstein und nahm die Pergamente wieder in die Hand. Dann stand er auf, legte die Rolle zurück in das Bronzekästchen und ließ den Deckel mit einem lauten, hohlen Schlag zufallen.

»Ich werde es tun«, sagte er halblaut und wandte sich nach dem Mosaik um. »Ich muß es einfach tun. Ich kann nicht anders.« Mit einer fast herrischen Bewegung strich er sich die Haare aus der Stirn und wölbte den eingesunkenen Brustkorb heraus. »Ich will den Menschen zeigen, daß ihr Urteil nur Borniertheit ist, mit klugen Worten kostümierte Dummheit. Man lese einer großen Anzahl namhaftester Kritiker Gedichte unbekannter junger Autoren vor und füge in sie unbemerkt zwei Verse von Hugo, Lamartine, Béranger oder Baudelaire ein – das Urteil wird vernichtend sein, weil man an junge Dichter dachte, und die Beschämung bleiern, wenn die rechten Namen fallen. Warum? O Welt – warum? Ist denn der Name mehr als das Können? Muß ein Gedicht Baudelaires, nur weil es von ihm ist, mehr, größer, meisterhafter sein als die Verse eines Unbekannten, der ihn übertrifft? Warum muß stets das Neue sich am Ruhm des Alten brechen? Warum ist nicht die Wahrheit Richter, sondern die Gewohnheit? Man ruft: ›Es gibt keinen Hugo, keinen Racine, keinen Corneille mehr, es gibt nur einen Goethe, Schiller, Kleist, nur einen Shakespeare, Byron, Calderon und Dante!‹ – Nein! Nein!« André schrie es, daß hallend sich der Ton an den dicken, feuchten Mauern brach. »Es gibt sie! Aber ihr, ihr

Menschen tretet sie in den Staub, weil euer Bild der Tradition gefährdet ist. Es gibt Genies – sie suchen nachts am Montmartre ihre Nahrung aus dem Müll. Es gibt die Erben unserer Großen – sie hausen unterm Dach und sterben an der Schwindsucht. Und nur, weil ihr nicht wollt, daß man die Pietät verletzt und sagen muß: Der Demoulin ist größer als Molière. Euch ist es undenkbar, daß man in diese Sphären greifen kann, und um alte Größe zu erhalten, opfert ihr das neue, strebende Genie. O Mörder! Mörder! Mörder!«

André verstummte. Er hielt das Bronzekästchen an die Brust gedrückt und starrte mit flammenden Augen in die Dunkelheit.

»Ich werde euch beweisen, was ich kann«, schloß er. »Als Marcabrun will ich euch zeigen, welche Hohlheit euch regiert. Mögt ihr es Wahnsinn, Überheblichkeit und Verbrechen nennen – stets wurde der erdrosselt, der die Dummheit der Menschen entlarvte.«

Mit spitzen Lippen blies er die Kerze aus, knickte sie von ihrem Wachsbett und stieg die Treppe hinauf, huschte durch das Kirchenschiff, verschloß die äußere Tür und verharrte im Schatten des Torbogens.

Mit einem langen Blick spähte er über den schwach schimmernden Sand des stillen Marktes, dann setzte er sich wieder in Bewegung und tauchte im Schatten der Zypressen unter.

*

Am nächsten Morgen saß André wieder in dem verlassenen Garten des tauben Foulière hinter der Hecke in der alten, halbverfallenen Laube, an deren Tür er von

Jeanette verlacht worden war, als er gesagt hatte, er sei ein Dichter.

Auf dem alten, von ihm vorher sorgfältig gereinigten Tisch hatte er seine alten Pergamente ausgebreitet, auf sie ein Schulheft gelegt, und mit strengster Genauigkeit und von ihm selbst nicht erwarteter Fertigkeit schrieb er die alten Buchstaben aus des Abbés Originalen ab, übte die Initialen, die Bögen, Winkel und Striche, die Doppellinien und Schwünge, er übte das Schriftbild, die Zeileneinteilung der Seite, er übte das Rankenwerk der Verzierungen und Blumen, zog jeden Schnörkel, jeden Bogen, jedes Blatt der Ranke nach, übte und übte, bis seine Hand es gewöhnt war, mit einem malerischen Schwung die alten Zeichen zu gestalten.

Zehn Tage lang saß er in der Laube und schrieb die Wörter in sein Schulheft. Am elften Tag begann er, Farben und Tinte zu mischen, goldene und silberne Bronce zu rühren, die er sich von seinem geringen Taschengeld beim Krämer gekauft hatte; er mischte, bis der Ton der Tinte dem der alten Schriften ähnlich war, und übte dann mit einem zugespitzten Gänsekiel wieder unentwegt die Zeichen, Bilder und Verzierungen.

Ein Rausch hatte ihn erfaßt. Die letzte Scheu vor seiner Tat war in der Gruft beim Kerzenschein verflogen. Der starre Wille, die Tat eines getretenen Genies zu vollbringen, erstickte jede anerzogene und seelische Moral. Mit einer Ausdauer, die dem Fanatismus entsprang, trainierte er unermüdlich seine Hand, zwang er sie zur Fälschung, und triumphierender Glanz umspielte seinen Blick, wenn er bemerkte, daß sein Werk dem Originale glich.

Am zwölften Tage, als die Sonne dörrend über die Natur kam und die Menschen auf den Feldern stöhnten, bedeckte er mit gewandter Schrift das erste leere Pergament mit seinem Reiterlied, bestreute es mit feinem, gelbem Sand, blies diesen zur Erde und legte dann den Bogen neben die Pergamente des Abbé Bayons.

Ein unbändiger Stolz stieg in dem Jungen auf. Zum Verwechseln ähnlich lagen die Papiere nebeneinander, lediglich frische Farben zeigte die Fälschung. Die Schrift jedoch, die Zeichnung und das Bild des ganzen Pergaments atmeten die hohe Kunst vergessener Troubadoure.

Mit einem Jauchzer warf sich André über die Papiere und lag so, den Kopf fest auf sein Werk gedrückt, als bete er. Dann richtete er sich wieder auf und schrieb fast flüssig schon aufs nächste Pergament den Text, den er verewigen wollte, und unter seiner Feder blühte alle Sehnsucht auf ... die Sonne ... Ritter, die im Burghof von der Liebsten sangen ... Turniere, Fahnen, Hörner, blitzende Geschmeide ... verliebtes Flüstern ... mondbleiche Gärten ... ein Roß, das leise unter Bäumen wieherte, und Stimmen, die im hohen Grase flüsterten ... o herrliche, glückliche Provence ...

Zwei Tage später war das Werk vollendet. Vor seiner Laube legte André die Papiere in die Sonne und ließ die Tinte bleichen. Dann rollte er die Pergamente, grub sie in ein Beet ein, begoß die Erde eimerweise mit Wasser und grub die Papiere am anderen Morgen wieder aus, ließ sie flüchtig trocknen und band eine einfache, rote Schnur um die Rolle.

Leichter Modergeruch stieg von den schmutzigen Papieren auf – das Pergament war in sich feucht, verfault fast ... ausgegraben aus dem Sarg der Jahrhunderte.

Mit einem tiefen Seufzer setzte sich André auf seine Laubenbank und legte die Rolle vor sich auf den Tisch.

Noch bestand die Möglichkeit, die Tat nicht auszuführen und vor der Größe des Verbrechens zurückzuschrecken. Noch war er nicht herunter vom Lebensweg eines kleinen Küsterjungen, der einmal die Nachfolge seines Vaters an der Orgel und am Glockenseil antreten sollte. Noch lockten ihn die Hügel und der Mägde Feldgesang, die Liebe – und Jeanette, die herrliche Jeanette ...

Jeanette?

André zuckte zusammen. Tat er denn nicht alles, um ihr zu zeigen, daß er mehr war als ein Träumer? Nur ihr? Nein, das Ziel lag sogar noch viel höher, war herrlicher, maßloser im Flug der Gedanken. Sollten die Menschen nicht an ihm, an seinem Beispiel, seinem Opfer gesunden? Die Maske wollte er von den Gesichtern ... o André, André – du Phantast!

Der Junge fühlte, wie ein Würgen ihm in die Kehle stieg. Er spürte einen Ekel vor sich selbst, eine Schalheit, einen Widerwillen dagegen, Sinnloses als einen Sinn geliebt zu haben. Er sah es plötzlich, dieses Unrecht, diese Untat, dieses gräßliche – Verbrechen.

»Nein«, stöhnte er, lehnte sich zurück, zuckte mit der Hand zum Mund und biß sich in das eigene Fleisch. Mit starren Augen blickte er entsetzt auf die zusammengerollten Pergamente.

Nach Moder rochen sie. Nach Grab. Nach Tod.

Und Marcabrun stand auf ihnen.

Sechs Lieder eines Troubadours.

Marcabrun!

Er – André Tornerre.

Marcabrun!

Gefälscht!

André Tornerre . . . Tornerre . . . Tornerre . . .

Der Junge schloß die Augen. Er zitterte. Doch kaum hatte er die Augen geschlossen, so daß Dunkel ihn umgab, wehten die schweren Schatten wieder durch seine Seele und erstickten lautlos den ins Herz gebrochenen hellen Strahl des nagenden Gewissens.

Umgestimmt nahm André wieder die Hand aus seinem Mund und griff zur Rolle. Mit einem Ruck erhob er sich, trat aus der dämmrigen Laube und blickte blinzelnd in die glühende Sonne.

»Es muß sein«, sagte er. »Es geht nicht um André Tornerre, es geht um Geist und Menschenwürde. Es geht um Wahrheit.«

Er lächelte. »Um eine Wahrheit, die der Lüge bedürftig ist, um lebendig zu werden.«

Heiß brannte die Sonne auf ihn hernieder. Die Pflanzen dorrten, das Gras wurde wachsend schon zu Heu, die Erde schrie nach Regen.

Weit dehnte André die Arme aus und reckte seine Brust der Sonne entgegen. Es war, als trinke er zum letztenmal Licht, ehe er einging in die kalte Nacht erwählter Einsamkeit.

Schwarz glänzten seine Locken, ekstatisch leuchtete sein Gesichtsausdruck.

Ein neuer Ikarus, der sich nach Sonne sehnte, ehe er

brennend in das Dunkel hinabstürzte.

André Tornerre – der Fälscher, das Genie, das Kind.

Beschwingten Schrittes ging er durch den Garten. Raschelnd schloß sich hinter ihm die Hecke.

Und aus den Händen Gottes fiel der Würfel in die Nacht . . .

*

Kaum vierzehn Tage nach der Unterredung Andrés mit Julien Bonnet auf dem Hügel trat an einem sonnigen Morgen der Küsterjunge in die Schankstube des Mehrfachunternehmers Tergnier, sah sich kurz im frischgescheuerten Raum um, grüßte Madame Tergnier hinter der Theke und trat dann auf den Literarhistoriker zu, der in seine Zeitung versunken war und deshalb den Eintretenden noch nicht bemerkt hatte. In der Hand hielt André eine eng zusammengedrehte Rolle dicker und vergilbter, zum Teil scheinbar schon angefaulter Papiere, die er mit einem einfachen roten Schleifenband zusammengebunden hatte. Sein Gesicht war ruhig und klar, fast ein wenig siegesbewußt, als er an den kleinen Tisch trat und mit der Rolle auf die Platte klopfte, als poche er um Einlaß in die Gedanken des Lesenden.

»Guten Morgen, Herr Professor«, sagte er dabei mit seiner hellen, angenehm klingenden Stimme, die ein jedes Wort zu einer Melodie wandeln und im Auf- und Abschwingen eines ganzen Satzes den Eindruck einer melodramatischen Deklamation hervorrufen konnte. Und als zu sehen war, wie der Professor leicht erschrank, wie er zusammenfuhr, weil er auf die Störung unvorbereitet gewesen war, lachte André leise und warf den lockigen Kopf in den Nacken.

»Ich komme mein Versprechen einlösen«, fuhr André lächelnd fort. »Ich hoffe, es hat Ihnen nicht zu lange gedauert. Nun bin ich da.«

Bonnet warf einen gierigen Blick auf Andrés Rolle, zeigte auf sie und rief: »Sind das die Originale?«

André nickte.

»Wie viele?« stieß der Professor hervor.

»Sechs im ganzen.«

»Von wem?«

»Von Marcabrun.«

»Alle?«

»Ja.«

Bonnets Hand schnellte vor, um die Rolle zu ergreifen. Er hatte den Blick nicht von ihr losreißen können. André war flinker. Er zog die Rolle rasch an sich.

»Wir haben einen Vertrag abgeschlossen, Herr Professor, wenn auch nur einen mündlichen . . .«

»Ja, ja, ich stehe dazu, Sie kriegen Ihr Geld. Aber sind Sie nicht auch der Meinung, daß ich mir erst das anschauen darf, was ich kaufe?«

Bonnets Hand war immer noch ausgestreckt. Er zitterte vor Ungeduld, während André die Schleife des Bandes um die Rolle aufzog, die Pergamente vorsichtig ausbreitete und sie – mit einer Hand am oberen Rand, mit der anderen am unteren – dem Professor unter die Nase hielt. Der erste Eindruck war überwältigend, der zweite nicht schwächer. Julien Bonnet konnte nur unartikulierte Laute hervorstoßen.

Dann ließ André ihn näher heran. Seine Hände an den ausgebreiteten Bögen räumten ihre Plätze denen des Professors, für den nun alles um ihn herum versank; er wurde eins mit den von einem genialen Fälscher präparierten Pergamenten. Die Gegenwart schwand, Jahrhunderte lösten sich auf, ließen in ihr dreizehntes zurückfallen einen seligen Blinden. Marcabrun lebte wieder.

»Zufrieden?« fragte nach langen Minuten André.

Bonnet hörte ihn nicht.

Erst ein zweiter Anlauf Andrés hatte Erfolg.

»Zufrieden, Herr Professor?«

Bonnet wischte sich über die Stirn. Sein Blick erkannte Gegenwart und Umgebung wieder.

»Wissen Sie, mein Junge«, sagte er mit einem immer noch halb entrückten Gesichtsausdruck, »daß bisher von Marcabrun nur ein paar kleine Lieder in der Urschrift bekannt waren, Naturdichtungen mit Minneeinschlag, Schilderungen, die das Allgemeine nicht überschreiten?«

»Das weiß ich sehr wohl, Herr Professor.«

Bonnet nickte, zeigte auf die Pergamente.

»Und nun das hier!« sagte er mit einem seligen Seufzer, brachte aus seinem Jackett seine wohlgefüllte Brieftasche zum Vorschein und zählte dem Küsterjungen, dessen Augen groß und größer wurden, fünftausend Franc auf den Tisch.

»Zufrieden?« fragte nun der Professor.

In den Augen eines Halbwüchsigen, der noch nie einen selbstverdienten Hundertfrancschein in der Hand gehabt hatte, war das eine ungeheure Summe. André schluckte und nickte stumm, den Blick nicht von dem Häufchen Banknoten lassend, das vorläufig auf dem Tisch liegenblieb.

Madame Tergnier hatte von ihrem Posten hinter der Theke aus staunend alles, was sich zugetragen hatte, mitverfolgt. Der Anblick des Geldes war zuviel für sie, es hielt sie nicht mehr länger auf ihrem Platz. Sie glitt aus der Schankstube und kehrte ganz rasch mit ihrem Mann zurück.

Aufgeregt bezogen nun beide Posten hinter dem Tresen. Sie flüsterten miteinander.

»Das sind fünftausend«, teilte sie ihrem Gatten mit. »Ich habe mitgezählt.«

»Fünftausend?« Er schüttelte verständnislos den Kopf. »Wofür?«

»Für die alten Papiere dort.«

»Und was stellen die dar?«

»Weiß ich nicht«, flüsterte sie. »Es fiel einmal der Ausdruck ›Originale‹. Mehr kann ich nicht sagen.«

»Originale?« Plötzlich kam dem Schmied eine kleine Erleuchtung. »Weißt du, was ich annehme?«

»Was?«

»Das Ganze hat etwas mit diesen lächerlichen Troubadouren zu tun.«

»Meinst du?« antwortete sie baff erstaunt und nützte sofort die Gelegenheit zu einem ihrer ganz seltenen Angriffe auf ihren Ehetyrannen, die sie sich erlauben durfte. »Von denen hast du doch nie das geringste gehalten!«

»Wer hat denn annehmen können, daß . . .«

»Ich kann dir sagen, wer«, unterbrach sie ihn. »André Tornerre. Sieh ihn dir an, du hast ihn ja nie gelten lassen.«

Der Schmied steckte das ein. Er kaute stumm auf seiner Unterlippe.

»Sie haben mir aber noch etwas versprochen«, sagte André am Tisch zu Bonnet.

»Daß ich Sie mitnehme nach Paris, ich weiß. Das meinen Sie doch?«

»Ja.«

»Verlassen Sie sich drauf, Sie werden mich begleiten.«

»Dazu hätte ich aber noch eine Bitte . . .«

»Welche?«

»Sprechen Sie mit meinen Eltern, stehen Sie mir bei. Ich fürchte, die beiden werden mir ihre Erlaubnis zu meiner Reise nicht geben wollen. Sie haben schon zwei Söhne verloren und hängen nun um so mehr an ihrem letzten, der ich bin. Paris scheint ihnen kaum weniger gefährlich zu sein als Verdun.«

»Ganz so unrecht mögen sie nicht einmal haben«, meinte Bonnet lachend. »Aber ich werde Sie im Auge behalten, mein Junge, und das verspreche ich auch Ihren Eltern.«

»Sie erfüllen mir also meine Bitte?«

»Natürlich.«

»Danke.«

Hinter dem Tresen ging das Geflüster wieder los.

»Hast du gehört, Jean, wohin der Junge mitgenommen wird? Nach Paris! Sicher warten dort große Dinge auf ihn.«

»Ach, hör auf, was soll denn auf einen sechzehnjährigen Bengel schon warten?«

»Nun, hier haben jedenfalls schon fünftausend Franc auf ihn gewartet. Wie alt mußtest du werden, bis du eine solche Summe verdient hattest?«

Die Antwort, mit der sich der in Bedrängnis geratene Schmied Luft zu verschaffen suchte, lautete: »Ich bin auch keinem solchen alten Narren wie diesem Bonnet begegnet.«

»Aha.«

»Wo ist Jeanette?« ging Tergnier zu einem anderen Thema über.

»Wieso?«

»Wo ist sie, will ich wissen!«

»Im Weinberg.«

»Was macht sie im Weinberg, verdammt noch mal?«

»Sie hilft beim Spritzen. Dazu hast du sie gestern doch selbst eingeteilt.«

»Hol sie!«

»Warum?«

»Du sollst sie holen, du dumme Gans!«

Madame Tergnier kannte aus Erfahrung, daß jedes weitere Wort von ihr höchste Gefahr für sie heraufbeschworen hätte. Sie verschwand.

Kurz danach schickten sich auch Professor Bonnet und André an, den Schankraum zu verlassen.

»André«, sagte der Schmied freundlich wie nie.

»Ja?«

»Jeanette fragt dauernd nach dir. Du vernachlässigst sie, beklagt sie sich neuerdings. Stimmt das, oder kann ich ihr sagen, daß das ein Irrtum von ihr ist?«

»Und welcher Irrtum das von ihr ist!« rief André.

»Kann ich ihr das also sagen?«

»Selbstverständlich!«

»Weißt du was«, schlug Tergnier vor, »warte zehn Minuten, dann kommt sie, und du kannst es ihr selbst sagen.«

André wartete.

Professor Julien Bonnet betrat das Zimmer, das er gemietet hatte, sperrte die Tür hinter sich ab und nahm mit einer Hand den Aschenbecher und eine leere Blumenvase vom Tisch, stellte beides aufs Fensterbrett. Mit der anderen Hand hielt er Andrés Pergamente an die Brust gedrückt. Dann tat er etwas ganz Unsinniges. Er drückte auf jedes Blatt einen vorsichtigen Kuß und legte sie alle sechs der Reihe nach nebeneinander auf die leer gewordene Tischplatte.

Da lagen sie nun, und Julien Bonnet überließ sich seinen unbeschreiblichen Glücksgefühlen. Minutenlang betrachtete er den ungeheuren Schatz Frankreichs, den er geborgen hatte (an André dachte er in diesem Augenblick nicht). Er, Julien Bonnet, war, so empfand er, der Größte.

Er ging um den Tisch herum, wechselte die Abstände, ging etwas weiter weg, trat dann wieder ganz nah an den Tisch heran. Die veränderten Blickwinkel, unter denen sich ihm dadurch die Blätter zeigten, schleuderten ihn auf den Gipfel des Entzückens. Das Atmen fiel ihm schwer.

So glücklich mußte Schliemann gewesen sein, als er bei seinen Ausgrabungen auf den ersten Stein Trojas stieß. Das mußte Röntgen empfunden haben, als ihm der erste Blick in den Körper eines Menschen gelang.

Sechs Lieder nur, ja, doch sechs Gesänge eines von der literarischen Welt lange gesuchten, schmerzhaft vermißten romanischen Genies . . . sechs Hymnen an die Frauen einer versunkenen Zeit, sechs Lieder, in denen alle Sehnsucht Frankreichs eingefangen war.

Bonnet hatte das Gefühl, daß ihn ein Nebel einhüllte, ihm in die Schläfen stieg und sich über seinen Geist ausbreitete. Der stumme innere Schrei »Du bist am Ziel!« erstickte jeden Funken eines Zweifels.

»Wer hätte das gedacht, Bonnet?« sprach er laut mit sich selbst, nachdem er sich auf einen der beiden Stühle, mit denen das nicht gerade komfortabel ausgestattete Zimmer bestückt war, gesetzt hatte. »Vierzehn Jahre hast du gesucht, vierzehn lange, ergebnislose Jahre hat dich ein Gedanke durch die Provence getrieben, warst du ein Sklave deiner Idee, deines Traumes, haben dich deine Kollegen bespöttelt, ging darüber deine Ehe in Brüche ... und nun, nun ist alles Wahrheit geworden, sieht sich die Idee gerechtfertigt, lebt der Traum. Keiner wird mehr spotten, alle werden sie vor Neid erblassen. Und Danielle mit ihrem Textilhändler, den sie mir vorgezogen hat, wird auch den Fehler erkennen, den sie gemacht hat, wenn ich in die Académie Française aufgenommen werde. Das ist nämlich durchaus leicht möglich. Die soll aber nicht glauben, daß sie etwas rückgängig machen kann, da täuscht sie sich, ich bin doch kein Hampelmann – ich nicht, ich bin Julien Bonnet!«

Er war aufgesprungen und streckte sich, reckte sich unsichtbaren Institutionen entgegen, deren Ehrungen in Empfang zu nehmen er bereit war.

Er sah nicht die Wolke, die sich über seinem Haupt zusammenballte.

*

Drei Tage später verließ ein Wagen, dessen Achse wieder in Ordnung gebracht worden war, Carpentras, und ihm blickten nach ein alter Vater, dem es gerade noch gelang, Fassung zu bewahren, und eine weißhaarige, weinende Mutter, die sich gar nicht erst mühte, ihren Tränen Einhalt zu gebieten. Beide winkten, winkten solange, bis der Wagen ihren Blicken völlig entschwunden war.

»Komm wieder, André«, schluchzte die weinende Yvonne Tornerre und klammerte sich an den Arm ihres Mannes. »Komm wieder, mein Junge, geh uns nicht auch noch verloren.«

Dann wandten sich die Alten um, langsam, als könnten sie den Blick nicht von der Stelle wenden, wo der Wagen eingetaucht war in den allgemeinen Verkehr.

Marcel Tornerre hätte nun seine Schritte am liebsten zum Anwesen der Tergniers gelenkt, um Trost bei einem Glas Wein zu suchen. Diese Idee war jedoch nicht in Einklang zu bringen mit dem, was seiner Frau vorschwebte.

»Komm, Marcel«, sagte sie, ihn auf die andere Straßenseite hinüberziehend, »wenn wir uns beeilen, haben wir noch ein halbes Stündchen Zeit, ehe ich mit dem Kochen beginnen muß.«

»Wohin willst du?«

»In die Kirche. Wir wollen für ihn beten.«

*

In der großen Aula der Sorbonne in Paris, dem Mittelpunkt des französischen Geisteslebens, ebbte das erregte Stimmengewirr ab. Der Raum leerte sich. Vor wenigen Minuten noch war er gefüllt gewesen mit einem erlauchten Publikum, mit Hunderten der prominentesten Franzosen, mit Damen und Herren der Wissenschaft, mit Leuten der Presse, des Rundfunks, des Films, des Theaters, mit Professoren, Studenten, Forschern, Mitgliedern der Regierung und des Parlaments.

Nun wurde es still in dem Riesensaal, und zurück blieb nur noch ein einziger Mann – jener, um den sich zuvor alles gedreht hatte: Julien Bonnet.

Er wirkte erschöpft. Die lange Rede, die er gehalten hatte – es war mehr ein Vortrag gewesen –, hatte ihn ausgelaugt. Der Jüngste war er ja auch nicht mehr – nur noch der Größte! Der war er allerdings mit Sicherheit. Gerade die Bewunderung und die Begeisterung, die ihm hier entgegengeschlagen waren, hatten ihm das bewiesen. Er lehnte am Rednerpult, von dem sich zu trennen ihm immer noch nicht leichtfiel, und putzte umständlich seine Brille. Der Frack, in dem er steckte, und die steife, weiße Hemdbrust hatten einiges von dem starken Schweiß abbekommen, der ihm am ganzen Körper aus den Poren gedrungen war. Höhepunkte des Lebens sind nun mal mit Aufregung verbunden – und Aufregung mit Transpiration.

Sorgfältig schob Bonnet nach dem Putzen seiner Brille die losen Blätter seines Manuskripts auf dem Pult zusammen, steckte sie in eine Kollegmappe und ging dann zu einem der Stühle in der ersten Reihe, auf den er sich setzte. Das war nicht ohne Bedeutung. Professor André Bourguet, der sogenannte »Papst« der einschlägigen Literatur aus dem Süden Frankreichs, hatte vorher diesen Platz eingenommen gehabt.

Ach ja – der Süden Frankreichs! Jetzt in der Sonne liegen, im weißen Sand von Nizza, das blaue Meer vor Augen, den blauen Himmel darüber, im Ohr das Rauschen der Wellen mit ihren tanzenden weißen Schaumkronen. Liegen und nichts tun, dachte Bonnet und schloß die Augen, nur liegen und unter der prikkelnden Haut den heißen, fast pulvrigen Sand fühlen, liegen und dem Gesang des Meeres lauschen, das wäre jetzt schöner als alles andere ... auf alle Fälle erholsamer, schränkte er etwas ein. Und André Bourguet ist, fiel ihm ein, vier Jahre älter als ich. Höchste Zeit, daß er seinen Stuhl räumt ...

Morgen also würde es in allen Zeitungen stehen ...

Im »Figaro«, in »Le Monde«, aber nicht nur in französischen, sondern auch in ausländischen Blättern. In allen Überschriften auf den Feuilletonseiten würde sich sein Name finden.

»Julien Bonnet entdeckte ...«

»Julien Bonnet fand ...«

»Julien Bonnet sagte ...«

Das Fernsehen würde nicht beiseite stehen können, der Funk auch nicht. Und die Académie Française, das erlauchteste Gremium Frankreichs, wohl ebenfalls nicht mehr lange.

Die Haupteingangstür wurde geöffnet. Bonnet hörte es und drehte sich um. Ein Reporter, der draußen gelauert hatte und dem das Warten auf Bonnet zu lange gedauert hatte, blickte suchend in den Saal, entdeckte den Professor und eilte auf ihn zu.

Seine erste Frage bestand in einem einzigen Wort. »Überwältigt?«

»Wieso?« antwortete Bonnet. Wenn hier jemand überwältigt zu sein hatte, dann nicht er, sondern alle anderen.

Überwältigt von Julien Bonnet!

»Wer sind Sie überhaupt?« fragte er den Zeitungsmenschen ungnädig.

Der Reporter war von »Le Canard«, der berühmten satirischen Zeitschrift Frankreichs. Als Bonnet das erfuhr, wurde er merklich freundlicher. Die Leute von diesem Organ waren mit Vorsicht zu genießen. Ihnen fehlte es an jeder Ehrfurcht. Ihnen war nichts heilig. Sie zerrissen notfalls alles und jeden in der Luft.

»Ich kann Ihnen leider nur wenige Minuten zur Verfügung stehen«, sagte Bonnet, »Sie wissen ...«

»Ich weiß, der Empfang im ›Ritz‹«, fiel der Reporter ein, »ich habe auch nur noch eine Frage: Mußten Sie sich den Frack leihen oder nicht?«

»Leihen.«

»Besitzen Sie keinen eigenen? Oder haben Sie seit Ihrer Hochzeit zehn Kilo zugenommen?«

»Sechs Kilo.«

»Was haben Sie bis zu Ihrer Aufnahme in die Académie Française vor: einen neuen Frack erwerben – oder wieder einen ausleihen – oder sechs Kilo abnehmen?«

»Letzteres.«

»Viel Vergnügen. Danke.«

Dieses Interview wurde von »Le Canard« in der nächsten Ausgabe wahrhaftig gebracht. Kein Wort über Literatur, Marcabrun, sechs Lieder usw. Sechs Kilo waren denen wichtiger. Typisch »Le Canard«! Nichts war denen heilig. Armes Frankreich, dachten die vielen, die nichts für Satire übrig hatten.

Bonnet verließ, nachdem der Reporter von ihm geschieden war, die Aula und wurde draußen von seinen Freunden in Empfang genommen. Sie beglückwünschten ihn. Henry Saintine, der dicke Direktor des Louvre, schlug vor, ein Stück Weg zu Fuß zu gehen.

»Das könnte uns allen nicht schaden«, lachte er und beklopfte mit der Hand erst Bonnets Bauch, dann seinen eigenen.

Der Vorschlag wurde angenommen.

Unterwegs drängte sich Claude Rouvière, ein Untersuchungsrichter, an Bonnet heran. Rouvière trug auch einen ziemlichen Bauch spazieren, hatte ein enormes Doppelkinn, lächelte gern und wirkte überaus gemütlich. Doch dieser Schein trog. Rouvière war in Wirklichkeit ein äußerst ungemütlicher Mensch, wovon die Pariser Ganoven ein Lied singen konnten. Seine Grundeinstellung war pessimistisch. Sooft er den Mund aufmachte, hatte er an etwas herumzunörgeln – auch außer Dienst. Er war der geborene Stänkerer und Miesmacher.

»Bonnet«, sagte er, »wissen Sie, was ich bei Ihren Ausführungen vermißt habe?«

»Was?«

»Eine Mitteilung, von wem die Pergamente geprüft wurden.«

»Geprüft? Von mir natürlich!«

»Das ist klar. Aber von wem noch?«

Bonnet blieb stehen, alle anderen auch. »Rouvière, trauen Sie mir nicht zu, daß ich . . .«

»Niemand zieht Ihre Qualifikation in Zweifel«, unterbrach der Richter, »aber in meinem Beruf weiß ich nur zu gut, welches Gewicht in solchen Fällen der sogenannten Befangenheit beizumessen ist, Bonnet.«

»Und Sie halten mich also im vorliegenden Fall für befangen, Rouvière?«

»Ja«, sagte der Untersuchungsrichter trocken.

Rundherum wurden Protestrufe laut, die sich der Richter gelassen anhörte. Dann sagte er: »Ich nehme an, unser Freund Bonnet wußte selbst, was hier unerläßlich war. Er wird also eine entsprechende Prüfung veranlaßt haben. Er muß uns also nur noch sagen, von wem. Mehr wollen wir nicht wissen.«

Die Blicke aller richteten sich nun auf Bonnet. Dieser aber druckste plötzlich herum.

»Es ist so, daß ich . . .«

»Mein Gott«, unterbrach er sich, »wer könnte denn ein Interesse an einer solchen Fälschung haben?« Und er fuhr selbst fort: »Kann mir das einer sagen? Diese Texte sind doch beispielsweise keine Gemälde, die für viel Geld einem naiven texanischen Millionär anzudrehen wären.«

Er lachte über seine eigenen Worte, doch niemand lachte mit. Er beendete seine Solopartie.

»Ich scheine mich geirrt zu haben«, sagte dann der Untersuchungsrichter Rouvière. »Eine solche Prüfung hat also doch noch nicht stattgefunden.«

»Stimmt das, Julien?« brachte Saintine die Frage zum Ausdruck, die auch allen anderen im Gesicht geschrieben stand.

Der Professor nahm Zuflucht zur Arroganz.

»Ja«, sagte er knapp und hochmütig. »Ich habe mich

ganz auf mein eigenes Urteil verlassen.«

So leicht ließ man ihn aber nicht davonkommen. Fragen prasselten auf ihn hernieder.

Wo die Papiere überhaupt gefunden worden seien?

In einem Kloster?

In einer alten Bibliothek?

Oder stammten sie aus privater Hand?

Die entscheidende Frage kam vom Chorleiter der Pariser Oper. Er richtete sie nicht an Bonnet selbst, sondern hinter vorgehaltener Hand an einen Restaurator. Sie lautete: »Wer machte den Fund? Bonnet? Wissen wir das?«

Die Lawine war losgetreten und gewann an Fahrt.

Der einzige echte Freund, den Bonnet besaß, war Henry Saintine, der Direktor des Louvre. Er sah, daß die Gruppe, die auf dem Bürgersteig stehengeblieben war und debattierte, ein Verkehrshindernis bildete, und sorgte deshalb dafür, daß weitergegangen wurde. Solange sie standen, wurde die Situation für Bonnet nur um so unangenehmer. Fast jeder benützte die Gelegenheit, ihm einzuheizen. Aber auch als man sich allgemein wieder in Bewegung gesetzt hatte, wurde er immer noch in die Zange genommen. Hervor taten sich dabei besonders jene, die ihm keine halbe Stunde zuvor am stürmischsten gratuliert hatten. Die guten Freunde spürten den Druck, in dem sich Bonnet befand, und dieser Druck schmeckte ihnen viel mehr als die Ehren, mit denen Bonnet überhäuft werden wollte.

»Bonnet«, sagte der Restaurator, »ich wurde soeben gefragt, wer die Troubadourlieder gefunden hat. Doch sicher Sie selbst?«

»Nein.«

»Nei-ei-ein? Wer denn?«

»Ein gewisser André Tornerre.«

Überraschte Ausrufe wurden laut.

Rouvière sagte: »Diesen Namen hören wir zum erstenmal, Bonnet. Auch in Ihrem Vortrag fiel er nicht. Wer ist André Tornerre? Ein Bibliothekar?«

»Nein.«

»Ein Mönch?«

»Nein.«

»Was dann?«

»Ein junger Mensch«, antwortete Julien Bonnet widerstrebend und fingerte in seiner Hose nach einem Taschentuch, um sich den Schweiß von der Stirn zu wischen.

»Wie jung?«

»Sechzehn Jahre.«

Es wurde still, keine überraschten Ausrufe ertönten mehr, und das war noch schlimmer als vorher.

Die Gruppe kam an einem Standplatz für Taxis vorbei, und wieder benützte Henry Saintine die Gelegenheit, die Situation zu verändern, indem er vorschlug, den Rest des Weges zum »Ritz« nun nicht mehr zu Fuß zurückzulegen.

Nach dem Festmahl knöpfte sich Saintine in einer dämmrigen Ecke der Hotelbar seinen Freund vor.

»Julien, um Himmels willen, wer ist dieser sechzehnjährige Knabe, den du sogar mir vorenthalten hast?«

»Der Sohn des Küsters von Carpentras. Zwei Brüder von ihm sind bei Verdun gefallen. Sie hatten sich freiwillig gemeldet und . . .«

»Julien, laß den Quatsch, versuch nicht abzulenken.

Mich interessiert jetzt nicht Verdun, sondern dieser Knabe. Welche Schulbildung hat er?«

»Keine.«

»Das wird ja immer lustiger. Wie kommt er zu diesen Liedern? Wie konnte er sie erkennen? Woher hat er die nötigen Kenntnisse, welche die Voraussetzung zu so etwas sind?«

»Er ist Autodidakt.«

»Mach mich nicht verrückt, Julien! Ein sechzehnjähriger Autodidakt auf einem der abgelegensten Gebiete der Literatur ... ohne jede Schulbildung. Julien, ich bitte dich ... einen solchen gibt es nicht!«

»Du irrst dich, Henry. Das ist ein ganz außerordentlicher Junge, glaub mir.«

»Gut«, sagte Saintine kurz entschlossen, »ich werde nach Carpentras fahren und ihn mir ansehen.«

»Das ist nicht nötig, Henry.«

»Wieso nicht?«

»Ich werde ihn dir hier in Paris vorführen.«

»Ist er hier?«

»Noch nicht, aber sehr bald wird er hier sein. Er hat mit mir Carpentras verlassen, entschied sich aber unterwegs für einen kurzen Aufenthalt in Avignon. Von dort will er nachkommen.«

»Ein Küstersohn schwimmt nicht in Geld. Woher hat er die Mittel für solche Extratouren?«

»Ich gab ihm fünftausend Franc.«

»*Fünftausend* Franc? Wofür?«

»Für seinen Fund.«

»Julien, Julien ...« Saintine schüttelte den Kopf. »Ich weiß nicht mehr, was ich sagen soll. Es ist ja nicht meine Sache, aber wie kommst du überhaupt dazu, mit fünftausend Franc im Sack in der Gegend herumzukutschieren?«

»Ich habe sie mir überweisen lassen.«

»Wenigstens das! Aber weg sind sie ja jetzt so oder so! War das der Preis dieses frühreifen Händlers?«

»Nein.«

»Willst du damit sagen, daß du ihm einen solchen Riesenbetrag freiwillig gegeben hast?«

»Notfalls hätte ich ihm den doppelten und dreifachen gegeben.«

»Julien«, sagte Saintine seufzend, »du bist verrückt. Hoffentlich hast du nicht die Katze im Sack gekauft.«

»Sei unbesorgt, Henry, ich bin auf keine Fälschungen hereingefallen.«

Das Gespräch der beiden hatte lange genug gedauert. Sie verließen die Bar, um sich im großen Saal einzufinden, wo die Kapelle beim Erscheinen Bonnets den Triumphmarsch aus »Aida« zu spielen begann.

In der gleichen Nacht verscheuchte ein Portier des »Ritz« einen mittelgroßen, schmächtigen Jungen von vielleicht sechzehn Jahren, der von draußen durch die Fenster des großen Saales starrte und mit großen Augen den Trubel des Festes verfolgte.

Und der Junge ging, nickte dem Portier sogar höflich zu, blieb noch einmal lauschend stehen, als sich ein lauter, rauschender Tusch an den Toast des Präsidenten der Académie Française anschloß, und wanderte dann hinein in die Dunkelheit, bis er im Schatten einer Nebenstraße untertauchte.

Im Saale aber, inmitten des tosenden Lärmes, der ihn umgab, kämpfte Julien Bonnet einen stillen Kampf. Die Saat des Mißtrauens, der Unsicherheit war in sein Herz gesenkt worden. Die Pergamente des Marcabrun tanzten ihm vor den Augen. Waren es solche? Oder waren es Pergamente des André Tornerre?

Ausgeschlossen!

Dieses Wort versuchte Julien Bonnet sich selbst geradezu einzuhämmern.

Und irgendwo im großen, schlafenden Paris lag in einer Herberge durchziehender Handwerker auf einem harten Feldbett ein Junge, starrte mit großen Augen an die getünchte Decke und sagte mit leiser, zitternder, fast schluchzender Stimme: »Paris – warum hast du mich so empfangen?«

*

Die Entdeckung der letzten Liebeslieder Marcabruns, vor allem aber der Romanze »Gesang der Rosen« versetzte die literarische Welt in Aufregung, entflammte die sonst stillen Geister der sich ganz in die Historie vergrabenden Forschung, heizte Diskussionen an, begeisterte in den Hörsälen Studenten wie Professoren mit der gleichen Glut, die über Jahrhunderte hinweg aus den Versen strömte.

Allein Julien Bonnet saß einsam im tosenden und ewig lockenden Paris über den schweren Pergamentbänden der Académie und verglich mit Hilfe eines starken Vergrößerungsglases die Schriftzeichen der bekannten Marcabrun-Gedichte mit denen der neu entdeckten. Und je weiter er in den Linien der Buchstaben suchte, sie einander gegenüberstellte und die Charakteristik der Zeichen abwog, desto kälter wurde ihm, desto entsetzter war er, desto aggressiver wurde er, so daß seine alte, dickliche Wirtschafterin es kaum mehr wagte, ihm den Kaffee zu bringen.

»Das ist ja furchtbar«, flüsterte er und bedeckte die schmerzenden, überanstrengten Augen mit der rechten Hand, die zu zittern begonnen hatte. »Das ist ja grauenhaft. Sollte ich mich derart getäuscht haben? Mein Gott, wenn ja, bin ich erledigt, muß ich mich erschießen. Ganz Frankreich lacht sich tot über mich. Was mache ich nur?«

Langsam tastete er mit der Linken, die ebenfalls zitterte, zum Telefon, hob den Hörer ab, legte ihn auf die Tischplatte, wählte eine Nummer, nahm den Hörer wieder in die Hand und hielt ihn sich ans Ohr.

Saintine meldete sich.

»Henry«, sagte Bonnet mit gebrochener Stimme, »du mußt sofort zu mir kommen . . .«

»Was ist los?«

»Die Marcabrun-Lieder . . .«

Bonnet brach ab und überließ es Saintine, den einzig möglichen Schluß zu ziehen.

»Ich bin in dreißig Minuten bei dir, Julien.«

»Henry . . .«

»Ja?«

»Du hast doch eine Pistole?«

»Ja, wieso?«

»Bring sie mit.«

»Julien«, lachte Saintine gezwungen, »mach keine Witze.«

»Das ist kein Witz, das ist mein voller Ernst, Henry.«

»Du bist verrückt, Julien. In dreißig Minuten bin ich bei dir. Bis dahin unternimmst du nichts, verstanden!«

Saintine brauchte, bis er kam, fünfzig Minuten. Die Verzögerung war darauf zurückzuführen, daß er beim Untersuchungsrichter Rouvière vorbeifuhr und ihn mitbrachte. Die Begeisterung Bonnets darüber hielt sich verständlicherweise in Grenzen.

»Rouvière!« stieß er hervor, als er den Richter vor der Tür erblickte. »Was wollen Sie denn hier? Wer hat Sie verständigt?«

»Ich – wer sonst?« sagte Saintine, der zusammen mit Rouvière über die Schwelle trat.

Nachdem sie alle drei Platz genommen hatten, fuhr der Louvre-Direktor fort: »Ich schätze nämlich, daß hier ein Haftbefehl gebraucht wird.«

»Ein Haftbefehl?« rief Bonnet entsetzt. »Gegen mich?«

»Nicht gegen dich. Gegen den Fälscher.«

»Nun mal langsam«, ermahnte überraschenderweise ausgerechnet der gestrenge Rouvière den Louvre-Direktor zur Mäßigung. »In Deutschland gibt's ein Sprichwort: ›So schnell schießen die Preußen nicht.‹ Daran möchte ich Sie erinnern, Saintine. Sie haben mir zwar in der Metro einige Andeutungen gemacht, aber das genügt noch nicht. Wie heißt der vermutliche Fälscher?«

Diese Frage richtete Rouvière nicht mehr an Saintine, sondern an Bonnet, der antwortete: »André Tornerre.«

»Und er soll sechzehn Jahre alt sein?«

»Ja.«

»Wo wohnt er?«

»In Carpentras. Er ist aber nach hier unterwegs.«

»Schön, dann können wir ihn uns dann ja vorknöpfen. Vorher möchte ich aber noch eins von Ihnen wissen, Bonnet . . .«

»Ja?«

»Wer sagt Ihnen, daß dieser Tornerre die Dinger . . . wo sind sie übrigens? . . . gefälscht hat?«

Bonnet zeigte ihm sechs Pergamentbögen, die er nach dem Anruf bei Saintine verächtlich auf das Fensterbrett geworfen hatte. Rouvière musterte sie nur kurz, dann wiederholte er seine Frage: »Wer sagt Ihnen, daß Tornerre die gefälscht hat? Ich kann mir das nicht so ohne weiteres vorstellen.«

»Wer sollte es sonst getan haben?«

»Irgendeiner. Ein Erwachsener, möchte ich sagen, und kein sechzehnjähriger Knabe.«

»Tornerre hat nie einen anderen Namen im Zusammenhang mit der ganzen Sache erwähnt.«

»Das kann ihn in meinen Augen sogar entlasten. Er hat die Bögen irgendwo aufgestöbert – weiß der Teufel, wo – und weiß selbst gar nichts von Fälschungen. Er hält sie für echt. Dann wäre es schwer, ihm das Gegenteil zu beweisen.«

»Also kein Haftbefehl«, sah Saintine seufzend ein.

»Was allerdings unerläßlich ist«, sagte Rouvière und richtete diese Worte an Bonnet, »und Ihnen wohl am wenigsten gefallen wird, ist eine Benachrichtigung der Presse . . .«

»Großer Gott!« stieß Bonnet hervor.

»Es hilft nichts«, sagte Rouvière unerbittlich, »die Sache verlangt eine sofortige Richtigstellung.«

»Ich muß mich aufhängen«, stöhnte Bonnet, der dadurch kund tat, daß er wenigstens nicht mehr ans Erschießen dachte.

»Aber vorher«, erklärte Rouvière, unbeeindruckt auf die Pergamente weisend, »müssen Sie den Dingern den Rang von Originalen absprechen, müssen Sie sie als Fälschungen deklarieren.«

»Ich bin erledigt«, sagte Bonnet und ließ den Kopf hängen. »Ich kann mich bis an mein Lebensende nur noch in ein Mauseloch verkriechen.«

Jetzt dachte er also auch nicht mehr an den Strick. Es ging also schon wieder ein bißchen aufwärts mit ihm. Plötzlich fiel ihm der Schuldige an allem ein, und er legte los. »Den werde ich mir kaufen! Ich erschlage ihn! Kein Jugendschutzgesetz soll mich davon abhalten können! Wie lange wollen wir hier in Paris überhaupt noch auf ihn warten, mit den Händen im Schoß, Rouvière?«

»Ich schlage vor: Geben wir ihm eine Frist von drei Tagen.«

»Und wenn er nicht auftaucht, was machen wir dann?«

»Dann würde ich einmal nach Carpentras fahren und dort nachsehen.«

Rouvières Ratschläge leuchteten ein. Man einigte sich darauf. Der Untersuchungsrichter verabschiedete sich dann, während Saintine die Einladung Bonnets, noch auf ein Gläschen zu bleiben, annahm.

»Ich brauche jetzt Gesellschaft, Henry«, sagte Bonnet. »Du würdest mir einen großen Gefallen erweisen, wenn du mich nicht allein ließest.«

Rouvière blieb an der Tür noch einmal stehen und hob den Zeigefinger. »Vergessen Sie die Nachricht an die Presse nicht, Bonnet. Sie sind das der Öffentlichkeit schuldig.«

Als die Tür hinter ihm zugefallen war, stieß Bonnet hervor: »Idiot!«

Wieder einmal hatte sich also, wie so oft in solchen Fällen, der Zorn des Ermahnten gegen den unschuldigen Ermahner gekehrt.

Julien Bonnet köpfte eine gute Flasche und fragte nach dem ersten gemeinsamen Schluck seinen Freund: »Könntest du das nicht übernehmen, Henry?«

»Was?«

»Die Benachrichtigung der Presse.«

»Ich?«

»Du kennst doch diesen Chefredakteur von ›Le Monde‹ gut.«

»René Carvue?«

»Ja.«

»Ich gehe zusammen mit ihm auf die Jagd, aber . . .«

»Dann könntest du doch ohne weiteres mit ihm reden«, unterbrach Bonnet.

»Reden kann ich natürlich mit ihm . . .«

»Na also! Ich danke dir!«

». . . aber ich bin sicher, daß er sofort dich selbst sprechen will, Julien.«

»Das wird ihm nicht gelingen. Ich gehe nicht ans Telefon. Ich mache die Tür nicht auf. Meiner Haushälterin gebe ich Urlaub. Die Wohnung wird tot sein. Sag ihm, daß ich nach Algerien gefahren bin und mich von meiner dort lebenden Schwester pflegen lasse. Ich sei krank. Sag ihm, alles sei das Werk dieses Fälschers.«

»Rouvière meint doch, die Fälschungen seien dem noch nicht nachgewiesen.«

»Rouvière ist ein Idiot!«

Saintine sträubte sich noch, auf Bonnets Kurs einzuschwenken, aber nach dem vierten Glas war sein Widerstand gebrochen, und er erklärte sich bereit dazu, mit seinem Jagdfreund Carvue zu sprechen.

*

Drei Tage später.

André Tornerre hatte sein Quartier gewechselt. Es war ihm gelungen, ein preiswertes Zimmer in einer Pension am Rand des Quartier Latin zu finden. Sein Plan war gewesen, Paris ein paar Tage allein auf sich einwirken zu lassen und sich erst dann bei Professor Bonnet zu melden. Aber die Metropole war zu mächtig für ihn, zu gewaltig, zu verwirrend. Zu vieles stürmte auf ihn ein, er fühlte sich verloren. Schon das Erlebnis im glitzernden Bannkreis des »Ritz« war eine Pleite gewesen. Er faßte deshalb den Entschluß, sich bereits eher bei Bonnet einzufinden.

»Morgen«, sagte er in der Stille seines Zimmers laut zu sich selbst.

Draußen schien die Sonne. André fragte sich, ob er heute den Louvre aufsuchen sollte oder die Ruhestätte Napoleons. Aber dann siegten die hübschen Mädchenbeine, die er auf einer der herrlichen Straßen an sich vorüberziehen lassen wollte. Er war sechzehn Jahre alt. Auch wenn ihm, einem Franzosen, die Verehrung Napoleons mit der Muttermilch eingegeben worden war, wogen für ihn hübsche Mädchenbeine doch noch schwerer.

Vor einer Viertelstunde hatte er gefrühstückt. Nun verließ er seine Pension und erlag schon wenige Minuten später der Versuchung, sich in eines der berühmten Straßencafés zu setzen und nichts zu tun, als nur zu gucken.

Zum Trinken bestellte er sich eine Limonade. Von den jungen Damen, die den Bürgersteig bevölkerten, wurden dann seine Erwartungen mehr als erfüllt.

Am Nebentischchen nahm ein älterer Herr Platz, dessen Interessen nicht mehr so sehr denen eines Sechzehnjährigen glichen. Er fragte die Bedienung nach einer Zeitung. Man brachte ihm die »Le Monde«. Er schlug sie auf, lehnte sich zurück, und wenn nun unmittelbar neben ihm eine junge Marlene Dietrich vorbeigestöckelt wäre, hätte er für sie auch kein Auge mehr übrig gehabt.

Andrés Blick streifte manchmal den Kauz, den er komisch fand. Hier Zeitung zu lesen, das verstand er nicht. Doch nur eine Minute später sollte sich seine Einstellung schlagartig ändern. Der Herr am Nebentisch schlug, nachdem er sich über die Politik gründlich genug geärgert hatte, die Feuilletonseite auf. Dort stand ein ganz bestimmter Artikel, dessen Überschrift André ins Auge stach. Sie elektrisierte ihn, lähmte ihn. Sie lautete: PROFESSOR BONNET OPFER EINES BETRUGS.

Auch die Unter- und Zwischentitel konnte André auf die kurze Entfernung mühelos lesen:

Ein sechzehnjähriger Junge der Täter.

Die Lieder Marcabruns ein Schwindel.

Bonnet unauffindbar in Algerien.

Literarische Welt in Aufregung.

Ein nettes Kuchenmädchen, das schon länger André beobachtet hatte, weil er ihr gefiel, kam an seinen Tisch und fragte ihn besorgt, ob ihm übel sei.

»Mir übel – nein!« wehrte André entsetzt ab, da er sich schon ertappt wähnte, sprang auf, mußte ans Bezahlen seiner Limonade erinnert werden und verließ fluchtartig das Café.

Am nächsten Kiosk besorgte er sich ebenfalls eine »Le Monde«. Nachdem er im Stehen, an eine Hausekke gelehnt, den ganzen Artikel gelesen hatte, dauerte es lange, bis er die Kraft fand, sich wieder in Bewegung zu setzen. Die Zeitung ließ er einfach fallen.

»He, Sie da!« schnarrte eine unangenehme Stimme hinter ihm. Ein Polizist!

André hatte das Gefühl, daß sich der Erdboden unter seinen Füßen öffnete.

»Werfen Sie gefälligst nicht alles einfach weg!« Der Polizist kam näher und wechselte, als er sah, wen er vor sich hatte, vom »Sie« zum »Du« über. »Heb deine Zeitung auf und steck sie in eine Abfalltonne! Hat man dir in der Schule oder zu Hause noch nicht gesagt, daß sich das so gehört?«

Den ganzen Tag irrte André in der großen Stadt herum. Die Sonne sank schon, als er sich im Bois de Boulogne, nahe der Straße nach Longechamps, erschöpft auf eine Bank setzte, die breit genug war, um kurz darauf auch noch zwei alte Herren dazu zu verlocken, zu einer kleinen Rast Platz zu nehmen. Höflich fragten sie André sogar, ob er etwas dagegen hätte.

Dann unterhielten sich die beiden. Sie hatten, das war gleich zu merken, vorher schon auf ihrem Spaziergang über Kultur gesprochen. Beide waren Gymnasiallehrer im Ruhestand. Der eine hatte alte Sprachen, vor allem Latein, gegeben, der andere Geschichte und Geographie.

»Und was sagst du zu diesem André Tornerre?« fragte nun der Altphilologe seinen Kollegen.

»Zu welchem André Tornerre?«

»Hast du die Zeitung heute denn noch nicht gelesen?«

»Welche Zeitung?«

»Die deine natürlich – ›Le Monde‹!«

André lauschte starr. Hört denn das nicht mehr auf? dachte er.

Aber es hatte ja gerade erst angefangen.

»Über ›Le Monde‹ habe ich mich so geärgert, daß ich Sie im vorigen Monat abbestellt habe. Die sind mir seit neuerer Zeit zu amerikafreundlich«, sagte der Geschichtslehrer.

»Das ist mir neu. Seit wann hast du etwas gegen die Amerikaner?«

»Schon lange.«

»Und warum?«

»Weil sie mir zu sowjetfreundlich sind.«

»Aha. Ja, das sehe ich ein.«

»Siehst du.«

»Aber das Feuilleton von denen ist gut.«

»Von den Amerikanern?«

»Von ›Le Monde‹.«

»Also, schieß schon los, was schrieben sie von diesem . . . wie hieß er?«

»André Tornerre.«

»Den meinst du doch?«

»Ja«, nickte der Lateinlehrer und setzte hinzu: »Ein unglaubliches Früchtchen, sechzehn Jahre alt, aber wenn man liest, was er gemacht hat, möchte man nicht glauben, daß das möglich ist.«

»Was hat er denn gemacht?«

Der Lateinlehrer berichtete nun das Ganze, und der Geschichtslehrer, dessen Erstaunen dabei rasch mehr und mehr wuchs, konnte am Schluß auch nur dasselbe konstatieren: »Ein unglaubliches Früchtchen, fürwahr!«

»Allerdings«, korrigierte er sich, »vielleicht auch ein genialer Bursche.«

»Wie bitte?«

»Ein genialer Bursche.«

»Ich verstehe dich nicht.«

»Bedenke, was er fertigbrachte. Einer unserer angesehensten Literarhistoriker – Bonnet, sagtest du doch? – fiel auf ihn herein. Könntest du mir einen einzigen aus der Armee von Schülern, die in einem halben Jahrhundert durch deine oder meine Hände gegangen sind, nennen, dem das zuzutrauen gewesen wäre?«

Der Lateinlehrer schwieg verdutzt. Das dauerte eine Weile. Jene Armee schien an seinem inneren Auge vorüberzuziehen.

»Nein«, sagte er schließlich schlicht.

»Siehst du.«

»Aber trotzdem: Fälschung bleibt Fälschung, Betrug bleibt Betrug.«

»Der Junge wird dafür büßen müssen, das ist mir auch klar. Sie werden ihn verfolgen. Und weißt du, wer dabei der Unerbittlichste sein wird?«

»Bonnet natürlich, der Blamierte.«

»Ganz richtig.«

André hielt das nicht mehr länger aus. Er sprang auf und lief davon. Erstaunt blickten ihm die zwei alten Herren nach.

»Ich werde wahnsinnig«, stammelte André im Laufen immer wieder, »ich werde wahnsinnig.« Und plötzlich brüllte er, denn der Druck in der Brust mußte sich einfach lösen und sich Luft verschaffen: »Ich bin unschuldig! Ich kann doch nichts dafür!«

Und er hetzte weiter, da sich auf seinen Schrei hin einige Fenster öffneten, er rannte durch die Straßen, als verfolge ihn leibhaftig der Irrsinn, und sank erst auf sein Bett in der bescheidenen, dunklen Herberge im Quartier Latin zur Ruhe nieder. Er vergrub das Gesicht ins Kissen und schluchzte haltlos, weinte sich seinen Schmerz und seine jagende Angst aus dem Herzen, während sich seine Hände in der Decke festkrallten. Erschöpft schlief er endlich ein.

Spät in der Nacht erwachte er kraftlos und zerbrochen aus einem bleiernen Schlummer. Draußen schien der Mond. Wände und Möbel in dem engen Zimmer waren nur schattenhaft zu erkennen. Mit offenen Augen lag der Junge auf seinem Bett, starrte empor zur Decke. Unendlich langsam nahte der Morgen.

»Diese Dämmerung kenne ich«, sagte André leise und strich sich über die Stirn. »In der alten Kapelle ... bei dem stummen Ritter mit der Fahne an der Wand ... Wie sagte er doch, der Weise, der das Leben zu kennen schien und uns seine wichtigste Einsicht hinterließ:

> Verachte die Welt,
> verachte niemanden,
> verachte dich selbst,
> verachte, daß du verachtet wirst.«

Mit trockenem Mund verstummte André. Welch

schrecklicher Spruch, dachte er, welche Lebensverneinung! Die Tiefe seiner Sehnsucht, die Grenzenlosigkeit seiner Welt, das Ideal seines Geistes sah er zusammenschrumpfen zu jenen vier Zeilen eines uralten Lateins, die er belächelt hatte und nicht hatte akzeptieren wollen noch können, da er das Leben gesehen hatte mit den Augen eines Gläubigen an das Recht der Natur.

Gequält von einem furchtbaren Krampf in der Brust, fühlte er, wie seine Welt, seine lichte, weite, jubelnde Welt zerfallen und zusammengebrochen war, wie sie immer noch mehr zerfiel und ihn, den Träumer, den Verfechter der Ideale mit sich hinabriß in das Dunkel der Hoffnungslosigkeit.

Langsam füllten sich seine Augen wieder mit Tränen. Sie liefen ihm an den Seiten der Wangen herunter und netzten das Kissen. Der Körper zuckte. Fledermäuse huschten draußen am Fenster vorbei. Fledermäuse mitten in Paris, das hätte einem anderen Anlaß zu überraschten Betrachtungen geben können; einem anderen, ja, nicht aber dem tränenblinden André, der die Tiere gar nicht sah, da sein Geist weit weg war.

»Was habe ich gesagt, als ich dich verließ?« flüsterte er und starrte in die Schatten der Dämmerung, aus denen sich das abblätternde, verfallende Mosaikbild des Ritters in der alten Krypta schälte. »Ich sagte: Ist dieses Leben wert der Liebe, edler Ritter, ist dein Spruch nur eine Lüge. Doch hast du recht, so kehre ich zu dir zurück und beuge mich dem Rat, den du über Jahrhunderte hinweg für uns aufbewahrtest: spernere se sperni – verachte, daß Du verachtet wirst! Sagte ich so, mein Ritter? Die Welt nennt mich Betrüger, doch dich betrüge ich nicht. Du hattest mein Wort – und dieses Wort hast du nun gewonnen. Die Welt . . . ach, soll ich noch von ihr und ihrer Schönheit sprechen? Das Leben und die Liebe . . . gibt es Bittereres? Ich bin nun ausgestoßen, vogelfrei, gemieden wie ein von der Pest Befallener. Und warum? Weil ich der Welt mehr gab, als sie erwarten konnte. Verachtung, sagst du . . . Lieber Freund, Verachtung schließt noch ein Interesse ein . . . doch diese Welt ist es nicht einmal wert, daß man sich für sie überhaupt interessiert. Vielleicht ist Menschsein nur ein Gang durch die Verzweiflung, und jenseits des Zusammenbruchs beginnt die Welt des Erträglichen. Ich bin ein Mensch, der nur für Ideale lebt und sie weitergeben will, aber man braucht Ideale nicht mehr. Deshalb braucht man auch mich nicht mehr den Menschen. Von der Wirklichkeit der Träume sprach ich einst . . . die Wirklichkeit des Todes vergaß ich, und das war mein Fehler. Du hast so recht, mein Bruder, dein Spruch ist ja so wahr, nur etwas lang und unmodern. Es muß nicht heißen: Verachte, daß du verachtet wirst, sondern viel schöner ist, nur zu sagen: verachte!«

Langsam erhob sich der Junge, tappte durch die Schatten des Zimmers und tastete neben der Tür nach dem Lichtschalter. Eine matte, kleine Birne leuchtete auf und erhellte nur trübe den Raum, so daß er noch trostloser, öder und beklommener auf die Seele drückte als in der fahlen Dämmerung des Abends oder Morgens. Aus einem kleinen Schrank nahm André Tornerre seinen billigen schmalen Handkoffer aus braun gefärbter Pappe mit Nickelecken, stopfte seine Wäsche und ein paar alte Bücher, die er bei einem fliegenden Händler am Etoile gekauft hatte, hinein, ging noch einmal zum Spiegel über der weißen Kommode, glättete mit den Händen seine ungebärdigen Haare und begab sich dann zur Tür, drehte sich auf der Schwelle ein letztes Mal um, überblickte den Raum, schüttelte mit einem müden, einem trostlosen, verzweifelten, schmerzlichen Lächeln den Kopf und stieg dann die Treppe hinab, die kräftig knarrte und den Jungen hoffen ließ, daß die Pensionsinhaberin davon wach wurde. Das war auch der Fall. Madame Bouvier erschien im Morgenrock und händigte André die Rechnung, die er verlangte, aus, wobei sie ihn ständig mit mißtrauischen Blicken bombardierte. Sie hegte nämlich den Verdacht, daß der Junge versucht hätte, sich abzusetzen, ohne zu bezahlen – ein Vorhaben, das an den knarrenden Stufen gescheitert sei. Madame Bouvier wußte, was sie an ihrer Treppe hatte. Im vergangenen Monat war sie sechsmal mit Erfolg in ihren Morgenrock, der immer bereit hing, geschlüpft.

André fuhr zum Bahnhof, löste eine Karte nach Avignon und wartete, auf seinem Pappkoffer sitzend, bis sein Zug vom Lautsprecher ausgerufen wurde. Dann bestieg er diesen, setzte sich in eine Coupé-Ecke und schloß die Augen. Erst als der Pfiff ertönte und der Zug anfuhr, trat er ans Fenster, riß es auf und beugte sich weit hinaus, blickte auf das faszinierende Paris, auf die lockende, ihn einladende und doch wieder ausspeiende Metropole Frankreichs, blickte auf die betäubende Fülle der Häuser, Menschen, Formen und Werke, auf die Zeugnisse des schaffenden Geistes, auf Triumphe der Technik und Siege der Entwicklung, er sah in die Gesichter, die an seinem Fenster vorbeiglitten, sah helle und dunkle Augen lachen und weinen, glänzen und sich verschleiern, sah das ersehnte Leben, das, was er Weite des Ichs nannte, greifbar vor seinen Händen liegen und sah es entgleiten im eintönigen Rhythmus stampfender Räder, weil dieses lockende Leben ihn ausstieß, da er ein anders gearteter Mensch war, der nicht unter gewöhnlichen Menschen leben konnte.

Da riß er das Fenster wieder empor, ließ sich auf seinen Sitz fallen und vergrub den Kopf in den zitternden Händen, während draußen das Häusermeer von Paris in der Ferne zurückblieb.

Eintönig, einschläfernd dröhnten die Räder, unbarmherzig. Lebloses Eisen waren sie, beseelt nur durch den Hebeldruck menschlicher Hände. Und die Weite schrumpfte zusammen, die Welt wurde klein und das Herz müde ... ach, so müde ...

Durch die Fluren Frankreichs raste der Zug nach Süden. In einem Abteil lag ein Junge auf der Bank und weinte. Sein Traum vom Leben war gestorben, nun floh er vor der letzten Wahrheit seiner Welt. In seinem Inneren begann eine Frucht zu reifen, die ihm das Schicksal schon als Keim in seine Wiege gelegt hatte. Im Schluchzen fühlte es der Junge, daß kein Zurück, daß keine Flucht ihn retten konnte, sondern daß ihm ein Gott den Weg und die Erfüllung vorgeschrieben hatte.

Da dämpfte er sein Weinen und ergab sich still und gläubig seinem Schicksal und fühlte plötzlich, daß die Weite eines Lebens Erdulden ist.

*

Aus dem Fenster eines Coupés erster Klasse des gleichen Schnellzuges nach Avignon hatte sich im Bahnhof in Paris ein nervöser Herr im hellen Sommeranzug gebeugt und sich mit zwei gutgekleideten Freunden auf dem Bahnsteig unterhalten. Der eine, dick und mit kleinen, glitzernden Schweißperlen auf der hohen Stirn, ließ seine lebhaften Augen über die Menge der Menschen gleiten und drehte dann den klugen Kopf wieder dem Mann im Fenster zu.

»Halte uns auf dem laufenden, Julien«, sagte er zu ihm. »Du kannst dir vorstellen, wie gespannt wir sind. Am besten mietest du dir ein Zimmer mit Telefonanschluß. Spar nicht am falschen Ende. Die fünftausend Franc haben dich auch nicht gereut.«

»Warum kommst du nicht selbst mit, Henry? Du warst von allen doch eigentlich der erste, der diese Idee hatte.«

»Du weißt, daß meine Frau plötzlich erkrankte. Ich kann jetzt nicht weg.«

»Aber *ich* kann es, Bonnet«, fiel der zweite Herr auf dem Bahnsteig ein. »Notfalls werde ich deshalb nachkommen, es bedarf nur der Verständigung durch Sie.«

»Ich danke Ihnen, Rouvière.«

»Keine Ursache, Bonnet«, sagte der Untersuchungsrichter. »Sollte Madame Saintine rasch wieder gesunden, kommen wir beide nach Carpentras.«

»Hoffentlich finden wir den Weg«, witzelte der Louvre-Direktor. »Ich konnte das Nest auf der Karte nicht entdecken.«

Nachdem alle drei gelacht hatten, sagte der Untersuchungsrichter: »Das hat aber auch seine Vorteile.«

»Was hat seine Vorteile?« fragte Saintine.

»Daß es ein solches Nest ist.«

»Und welchen Vorteil soll das haben?«

»Daß niemand dort ›Le Monde‹ liest, das Intelligenzblatt Frankreichs. Niemand, so kann man hoffen, wird sich also aufgescheucht fühlen.«

»Gott sei Dank nicht«, meinte Julien Bonnet im Fenster. »Sonst hätte es ja wohl gar keinen Zweck mehr, hinzufahren.«

Das Gespräch versandete ein bißchen, bis es Rouviére wieder in Schwung brachte mit der Frage: »Was fehlt eigentlich Ihrer Frau, Saintine?«

»Meistens weiß sie das selbst nicht«, lautete die ironische Antwort. »Aber diesmal handelt es sich eindeutig um Grippe.«

»Mitten im Sommer?«

»Sie kennen meine Frau nicht. Die erkältet sich im Sommer, und im Januar hat sie sich schon mal einen Sonnenstich geholt!«

»Nicht möglich!«

»Doch, am Äquator auf einer Ferienreise.«

Wieder ein Dreiergelächter.

Ein Tabakwarenverkäufer fuhr mit seinem Wägelchen am Zug entlang und rief sein Angebot aus. Ein Zeitungs-, Zeitschriften- und Unterhaltungslektürehändler folgte ihm. Beide kamen mit Bonnet zu einem jeweils kurzen, rasch abgewickelten Geschäft.

»Meine geschiedene Frau«, sagte der Literarhistoriker dann zu Rouviére und Saintine, »wollte auch immer in die Ferien nach Afrika. Ich hasse Hitze, deshalb ließ ich sie schließlich allein fahren. Dort holte sie sich dann allerdings keinen Sonnenstich, sondern etwas anderes.«

»Was?« fragte Rouvière.

»Einen Textilhändler«, erwiderte Bonnet, der anscheinend seinen selbstironischen Tag hatte. »Kurze Zeit später waren wir geschieden.«

»Wenigstens waren keine Kinder da«, warf Saintine ein, der fälschlicherweise das Gefühl hatte, daß es notwendig sei, Trost zu spenden.

»Weißt du«, sagte Bonnet seufzend, »einen Sohn hätte ich schon gerne gehabt im Leben.«

»Sag das nicht«, kam der Trost knüppeldick. »Wie alt wäre der jetzt?«

Julien Bonnet schien nachzurechnen, zuckte dann die Achseln. »Sechzehn, siebzehn Jahre, würde ich sagen.«

»Da hast du's! Sechzehn Jahre! Die bringen doch heute alles fertig! Denk an den Burschen in dem Nest Carpentras!«

Die Schaffner eilten an den Wagen entlang und knallten die Türen zu. Weiß zischte der Qualm der Lokomotive aus den Ventilen. Der Zeiger der großen Uhr unter dem Stahlgerippedach der Bahnhofshalle sprang vor – ein letztes Abschiednehmen, Händeschütteln, Küssen zwischen den Leuten am Zug einerseits und denen in den Eisenbahnabteils andererseits setzte ein.

»Viel Erfolg!« riefen wie aus einem Munde beide, Rouvière und Saintine, als der Zug anfuhr und fauchend durch die Halle stampfte. Sie liefen noch einige Schritte neben Bonnets Wagen her, bis er ihnen zu schnell wurde.

Die Menschen hatten Taschentücher in Händen und winkten, wedelten mit den Tüchern in der Luft auf und ab oder schwangen sie wie Fahnen um ihre Köpfe.

Als die Blickverbindung zwischen den Leuten auf dem Bahnsteig und denen im Zug abriß, schloß Bonnet sein Fenster, setzte sich, lehnte sich zurück in die weichen Polster, zog die Beine an und schlang die Hände um seine Knie. So saß er und blickte hinaus auf die vorüberziehende Landschaft, bis ihn das eintönige Rollen und Stampfen der Räder eindösen ließ.

Acht Wagen hinter ihm schlief in seiner Ecke ein aufgeschossener, blasser Junge. Beide wußten voneinander nichts, und das war gut so, denn sonst wäre der Sechzehnjährige vielleicht in Panik verfallen und aus dem fahrenden Zug gesprungen.

III

Über Carpentras brütete die Sonne und dörrte das Gras auf den Hügeln, zogen die Bauern am Morgen aufs Feld, still, ernst und gehärtet in der Glut des Sommers, und wurden lustig und frei in den Bewegungen, wenn sie das eigene Land unter den Füßen spürten. Es lachten die Mädchen, und sie sangen mit trällernden Stimmen vom fahrenden, liebenden Ritter, während sie an die Zärtlichkeiten des Liebsten dachten, der irgendwo auf einem anderen Feld in der Sonne arbeitete. Das ganze Leben in der Provence, seit Jahrhunderten nur äußerlichen Veränderungen unterworfen, war natürlich nicht anders oder weniger schön und heimatlich geworden, als der Küsterjunge André Tornerre nach seiner relativ kurzen Abwesenheit aus der kleinen Lokalbahn stieg, die ihn von Avignon wieder nach

Carpentras gebracht hatte. Das erste, was er sah, waren der alte, eckige Turm der Kirche, das getünchte Haus des Abbés François Bayons, die dunklen Zypressen des Marktplatzes und die Blumen an den Fenstern des im Schatten liegenden Küsterhauses. Wie immer in diesen heißesten Stunden des Tages war der Platz leer. Der weißgelbe Sand blendete in der Sonne, und aus einem offenen Fenster – es mußte das der Schneiderin Jeanine sein – klang ein lustiges Lied und wurde vom Klappern von Tellern und Schüsseln ein wenig unharmonisch begleitet.

Es ist ja Mittagszeit, dachte André Tornerre und blieb stehen, auf das Klappern des Porzellans lauschend, als sei es eine süße und betörende Melodie. Die gute Jeanine hat abgewaschen und trocknet nun das Geschirr ab. Wie selbstverständlich das alles ist, wie genau und festgefügt . . . seit Generationen immer das gleiche, man kennt gar nichts anderes . . . das Leben geht weiter, und doch steht es in Wahrheit still.

Er schritt über den Platz zum Turm der Kirche, stieg die vier Stufen zur Pforte hinauf, klinkte an der Tür, fand sie verschlossen und lächelte nickend, denn es wäre ungewöhnlich gewesen, wenn sein Vater vergessen hätte, die Tür abzusperren. Und ebenso sicher war es, daß jetzt der Abbé Bayons in seinem Taubenschlag hinter dem Haus die Kröpfer fütterte. André konnte es von hier aus nicht sehen, aber das Gurren der Tauben und das Schlagen ihrer Flügel verrieten ihm, daß der Stundenplan des Lebens in Carpentras eingehalten wurde.

Langsam stieg er die vier Stufen wieder hinunter und war sich unschlüssig, wohin er sich wenden sollte. Um ihn herum wiegten sich raschelnd die Zypressen im heißen Wind, der wie ein neckender Gruß in den Locken des Jungen spielte. Und André strich sich durch die Haare, als wolle er den Wind fassen und streicheln.

Selbst du bist noch da, alter, lieber, heißer Wind, dachte er. Willst du mich wieder trösten, wenn mich die Menschen von sich stoßen? Wartest du wieder auf mich oben auf der Kuppe meines Hügels, von dem aus man die Rhône sieht, wie sie mit dem Himmel verschmilzt? Wo das Land in den heißen Strahlen flimmert und die Erde vor Wärme dampft? Wo die Sehnsucht mit den Wolken zieht und das Blau des Himmels wie ein Meer ist, in dem man fröhlich ertrinken kann?

Lächelnd fuhr André mit den Händen durch die Luft und tat, als habe er den Wind gefaßt.

»Trag mich zu meinem Hügel«, rief er leise. »Entführ mich in meine Welt, in der ich allein glücklich und frei bin. Oder nein – warte, liebster Freund, bis ich selbst zu dir komme. Ich habe dir viel zu sagen, und du mußt mich wieder trösten . . .«

Am Küsterhaus klappte eine Tür. Mit ein paar langen Sprüngen verschwand André hinter einer Zypresse und lugte am Stamm vorbei auf den Markt. Dort ging Marcel Tornerre, einen großen Schlüssel in der Hand, zur Kirche, vorher aber noch zum Haus des Abbé, um von ihm die neuen Lieder zu erbitten, denn morgen war ja Sonntag, und Marcel Tornerre mußte neben dem Läuten der Glocke auch das Spielen der kleinen Orgel besorgen. Da war es nützlich, noch ein wenig zu proben, denn die alten Finger wurden von

Sonntag zu Sonntag steifer und mußten durch Übungen an den Tasten den Melodien der Lieder wenigstens einigermaßen nahekommen.

Ein wenig steif schlurfte er über den Platz, ohne sich umzublicken, denn er wußte ja im voraus, daß weder Mensch noch Tier um diese Zeit den Markt bevölkerte. Er kam an der Zypresse vorbei, hinter der sich André versteckt hielt, und blieb nur einen Augenblick in unmittelbarer Nähe des Baumes stehen, als ein Taubenschwarm aus dem Garten des Abbés Bayons aufflatterte und den Kirchturm umkreiste.

Der graue Spitzbart Marcel Tornerres war mit vielen silbernen Fäden durchsetzt, und die Falten um seine kleinen Augen waren zu tiefen Runzeln geworden, die das Gesicht wie Risse durchzogen. Die Lippen waren schmal und enger geworden, blutleerer und lebloser. Sein Gang, vor kurzem noch relativ sicher, wirkte schwankend, als mache es ihm Mühe, die Beine voreinander zu setzen. Und das alles nach so kurzer Zeit!

André starrte seinem Vater nach, ungläubig, entsetzt, schuldbewußt, zitternd und frierend in der Glut des Mittags. Irgend etwas, vielleicht ein Schrei oder auch nur ein Röcheln, würgte in seinem Hals und ließ ihn dauernd schlucken, während er fühlte, wie sein Mund trocken wurde.

»Wenige Tage«, flüsterte er, »wenige Tage nur ... Vater, wie bist du in wenigen Tagen gealtert.«

Etwas Feuchtes rann ihm über das Gesicht, und plötzlich wußte er, daß er weinte, lautlos, ohne Schluchzen ... die Tränen flossen einfach aus seinen aufgerissenen Augen, ungehemmt, still, weil das Herz blutete.

»Vater«, sagte der Junge leise, »armer, armer Vater.«

Der alte Küster hatte das Haus des Abbé erreicht, verschwand darin, kam bald wieder zum Vorschein, ging zur Kirchentür, schloß sie mit dem Schlüssel, den er in der Hand trug, auf und trat in den Turm, die Pforte hinter sich offenlassend. Mit einigen Sprüngen war André auf den Stufen, schlich auf Zehenspitzen über die Schwelle, sah seinen Vater zur Glöcknerstube emporsteigen und folgte ihm vorsichtig die abgetretenen Steinstufen hinauf zum Glockenseil.

Der alte Tornerre hatte unterdessen auf seine Taschenuhr aus Nickel geblickt, sich den Schweiß mit einem großen Sacktuch vom Gesicht gewischt und wollte nun zum Seil greifen. In diesem Augenblick legte sich von hinten eine schmale, braune Hand auf seinen Arm, drückte diesen zur Seite und ergriff selbst das dicke, uralte Seil.

»André!« rief der Alte, noch bevor er sich umdrehte, denn es mußte André, sein ihm wiedergegebener Sohn, sein. Er kannte doch diese Hand ... mein Gott, André war also zurückgekehrt, das Leben gab ihn ihm wieder, ihm, dem Vater, der gewartet hatte, Tag für Tag und Nacht für Nacht, der gehofft, gebangt und gebetet hatte, ja, auch gebetet, denn er hatte es gerade in diesen Stunden mit betäubender Macht gefühlt, daß es einen Gott gibt, der trösten und Kraft geben kann. Und nun diese Hand am Glockenseil, diese schmale, braune und doch kräftige Hand, die am Seil zu ziehen begann, so daß der erste Ton der Glocke hinausschwang, hell, jubelnd. Von den Hügeln jauchzte das Echo zurück.

»André!« rief da der Alte noch einmal, drehte sich

um und sah seinem Sohn in die blanken, glücklichen Augen. »André, daß du wieder da bist ... Daß du an Vater und Mutter dachtest ... Daß dich uns die Welt nicht ganz nahm ... André, laß uns Gott loben!«

Und er griff mit beiden Händen auch zum Seil und zog und zog, und die Glocke jubelte in die Sonne hinauf, geweckt durch die gemeinsame Kraft des Vaters und des Sohnes, und es war, als würden die Seelen der beiden mitschwingen, vereint und wissend, daß das Schicksal gnädig war in dieser Stunde.

Als sie den Mittag ausgeläutet hatten und das Glokkenseil losließen, faßte Marcel seinen Sohn unter und trat mit ihm an eines der kleinen Fenster, welche die dicke Mauer des Turms durchbrachen. Weit ging ihr Blick in das sonnige Land hinaus, reichte bis zum blassen, im Dunst verschwimmenden Horizont. Und die endlose Weite, die früher lockend um die Seele Andrés warb, schrumpfte nun zusammen und wurde klein, war nicht mehr ausgestattet mit irgendeiner Kraft der Verführung.

»Das alles hast du gesehen«, sagte Marcel Tornerre leise und drückte den Arm seines Sohnes an sich. »Und noch weiter bist du gefahren – über Avignon bis zum fernen, strahlenden, herrlichen Paris. Dein Traum, für den du alles geben wolltest, ging in Erfüllung. Sieh, und nun bist du doch zurückgekommen in das kleine, heiße, stille, unbedeutende Carpentras ... nicht nur, weil hier deine Mutter und ich wohnen, nicht nur, weil du an Jeanette dachtest, nein, weil alles, was du sahst, und wenn es die ganze Welt gewesen wäre, nicht schöner sein kann als der kleine Flecken, der dein Heimatort ist. Du kannst unter Palmen liegen

– zum Büschelgras von Carpentras sehnst du dich zurück. Du kannst im Norden unter Tannen wandeln und träumst doch von der Hitze in unseren Weinbergen. Sieh, André, das ist das, was du nicht verstanden hast, weil du die Welt im Traum sahst. Darum auch ließ ich dich gehen. Es hätte keinen Zweck gehabt, dich halten zu wollen. Du mußtest selbst deine Erfahrungen sammeln, mußtest lernen, dich dem Gesetz unseres Blutes zu beugen: der Sehnsucht nach der Sonne über der Provence.«

»Ich wollte in Paris bleiben . . . zuerst, als ich ankam«, sagte André leise und lehnte den Kopf an des Vaters Schulter, wie er es als Kind immer getan hatte, wenn er des Abends auf dem Schoß des Vaters hatte sitzen dürfen. »Sie ist so schön, diese Lichterstadt Paris. Aber die Menschen, Vater, und das Schicksal . . . Es müßte alles anders sein im Leben. Es müßte viel weniger Menschen geben . . . und dann nur solche, die einander lieben und nicht hassen, beneiden, betrügen, bespitzeln, verraten, verleugnen, belügen und verachten. Ja, auch verachten! Diese Verachtung des Menschen ist schlimm, Vater, sie führt zum Wahnsinn, zum Zusammenbruch, zum Haß, zur Verzweiflung, zur Gottlosigkeit; und was das Ärgste ist, Vater . . .« André klammerte sich am Vater fest und drückte sein Gesicht an dessen Schulter. »Die Verachtung hat nicht einmal unrecht!«

»Ich will nicht fragen, was du gesehen und erlebt hast, um so zu sprechen«, sagte Marcel Tornerre und streichelte den zuckenden Kopf seines Jungen. »Daß du es sahst, machte dich auf jeden Fall reifer, und daß du zurückkehrtest in die Heimat, zeigt, daß du dich und die Welt überwunden hast. Du magst es noch nicht so sehen, aber du bist reicher geworden, André, denn das Leben ist keine Illusion mehr für dich und kein Mysterium. Es ist ein nüchternes Rechenexempel mit vielen Unbekannten. Man braucht einen klaren Kopf, um es zu lösen. Wenn du einen solchen klaren Kopf gewonnen hast, so hast du das Wertvollste mit heimgebracht von deiner Wanderung und wirst die Zukunft sehen können wie ein Läufer, der genau weiß, daß dort in der Ferne einmal das ersehnte Ziel kommt.« Er richtete den Kopf des Jungen auf, strich ihm das Haar aus der Stirn und nickte lächelnd. »Und nun, mein Junge, blicke frei auf zu unserem Himmel der Provence. Du bist zu Hause, in der Heimat, bist bei uns – damit ist alles gut. Du sollst keinen traurigen Eindruck machen, wenn die Mutter dich sieht. Du sollst als starker Junge aus der Fremde wiederkehren. Die Mutter – wirklich, sie war überraschenderweise tapferer als ich. Sie sprach *mir* Mut zu, nicht ich *ihr*, doch des Nachts, wenn sie mich schlafend wähnte, da weinte sie. Auch sie hat ein paar Runzeln mehr, aber wir grämen uns darum nicht, denn es sind ja Siegel, die das Leben verleiht, Bescheinigungen, daß wir unsere Last getragen haben. Und nun komm mit zur Mutter und lächle . . . ich habe gestern noch die Bank hinter unserem Haus gestrichen.«

Hintereinander stiegen sie die schmale Treppe hinunter, der Küster verschloß die Tür der Kirche, und gemeinsam traten sie hinaus in den Sonnenschein, gingen über den blendenden Sand des Marktes, schritten vorbei am Haus des Abbé Bayons und freuten sich über den Schatten der Zypressen, der auf sie fiel, als sie sich dem Küsterhaus näherten.

Sie waren bis kurz vor den frisch gestrichenen Zaun des Gartens gekommen, als sich die Haustür öffnete und Yvonne Tornerre, weißhaarig und klein, auf die Straße trat, mit einem Besen in der Hand, um die Straße vor den Fenstern zu fegen. Mit einem Schrei ließ sie den Besen fallen, lehnte sich zitternd an die Wand des Hauses und streckte beide Arme nach ihrem Sohn aus, hoffend, daß kein Trugbild sie narrte.

»André«, stammelte sie, »André . . .«

Da schrie der Junge auf, riß die Gartentür auf, stürzte auf die Mutter zu, fiel vor ihr auf die Knie und vergrub das Gesicht in ihrem Kleid, umfing mit beiden Armen den Körper und drückte die weinende, zarte Frau an sich, als wolle er sie in sich hineinpressen.

»Mutter!« rief er dabei. »Mutter, vergib mir! Liebe, liebe Mutter, vergib mir!«

Und Yvonne Tornerre nickte und weinte, stammelte Koseworte, die in ihren Tränen erstickten, nickte wieder und schluchzte und stützte sich dann auf den lächelnden Marcel Tornerre, der sich zu den beiden gesellte und dem die Sonne heller schien, die Bäume grüner schimmerten und das Herz weiter war als in seinem ganzen Leben.

»Wir sind glücklich, wir danken Gott«, sagte er, und alle drei nickten, als sie zusammen ins Haus traten.

*

Es war ein trüber Tag, der bisher einzige trübe Tag dieses Sommers in Carpentras, als sich André Tornerre zum erstenmal wieder auf der Kuppe seines Hügels befand, auf das jetzt unter den schweren Wolken bleiern schimmernde Band der Rhône blickte und die zwischen Freude, Erstaunen, Sehnsucht, Vorsicht und Furcht schwankende Jeanette neben ihm im Gras lag. Ihr schmaler, brauner Kopf hatte ein Plätzchen in seiner Armbeuge gefunden. Sie spielte mit ausgerupften Halmen, flocht ein Kränzlein und sprach manches jener dummen Worte, die von Liebenden als äußerst klug betrachtet werden.

André war still, in sich gekehrt, versonnen. Er träumte jedoch nicht, sondern prüfte im Inneren seine Lage. Der erste Rausch des Wiedersehens und das heiße Aufquellen zurückgedämmten Gefühles auf dem geheimen Liebeslager hoch oben im Stroh der Scheune waren vorbei. Schon als die noch liebeszitternden Körper ausruhend nebeneinander gelegen hatten und Andrés Blick durch die Luke auf den Hof des Schmiedes hinuntergefallen war, hatte eine kalte Hand nach seinem Herzen gegriffen. Aus dem Haus war ein Mann gekommen, von dem anzunehmen war, daß er sich ein Zimmer gemietet hatte, weil das, was er vorhatte, ihn einige Tage in Carpentras festhalten würde. Der Mann wohnte nicht zum erstenmal hier. Er kam aus Paris und hieß Julien Bonnet.

Julien Bonnet in Carpentras! Der Rächer der Ehre Frankreichs, die er, André Tornerre, mit seinen Versen verletzt hatte! Die Gerechtigkeit der Welt, die ihn vor ihre Schranken forderte!

Die Menge in den Städten, jung und alt, groß und klein, dick und dünn, alle warteten doch täglich darauf, daß ihnen jemand zum Fraß vorgeworfen wurde. Und nun war er an der Reihe – André Tornerre!

André Tornerre – der Fälscher!

Unten im Hof stand der Zusammenbruch!

Unten im Hof stand das Ende!

Das Ende André Tornerres! Das Ende eines Traumes! Aus einer Hintertür waren sie aus der Scheune gehuscht, waren durch die Gärten aus dem Ort geschlichen und auf den Hügel hinaufgelaufen, wo sie nun im Gras lagen und ganz verschiedenen Gedanken nachhingen. Jeanette wußte ja nicht, was los war, und André sprach nur in dunklen Worten darüber, mit denen Jeanette nicht das Richtige anzufangen wußte – vorläufig jedenfalls nicht.

»Was soll mit uns beiden werden?« fragte Jeanette, einen Grashalm durch die Zähne ziehend. »Willst du wieder fort, oder bleibst du jetzt bei mir?«

André antwortete nicht sogleich, geistesabwesend spielte er mit Jeanettes schönen, langen Haaren.

»Ich werde weder das eine noch das andere können«, sagte er dann und schaute nicht in die verwundert fragenden Augen des Mädchens. »Ich werde einen neuen Weg suchen, ewig bei euch und doch ständig fern zu sein. Du brauchst nicht den Kopf zu schütteln, Jeanette – es ist ein altes Mittel, auf Probleme, die unlösbar scheinen, zu reagieren. Nur für mich, verstehst du, für mich ist es ein neuer Weg, gerade für mich, der ich das Licht liebe und die Weite ... denn wo ich sein werde, ist es dunkel und eng.«

»Nimmst du mich mit?« fragte das Mädchen. »Du darfst mich nicht wieder allein lassen, hörst du. Und der Vater wird nicht mehr schimpfen ... er ist – wie sagt man doch? – er ist einverstanden. Du weißt ja von seinem Gesinnungswandel, der mir persönlich allerdings bis heute schleierhaft ist.«

»Dein Vater wird seine Einstellung wieder ändern, *alle* werden sie sie ändern.« André lachte bitter und grell, so daß Jeanette sich erschrocken aus seiner Armbeuge aufrichtete. »Ich wundere mich, daß sie's nicht schon längst getan haben. Warum ist hier in Carpentras alles so still, so grauenvoll still? Liest denn hier keiner eine anständige Zeitung?«

»André«, fragte Jeanette bang, »wovon redest du?«

»Welches Blatt liest dein Vater, Jeanette?«

»Unser Lokalblatt hier.«

»Und eure Nachbarn?«

»Auch.«

»Jaja«, höhnte André, »und mein Vater auch, und der Abbé auch, und die Lehrer auch . . .«

»André, ich verstehe dich nicht . . .«

»Klar verstehst du mich nicht! Keiner versteht mich! Das ist es ja!«

»Andre . . .«

Er drehte durch.

»André, André, André! Ich kann das nicht mehr hören! Nenn mich nicht mehr André! Sag Marcabrun zu mir!« Er lachte schrill. »Oder Arnaut de Marueil! Oder Bertran de Born! Oder Bernhard von Ventadour! Was gefällt dir am besten?«

»André . . .«

»Hörst du nicht, du sollst mich nicht mehr André nennen, verflucht noch mal!«

Mit einem Stöhnen warf er sich herum auf den Bauch und preßte den Mund ins Gras, um den würgenden Schrei zu ersticken. Jeanette konnte das alles nicht begreifen. Nur so viel spürte sie, daß sie ihn beruhigen mußte. Sanft strich sie ihm über die Haare und sagte dabei: »Dich hat die Reise so verwirrt. Das war zuviel für dich. Du hast mir schon einmal erklärt, was Sensibilität ist. Die einen haben zuwenig, die anderen zuviel davon. Du gehörst zu letzteren. Am besten wird es für dich sein, einige Tage auszuruhen, zu schlafen, ja zu schlafen, schlafen.«

»Ewig schlafen«, murmelte André. »Siehst du, Jeanette, du bist klug, deine Vorschläge sind besser, als du denkst. Sie geben mir die Kraft, die mir vielleicht noch fehlt. Schlafen will ich wirklich, so fest und glücklich, daß du nie mehr weinen sollst um mich . . . und warten brauchst du auch nicht mehr, denn ich bin ganz bei dir.«

Mit einem Lächeln drehte ihm Jeanette sein Gesicht aus dem Gras und küßte ihn auf den Mund. Vom Tal herauf erklang Gesang, die Mägde zogen von den Feldern heim und freuten sich, daß bald die Dunkelheit das Land einhüllte und in den Büschen um den Ort herum die Süße der Geheimnisse erwachte. Am Horizont versank die Sonne, blutend den Himmel, die Rhône und das Land in eine Fülle flammenden Scheines tauchend, der blasser wurde, violett und blaurot, tief orange und fahl, bis nur noch ein schmaler, heller Kranz am weiten Bogen des Horizonts die Schlafstätte allen Lichts anzeigte.

»Wir müssen runter in den Ort«, wagte Jeanette von dem prachtvollen Naturschauspiel abzulenken. »Man wartet auf uns.«

»Warten? Ja, dort unten wartet man auf uns. Auf mich, Jeanette . . . Daß man noch nicht heraufgekommen ist? Er kennt den Weg doch?«

»Wer kennt den Weg?« Fragend blickte ihn das Mädchen an.

»Der ... der uns sucht ... der uns, der mich erwartet.«

André erhob sich zögernd und fragte Jeanette: »Willst du nicht allein gehen?«

»Warum? Was ist mit dir? Möchtest du noch hierbleiben? Es wird schon dunkel. Nicht mehr lange, und es ist Nacht.«

»Nacht! Die Nacht ist herrlich, Jeanette. Ich liebe die Nacht. Sie ist so gut, so still, so schön. Man muß nur verstehen, was sie einem ins Ohr flüstert. Die Nacht verzeiht, sie deckt so vieles zu, sie ist großzügig und stumm. Ich möchte einmal eine Nacht erleben, ganz allein, verstehst du, unter den Sternen aufblickend zu ihnen. Ich möchte mich ihrem kalten Licht aussetzen und sie fragen nach ihren Geheimnissen. Jeanette, ich bitte dich, laß mich allein.«

»Aber deine Eltern ... sie warten auf dich.«

»Laß sie warten – auch die anderen, die vielleicht schon auf mich lauern, der eine verbissen, der zweite erschüttert, der dritte schadenfroh.« Er fuhr sich mit der Hand über die Augen. »Was rede ich? Ich möchte, wie gesagt, nur noch einmal die Nacht sehen, bevor ich schlafe. Und du selbst hast mir ja geraten, zu schlafen. Darum laß mich allein, morgen wirst du mich wiedersehen, wir treffen uns unten in der Kirche, vor dem Altar.«

»Vor dem Altar?« Jeanette schaute und schüttelte ungläubig den Kopf. »Morgen ist doch Sonntag ... und Messe ... den ganzen Vormittag ...«

»Morgen ist Festgottesdienst«, sagte André Tornerre

ruhig, und seine Stimme war wieder klar und voller Melodie. »Ich habe mit Abbé Bayons gesprochen, es gibt morgen eine Überraschung für Carpentras, ein Ereignis, vielleicht eine Sensation. Noch ist es ein Geheimnis – und du mußt schweigen.«

Jeanette nickte ein wenig zögernd und gab André die Hand. Er legte sie sich an die Wange, riß dann das Mädchen an sich und küßte sie immer und immer wieder auf den heißen Mund und die selig geschlossenen Augen, bis er sie atemlos freigab. Mit einem glücklichen Seufzer wandte sie sich ab und lief auf und davon.

»Jeanette!« rief er, da er sie noch einmal in die Arme nehmen wollte. »Jeanette, komm zurück!«

Und als er keinen Erfolg hatte, rief er ein zweites Mal: »Komm zurück, Jeanette, ich bitte dich!« Und leise setzte er hinzu: »Es ist das letztemal . . . Jeanette . . . . vergiß mich nicht . . . sei tapfer, tapferer als ich . . . und verzeih mir, bitte, verzeih mir . . . ich kann, ich kann einfach nicht mehr.«

Doch plötzlich übermannte ihn ein Drang, auch hinunter in den Ort zu laufen und noch einmal seinen Vater zu sehen, seine Mutter, die frisch gestrichene Bank hinter dem Haus und den verfallenden Mosaikritter unten in der alten Kapelle, mit dem Spruch an der Wand, der ihm nicht mehr aus dem Kopf gehen wollte: Verachte, daß du verachtet wirst!

Und diesem Drang folgend, rannte er den Weg hinab ins Tal, während die Nachtwolken den Himmel überzogen und der Wind, der von der Rhône herüberwehte, ihm die Locken zauste.

In Carpentras aber wunderten sich die Leute, denn

seit Menschengedenken war es das erstemal, daß am Abend die Glocke nicht läutete.

*

In der guten Stube des Küsterhauses saß auf dem schmalen Sofa Professor Bonnet dem gebrochenen Marcel Tornerre und der weinenden, einer Ohnmacht nahen Yvonne gegenüber. Sein Glas Landrotwein hatte Bonnet unberührt gelassen, und wenn auch seine Miene und sein Gebaren streng und unerbittlich waren, wenn seine ganze Erscheinung auch eine Verkörperung des Rechts und der Sühne darstellte, so fühlte er doch im Inneren den Schmerz der Küstersleute und neigte dazu, ihnen beizustehen, obwohl die Vernunft dem Gefühl streng widersprach. Die fürchterliche Eröffnung der entdeckten Fälschung hatte die Eltern niedergeschmettert, sie sahen die Schuld und deren Buße ein; doch nun, da sie den ersten Schreck etwas zu verdauen begannen, klammerten sie sich an die große Hoffnung, die noch blieb: Wenn André diese Lieder nicht gefunden hatte, so waren sie sein eigenes Werk, und da man sie für Glanzleistungen Marcabruns gehalten hatte, stand André auf der gleichen Stufe mit dem Troubadour.

Julien Bonnet blickte zu Boden. Es arbeitete in ihm. Seine Gesichtsmuskeln zuckten. Ein Genie in Carpentras! Ein sechzehnjähriges Phänomen! Kann man ein Genie bestrafen, weil es eine Welt zu täuschen trachtet? Hat diese Welt nicht die Verpflichtung, diesen Geist zu pflegen? Genies gibt es in jedem Jahrhundert nur eines; wenn es hochkommt, auch zwei oder drei ... mehr aber nicht! Und hier, hier lebte ein Begnadeter, ein Sechzehnjähriger, ein früh Vollendeter, die große Hoffnung des literarischen Frankreichs, ein Junge, der auf Hügeln träumte, ein einfaches Mädchen aus dem Volke liebte und eine Welt beschenkte –und diese Welt gab dem Geschenk verblendet einen anderen Namen! Wer war denn hier der Schuldige? André Tornerre oder Julien Bonnet?

Wie war es doch gewesen, als André ihm die Lieder übergeben hatte? Er hatte von einem Fund in einer alten Krypta gesprochen, und er, Bonnet, er hatte sie die Lieder Marcabruns genannt. Daß André ihm nicht widersprochen hatte, war das in diesem Augenblick nicht verständlich gewesen? Man mußte sich einmal in seine Situation versetzen. Er hatte es für sein Werk getan, um sich selbst, dem Unbekannten, den man verlacht hätte, wenn er mit offenem Visier vor die Welt hingetreten wäre, den man aus den Häusern der Verlage hinausgeworfen hätte, einen Dienst zu erweisen. Und der Welt hatte er doch damit in Wahrheit ein Geschenk gemacht. Wäre nicht ein mißtrauischer Untersuchungsrichter in Paris gewesen, der mit seiner ewigen Herumnörgelei einen Stein ins Rollen gebracht hatte, würde die Welt darüber heute noch jubeln.

Die Welt allein war schuldig mit ihrer Manie, das alte Kunstwerk – ganz egal welcher Art – zu bewundern und das neue erst einmal abzulehnen, es zu verwerfen. Ein großes Werk aber ist eine Mission an die Menschheit, ein Geschenk der Schöpfung, auch wenn es sich als Geburtsstätte den Kopf eines sechzehnjährigen Küsterjungen aussucht. Und dieses Genie wollte man zertreten?

Julien Bonnet fühlte in diesen Minuten, daß er dabei war, sich selbst zu unterminieren. Zwar stand das weltliche, kalte, intellektuelle Recht auf seiner Seite, doch daß er mit diesem Recht die Würde seiner Menschlichkeit verlor und ein Teil der mechanischen Kraft wurde, welche die Kultur durch die Zivilisation ablöste und neue goldene Kälber zur Götzenanbetung der Menschheit aufbaute, war auch klar. Der Widerstreit in seinem Innern war so stark, daß es ihn auf seinem Sofa nicht mehr hielt. Er sprang auf und lief in dem engen Raum hin und her und biß sich auf die Lippen, als der einfache alte Küster Marcel Tornerre in überraschend eindrucksvollen Worten seiner Meinung Ausdruck gab.

»Unser André ist nicht schlecht«, sagte Tornerre und tätschelte der noch immer schluchzenden Yvonne beruhigend den Arm. »Er hat heimgefunden, weil ihn die Heimat bindet. Vielleicht gehört dazu auch das, was er getan hat. Vorhin ist Ihnen ja selbst der Ausdruck ›Genie‹ herausgerutscht. Und ein Genie darf maßvoll oder maßlos leben – er allein kann wissen, wie er seinem Geist am besten dient. Jedenfalls gilt, daß man ein Genie nicht bestraft – man neigt sich vor ihm, auch wenn es nur sechzehn Jahre zählt.«

Julien Bonnet nickte unwillkürlich.

»Sie mögen recht haben, Monsieur Tornerre, doch die Entscheidung können nicht wir beide treffen. Die Entscheidung ist gebunden an staatliche Gesetze, an richterliche Gewalt. Wenn ich André auch schützen wollte – vor dem Gesetz ist er schuldig geworden, sogar, wenn er Racine, Molière, Voltaire oder Hugo selbst wäre. Vor dem Gesetz sind alle Menschen gleich – auch Genies. Was wäre diese Welt, wenn die Begnadigung ein Freibrief wäre?«

»Was wäre diese Welt, wenn es das Genie nicht gäbe?« hielt Marcel Tornerre dem entgegen. »Auch das Gesetz wäre nicht entstanden ohne das Genie, denn als der Staat geboren wurde, stand ein Genius Pate. Ich las von Solon, den man den Weisen nannte, von Plato, Sokrates, Perikles, Aristoteles und Archimedes, von Caesar, Augustus und Trajanus – und Frankreich, Monsieur, vergessen Sie französische Geschichte? Von Karl dem Großen bis Napoleon, vom Sonnenkönig bis Clemenceau? Gesetze, ja, jedoch Gesetze von Genies – warum in dieser Fülle nicht auch ein Gesetz *für* das Genie?«

Julien Bonnet setzte sich wieder hin. Er bat darum, sich eine Zigarre anzünden zu dürfen. Es war nicht übel, was der alte Küster sagte, es steckten Sinn, Methode, Logik und vor allem Vernunft darin. Vernunft wider das Recht – ein immer wieder zu beobachtender Konflikt, seit es Menschen gab, unter denen Recht gesprochen wurde. Wo war die Grenze, wo die Linie, die den Konflikt jeweils noch mit dem Stempel der Erträglichkeit versah? Wo die Richter, die dafür ausschlaggebend waren?

»Ihr Sohn hat sich einer Fälschung schuldig gemacht«, sagte Julien Bonnet. »Er wird dafür zur Rechenschaft gezogen werden. Er schuf jedoch auch Werke, die erstaunlich sind. Für sie soll er die Anerkennung finden, die ihm zusteht. Mich dafür einzusetzen, verspreche ich Ihnen. Darauf hat er Anspruch.«

»Ich will nicht, daß er überhaupt in einen Skandal hineingezogen wird.«

»Sie dürfen nicht zuviel verlangen, Monsieur Tornerre. Wo ist er überhaupt?«

»Wer?«

»Ihr Sohn.«

»Warum?«

»Weil es Zeit wird, daß ich mit ihm spreche.«

»Das kann noch warten. Erst müssen wir beide uns noch einigen. Ich kann Ihnen nämlich ein Angebot machen.«

»Ein Angebot?«

»Ja.«

»Welches Angebot?«

»Ein sehr verlockendes.«

Julien Bonnet zog an seiner Zigarre, stieß eine besonders dicke Rauchwolke aus und erwiderte: »Monsieur Tornerre, ich weiß nicht, was Ihnen vorschwebt, aber wenn dieses ... sehr verlockende Angebot, wie Sie sagen, zusammenhängen sollte mit dem Bemühen, Ihren Sohn aus jedem Skandal herauszuhalten, dann muß ich Ihnen noch einmal erklären, daß Sie sich nicht dieser Illusion hingeben dürfen. Das geht nicht.«

»Warten Sie!« entgegnete der Küster, erhob sich von seinem Stuhl, schlurfte zu einem Wandschränkchen, sperrte es mit einem Schlüssel, der im alten Schloß des Schränkchens knirschte, auf und holte eine abgegriffene, an den Seiten zugeschnürte Mappe heraus, legte sie auf den Tisch, öffnete sie und schob sie Bonnet zu.

Bonnets Hand, welche gerade wieder die Zigarre zum Mund hatte führen wollen, blieb auf halbem Wege in der Luft stehen. Mit einem Ruck beugte er sich vor. Was da in der alten Mappe lag, vergilbt, kaum noch leserlich und reich mit Initialen verziert, das waren vergessene, Jahrhunderte hindurch verschollene Troubadourlieder. Schon wollte der Professor in Jubelrufe ausbrechen, aber dann durchzuckte es ihn, er war ja ein gebranntes Kind.

»Sind die echt?«

»Hundertprozentig.«

»Sie werden verstehen, daß sich in mir einiges dagegen sträubt, das so ohne weiteres zu glauben.«

»Sehen Sie sie sich doch näher an.«

»Auch dann werde ich mich hüten, noch einmal ein schnelles Urteil zu fällen.«

»Monsieur«, appellierte der Küster an Bonnets Logik, »es wäre doch von mir der helle Wahnsinn, ausgerechnet Ihnen noch einmal mit Fälschungen kommen zu wollen. Mir muß doch klar sein, welche Prüfungen hier ganz rasch einsetzen werden. Deshalb können Sie absolut sicher sein, daß vor Ihnen auf dem Tisch hundertprozentig echte Originale liegen, Troubadourlieder aus der Zeit von 1180–1220 . . .«

»Woher haben Sie sie?«

»Ererbter Familienbesitz. Wir Tornerres haben eine große Vergangenheit – aber darauf will ich nicht näher eingehen, das wäre von einem einfachen Küster lächerlich. Jedenfalls begleiteten diese Blätter Generation um Generation. Sie waren meine stille, erregende Leidenschaft – die einzige. Und André, mein Sohn, ist Blut von meinem Blut. Ohne zu wissen, was ihn dazu trieb, fiel er ein in den Gesang der Troubadoure. Und dafür soll er nun bestraft werden? Monsieur Bonnet, Sie können es verhindern.«

»Fangen Sie nicht schon wieder damit an! Ich wüßte nicht, wie.«

»Indem Sie der Öffentlichkeit nicht unseren Sohn als Fälscher präsentieren . . .«

»Tornerre, das geht nicht!«

». . . sondern einen anderen.«

»Das geht nicht!« rief Bonnet noch einmal, ohne dem Küster ganz zugehört zu haben. »Die Fälschungen sind Tatsache, also brauche ich auch einen Fälscher, den ich der Öffentlichkeit präsentiere.«

»Das sage ich ja, Monsieur Bonnet.«

»Was sagen Sie?«

»Daß Sie den Leuten einen Fälscher präsentieren sollen – aber nicht unseren Sohn, sondern einen anderen.«

»Welchen anderen? Können Sie mir da vielleicht einen aus dem Hut zaubern?«

»Mich.«

Julien Bonnet schwieg verblüfft. Er hüllte seinen Kopf in dichte Zigarrenwolken. Dann sagte er: »Wie stellen Sie sich das vor?«

»Ganz einfach: Es bleibt bei Ihren Anklagen, aber beschuldigt als Täter wird von Ihnen nicht André, sondern das werde ich sein. Sie seien diesbezüglich einem Irrtum zum Opfer gefallen, müssen Sie bekanntgeben.«

»Und was habe ich davon? Daß Sie als Vater sich für Ihren Sohn opfern wollen, ist ja noch zu verstehen, aber wie komme ich dazu, mich schon wieder vor der Welt zu blamieren, indem ich einen zweiten Irrtum eingestehe?«

»Sie retten ein Genie, wie Sie selbst sagen.«

»Und ich mache mich noch unmöglicher, als ich es schon bin.«

»Wenn schon!«

Dieser Ausruf, der dem Küster unwillkürlich entfahren war, brachte natürlich ein ziemliches Maß an Geringschätzung zum Ausdruck. Julien Bonnet fühlte sich beleidigt, beleidigt von einer Null, und stieß deshalb barsch hervor: »Nein, ich will nicht! Schluß jetzt, ich will nicht!«

Marcel Tornerre sah, daß er nun aufs Ganze gehen mußte.

»Schade«, seufzte er, während er die Pergamente auf dem Tisch zusammenraffte. »Dann hat es wohl auch keinen Zweck mehr, Ihnen konkret das Angebot, von dem ich sprach, zu unterbreiten. Wenigstens bleiben mir dadurch die Lieder erhalten.«

»Die Lieder?« Durch Julien Bonnet schien ein elektrischer Schlag gegangen zu sein. »Welche Lieder?«

»Die Troubadourlieder hier.«

Bonnets Hände fingen an zu zittern. Das war am deutlichsten an der dünnen, plötzlich kurvig werdenden Rauchsäule, die der Zigarre entstieg, zu sehen.«

»Monsieur Tornerre, wollen Sie damit vielleicht sagen, daß Sie daran dachten, sich von den Liedern etwa ... etwa ... zu ... zu trennen?«

»Ja.«

Bonnets Adamsapfel hüpfte auf und ab, so sehr mußte der Professor schlucken.

»Wirklich?«

»Wirklich.«

»Und wem wollten Sie sie geben? Etwa ... mir?«

»Ihnen.«

Julien Bonnet atmete tief ein und aus, stand auf und ging zum Fenster. Beim Näherkommen war es ihm, als zucke ein Gesicht, das sich von draußen eng an die Scheibe gepreßt hatte, zurück, aber dann schüttelte er den Kopf und schrieb das Bild seinen erregten Nerven zu, denn er fühlte sein Herz bis zum Hals herauf schlagen. Er zappelte schon in der Falle, die ihm gestellt worden war. Am Tisch hatte Marcel Tornerre die alte Mappe wieder zugeschnürt und wollte sie nun zurück zum Wandschränkchen tragen.

Ihn davon abhaltend, bat ihn Bonnet: »Moment, kann ich sie noch einmal sehen?«

»Die Lieder?«

»Ja.«

Tornerre löste die Verschnürung wieder und öffnete die Mappe. »Bitte.«

Bonnet konnte sich nicht sattsehen an den Blättern, die für ihn in diesen Minuten das Kostbarste waren, was es auf der ganzen Welt gab. Daß es Originale waren, wollte er nicht mehr bezweifeln. Tornerres absolut logische Einlassung hatte ihn überzeugt.

»Wissen Sie«, sagte er, »daß diese Pergamente zu ihrer Aufbewahrung eine ganz bestimmte Dauertemperatur brauchen?«

Tornerre nickte.

»Und eine ganz bestimmte Luftfeuchtigkeit?«

Tornerre nickte noch einmal.

»Und noch einiges?«

Tornerre nickte zum drittenmal.

»Waren all diese Dinge bisher gewährleistet?«

Nun schüttelte Marcel Tornerre den Kopf, was soviel hieß wie: nein.

»Nicht?« stieß Bonnet hervor, ganz rasch erbleichend. »Wo war die Mappe bisher aufbewahrt? Sagten

Sie mir nicht, in diesem Schränkchen dort.«

»Doch.«

»Nein!« schrie Julien Bonnet entsetzt auf. »Doch«, wiederholte der Küster, und seine Frau Yvonne, die bisher nur dagesessen und leise geweint hatte, nickte bestätigend.

Bonnet rang die Hände. »Und ich dachte, das sei nur ein vorübergehender Aufbewahrungsort.« Warum er das dachte, wußte er selbst nicht. »Sind Sie sich denn darüber im klaren, was Sie da gemacht haben, Monsieur Tornerre?«

»Schon, aber . . .«

»Nichts hier ist diebstahl- oder feuersicher, abgesehen von allem anderen!«

»Ich kann mir keinen Banktresor leisten. Ich bin ein mittelloser Mann.«

Bonnet lachte auf.

»Was sind Sie? Mit solchen Schätzen nennen Sie sich einen mittellosen Mann? Sie machen Witze!«

Witze machte der weltfremde Literarhistoriker, der keine Ahnung vom realen Leben hatte.

»Wissen Sie, was ein Küster verdient?« fragte ihn Tornerre.

»Aber Sie hätten doch nur eines Ihrer Lieder zu verkaufen brauchen!«

»An wen?«

»An mich zum Beispiel.«

»Erstens kannte ich Sie nicht, und zweitens – verkaufen? Dazu waren sie mir viel zu kostbar. Um keinen Betrag der Welt hätte ich auch nur eines hergegeben.«

»Aber jetzt wollen Sie sie doch alle hergeben?«

»Um unseren Sohn zu retten, das ist etwas ganz anderes.«

Endlich verstummte Bonnet, und in seiner Verwirrung irrte sein Blick ab zum Fenster, wo er wieder das Zurückzucken eines Gesichts an der Scheibe zu entdecken vermeinte. Yvonne Tornerre schaute durch ihren Tränenschleier ihren Mann für seine Opferbereitschaft dankbar an.

Während der Gesprächspause, die entstanden war, gelang es Julien Bonnet, sich einzureden, daß ihn die Vorsehung dazu bestimmt habe, eine nationale Pflicht zu erfüllen. Ein Kulturschatz mußte gerettet werden. Die unschätzbaren Originale seien hier, eröffnete er dem Küsterehepaar, außerordentlich gefährdet.

»In jeder Beziehung«, bekräftigte er, als Marcel Tornerre nur widerstrebend genickt hatte. »Ich bin deshalb bereit, auf Ihr Angebot einzugehen, Monsieur.«

Und plötzlich war es um die Fassung des alten Küsters geschehen. Er sah sich am Ziel, die Anspannung in ihm löste sich, und das wurde deutlich in einem Zusammenbruch, der ganz lautlos und deshalb um so erschütternder vor sich ging. Das Haupt des unglücklichen Mannes sank herab, er stützte die Stirn in seine Hände, um die Tränen zu verbergen, die still nun auch bei ihm flossen. Sie tropften auf den Tisch, und deshalb gelang es ihm nicht, sie zu verstecken.

Draußen vor dem Fenster löste sich eine zusammengekauerte Gestalt von der Mauer und sprang leise von der herangezogenen Gartenbank herunter. Auf dem Sand, der seine Schritte dämpfte, stehend, blickte André Tornerre noch einmal auf das Haus zurück, nahm dann eine Lampe aus einem Gebüsch, mit der er schon immer in die alte Kapelle gegangen war, strich sich die Haare aus der Stirn und zögerte einen Moment, ehe er sich endgültig abwandte und, fast gleitend, auf Zehenspitzen aus dem Garten schlich. Draußen huschte er über den im fahlen Mondlicht träumenden Marktplatz und tauchte in Richtung des Tergnierschen Hauses im Schatten der Gassen unter.

Dort angelangt, stellte er sich unter das geöffnete Fenster Jeanettes, nahm einige zusammengefaltete Blätter aus der Tasche, wickelte sie um einen Stein und warf sie mit sicherem Schwung in das Zimmer Jeanettes hinein. Dann wartete er im Schatten einer Zypresse, bis im Zimmer Licht entzündet wurde, und glitt dann wieder in die Dunkelheit zurück, eilte der Kirche zu und verschwand unter den hohen Bäumen des Marktes in der Nacht.

Im Zimmer des Küsters hatte sich Marcel Tornerre inzwischen wieder gefunden und saß jetzt ein wenig steif und sich seiner Schwäche sichtlich schämend vor Julien Bonnet, der nun erklärte, daß er eine schriftliche Vereinbarung durchsprechen wolle, die hier unbedingt getroffen werden müsse.

»Punkt eins«, begann er, »wird sein, daß Sie alle Rechte auf die Lieder an mich abtreten . . .«

Tornerre nickte.

»Dafür verpflichte ich mich – Punkt zwei –, Ihren Sohn, um es hart auszudrücken, reinzuwaschen und dafür Sie ans Messer zu liefern.«

»Ja.«

»Punkt drei: Sie versichern, daß das Ihr ausdrücklicher eigener Wunsch ist.«

»Jawohl.«

»Und Sie versichern auch – Punkt vier –, daß ich mich mit Händen und Füßen gegen diese ganze Vereinbarung gesträubt habe und erst darauf eingegangen bin, als Sie klar vor Augen hielten, daß nur so die Kulturwelt vor einem unschätzbaren Verlust zu bewahren sei.«

Marcel Tornerre schluckte, aber er nickte wieder.

»Im Punkt fünf verpflichten Sie sich, als Beweisstück dafür Ihr Wandschränkchen dort an mich abzutreten. Ich hoffe ja nicht, je darauf zurückgreifen zu müssen, aber ich will es haben zur Sicherheit.«

»Einverstanden.«

»Dafür verpflichte ich mich, Ihnen einen Betrag von eintausend Franc auszuhändigen.«

»Eintausend Franc!« riefen Marcel und Yvonne Tornerre wie aus einem Munde, und Marcel allein setzte hinzu: »Eintausend Franc für dieses alte Ding, das ist zuviel, Sie müssen sich versprochen haben.«

»Ich habe mich nicht versprochen«, entgegnete Bonnet mit einem Gesicht, aus dem alles und nichts herauszulesen war. »Und nun zum wichtigsten Punkt überhaupt, er gilt für beide Parteien gleichermaßen: Wir verpflichten uns zu absolutem Stillschweigen über alles Dritten gegenüber.«

»In unserem beiderseitigem Interesse«, nickte Tornerre.

»Dazu muß sich auch Ihre Frau verpflichten.«

»Selbstverständlich.«

»Und Ihr Sohn André.«

»Natürlich.«

»Kommt er denn nicht bald?« fragte Bonnet, auf die Uhr blickend.

Draußen wurde die Haustür aufgestoßen, ein eiliger Schritt durchquerte den Flur.

»Das wird er sein«, meinte Mutter Tornerre und blickte lächelnd ihrem Sohn entgegen, dessen Erscheinen sie erwartete.

Die Tür des Zimmers wurde aufgestoßen. Mit fliegendem Atem, nur notdürftig bekleidet, mit angststarren Augen und gebadet in Schweiß, stand Jeanette auf der Schwelle und lehnte sich erschöpft an den Türrahmen. In der rechten Hand hielt sie einige Blätter Papier.

»Wo ist André?« keuchte sie. »Nicht hier? Um Gottes willen, wo ist er?«

Sie taumelte ins Zimmer und wurde von Marcel Tornerre, der aufgesprungen war, aufgefangen. Er geleitete sie zum Sofa.

»André?«

Der Küster wechselte einen angstvollen Blick mit seiner Frau und sah dann wieder Jeanette an. »Wir dachten, er sei bei dir.«

»Wir waren auf unserem Hügel«, schluchzte nun Jeanette. »Dann schickte er mich nach Hause. Er wollte dort oben die Nacht erwarten, die Sterne grüßen. So sagte er, ihr kennt ihn ja.«

Daß er sie noch einmal – vergeblich – zurückgerufen hatte, erwähnte sie nicht.

»Wann war das?« fragte Mutter Tornerre mit tonloser Stimme.

»Bei Einbruch der Dunkelheit. Und vorhin – ich schlief schon – wachte ich plötzlich auf, als ein Stein in mein Zimmer geworfen wurde, der in diese Blätter hier gewickelt war. Auf ihnen steht ein Gedicht geschrieben, ein schönes, schreckliches Gedicht.« Jeanette schluchzte laut auf, vergrub das Gesicht in ihren Händen und fuhr plötzlich wieder hoch. »Rettet ihn! Rettet ihn . . . sucht ihn . . . sofort . . . etwas Furchtbares geschieht . . . etwas Grauenvolles . . . André . . . rettet ihn . . . sofort . . . sofort!«

Ihre Worte erstarben zu einem Wimmern, der Körper sank schlaff zusammen und fiel der Länge nach auf das Sofa. Von Weinkrämpfen geschüttelt, lag sie da, unfähig, noch einmal ein klares Wort hervorzubringen.

Julien Bonnet, der nicht dem Banne des Entsetzens erlag, nahm ihr die Papiere aus den Händen. Andrés alte Eltern sahen wie gelähmt zu und waren unfähig, etwas zu unternehmen.

»Großer Gott!« Bonnet ließ die Blätter, die er überflogen hatte, auf den Tisch fallen. »Madame, Monsieur, Ihr Sohn . . . er ist wahnsinnig . . . dieses Gedicht . . . wann mag er es geschrieben haben . . .?«

»Was ist mit ihm?« fiel ihm Vater Tornerre ins Wort.

»Er . . . er stirbt.«

»Nein!« schrien entsetzt beide – Marcel und Yvonne Tornerre – auf.

»Wir müssen ihn suchen«, sprudelte Bonnet hervor. »Wir müssen die Stadt alarmieren – läuten Sie die Sturmglocken, Tornerre, er kann noch nicht weit sein. Er will sich das Leben nehmen, will eine Schuld sühnen, die gar nicht mehr auf seinen Schultern lastet. Läuten Sie, Tornerre, bringen Sie die Bevölkerung auf die Beine, damit ihn alle suchen helfen. Ich werde den Leuten Bescheid sagen.«

»André!« schrie der Alte und stürzte davon, gefolgt

von Bonnet, der über die Schulter der Frau des Küsters zurief: »Sie bleiben hier, Madame! Passen Sie auf die Lieder auf! Sperren Sie sie weg!«

Daran war natürlich überhaupt nicht zu denken. In diesen Augenblicken hätten die Mutter Andrés alle Kulturschätze Frankreichs oder der ganzen Welt nicht im geringsten interessiert. So rasch es ihr die alten Beine erlaubten, verließ sie auch das Haus. Zurückblieb jedoch bei den Pergamenten und den Blättern mit Andrés Gedicht, die alle miteinander in friedlicher Koexistenz auf dem Tisch lagen, die schluchzende Jeanette, deren Tränenstrom nur langsam versiegte.

Marcel Tornerre läutete Sturm. Dieses Mittel aus alten Zeiten hatte sich auf dem Land in der Provence noch erhalten. Die Leute liefen aus den Häusern und fragten einander aufgeregt, was passiert sei. Bonnet sagte es jedem, der ihm in die Nähe kam. Im Nu floß dadurch ein rascher Nachrichtenstrom durch den ganzen Ort. Dann nahm ein erfahrener, älterer Gendarm die Sache in die Hand und organisierte die systematische Suche.

Der alte Küster hörte nicht auf zu läuten. Längst hatte er mit seiner Glocke den letzten Bewohner aufgeschreckt, und es wäre deshalb nicht mehr notwendig gewesen, das Geläut fortzusetzen. Tornerre dachte aber an André. Dessen Ohr zu erreichen, war sein Ziel, nicht endenwollend, damit der Ruf der Glocke, von dem der Junge wußte, daß er nur von seinem Vater kommen konnte, ihn davon abhielt, das Wahnsinnige zu tun.

Doch es erlahmten die Kräfte des Alten. Zur physischen Strapaze kam das Entsetzliche hinzu, das psychisch an ihm zehrte. Tornerre spürte die aufkommende Ohnmacht, die Herzschwäche, und er wehrte sich dagegen. Zuletzt erlag er ihr dennoch. Er wurde ihm schwarz vor den Augen, und er sank besinnungslos am Seil nieder. Das erschöpfte Gesicht fiel in den dikken Staub, der in Wolken aufwallte und den hingestreckten Körper mit einem grauen Tuch bedeckte. Verlassen pendelte das Seil über dem regungslosen Körper.

Die plötzliche Stille brachte Bewegung in die einsame Gestalt, die am Altar der Kirche kniete. Abbé Bayons, dessen Beitrag zur Suche in einem inbrünstigen Gebet bestand, erhob sich und eilte zum Glockenturm, um sich um seinen Küster zu kümmern.

In der guten Stube der Familie Tornerre saß Jeanette Tergnier, ein gebrochenes junges Mädchen, das nicht einmal mehr die Kraft hatte, noch länger zu weinen.

»Lieber Gott«, flüsterte sie, »bewahre ihn mir. Ich gelobe eine Wallfahrt nach Lourdes.«

Dann las sie noch einmal Andrés Gedicht.

ROMANTISCHE PARABEL

Einsam wächst auf einer Heide
eine Blume in den Wind
und von grenzenloser Weite
Schwermut in die Kelche rinnt.

Aus dem Flüstern in den Gräsern,
aus dem Licht, das Gott erkor,
aus des Mondes bleichem Lachen
quillt die Einsamkeit empor.

Jede Freude dieser Erde
teilt sie nicht, greift sie allein,
jedes Rauschen heißer Winde
wird zum Schmerz des Einsamsein.

Und des Frühlings buntes Jauchzen,
süßer Farbrausch der Natur,
paart die Freude mit der Trauer
und erweckt ein Ahnen nur.

Einsam, einsam ist dies Leben,
Fluch vielleicht – vielleicht auch Glück;
doch die Sehnsucht bleibt im Leben
und begehrt den Weg zurück.

Eines Morgens, taubehangen,
sprießt aus hartem Mutterschoß
eine zweite Blüte lockend
in dem weichen Heidemoos.

Ist es Wahrheit? Träum ich nicht mehr?
Schwester in der Einsamkeit
blühst zum Licht an meiner Seite,
und die Welt ist nun zu zweit?

Sieh der Sonnenstrahlen Tanzen,
hör den Wind, er singt vom Glück,
sieh der Hügel sanfte Wellen,
blick zum Busch am Bach zurück.

Weißt du, daß in seinen Zweigen
Tränen, Küsse, Wünsche blühn?
Ahnst du, daß am Rand des Baches
heiße Leiber nachts erglühn?

Hörst du, was ich zu dir flüstre?
Dort, am Rain, sah ich ein Paar
eng umschlungen selig träumen,
heute war's, vor einem Jahr.

Und die Nächte wurden heißer,
und die Winde wurden schwer,
in den Pulsen wuchs die Sehnsucht,
und die Stuben wurden leer.

Alle Gräser, die du ansiehst,
wissen, was die Liebe ist,
und der Mond, du wirst ihn sehen,
küßt dich, bis du trunken bist.

Aber du? Empfängst du gar nicht
von dem Glück auch Glück für dich?
Selten, sprach der Schwermut Schwester,
nur der Wind liebkoste mich.

Da umschlang des Frühlings Botin
tröstend, mild die Einsamkeit:
Wie du sagst, als ich geboren,
nun ist diese Welt zu zweit.

Sieh der Sonnenstrahlen Tanzen,
ihre Reigen sind für dich;
hör der Winde glückhaft Singen,
sie vereinen dich und mich.

Blick zum Busch am Rand des Baches,
in den Zweigen Wünsche blühn.
Unsre Wünsche, unsre Liebe
soll'n im Moos des Haines glühn.

Und die heißen Sommernächte,
deren Schatten Küsse sind,
werden Kelch' des höchsten Glückes,
dessen Feuer uns durchrinnt.

Alle Gräser, die du ansiehst,
wissen, was die Liebe ist,
und sie schützen deine Küsse,
bis du trunken müde bist.

Glaubst du, daß die Welt voll Sonne?
Blick empor, dort glüht der Schein,
und im Angesicht der Freiheit
sieh: ich bin unendlich dein!

Eng umschlungen sah der Abend
sie, als er im Moor versank,
und der Grillen helles Zirpen
ward zum Hochzeitsfestgesang.

Und des Mondes fahles Locken
füllte ihre Seelen nicht.
In den Blüten schmolz das Silber,
denn die Liebe ward ihr Licht.

Und unter diesen Versen stand der aufschreiende, gequälte Satz:

»Zum Abschied von Jeanette, von der Weite, der Sehnsucht, von allem, was irdisch und menschlich ist – André Tornerre, der Einsame.«

»Sie müssen ihn finden«, flüsterte Yvonne vor sich hin. »Sie müssen ihn retten ... ich liebe ihn doch ... er darf nicht so enden, er kann so nicht gehen ... nein ... das kann er nicht.«

Ächzend stand sie auf, indem sie sich am Tisch hochzog, verließ das Zimmer, ging in den Garten und blickte empor zum Nachthimmel. Im bleichen Licht des Mondes schimmerte ihr Haar, das wie ein Kranz um ihr Gesicht lag.

Durch Carpentras, über Felder und Hügel geisterten die Lichter der Suchenden, und ihr Ruf »André, André . . .!« hallte durch die Nacht. Im Staub des Glokkenstuhls lag ein alter Mann, der langsam wieder zu sich kam. Ein Priester lief und holte kaltes Wasser und Cognac, um ihn innerlich zu laben und äußerlich zu benetzen. Eine Mutter nahm zum Gebet den Platz des Geistlichen am Altar ein.

Irgendwo, abseits aller Rufe, saß ein Knabe neben einer schwach brennenden Lampe, hielt ein Papier auf den Knien und schrieb. Dann erhob er sich und nahm die Lampe auf, als wolle er gehen.

Es war der Augenblick, in dem der Blitz eines fernen Gewitters fahl aufleuchtete und den Himmel zerriß. Leise grollender Donner folgte dem Blitz erst nach langem.

*

Klick . . . klick . . . klick . . . tropfte es noch immer in der hinteren Ecke von der Decke der alten Kapelle auf die steinernen Fliesen, und der Modergeruch alter Zeiten und die abgestandene Luft legten sich wieder beklemmend auf die Brust André Tornerres. Die Lampe mit dem Glassturz flackerte, und der rotgelbe Schein des getrübten Lichts geisterte über die roh behauenen Steine der Winkel und Ecken, spielte mit den Konturen der Säulen und des kleinen Kreuzgewölbes und schloß in sein Spiel mit ein das in der Mitte stehende Taufbecken, vor das André seinen zusammenklappbaren Feldstuhl gestellt hatte, mit dem die Krypta von ihm schon lange ausgestattet worden war. Eng beschriebenes Papier und ein Stift lagen auf dem breiten Rand des Beckens, und die Augen des Jungen, der jetzt mit der Laterne vor das kaum noch erkennbare Mosaik des Ritters trat, lebten noch fern in den weiten Räumen des Geistes und des göttlichen Traumes.

Vorsichtig, damit die Lampe keinen Schaden erlitt, stellte er sie unter das verfallene Bild, zog den Stuhl heran, setzte sich und stützte den Kopf in beide Hände, während er unentwegt den Ritter und den auf seine Fahne geschriebenen Spruch anstarrte.

Das Rufen der Suchenden auf den Straßen hatte sich entfernt, die Glocke schwieg, und die stille Einsamkeit in der dumpfen Modergruft hüllte den Jungen ein, als sei er ein Leichnam, dem die Gnade zuteil geworden war, jenseits der Grenze des Todes noch denken zu dürfen.

Klick ... klick ... klick ... tropfte es eintönig, einschläfernd – und dennoch aufpeitschend, erregend von der Decke ... klick ... klick ... immer böser, immer nervtötender, immer wahnsinniger, je länger sich der monotone Ton zu einer Kette reihte, die den Geist erwürgte.

»Ich bin zurückgekommen, Freund«, sagte André leise und strich mit den Fingerspitzen vorsichtig über den Ritter. »Ich hatte es dir einst versprochen. Nun bin ich hier, und draußen, fern von uns, liegt die Welt und berührt uns nicht mehr. Wir haben sie überwunden, sie ist uns fremd geworden, indem sie uns ihr wirkliches Gesicht enthüllte. Sie ist nur ein Greuel, weil sie zeigte, was sie weltlich nennt. Spernere mundum – verachte die Welt, sagtest du einst. Ich wollte dir nicht folgen, denn zu lieben schien mir höher. Doch was ist Liebe, diese Form der Liebe, welche die Welt in Fesseln schlägt? Verachtung, Freund, Verachtung aller Würde, Abkehr vom Ideal der Harmonie, Mechanisierung allen Lebens nach dem Dogma, daß der Mensch das Höchste, Größte dieser Erde ist. Verachte dich selbst, sagtest du weiter. Oh, verachte ich mich nicht, indem ich lächle, wo ich weinen sollte, indem ich Götter lobe, deren Sitze wanken, und Herren diene, deren Frevel alle Maße sprengt? Verachte ich mich nicht, indem ich liebe, um der Sehnsucht meines Blutes Weite, Kraft und Licht zu geben, wobei ich genau weiß, daß nichts ewig ist und auch das Glück der Nacht zerschmilzt beim ersten Strahl der Sonne? Was bin ich denn, wenn ich so lebe? Ein Frevler, ein Verächter meines reinen Gottes, ein Flüchtender vor der Wahrheit, ein Blinder, der nicht sehen will, ein Lahmer, der sich selbst verstümmelte. Spernere se sperni – verachte, daß du verachtest wirst. Nun, mein Freund, nicht nur verachtet wirst du in dieser Welt, sondern gekreuzigt, und ich soll deshalb auch kreuzigen, weil ich gekreuzigt werde? Dann mußt du wissen, daß das Rache ist, ein Mittel, das die Welt nicht heilt, das nicht den Menschen veredelt, das nur niedere Instinkte befriedigt. Frei wird der Mensch nicht durch Kreuzigung seiner Feinde – frei wird er durch das Opfer, das die Herzen aufreißt. Beispiele müssen dieser Welt gegeben werden, wie glühende Male muß man sie ins Fleisch der

Menschheit brennen, das flammende Fanal der Schuld, das Menetekel der Erkenntnis muß auf dieser Erde leuchten, und Sonne, Mond und Sterne, Flüsse, Berge, Täler, das Meer, alles, alles müßte aus den Formen, den Bahnen ihrer eigenen Gesetze treten, um diesem Kretin Mensch zu zeigen, was es heißt, dem Bann des Natürlichen zu entgleiten, und welches Grauen er, der Mensch, in die bestehende Harmonie der Formen streuen kann. Verachte, daß du verachtest wirst? Nein, Freund, nein – flamme auf, läutere die Unreinen, stirb, damit die Lebenden leben, opfere, auf daß dein Opfer Aufruf werde und Saat eines neuen Ideals!«

André Tornerre fuhr sich mit der Hand über die Augen, als wische er den Schleier einer fremden Welt von seinem Blick, und sah dann wieder auf das Mosaik, das in dem zitternden Schein der Lampe sich zu bewegen schien.

Ein leichter Gestank von Petroleumqualm mischte sich in den Modergeruch der Krypta, während das satanisch-monotone Tropfen in der Ecke noch lauter die Stille zerhackte.

»Ich habe eine Mutter«, sagte André leise und strich mit dem kleinen Finger seiner rechten Hand unbewußt über das heiße Dach der Lampe, unbewußt, mechanisch und doch in der Bewegung, wie nach einer inneren Befreiung suchend. »Eine Mutter, welcher der Gram um zwei Söhne, die sie verlor, schon früh die Haare bleichte. Und einen Vater, ja, einen Vater, der ein ganzes Leben für die Familie opferte. Und eine wunderbare Freundin . . . Jeanette. Sie bescherte mir den Himmel auf Erden, betäubendste Augenblicke des Glücks.« Er lächelte bitter. »Müßte das nicht genug sein, um dieses Leben mit der letzten Kraft zu lieben? O Mutter, wenn du hier in diesem Grabe stündest, du würdest schreien, wimmern, beten, flehen ... doch wer hilft dir? Ein Gott? Die Götter, liebste Mutter, stehen bei den Opfernden. Und Opfer sind es, welche die Welt ernüchtern ... am Opfer sind Jahrhunderte gesundet, und was wir einfach Leben nennen, ist doch nichts als eine Kette von Martyrium, die zu beweisen sucht, daß die irdische Existenz einen Sinn besitzt, für den man stirbt. Ob ihr das wohl begreifen könnt, du, Mutter ... und du, Vater ... und du, lieblichste Jeanette? Irgendwo in einer besseren Welt kann ich euch allen wieder meine Hände reichen. Glaubt nicht, daß ich euch verlasse, wenn ich gehe. In mir, versteht ihr, hier, in der Brust, starb, Stück für Stück, eine Welt, die mir so licht, so rein, so edel erschien, starb der Glaube an Gerechtigkeit, an Wahrheit, Menschlichkeit und Würde. Ich muß fort, will ich nicht an der Qual, mich selber ständig zu betrügen, ersticken. Versteht ihr das? Ich sterbe, weil ich das Leben, *dieses* Leben in einer ungerechten Welt nicht mehr ertragen kann. O liebste Mutter, liebster Vater, klagt und klagt mich an, vielleicht spürt ihr im tiefsten Innern doch die Wahrheit, daß auch das Schaffen eurer Hände nur gehorcht dem unerbittlichen Gesetz vom Kreislauf aller Dinge. Und du, Jeanette, bist jung und wirst in kurzer Zeit den Blick der Zukunft zuwenden, und die Erinnerung an André wird verblassen. Die Liebe, Herrliche, ist ewig, groß und heilig, doch jedes Jahr, das unser Leben auf sie häuft, erstickt die Flamme, bis die Glut nur noch unter schwerer Asche schwelt. Und das ist gut so, Jeanette, das ist der Abstand, der euch die Stufe bescheren wird, auf der ihr alle, Vater, Mutter und du, Jeanette, feststellen werdet, daß der Schmerz geschwunden ist. Bewahren konnte ich euch leider nicht davor, denn ich gehöre – bitte, seht dies ein – nicht in diese Welt.«

André Tornerre schwieg und erhob sich von seinem Klappstuhl. Mit den Händen auf dem Rücken wanderte er in der Gruft hin und her, von der Ecke, in der es tropfte, bis zum Ansatz der Steinstufen und zurück. Sein Schatten geisterte an den Wänden entlang, wuchs und verschwand, dehnte sich und schrumpfte zusammen und war dunkel, kühl, unwirklich und wesenlos, wie das Innere des Jungen, das sich von der Wirklichkeit der Welt zu trennen begann.

»Ich weiß«, sprach André während seiner Wanderung, und der Ton seiner Stimme, die, wenn er mit Jeanette zusammengewesen war, immer wie eine dunkle Melodie geklungen hatte, war eingefroren, leblos, monoton, »ich weiß, was du sagen würdest, wenn du sprechen könntest, lieber Ritter. Du wirfst mir vor, ich hätte diese Welt verkannt. Nicht mit dem Ideal soll man den Menschen suchen, sondern mit dem nüchternen Verstand. Oh, lohnt es sich denn dann noch zu leben? Hat diese Welt nicht Raum für Träumer, die das Edle suchen? Anscheinend nicht. Frag einen Menschen auf der Straße, einen fremden, der dir gerade begegnet, warum er lebt. Er starrt dich an, schüttelt den Kopf, geht weiter, nennt dich irre und liebt, ißt, schläft, betrügt, handelt, vergnügt sich, ärgert sich und stirbt, ohne je gedacht zu haben: Warum? Er ist zufrieden, daß er lebt, mehr will er nicht. Mein Gott, ist das im Grunde nicht tierisch? Gleicht diese Stumpfheit nicht einem verheerenden Aussatz, der die letzte Würde frißt?«

Mit lauter Stimme hatte André Tornerre die letzten Worte gerufen, und ihr Ton schwang noch in dem Gewölbe, als er die Lampe hochriß, das engbeschriebene Blatt Papier vom Rand des Taufbeckens nahm und damit vor das bröckelnde Mosaik trat.

»Du weißt, warum ich hier bin«, sprach er zu dem Bildnis, »und dir allein gebührt der Vorzug, das letzte Werk des still Verlöschenden zu hören. Du hast den Beginn meiner schöpferischen Zeit erlebt, sieh, nun sollst du auch das Ende mitbekommen. Wenn ich gehe, soll man sagen, daß mein Abschied auch Methode hatte. Es ist ein Abschied, bester Freund, von allem, ein Abschied, der nicht schwerfällt, weil ich weiß, daß mich mein Tod befreit. Hier fand ich unter einem Stein, in einer kleinen Nische, das Kästchen mit den alten, unbeschriebenen Pergamenten, auf die ich dann – wie oft warst du mein Zeuge? – die Lieder schrieb, die ich in deinem Geiste verfaßte. Wohlan nun – laßt uns einmal noch solche Verse hören – nicht von Marcabrun oder Bertran de Born, sondern von Tornerre, einfach und schlicht von André Tornerre, dem Einsamen, Verachteten, Begrabenen.«

Er trat zurück an das Taufbecken, setzte sich auf den Klappstuhl, legte die Arme auf den Rand des Beckens, stellte die Lampe sich gegenüber und begann mit einer merkwürdigen, eintönigen, leidenschaftslosen Stimme zu lesen:

»DAS LETZTE GEDICHT

Die Nacht ist kühl,
ich friere, und ich warte.
Worauf? Oh, fragt nicht mein Gefühl,
daß ich voll Hohn euch in die Fratzen lache . . .
Oh, schweigt, schweigt – diese Nacht ist kühl.

Was ist Verzweiflung, die uns bindet
an unserer Menschheit kargen, trüben Rest,
die Haß und Liebe wechselvoll empfindet
und Sehnsucht sucht und untergeht in Pest?
Was ist der Mensch im Taumel seiner Qualen,
wo regt sich noch das göttliche Gefühl?
Soll er die Sünde mit der Sünde zahlen?
Oh, schweigt, schweigt – diese Nacht ist kühl!

Gingst du von mir, weil mir das Leben
den Glauben an die Macht der Wahrheit nahm?
Oh, wie gewaltsam trifft die bitt're Scham,
dir mehr an Schmerz als wie an Glück zu geben.

Und doch ist Glück nicht diese harte Welt,
denn Menschsein sprengt die Grenzen des Bedachtes.
Und was du heute ansiehst als Verlachtes,
ist morgen eine Säule, die uns hält.

Man wirft den Stein gar leicht auf einen Blinden,
der taumelnd, tastend seine Straße zieht,
Man wird gar leicht der Spötter Mäuler finden,
vor denen die Gerechtigkeit mit Schauder flieht.
Gesteinigt aber sinkt am Rand der Trauer
der Blinde in die Nacht der Tränenschauer.

Du bist gegangen, und die Welt ist leer,
aus Liebe wurde Haß, aus Glück Verachtung.
Und bei der Zukunft schaudernder Betrachtung
seh ich den Weg ins Menschliche nicht mehr.

Wie kann ein Mensch so am Gefühle kranken?
Wo ist die Kraft zum hohen Sonnenflug?
Wo ist der Geist, der uns zum Throne trug,
aus dessen Kelch wir Traum und Wahrheit tranken?

Oh, ist des Lebens Kürze denn so schwer,
daß Geist und Seele sie nicht einig tragen?
Gibt es den Glauben an das Ich nicht mehr,
mit dem wir alles Irdische erwagen?
Leer ist das Reich, in dem ich glücklich war,
und Trauer nur bietet sich geil mir dar.

Tot ist die Freude, tot das Glück, der Glaube,
tot sind die Stunden, die im Blute lachen.
Tot ist die Hoffnung, tot das Morgen, tot das Leben,
tot ist die Kraft und tot auch das Erwachen.

Gibt es noch Sinn im Taumel der Verzweiflung?
Sinn lebt in Reue, im Vergebensein!
Mir aber ist der Weg zurück verschlossen,
die Nacht ist kühl, ich jedoch bin allein.

Zum letzten Male soll die Seele bluten,
das Herz zum letzten Mal in Versen singen.
Und still will ich im Nichts versinken,
Akkorde, die zerflattern und verklingen.

Mit meinem Schicksal, das ich dir gegeben,
bricht auch der Sinn an diese Welt entzwei.
Es bleibt ein Grauen nur, ein Schluchzen, Stöhnen,
ein Wort, ein Urteil, todesmatt – vorbei!

Die Feder gleitet aus der Hand,
die letzten Tropfen sind nicht Tinte, sondern Tränen.
Du kannst des Glückes Frohsinn noch erfassen,
du kannst dich noch im Schoß der Zukunft wähnen.
Und bald wirst du der Seele Schmerz verwinden,
allein mein Weg nur führt mich in das Dunkel,
ins Entschwinden . . .«

Vorsichtig legte André das Gedicht neben die Lampe, blickte noch einmal auf den Ritter und faltete dann die Hände. Langsam sank sein Kopf, bis er auf seinen Armen ruhte und seine langen, schwarzen Locken sich auf dem Grund des Beckens ringelten.

»Vergib mir, mein Gott«, flüsterte der Junge. »Vergib mir alles, ich kann nicht anders. Tröste meine Mutter und den Vater, tröste Jeanette, tröste auch mich, wenn ich als Frevler vor dir stehe, vergib mir meine Tat und laß sie allen Menschen Mahnung sein, verzeih mir alles und heile diese Welt vom Wahn, vergib denen, die dich lästern, denn sie kennen dich nicht, und verzeih auch denen, die dich lieben durch laute Worte, denn es sind nur Menschen und nicht wert deines göttlichen Fluches. Nimm mich gnädig auf, mein Gott.«

Er richtete sich langsam auf, griff in die Tasche und zog ein frischgeschliffenes, im fahlen Licht schwach blinkendes Rasiermesser hervor. Mit einem Lächeln nahm er es in die rechte Hand, zögerte ein wenig, blickte noch einmal auf den Ritter an der Wand und auf das undeutliche »Verachte dich selbst«, und indem er stärker lächelnd den Kopf schüttelte, legte er den linken Arm über das Taufbecken und durchtrennte mit raschem, kreisendem Schnitt seine Pulsader. Und während das Blut im Takte des Herzens stoßweise in das Becken schoß, nahm er das Messer in den Mund, durchschnitt auch die Ader der rechten Hand, ließ das Messer aus dem Mund in das Becken fallen, legte den rechten Arm neben den linken und senkte den Kopf.

Lautlos quoll das Blut aus den geöffneten Adern, aber einen vernehmbaren, höllischen Takt dazu schlug das eintönige Klick . . . Klick . . . in der tropfenden Ekke. Das Taufbecken füllt sich mit dem unersetzlichen, warmen Lebenssaft, von dem sich die Seele an den dem Körper zugefügten zwei Malen des Scheideweges trennte. Sie stieg empor zum Richterstuhl Gottes. Das Blut floß hinunter in den Abgrund des Todes.

Müde, unendlich müde sank der Kopf Andrés auf die Arme, der erschlaffende Körper fand noch Halt am Taufbecken, ein Röcheln wurde vernehmbar, blieb jedoch schon so leise, daß es kein Echo von den Wänden mehr weckte. Dann fiel der Leib über dem Becken zusammen, und die langen, schwarzen Locken vermählten sich mit dem Rot weggeworfenen Lebens.

Da war es, als hörte man Stimmen oberhalb der abgetretenen Steintreppe. Eilige Schritte wurden laut, sie kamen näher, polterten die Treppe herunter in die Gruft und übertönten den letzten Atemzug des Sterbenden.

»Licht!« rief eine Stimme. »Da unten ist Licht!«

Und eine alte, entsetzte Stimme schrie auf, während ein gebeugter, zitternder Körper in die Kapelle stürzte: »André . . . nein . . . um Gottes willen . . . André . . .«

Und die Stimme erstarb, die Stimme des Vaters.

Im gemischten Licht ihrer verschiedenen Lampen

versammelten sich der Abbé Bayons, Julien Bonnet, der Gendarm und das Ehepaar Tergnier um den leblosen Körper. Erstarrt blickten sie auf den toten Jungen, für den jede Rettung zu spät kam. Das Schlimmste war der Anblick des blutgefüllten Beckens. Das Grauen stand jedem in das Gesicht geschrieben.

Die entsetzliche Stille wurde von Madame Tergnier durchbrochen. »Mir wird übel«, stöhnte sie und floh.

Das erweckte auch den erstarrten Küster wieder zum Leben.

»André«, stammelte er absolut verständnislos, »André . . .«

Plötzlich klammerte er sich an das Unmögliche und schrie: »Einen Arzt! Holt einen Arzt!«

Der Gendarm gab dem Schmied und Gastwirt Tergnier einen Wink, den Unglücklichen, dessen Geist sich zu verwirren drohte, wegzubringen; doch erst, als sich auch der Abbé in die Bemühungen, die dazu nötig waren, einschaltete, waren sie von Erfolg gekrönt.

»Warum trennt ihr mich von meinem Sohn? Wohin gehen wir?« fragte er auf der Treppe den Priester.

»Wir holen gemeinsam einen Arzt.«

Als man ihm oben eröffnete, daß dies keinen Sinn mehr habe, erinnerte sich der väterliche Instinkt des letzten Dienstes, der dem Sohne auf alle Fälle noch zu erweisen war.

»Hochwürden«, sagte er mit versteinertem Gesicht. »André muß geistig umnachtet gewesen sein, als er das tat.«

»Wahrscheinlich«, nickte der Abbé.

»Nicht nur wahrscheinlich, Hochwürden, sondern mit hundertprozentiger Sicherheit! Und das enthebt ihn der Todsünde des Selbstmordes. Sie können ihm also das Sakrament der Letzten Ölung spenden.

Und so geschah es.

*

Nicht weit von Avignon breitet sich in den fruchtbaren Fluren der Provence das Städtchen Carpentras. Träumend liegen die grauen Häuser in der südlichen Sonne, träumend und weich ist der Gesang über den Feldern, und die Wolken ziehen am bestirnten Himmel der Unendlichkeit. Sie nehmen das Lied der Sehnsucht mit zum Throne des gnädigen Gottes und flüstern am Saum des Erhabenen von den Wünschen der Menschen.

Und die Erde blüht, reift und bringt Frucht, und das Leben ist ewig und weit wie die Sehnsucht nach dem, was uns Erfüllung ist.

Kleines Nachwort

Die Geschichte André Tornerres ist nicht allein das Produkt der Phantasie des Schriftstellers. Das Schicksal dieses jungen Genies – eines der größten Dichter, den unsere Menschheit vielleicht hervorgebracht hätte – wurde lediglich an andere Schauplätze verlegt, die Namen wurden geändert, die Zeit der Tragödie in die Neuzeit verlegt. Aber Glanz und Untergang dieses jungen Lebens sind wahr und gehören seit langem der Literaturgeschichte an.

Es ist in Wahrheit das dichterisch gestaltete Schicksal des jungen englischen Poeten McPhaerson, der mit 16 Jahren Bardenlieder im Stile des verschollenen Dichters Ossian schrieb, die dann von namhaften Literaturkennern als »echt« bezeichnet und dadurch in die Literatur aufgenommen wurden. Erst durch einen Zufall entdeckte man, daß es Dichtungen eines Zeitgenossen waren, Fälschungen eines jungen, früh vollendeten Genies. Als der Skandal bekannt wurde, verübte McPhaerson Selbstmord, aus Angst vor der Strafe und aus Scham über sein Tun. So verdarb eine der größten Hoffnungen der abendländischen Dichtung. Dieses erschütternde Schicksal stand Pate bei dem Roman »Der Gesang der Rosen«. Dichtung und Wahrheit verweben sich in ihm.

Sieg des Herzens

Eine dumpfe Stimmung drückte im Haus des Handelsherren auf die Gemüter des Gesindes. Still standen die Mägde umher, Angst war ihnen von ihren Gesichtern abzulesen. Manche wischten sich mit Zipfeln ihrer Schürzen die Augen, in denen Tränen standen. Der alte Diener, das Faktotum des Herren, rang seine zittrigen Hände und bewegte die Lippen, als bete er heimlich, verborgen im Inneren, scheu vor Entdeckung.

Durch die Fenster drang der fahle Schein der Abendsonne in die dämmrigen, mit schweren Möbeln ausgestatteten Patrizierzimmer. Das gebrochene Licht nährte die Last der Stimmung.

Von oben drang durch die Balkendecke das Geräusch dumpfer Schritte, hin und her, hin und her, unentwegt, ohne Pause, seit zwei Stunden. Dort lag das Zimmer des Herren, den die Sorge umtrieb, den Angst quälte.

Seine Frau wand sich in ihren Wehen. Jetzt läutete eine Glocke das Abendzeichen – und das erste Kind, der Erbe, war immer noch nicht geboren.

Das erste Kind!

Das erste?

Auch das letzte!

Im Kopf des Mannes jagten sich die Gedanken. Jawohl, auch das letzte sollte es sein, nie wieder sollte seine geliebte Gemahlin solche Schmerzen ertragen, nie mehr unter Stöhnen sich im eigenen Schweiße baden müssen . . . nie . . . nie . . . nie mehr!

Ein eiserner Schwur war es, ein Schwur, millionenfach von Männern schon abgelegt . . . und allzuoft auch gebrochen.

Solange die Erde Menschen trägt, haben die Frauen

im Schmerz als Mütter sich vollendet, haben sie mit dem Willen Gottes in stundenlangem Stöhnen uns neues Leben aus ihrem eigenen geschenkt. Jede normale, gesunde Frau ersehnt sich diesen Opfergang, wohl wissend um die Pein, die ihr bevorsteht, doch glücklich, unendlich glücklich, wenn an ihrer Brust dann das Sinnbild ihres Lebens liegt. Aus diesem seligen Martyrium erhebt sich leuchtend die Erkenntnis unserer Welt: das Heiligtum der Mutter, dem gegenüber alles andere an Bedeutung zurücktreten muß.

Doch *daran* jetzt denken, jetzt, da sich im Stöhnen Tod und Leben gegenüberstanden? Jetzt zu erkennen diese heilige Pflicht der Frau, die im Bett sich wälzte oder gar – zu schwach zum Widerstand – sich langsam in die Ewigkeit verströmte?

Nein!

Wild riß der Herr die Tür auf, stürmte durch den Korridor dem Zimmer zu, in dem sie durch sein Verschulden litt. Doch vor der Schwelle hielt der Knecht die Wache.

»Herr, niemand darf hinein . . .«

»Weg da! Wer will mir verweigern, meine Frau zu sehen?«

»Der Arzt sagt . . .«

»Der Arzt interessiert mich nicht! Weg!«

»Herr, ich bitte Euch, ich stehe zwischen zwei Feuern, es geht ums Leben unserer Herrin.«

»Eben deshalb! Mach endlich Platz, sonst . . .«

Der treue Knecht rührte sich nicht von der Stelle. Zornbebend holte sein Herr aus, um auf ihn einzuschlagen.

Da öffnete sich von innen die Tür. Im Rahmen

stand der Medicus, klein, schmächtig, aber mit funkelnden Augen.

»Was ist hier los?«

»Ich will zu meiner Frau!

»Nein!«

»Seid Ihr verrückt?«

»Fragt Euch das lieber selbst!«

»Mann!« schrie da der Handelsherr. »Was erlaubt Ihr Euch? Ihr seid in meinem Haus, vergeßt das nicht! Ich bezahle Euch!«

»Brüllt nur so zu«, antwortete der Arzt, über die Schulter ins Zimmer zurückblickend, unbeeindruckt, »dann bleibt Euch das Honorar für mich erspart. Ich lasse mich nämlich, wie Ihr wißt, nur bezahlen, wenn der Patient nicht das Zeitliche segnet.«

»Wie soll ich das verstehen? Meine Frau ... stirbt sie etwa?«

»Wenn Ihr meinen Anordnungen nicht Folge leistet, ganz bestimmt.«

Taumelnd griff der Handelsherr um sich. Rasch trat der Knecht, der den Wortwechsel der beiden verfolgt hatte, neben ihn, um ihn zu stützen. Der Arzt aber ging zurück ins Zimmer, schloß die Tür und drehte deutlich hörbar innen den Schlüssel im Schloß.

Mit vor Entsetzen geweiteten Augen starrte der Hausherr auf die stumme Tür.

»Kommt«, sagte der Knecht, ihn sachte am Arm nehmend, »ich führe Euch in Euer Zimmer.«

»Nein«, widersprach der Herr, »du bleibst hier stehen, du verläßt keine Sekunde deinen Platz! Hast du gehört?«

»Ja, Herr.«

»Und wenn du einen einzigen Menschen an die Türklinke läßt, bist du des Todes!«

»Ja, Herr.«

»Außerdem bist du mir verantwortlich dafür, daß hier draußen kein lautes Wort mehr fällt.«

»Ja, Herr.«

»Du kennst mich, du weißt, daß ich nicht scherze, wenn ich sage, was dir blüht, falls du . . .«

Es war nicht nötig, den Satz zu Ende zu sprechen, deshalb brach der Herr ab und blickte nur noch drohend den Knecht an, der sich abermals damit begnügte, zu sagen: »Ja, Herr.«

Andererseits wußte der Knecht, daß er – und alle im Haus – mit Belohnungen zu rechnen hatten, wenn alles gutging.

Wenn alles gutging . . .

Der Herr blickte noch einmal die Tür an, hinter der sich das abspielte, was er ganz persönlich als sein ureigenstes Schicksal empfand, wandte sich ab und ging mit hängenden Schultern zurück in sein Zimmer.

Und wieder hörte das Gesinde unten das Geräusch seiner Schritte durch die Decke dringen, hin und her, hin und her.

Plötzlich fing die Köchin an, laut zu Gott um die Gesundheit ihrer Herrin zu beten. Und alle fielen ein . . .

Die Zeit verrann unerträglich langsam. Minuten wurden zu Stunden, Stunden zu Ewigkeiten.

Da . . . war das nicht ein Hasten, ein Stolpern über den Korridor? Alle horchten. Der Herr riß die Tür seines Zimmers auf, stürzte heraus und sah die alte Hebamme der Familie, die ihm selbst schon ans Licht der Welt geholfen hatte, auf sich zukommen. Sie erblickte ihn, ihr Gesicht blühte auf, und sie rief, so laut sie mit ihrer alten Stimme noch konnte: »Ein Junge, Herr, ein Junge!«

»Ein Junge . . .«, stammelte er.

»Ein kerngesunder Junge, Herr.«

»Und meine Frau . . . was ist mit ihr?«

»Auch die Herrin hat's glücklich überstanden.«

Die Hebamme machte kehrt und trachtete, möglichst rasch ins Entbindungszimmer zurückzukommen, wo sie ja durchaus noch gebraucht wurde.

Dem glücklichen Vater drohten die Knie weich zu werden. Er wankte, hielt sich mit der Hand an der Wand fest, setzte sich aufs nächste Fensterbrett. Das war die Reaktion auf das, was er in den vergangenen Stunden ausgehalten hatte. Er murmelte: »Lieber Gott, ich danke dir, ich danke dir. Ich werde eine Kapelle bauen lassen, das gelobe ich.«

Vom Glück betäubt, blieb er noch ein Weilchen sitzen, dann erst sprang er plötzlich auf, rannte die Treppe hinunter zum Gesinde und verkündete jubelnd: »Ein Junge, Leute, ein kerngesunder Junge, sagte mir die Hebamme! Und eurer Herrin geht's auch gut!«

Er lachte, lachte und versprach, daß ein großes Fest für alle steigen werde. Er nahm die Glückwünsche der Mägde und Knechte und des alten Dieners entgegen. Er schämte sich seiner Tränen nicht, die ihm über die Wangen rollten. Zwischen Lachen und Weinen drückte er jedem die schwielige Hand.

Der Sommer kam und ein reifer Herbst, der einem harten, klirrenden Winter weichen mußte.

Und wieder wurde es Frühling, die ganze Natur

prangte, der Lenz ging über in einen heißen Sommer, dem ein bunter Herbst folgte, bis der Winter mit Eis und Schnee wieder scheinbar jegliches Leben unter sich begrub.

Die Jahreszeiten kamen und gingen im ewigen Rhythmus der Natur, und wenig änderte sich im Heim des Handelsherren. Gewiß, der alte Diener starb, und der Hebamme fuhr die Gicht so sehr in die Beine, daß sie überhaupt nicht mehr gehen konnte und in ein Wägelchen gehoben und damit gefahren werden mußte, wenn beispielsweise die Osterbeichte in der Kirche fällig war. Das Geschäft aber lief in gewohnten Bahnen, und nichts hätte gezeigt, wie die Jahre vergingen, wenn nicht das Leben vor allem am Kinde selbst deutlich gemacht hätte, wie rasch, unheimlich rasch die Zeit an allen vorübereilte.

Jetzt setzte der Kleine schon die ersten Schritte, tappend, noch unbeholfen, doch getrieben vom Urdrang, zu gehen, sich zu bewegen. Dann spielte er schon im Garten, riß lallend die ersten Blumen ab, stolperte hinter jedem Tier her, das vor ihm flüchtete. Schließlich sprach er sein erstes Wort – Mama. Der erste Klang, geboren aus der Einfachheit der nicht bewegten Zunge, und dann, schon schwieriger, ›Papa‹, weil die Lippen bereits zur Formung höherer Worte drängten, im Unterbewußtsein.

Die Eltern standen glücklich dabei, sich in die Augen sehend, im Hochgefühl ihrer Herzen stolz bekennen könnend: Wir gaben auch dem Leben unseren Teil.

Und dann – gibt es für Eltern auf Erden noch ein schöneres Wort als jene beiden, die ihre Augen leuchtend machen und ihre Seelen jubeln lassen, die beiden Wörter, die doch zu einem Wort verschmelzen und deren Heiligkeit ein jeder kennt, der es schon sprach: Unser Kind.

Verblaßt vor diesem Klang nicht alles andere? Dem Vater ist das Wort höchster Stolz, der Mutter größtes Glück – nein, mehr, viel mehr: Der Mutter ist es Leben.

Als der Sohn des Handelsherren die ersten Schritte setzte, da ging der stolze Vater hin und schrieb sein erstes und sein letztes Werk, ein kleines Gedicht. Ungelenk waren die Verse, nicht durchglüht von Dichterfeuer oder Poetenkunst. Schlicht, ja simpel fast muteten sie an, doch in ihnen wohnten die Wahrheit, die Erkenntnis, der Stolz und die Warnung.

MEINEM LIEBEN SOHN FÜRS LEBEN schrieb der Vater als Kopf auf das Pergament, und dann den Titel DER ERSTE SCHRITT INS LEBEN.

Schließlich verfaßte er die Verse aus dem Gefühl, welches mit dem Geist sich paarte. Nicht ein Dichter war er, wie gesagt, o nein, sondern ein gewöhnlicher Vater wie jeder, gleichgültig ob Handelsherr oder Knecht, der sich müht, unter mehr oder minder großen Schwierigkeiten solche Zeilen für seinen Sohn zu Papier zu bringen:

Das Kind wird geboren, gehegt und gepflegt,
dem Übel des Lebens scheu verborgen.
Doch die Zeit der Jugend ist schnell verweht,
und das Tor des Daseins öffnet die Sorgen.

Wie schön war das ungebundene Leben,
wie leuchtete hell der Sonnenschein,

wie lockten goldgelb die vollen Reben,
wie war das Gemüt so leicht und so rein.

Wenn der Himmel lachte, so lachtest auch du,
das Herz wollt' vor Freude zerspringen.
Jetzt zieht das Leben den Vorhang zu,
in der Ferne nur hörst du die Kindheit klingen.

Es packt dich der Alltag, der Ernst des Bestehens,
er zieht dich mit sich immerfort.
O Jugend, o Herz, kannst du's verstehen,
daß das Leben dich fortriß vom liebenden Ort?

Vom Ort, wo die Seele gelacht und gesungen,
wo die ersten Schritte du einst gelernt,
wo die Welt dir in süßen Tönen geklungen,
wo der Geist stand abseits vom rufenden Ernst?

Oh, die ersten Schritte, sie schienen schwer,
auf kleinen Beinen stolpert der Wicht;
sind die ersten Schritte des Lebens nicht mehr,
viel mehr als ein bloßes Gleichgewicht?

Der Vater blickte auf, dehnte und streckte sich wie nach einer Befreiung von quälenden Fesseln. Das Dichten war ihm schwergefallen war er doch ein Mensch, der nicht den Versen seine Seele schenkte, sondern nur den Handelsbüchern, den Zahlen, den Rechnungen, die er ausstellte. Von diesen lebte für ihn jede Ziffer, jede Summe, denn in ihnen spiegelten sich der Fleiß der Arbeit und die krönende Frucht der eigenen Tatkraft wider.

Plötzlich sah er seinen kleinen Sohn, der mit den Armen mühsam das Gleichgewicht hielt, heranwakkeln und hörte ihn lallen: »Papa . . . Papa . . .«

Er nahm ihn in seine Arme, küßte ihn, drückte ihn an die Brust, so fest, daß der Kleine einen quiekenden Laut von sich gab, küßte ihn immer wieder, hob ihn dann mit gestreckten Armen hoch über seinen Kopf und rief: »Sieh, sieh, das Haus, der Garten, die Faktorei, die Schiffe auf dem Fluß, alles, alles gehört einmal dir, alles!«

Und dann blickte er auf das Gedicht, das er geschrieben hatte, und setzte leiser hinzu: »Und das beherzige immer, mein Sohn, geh mit dir sparsam um im Leben. Aus vielem Kleinem wächst ein Berg. Sei wachsam, halte die Augen offen, sei schnell mit der Hand, damit sie nicht zu spät kommt und ins Leere greift. Merk dir das.«

Er setzte den Kleinen ab, blickte zum Kruzifix an der Wand und murmelte: »O Gott, hilf mir, aus ihm einen richtigen Kämpfer fürs Leben zu machen.«

Und der Sohn lachte und streckte die Ärmchen nach dem Vater aus. Er wollte noch einmal hochgenommen werden, denn es hatte ihm gefallen in dieser luftigen Höhe.

Doch unaufhaltsam eilt die Zeit.

Dem Kleinen blieben Geschwister versagt. Seine Geburt hatte nämlich Folgen bei der Mutter, sie hinterließ ihr einen stillen Krankheitsherd, der es ihr auferlegte, die Sehnsucht nach weiteren Kindern zu begraben. Das Resultat war, daß auf den einzigen Sohn von den Eltern die ganze Liebe gehäuft wurde und sie ihm jeden Wunsch, der ihm von den Augen abzulesen war, sofort erfüllten. Ob das gut war, stand auf einem anderen Blatt.

Bald fing der Knabe an, sich von Altersgenossen ganz wesentlich zu unterscheiden. Wenn andere mit Bleisoldaten spielten oder auf Holzpferden herumritten, wenn sie Trommeln schlugen und kleine Schwerter schwangen, saß er am liebsten allein im Garten, inmitten der Farbenpracht der Blumen, roch an diesen, beobachtete den Flug der Bienen und Schmetterlinge, wandte seine Aufmerksamkeit der Betriebsamkeit der emsigen Ameisen zu, ließ sich keinen großen und kleinen Käfer entgehen und lauschte lächelnd, im Grase liegend, dem Zirpen einer Grille.

Die Eltern wußten diese Interessen nicht recht zu deuten. Sie meinten, der Knabe sei schwächlich, für sein Alter nicht genug entwickelt, und sogar der Hausarzt riet dem Handelsherrn, mit dem Sohn doch einmal in eine andere Gegend zu fahren, am besten ins Gebirge, wo die Luft kräftiger sei als im Flachland.

Und so fuhr denn die Familie mit dem Fünfjährigen auf beschwerlichen Wegen in die Alpen. Dort, inmitten der zum Himmel ragenden Felsen, der grünen Auen, der kräftig nach Kühen riechenden Almen und der duftenden Bergwälder, dort an den klaren, eisigen Bergbächen, die sich rauschend und mit Gestein kämpfend in die dunklen Seen ergossen, dort sollte er die Kräfte finden und in sich aufsaugen, die ihm zu fehlen schienen.

Jedoch, wenn auch sein Äußeres erblühte, seine Seele änderte sich nicht. Im Wald sah er fast verzaubert einem Eichkätzchen zu, wie es, von Baum zu Baum sich werfend, dem Gesetz der Schwerkraft hohnzulachen schien. Ein Schmetterling entzückte ihn mit seinem gaukelnden Flug, und nur allzuoft lauschte er, am Waldesrand liegend, dem Gesang der Vögel. Die blauen Blüten des Enzians reizten ihn mehr als der Degen, den er zu Hause zu Weihnachten geschenkt bekommen hatte, und als ihm auf sein Bitten hin gar ein einheimischer junger Bursche ein Edelweiß überließ, barg er diesen Schatz mit heißen Händen an seiner Brust, lief mit ihm an eine einsame Stelle, warf sich ins Gras und ließ seine kleinen Finger immer wieder über die samtenen Spitzen dieses Wundersternes der Natur gleiten.

Die Eltern schüttelten die Köpfe. Vergeblich war die Kur, von der sie und ihr Hausarzt sich soviel versprochen hatten. Nein, der Knabe wandelte sich nicht, diese Reise hatte ihn erst recht für das gewonnen, was sie ihm abzugewöhnen getrachtet hatten.

Der Vater, dem der Drang des Sohnes nach Einsamkeit besonders mißfiel, zog, als der Tag der Rückfahrt nahte, seine Gattin beiseite und meinte, diese Schwärmerei sei schön, jedoch gefährlich.

»Sieh nicht zu schwarz«, antwortete sie. »Noch ist er doch ein Kind. Bewillige ihm noch eine Frist, du wirst sehen, die Zeit verwandelt vieles.«

»Gott gebe, daß du recht behältst«, seufzte er, der stets, sogar auch in solchen Lagen, nicht aus seiner Haut eines Handelsherrn herauskonnte. »Ich sähe es nicht gern, wenn einmal meine Bücher Gedichte enthielten, und nicht mit Sorgfalt errechnete Bilanzen.«

»Er ist noch ein Kind«, wiederholte die Gattin lächelnd. Ihr schien der Argwohn verfrüht, wenn auch doch schon im geheimen bedenkenswert.

Der Vater aber knurrte: »Kind! Einmal muß Schluß sein damit . . .«

»Doch nicht bei einem Fünfjährigen«, unterbrach sie ihn.

»Versteh mich nicht falsch, meine Liebe. Ich meine, einmal müssen sich erste Anzeichen dafür zeigen, daß er sich normal entwickelt, daß ein Mann aus ihm wird, ein Realist und kein . . . Schwärmer!«

Das Urteil war gefällt, ein Urteil, das ein Leben lang Geltung haben sollte in bezug auf denjenigen, der es nunmehr herausgefordert hatte.

Das Urteil war gefällt, der Vater selbst hatte es ausgesprochen, in Erregung zwar, aber dennoch nicht ohne Überlegung. Daß es das Schicksal selbst war, das ihm dieses Urteil einflüsterte, hätte er durchaus bestritten – und trotzdem war es so!

Dem Sohne folgte das Urteil von nun an auf allen seinen Wegen. Es wurde ihm zum grausamen Ballast, zum immerwährenden Schatten seines Ichs, der sich zum katastrophalen Sinn seines Lebens auswuchs.

Ein Schwärmer . . .

Zu schnell vergißt der Mensch.

Sei's das Gute, sei's das Schlechte, nach einer Spanne Zeit pflegt die Erinnerung zu verblassen, und manchmal nur, wenn das Gespräch jene Regionen streift, die der Vergangenheit angehören, wird unklar nur das eine oder das andere geweckt. Meistens ist es dann das Gute, das wiederersteht, nicht das Schlechte. Warum das so ist, weiß der Teufel.

Selten wird z. B. mehr gelacht, als wenn Männer zusammensitzen und vom Krieg reden, den sie mitgemacht haben. Nicht das Grauen der Schlachten ist es, an das sie sich erinnern, sondern das Faß Wein, welches sie in einem verlassenen Keller fanden.

Es scheint zur Psyche des Menschengeschlechts zu gehören, das Lustige zu registrieren, das Traurige zu verdrängen.

Auch der Vater vergaß bald die Eindrücke der Reise. Das strenge Urteil, das er sich gebildet hatte, wurde aufgesogen von der Last und Hast der täglichen Arbeit.

Indes, das Schicksal lauerte . . .

Einst rief der Vater, wenn der Sohn in seinen Armen jauchzte: »O Gott, wie bin ich glücklich! Nichts kann geschehen, was in der Lage wäre, mich traurig zu machen!«

Das war nackter Frevel. Und siehe da, das Schicksal hob die Geißel, die Geißel mit den Dornen an den Enden, und es schlug zu.

Ein Krieg brach aus. Das Handelshaus begann zu wanken. Die Geschäfte kamen zum Erliegen. Jeder Austausch der Waren hörte auf. Ein Brand vernichtete die Faktorei nebst einem wohlgefüllten Lager.

›Nichts kann geschehen, was mich traurig macht . . .‹

Nun, der Krieg ging zu Ende, die Geschäfte erholten sich wieder.

Doch dann, als der Handelsherr schon wieder zu lachen lernte, kam das Schlimmste. Seine geliebte Frau starb an einer Pilzvergiftung. Und der Schuldige daran war der Sohn, der die Pilze in seinem geliebten, dreimal verdammten Wald gesammelt hatte. In diesem Lichte jedenfalls sah der Vater die Katastrophe.

O Mensch, du hast gelästert, nun sieh die Strafe, die dir dafür zuteil wurde ...

Am Sarg seiner Frau kniete, in Tränen stumm, der Handelsherr, ihm zur Seite das Kind, verständnislos, erstaunt und sich fragend nach dem Grund der Trauer.

Die Mutter schlief – warum denn weinen?

Und da verwandelte sich – Mensch, frage nicht, warum – die Liebe des Vaters in Haß, einen Haß, der unwiderstehlich, urgewaltig aufloderte gegen denjenigen, in welchem der Kaufmann den Mörder seiner Frau sah.

Zitternd vor Angst, blickte der Sohn auf seinen Vater, der wild die Faust hob und ihn verfluchte. Dem Alten kam der Verstand abhanden. Vater war er nun nicht mehr dem Sohne, sondern ein versteinerter Fremder. Und weinend, nicht verstehend, nahm der Kleine den Fluch auf sich.

So war das Leben hart geworden. Eine Wand stand zwischen Vater und Sohn, die letzterem vier Jahre Bitternis und Tränen einbrachte, bis er dem Elternhaus ganz entsagen mußte. Der Vater konnte nämlich dann nicht einmal mehr den Anblick des eigenen Kindes ertragen.

Der Kleine fand Aufnahme in einer Klosterschule. Er war nun zehn Jahre alt. Klosterschulen waren in jener Zeit so ziemlich die einzigen Schulen, die es schon gab. Gelehrt wurde in ihnen vor allem anderen harte Sittsamkeit, das Beten, das Fasten. Zur rechten Zeit mußte man sich auch kasteien. Von früh bis spät wurde in der Bibel gelesen. Die weltlichen Wissenschaften mußten dabei, das war ganz klar, zu kurz kommen.

Am besten schnitten noch Latein und Griechisch ab. In diesen Sprachen wurden den Schülern ausreichende Kenntnisse vermittelt, damit sie in der Lage waren, auch alte Kirchentexte selbst lesen zu können.

Die gelehrten Mönche, denen die Kinder anvertraut waren, schienen die Milde selbst zu sein. Sie blickten sehr gütig drein, aber das trog. In Wirklichkeit waren sie nämlich sehr streng und hart, und sie glaubten, diese Eigenschaften Gott schuldig zu sein. Sich selbst sahen sie allerdings manches nach. Sie aßen und tranken viel und gut, erreichten darin sogar sprichwörtliche Ausmaße, und auch das sechste Gebot wurde bei ihnen – gleich dem Fasten – nur klein geschrieben. Insofern erlagen sie laufend ihrer Natur, die eben eine menschliche war.

Die Schule, durch die also der Sohn des Handelsherrn ging, mußte ihn bald seltsam anmuten.

Sittsamkeit, was bedeutete das? Es bedeutete stets das Befolgen der Anordnungen, die von den Mönchen erlassen wurden. Sittsamkeit, das bedeutete das Bedekken des Körpers vom Hals bis zu den Zehen. Sittsamkeit schloß aus, daß ein bestimmtes Wort überhaupt je in den Mund genommen wurde. Welches Wort? Das Wort »Weib«.

Frauen waren stets und ohne Ausnahme im Sprachgebrauch der Mönche nur »Gefäße der Sünde«.

Dabei gab es eine kleine, unter Efeu verborgene Pforte in der Klostermauer, durch die nachts solche »Gefäße der Sünde« auf Einladung des Abtes und so manches Paters schlüpften, um deren Zellen zu besichtigen, in denen dann paarweise der menschlichen Natur so sehr nachgegeben wurde, daß die hölzernen

Bettstätten nur so krachten.

»Die Tischler hobeln wieder«, hieß es dann hinter vorgehaltenem Mund seitens derer, die sich im Verzicht zu üben hatten, weil es ihnen aufgrund irgendwelcher Umstände an den nötigen Partnerschaften gerade fehlte.

Und inmitten dieses Betriebes bewegte sich ein zehnjähriges, unschuldiges Gemüt.

Eines Tages sah der Knabe im Klostergarten einen ihm fremden Vogel auf einem Ast sitzen, und er fragte einen Pater: »Sag an, Hieronymus, ist das ein Weibchen?«

Hieronymus fuhr zusammen, war entsetzt und hastete zum Abt, dem er mitteilte: »Der Teufel ist in ihm, der Satan versuchte ihn im Garten!«

Den Weinkrug absetzen und sich bekreuzigen war eins für den Abt. Dann eilte er mit dem Bruder Hieronymus in den Garten zu dem gefährdeten Opfer Luzifers, nicht ohne vorher von der Wand eine wohlgefüllte Weihrauchkapsel zu reißen.

Der Abt sah den spielenden Jungen, stürzte auf ihn zu, hob die Weihrauchkapsel und schwenkte sie wild um den Kopf des Kleinen, der, eingehüllt in Rauchschwaden, erstaunt und ängstlich die beiden Sittenverfechter anstarrte.

»Hinweg, Teufel der Fleischeslust!« rief der Abt, und der Mesner, der von dem Vorfall auch schon Mitteilung erhalten hatte, läutete Sturm mit der kleinen Glocke auf dem Dach. Bald waren der Kreuzgang und der Garten angefüllt mit betenden Mönchen, die murmelnd und singend mit dem Satan um eine zehnjährige Seele rangen. Schweißtriefend hörte der Abt endlich auf, die Kapsel zu schwingen, und packte den Kleinen am Arm, um ihn in eine Zelle zu schleifen. Dort mußte als erstes eine Beichte abgelegt werden.

Der Vogel aber, ein Buchfink (nebenbei erwähnt: ein Männchen), erhob sich pfeifend von dem Ast und entflog dem Klostergarten, da er Weihrauch in solchen Schwaden nicht vertragen konnte.

Das also war Sittsamkeit. Und weil damit verbunden war, daß sich der Junge auch noch kasteien mußte, prägte sich ihm dieser Vorfall ganz tief ein.

Zuerst dachte er, er brauche nur zu sagen, er sehe sein Unrecht ein, das genüge. Zwar wußte er nicht, welches Unrecht er begangen haben sollte, aber das spielte keine Rolle. Der Abt, in seiner gehobenen Heiligkeit, wollte an ihm die Rückeroberung einer verirrten Seele für Gott durchexerzieren.

»Flehe zu Gott, daß er dir vergibt, was deine Schwäche verbrach«, ermahnte er sorgenvoll das Kind und rollte voller Gottesfurcht die Augen.

Und der Zehnjährige betete drei Stunden lang, immer dazu angetrieben von dem ausdauernden Abt, der abwechselnd Schluchzen, Jammern, tiefe Reue, Weinen und Knierutschen befahl und endlich feierlich erklärte: »Gott hat vergeben, was deine Schwäche verbrach.«

Froh nickte der Knabe und wollte sich erheben. Doch der Abt sprang hinzu, entsetzt, erzürnt über soviel Verderbtheit, und drückte ihn wieder auf die Knie.

»Ist auch die Sünde der Seele dir vergeben, so mußt du dein Fleisch noch von den Gelüsten reinigen«, sagte er.

»Von welchen Gelüsten?« fragte kindlich der Knabe

und setzte hinzu: »Herr, was sind denn Gelüste?«

»Verstocktes Herz!« schrie der Abt, außer sich ob dieser Frage. »Geißle dein Fleisch und reinige dich!«

Und damit drückte er ihm eine kleine Rutengeißel in die schmale Faust.

Und also geißelte der Zehnjährige sein Fleisch und reinigte sich. Von der Kinderhand geführt, pfiff die Rute. Die Schläge klatschten auf den zuckenden Körper, und wenn auch die Tränen unaufhörlich über die Wangen des Knaben rollten, sein kleiner Mund blieb stumm und klagte nicht.

»Kräftiger, rascher – so büßt man keine Sünden!« trieb der feiste Abt den Gemarterten zur Eile an, denn der Abend nahte, und beim Einbruch der Dunkelheit mußte er am Pförtchen sein, um sein derzeitiges ›Gefäß der Sünde‹ hereinzulassen, ein blondes Gefäß, das aus Gründen höchster gegenseitiger Leistungsfähigkeit, die erwünscht war, eine Vorliebe für priesterliche Bettstellen entwickelt hatte.

Endlich schien die Schuld gesühnt zu sein, und der Knabe durfte zurück in seine Zelle. Trotz der erlittenen Qualen verspürte er bald Hunger und wollte etwas essen. Postwendend jedoch wurde ihm mitgeteilt, daß er noch einige Zeit zu fasten habe, um sich vollends zu reinigen.

Unter solchen Begleitumständen begann sich langsam, aber stetig seine Erkenntnis zu festigen, daß dieses Kloster nicht eine Anstalt war, in der sein Geist geschult wurde. Was hätte er aber dagegen tun können? Nichts.

Vier lange Jahre vergingen.

Der Abt starb an einem Herzschlag, als eines Nachts

eine Rothaarige überhaupt nicht mehr zufriedenzustellen war, und er wurde mit allen kirchlichen Ehren und Weihen in die Erde des Klosterfriedhofes gesenkt. Pater Hieronymus sprach schluchzend ein Gebet, das in den Worten gipfelte: »Nie warst du der Sünde ergeben. Ein Herzschlag riß dich aus unserer Mitte, als dich nachts der Schlaf geflohen und du zur Bibel gegriffen hattest. Der Herr sei mit dir.«

Pater Hieronymus wurde zum Abt gewählt und legte sein Augenmerk verschärft auf den inzwischen vierzehn Jahre alt gewordenen Sohn des Handelsherrn. Natürlich behagte dies dem heranwachsenden Jugendlichen immer weniger, wenn er es auch noch nicht wagte, offen sein Mißfallen zum Ausdruck zu bringen.

Eines Tages – oder besser gesagt: eines Nachts – änderte sich überraschend seine Situation. Sie ließ ihn mit Dingen bekannt werden, die seine Seele brauchte, um zu leben.

Der Frühling hatte Einzug gehalten. Die Nacht war lau und hinderte den Vierzehnjährigen, dessen Blut begonnen hatte, unruhig in den Adern zu fließen, daran zu schlafen. Irgend etwas trieb ihn dazu, das Bett zu verlassen und den Korridor entlangzuschleichen. Er hatte Durst. Vielleicht wollte er in der Küche nach einem Glas Milch suchen. Als er auf leisen Sohlen an der Zelle des neuen Abtes Hieronymus vorbeischlich, gewahrte er durch die Ritzen der uralten Holztür den Schein einer Kerze. Auch dünkte es ihn, daß er Kichern und dazwischen das Brummen und den schweren Atem des Abtes vernahm. Seine Neugier war geweckt.

Sollte zu so später Stunde noch eine Beichte stattfinden? Oder ging etwas anderes vor sich? Das Kichern hatte aufgehört, der Atem aber war noch schwerer geworden. Brauchte der Abt Hilfe? War er krank? Sollte schon wieder ein Herzschlag fällig sein, der mit Atemnot einherging?

Der Junge war nicht sicher und versuchte deshalb ganz leise und langsam die Tür zu öffnen. Durch einen kleinen Spalt lugte er in die Zelle hinein und erblickte den Abt in rhythmischer Gymnastik auf seiner Bettstatt. Einzelheiten waren jedoch im schwachen Schein der Kerze nicht zu erkennen. Der Spalt mußte also verbreitert werden, und eben dies wurde nun zum Problemfall, sowohl für den Jungen als auch für den Abt.

Der Junge bedachte nicht, wie alt das ganze Kloster war. Er drückte gegen die Tür, und ein tiefes, lautes Knarren der Angeln wurde hörbar. Der Abt erstarrte einen Moment, fuhr dann hoch, stieß einen ganz und gar unheiligen Fluch aus und sprang überraschend gelenkig aus dem Bett, in dem der Junge die merkwürdigen Konturen einer zweiten Person wahrzunehmen glaubte. Dieser Eindruck war aber nur ein außerordentlich flüchtiger, denn schon stürzte der Abt auf ihn zu, fast über seine mühsam geraffte Kutte fallend, und schleifte den Jungen zur Klosterkapelle, wo er ihm befahl, für seine verstorbene Mutter zu beten. Dann eilte er umgehend und wieselflink wieder davon.

Kopfschüttelnd kniete sich der Junge hin und betete bis zum frühen Morgen für seine verstorbene Mutter. Dann erschien der Abt, erlöste ihn, war sehr freundlich und verpflichtete ihn, über alles in der vergangenen Nacht strengstes Stillschweigen zu wahren.

»Über *alles!*« wiederholte er mehrmals. »Verstehst du?«

Der Junge nickte, obwohl ihn doch noch einige Unklarheiten beschäftigten.

Von dieser Stunde an blieb er vom Abt für längere Zeit verschont, und es lockerte sich vieles für ihn. Das ging sogar so weit, daß das Studium der Bibel nicht mehr der alleinige Weg war, das Heil des Lebens zu ergründen. Einem jungen Menschen, der schon so tief in die höheren Formen des klösterlichen Evangeliums geblickt hatte –, und sei es auch nur zufällig und äußerst unklar –, mußte zugestanden werden, daß er für den Flug seines Geistes auch die dazu erkorene Literatur erhielt.

Hieronymus brachte ihm also eines Tages statt öder Ablaßberichte ein dickes Buch in einem reich verzierten Ledereinband, auf dem in geprägten Goldlettern zu lesen stand, daß der Inhalt die geistliche Dichtung des 9. Jahrhunderts sei. Gierig griff der Junge nach diesem Labsal seiner Seele und begann, das berühmteste Erzeugnis kirchlicher Dichtkunst zu studieren: den nach germanischer Art und Auffassung geschriebenen »Heliand«.

Wie anders las sich dieses Epos wahrer Mannhaftigkeit als jene überheiligen, artfremden Geschichten von den Mönchen, Bischöfen, Kardinälen und Päpsten in Rom und deren Auslegung der Bibel und des Lebens Christi! Hier erstand vor den Augen des Jungen ein germanischer Erlöser, der kraft seines Wortes voller Wahrheit und voller Gleichnisse seinem Volk und der Welt lehrte, Gutes zu tun und an einen Vater aller zu glauben.

Jetzt verstand der Junge erst richtig das Wort »Heiland«, nun wußte er plötzlich um die Reinheit dieses Erlöserherzens, und sein Blick wurde klar, und sein Verstand übte sich in Kritik.

Am Ende des Buches waren geheimnisvolle Besprechungen der Seele und der Wortsuggestion angefügt, jene Merseburger Zaubersprüche, die im Volksleben schlummerten und trotz allen Christentums in Momenten der Verzweiflung immer hervorzubrechen pflegten aus der Tiefe der Empfindung, die sie einst für die Herzen schuf. Hier tastete sich der Junge zurück zu seinen Ahnen, erst noch zögernd, doch geweckt im Durst, mehr zu erfahren aus der Urzeit seines Volkes, dessen Blutes er war.

Als die sich schnell begeisternden Mönche sahen, welch einzigartige erzieherische Wirkung diese Literatur auf das Herz ihres Schäfleins erzielte, lobten sie die Einsicht des weisen Abtes und sangen ein Tedeum in der Klosterkapelle. Hieronymus selbst aber, auf dem besten Wege, ein allgemein anerkannter und berühmter Missionar und innerkirchlicher Reformator zu werden, sah im Geiste schon den Bischofshut. Mit heiligem Eifer drückte er dem Jungen den nächsten Band in die Hände: die Mönchsdichtung des 10. und 11. Jahrhunderts.

Von nun an war der Junge dem alltäglichen Leben entrückt. Mochte die Sonne noch so verführerisch in den Garten locken, mochte das Gras zum Ruhen einladen und der Gesang der Vögel das Ohr entzücken – in seiner Zelle saß der Junge und las mit glühenden Wangen das Waltharilied des Ekkehart. Wie oft sauste in Gedanken sein Arm durch die Luft, wenn der Held

Walther von Aquitanien vor der Felsengrotte seine Feinde abwehrte und dem grimmen Hagen mit scharfem Schwertstreich bitter zusetzte. Wie jubelte er so laut, daß die Mönche beteten vor Freude, wenn die liebliche Hildegunde mit Walther vom Hofe Etzels flüchtete oder am Wasgenstein die Recken Gunthers, voran Helmnot mit seinem eisernen Dreizack und den spitzen Widerhaken, am Mut des tapferen Helden zerschellten.

Nach dem Waltharilied las er die Buchdramen der Roswitha von Gandersheim, die alte Geschichten in neuem Licht betrachtete und Begeisterung erregte. Und als am Ende des Bandes einige geistliche Mysterienspiele den Geist des Jungen fesselten, konnte der Abt Hieronymus nur mit Mühe erreichen, daß der Junge über der Nahrung des Gehirns nicht die des Leibes völlig vergaß.

Freude machte sich im Kloster breit. Die Mönche sahen, welches Wunder Gott durch das Wort, wenn es richtig gesetzt war, dem Menschen geschenkt hatte. Sie sangen morgens um halb vier und abends um neun ein Te deum laudamus zu Ehren der neu gewonnenen Seele.

In ihrer Ahnungslosigkeit den einfachen Dingen gegenüber – denn sie bemühten sich immer, das Schwierige zu ergründen – sahen sie nicht die sich überstürzende Wandlung des Jungen, in dessen Innerem genau das Gegenteil von dem entstand, was ihre Frömmigkeit anstrebte. Sollte ihrem Wunsche nach diese Literatur die Seele zu Gott führen, so leitete sie sie in Wahrheit zum Volk zurück, zur Stimme des Blutes, die weder von der Umwelt noch von der Eintrichterung fremden Gebarens erstickt zu werden vermochte. War er damit Gott nicht näher, wenn er zu seiner völkischen Welt zurückkehrte und seinen Geist dazu erzog, das Schicksal seines Stammes zu erkennen – und nicht die Dogmen des Papstes auszulegen?

So vergingen weitere drei Jahre, und als er siebzehn wurde, drückte ihm der Bruder Bibliothekar, ein weltlich angehauchter Freund des Heiligkeitseleven, in einem unbewachten Augenblick ein dickes Buch über die Dichtung des 13. Jahrhunderts in die Hand.

»Bruder«, sagte der heimliche Freund, »dieses Buch nennt der Abt ein Schrifttum des Teufels. Er muß es wissen, er hat es durchstudiert, das Studierte ausprobiert, das Ausprobierte hatte Folgen, und die Folgen verschlangen Geld. Lies es nur, aber nachts, heimlich, versteckt, denn wenn der Abt dich damit erwischt, kommst du aus dem Büßen und Kasteien nicht mehr heraus.«

»Was ist es denn, Bruder Bibliothekar«, fragte verwundert der Jüngling, »das der Abt studierte, ausprobierte, ihm Folgen eintrug und ihn Geld kostete?«

»Sag es nie anderen, behalte es für dich, dann verrate ich es dir . . .«

»Ich schwöre, es für mich zu behalten.«

»Es ist die Minne.«

»Was ist das?«

»Lies das Buch, und du erfährst es.«

Das ließ sich der Jüngling nicht zweimal sagen.

Nun wurde er mit Dingen bekannt, die er im Grund seines Herzens wohl schon fühlte, doch noch nicht verstehen und bestimmen konnte. Als er deshalb den Abt einmal um Rat anging, bespritzte ihn dieser sofort mit Weihwasser und hieß ihn beten. Aber dadurch wurde es auch nicht besser.

Schließlich kam der Moment, in dem er klar jenes drängende Gefühl zu erkennen wußte, das nicht mehr künstlich gedämpft, sondern – durch das Buch – in edelster Form geweckt und mit zartesten Empfindungen gestärkt wurde.

Die Minnelieder des Walther von der Vogelweide wirkten ihr jahrhundertealtes und doch immer wieder neues Wunder: Sie ergriffen das Herz und füllten es mit Sehnsucht nach Licht, nach Luft, nach Blumen und nach Sonne.

Es gibt aber auch einen heroischen Teil Walthers. Und dieser weckte in dem Jüngling den schlummernden Keim des Nationalgefühls, die Liebe zum Vaterland.

Dietmar von Eist, Der von Kürenberg, Spervogel, Heinrich von Veldeke, Hartmann von der Aue, Reinmar der Alte, sie alle, alle sagten ihm die Reinheit der Liebe und lernten ihn die Frau verstehen mit der Seele.

> Du bist mîn, ich bin dîn:
> des solt dû gewis sin.
> Du bist beslozzen
> in mînem herzen;
> verloren ist dez slüzzelîn:
> dû muost immer drinne sîn.

So las er seine Nächte durch, und tagsüber, wenn die Klosterpflichten ihn riefen, war seine Freude auf den Abend die einzige, die ihn die harte, ihm ganz und gar nicht mehr behagende Schule der Frömmigkeit ohne Murren ertragen ließ.

Im Anschluß an die Minnelieder enthielt das Buch die großen Epen und Heldengedichte, in denen die ganze Kraft, der Wille zur Macht und die Stärke germanischen Volkstums geschildert wurden. Der Parzifal des Wolfram von Eschenbach, der Tristan des Gottfried von Straßburg, die gewaltigen Helden- und Völkerschicksale des Nibelungen- und Gudrunliedes schlugen ihn in ihren Bann. Er lebte die Helden Siegfried, Dietrich von Bern, Rüdiger von Bechlarn und Herwig in Gedanken nach. Es reifte sein Geist, bereit, nun zum letzten Wissen vorzudringen. Zum erstenmal formte sich der Gedanke, einmal im Leben ein solches Werk selbst zu schreiben, zu ringen um die Form, den Inhalt und den tiefen Sinn der Dichtung.

So war in ihm gesät worden die Saat des Dichters, der in Gedanken bereits die Zukunft herbeisehnte und beschwor.

Im Kloster herrschte unterdessen eitel Freude. Die lerngeröteten Backen des Jünglings wurden von den Mönchen für das sichtbare Zeichen der Kraft ihrer Worte und Ermahnungen gehalten, und der Abt Hieronymus ersann neue Formen pädagogischer Kleinarbeit, die er, als Wissenschaft bezeichnet, in einem dicken Band über moderne Erziehung der Nachwelt zu erhalten begann.

»Man muß physiologisch vorgehen«, meinte er, womit er den seit langem gesuchten Stein der Weisen gefunden zu haben glaubte. Er war stolz auf sein Werk, das er von der ersten Zeile an für unsterblich hielt.

Inzwischen saß der »bekehrte« Zögling in seiner Zelle und las Homers Ilias und die Odyssee, berauschte sich an den Götterhymnen und neigte sein Haupt vor den gewaltigen Schicksalsdramen des Äschylos, des Sophokles und des Euripides. Er bewunderte die Orestie, litt mit König Ödipus, fluchte mit der grausamen Medea, weinte mit der holden, unglücklichen Antigone und schauderte vor den Schlangenhäuptern der Eumeniden. Er bejubelte die Komödien des Aristophanes, litt Durst und Hunger bei der Lektüre der Anabasis des Xenophon und kicherte und berauschte sich an Plautus' Satiren und Ovids Liebeskünsten. Er vertiefte sich in die Reise- und Erlebnisschilderungen des Caesar, in die Chroniken des Livius und des Tacitus, und er war nach dem Genuß der Reden des Cicero erfüllt von Feuer und edlem Tatendrang.

Doch immer wieder griff er zu Sophokles und seinen beiden berühmten Dramatikerbrüdern, las immer und immer wieder die Chöre und Gesänge, die Monologe und schicksalsschweren Dialoge und begann im Inneren zu fühlen, daß sein Wille herrischer denn je danach verlangte, sich der Kunst zu opfern, rückhaltlos, ohne Bedenken, völlig – denn nur aus dem Opfer für die Kunst erwächst die Kunst.

In der Nacht zu seinem Geburtstag begann der Achtzehnjährige sein erstes Drama: DER FEUERFLUG.

Freiheit braucht die Seele, Luft
zu atmen die Natur, des Lebens
zu eng begrenzten Raum mit Kraft
zu sprengen. Brust, o edler Schild
des Mannes, die des Speeres Flug
auffängt und röchelnd noch
ein Sieger über Tod und Schmerzen ist,

brich deine Ketten, die den Drang
nach Freiheit knebeln, jetzt entzwei.

Ein Schrei war das, der Schrei eines Herzens nach Sonne, nach Leben, der Drang, hinauszurennen aus diesem Moder der Klostermauern in die Weite der grünen, sprießenden, jubelnden Natur. Und waren diese ersten Verse noch unreif, unfertig, so erregten sie dennoch einen gewaltigen Aufruhr, als Hieronymus im Zuge einer eingehenden Visite in der Zelle des Jünglings sie zwischen den heiligen Blättern der Bibel entdeckte.

Zuerst wurden ihm die Knie weich ob dieses deutlichen Bekenntnisses, dann aber schwoll der Zorn in ihm wie ein Bach nach der Schneeschmelze. Erbost kramte er in den Büchern des Jünglings, fand Gedichte, kleine Erzählungen, Satiren über ihn und die Brüder, Verse, Verse und immer wieder Verse. Und dann etwas Schreckliches, etwas Grauenerregendes – ein kleines Liebeslied.

Hieronymus faltete spontan die Hände, als er den Teufel so leibhaftig vor sich sah, einen Teufel aus gelbem Pergament und schwarzen Buchstaben.

Wie kam der Junge dazu, Liebesgedichte zu schreiben? War er bereits so weit entwickelt, daß er die kleine Mauerpforte kannte und sie nutzte?

Sollte er in dieser Zelle etwa schon . . .?

Das arme Weib, nein ›Gefäß der Sünde‹, dachte Hieronymus, denn der Jüngling hatte die härteste Pritsche des Klosters und nicht eine Federunterlage wie die seine. Aber er war ja auch der Abt.

Jedenfalls untersuchte er das Bett nun genau, entdeckte jedoch trotz seiner kundigen Blicke keinerlei Anzeichen, die auf bestimmte Abenteuer hätten hinweisen können.

Der Abt dachte deshalb: ein ganz Verdächtiger, ein durch und durch Raffinierter, Verdorbener!

Eine Woche lang opferte Hieronymus aus pädagogischen Gründen seine Nachtruhe und saß hinter einem Busch bei der verschwiegenen kleinen Pforte, um den frühreifen, scheinheiligen Burschen auf frischer Tat zu ertappen und sich auch einmal das lasterhafte Mädchen anzusehen, das an einem solch grünen Burschen Gefallen finden konnte.

Jedoch vergebens. Entweder kannte der Ausgekochte einen anderen Weg (der Gedanke daran versetzte den Abt in hellste Empörung), oder er hatte die Falle gewittert und ließ bis zu neuen Taten eine gewisse Frist verstreichen.

Wie auch immer – am neunten Tag nach den durchwachten Nächten unterzog der Abt, während die Brüder beteten, die Zelle des Jungen einer nochmaligen Durchsuchung und erlebte den Schock, ein neues Liebesgedicht zu finden.

Schreck, Empörung, aber auch Neid bohrten sich Hieronymus wie Boxerfäuste in die Magengrube.

Zauberhafter Frühlingssang,
Tau auf zarten Blütenkelchen,
leises Lispeln linder Winde
und der Bäume träumend Nicken,
Morgenzauber der Natur
gleichen deinem ersten Kuß.

Das war zuviel! Das ging zu weit! Das stand mit einem

Fuß zwar im Himmel, jedoch mit dem anderen in der tiefsten Hölle!

Dem Abt wurde das Ganze unheimlich. Der Jüngling war ein Mann geworden – aber wodurch war er das geworden?

Können Theorie und Sehnsucht formen?

Hieronymus' Geist versagte bei derlei Fragen. Hieronymus begann zu schwitzen. Und wenn Hieronymus schwitzte, neigte er dazu, überstürzte Entschlüsse zu fassen. So auch jetzt. Er blickte zum Kruzifix an der Wand, holte sich von dort Rat, spürte, daß seine Entscheidung gebilligt wurde, nickte und verließ mit grimmigem Gesicht die Zelle.

Wenige Tage später schloß der Bruder Pförtner das Tor des Klosters vor einem schmalen, blassen Jüngling auf, der tief aufatmend hinaustrat in das Leben, in die ersehnte, erträumte Freiheit, in die Sonne. Weit breitete er die Arme aus, schloß die Augen und sog in sich hinein die Luft der Natur, welche ganz anders war als die Luft innerhalb der Mauern, die zu verlassen er im Begriffe war. Er hörte nicht mehr, wie das Tor hinter ihm zufiel – für immer.

»Leben, goldenes Leben, nun hast du mich!« jubelte er mit Tränen der Freude in den glänzenden Augen. »Leben, nun werfe ich mich dir in die Arme!«

Indes, dieses Leben wurde ihm später ein einziger grauenvoller Fluch.

Jauchze heute, weine morgen,
lächle, schluchze, falle, steh,
leb das Heute, nie das Morgen,
denn das Schicksal treibt dich doch.

Nie kannst du des Lebens Ufer
deutlich sehn, durch Nebelfernen
treibst du auf es zu, jedoch
nur das Schicksal kann es wissen,
ob am Riffe du zerschellst.
Nimm das Ruder, trau der Kraft,
die du fühlst, und glaube stets
an der Fahrten gutes Ende –
denn nur Glauben trägt den Sieg,
das Vertrauen zu sich selbst!

Drei Jahre flogen dahin, in denen das väterliche Geschäft den ganzen Einsatz des jungen Mannes erforderte. Nur nachts konnte er sich manchmal eine Stunde stehlen, um heimlich der Muse zu huldigen. Dann aber nahm er jeweils mit Andacht den Federkiel zur Hand und brachte glühende Verse seiner aufschäumenden Jugend zu Papier.

Der gestrenge Vater bezeichnete solche Geistesprodukte seines Sohnes schlichtweg als »Blödsinn«, zumindest als »Flausen«. Mit seiner ganzen Autorität trieb er ihn ständig dazu an, schweißtreibenden körperlichen Einsatz, der beispielsweise beim Be- und Entladen der Wagen der Kauffahrer unumgänglich war, nicht zu scheuen.

»Wer schwitzt«, so lautete ein Wort des Handelsherrn, das oft von ihm zu hören war, »träumt nicht«.

Und im Hinblick auf seinen Sohn fügte er manchmal hinzu, daß es ihm, dem Vater, schon gelingen werde, aus gärendem Most einen edlen Wein zu keltern, selbst wenn dieser Prozeß Jahre in Anspruch nehmen sollte.

Im Zimmer des jungen Mannes, der sich beim Verlassen des Klosters die Zukunft doch etwas anders vorgestellt hatte, hing ein Bild seiner verstorbenen Mutter an der Wand, mit der er, wenn er sich unbeobachtet wähnte, oft stumme Zwiesprache hielt.

Sie, deren Güte aus seiner frühen Kindheit noch in die Gegenwart herüberleuchtete, hätte ihn verstanden. Ihre frohe Stimme klang in ihm häufig wider, sie weckte in seiner Phantasie den Gesang der Vögel, beschwor den kleinen Garten mit den Obstbäumen herauf, unter denen er spielend saß.

Sie hatte ihn gestreichelt, wenn dem Vater – sicher nicht immer zu Unrecht – die Hand ausgerutscht war. Ihr Auge war weich, gütig, tröstend gewesen, und der Tränenfluß des Kindes hatte dadurch stets rasch wieder ein Ende gefunden.

Aber dann war jener fürchterliche, entsetzliche, grauenvolle Tag gekommen ...

Mutter aß leidenschaftlich gern Pilze, ohne sie zu kennen. Ihr kleiner Sohn, der um ihre Vorliebe wußte und ihr eine Freude machen wollte, sammelte einige Champignons, auf die er zufällig stieß. Und wieder einmal passierte dabei die gefährlichste Verwechslung, die von der Natur im Reich der Pilze zugelassen wird. Ein Knollenblätterpilz geriet unter die Champignons. Kein anderes Mitglied der Familie mochte Pilze, so wurde das Gericht von Mutter allein verzehrt, die dadurch rettungslos verloren war.

Als sie sich stöhnend im Bett wälzte, saß ihr Mann dabei, den Kopf in den Händen vergraben, und schluchzte. Das Gesinde betete. Der Arzt zuckte hilflos die Schultern. Kerzen brannten.

Dann war alles vorbei. Man führte das Kind, welchem der Vater die Schuld an der Katastrophe beimaß, ins Zimmer des Todes. In einer weißen Kissenfülle, umgeben von einem Meer von Blumen, lag unglaublich still und regungslos die Mutter, mit wächsernem Gesicht, einen Rosenkranz um die gefalteten Hände gewickelt. Die Blumen rochen fremd. Wenn die Tür ging, flackerten die Kerzen.

Der Kleine fragte die Mutter, warum sie nicht aufstehe.

»Mama schläft«, wurde ihm geantwortet.

Sie schlief inmitten ihrer Blumen und Kerzen, die immer wieder erneuert wurden, zwei Tage lang ganz fest. Dann verreiste sie, ohne Abschied von ihm zu nehmen. Er sah sie nicht mehr, weil er von einer alten Tante, die er kaum kannte, auf seinem Zimmer festgehalten wurde. Zu hören war, daß Unruhe im Haus herrschte. Die Tante fing an zu weinen, schien aber ihre Tränen vor dem Kleinen verbergen zu wollen. Man spürte, daß sich nicht wenige Menschen im Haus befanden, die nicht hierhergehörten. Schließlich schienen alle zu gehen, denn es wurde ganz, ganz still. Grabesstill.

»Wann kommt Mama wieder?« fragte der Kleine ratlos.

»Bald«, erwiderte die Tante, der dabei verstärkt die Tränen aus den Augen liefen.

Seit diesem Tag war der Vater anders zu ihm, ließ ihn buchstäblich links liegen, bis er ihn endlich sogar aus dem Haus schaffte, indem er ihn in die Klosterschule steckte.

Eine Wand stand zwischen den beiden, immer noch,

obwohl nun viele Jahre vergangen waren und aus dem unverständigen Kind ein einsichtiger junger Mann geworden war, der selbst auch litt unter dem, was geschehen war.

In seiner seelischen Spannung gedieh die Arbeit an seinem Drama nur sehr langsam. Niemand durfte sich darüber wundern. Dennoch gewann das Werk Konturen, wurde der flackernde Feuerflug mehr und mehr zu einem lodernden Brand. Die Glut wuchs zur Flamme, die Flamme zum Feuermeer.

Tyrannen fielen unter Verschwörerdolchen, das Volk stürmte die Paläste – Feuer, Feuer, Auflehnung, Fluch, Verdammnis.

Die Revolution in seinem Inneren bannte der junge Dichter wie im Fieber auf Pergament.

Er glich einem neuen Vulkan, der plötzlich ausbricht und die Region um ihn herum, die alten Zustände unter seinen brodelnden Lavamassen begraben will.

O Bruder, ringe dich empor zu der
uns allen nötigen Erkenntnis,
erreiche mit der Kraft, was ich
im Mut verlor, weil ich zu blind
den Schlichen dieser Erde gegenüber
zu sehr auf mich und nicht auf List getraut.
Sei Held, jedoch verbanne aus dem Kreis
das zu sehr drängende, gehob'ne Ich,
das dich erniedrigt, wo du höher strebst.
Errett mein Volk, dem Erbe treu
ergeben und in Ehrfurcht stark,
stets dort zu streiten, wo der Weg
dich führt zum Gipfel glänzendster Erfüllung!

So endete sein erstes Drama FEUERFLUG. So begann ein Dichterleben, das durch die Kunst höher stand als jedes andere.

Was begriff der Vater vom Glühen des Geistes, von diesen seligen Perlen des Blutes, vom Glücksschrei der Seele, der den Atem raubte, als das Werk nun vollendet war und vor dem Verfasser lag, ein dicker Stapel von Pergamenten, eng beschrieben. So mag eine Mutter ihr Neugeborenes betrachten, glänzenden Auges, trunken vor Glück und auf den Lippen den stummen Schrei:

GOTT, MEIN GOTT, WIE DANKE ICH DIR!

Ja, eine Mutter und ein Dichter finden ihre Seelen im gleichen Gefühl, denn beide scheuen kein einziges Opfer, um der Erfüllung Preis.

Was war die kalte Ablehnung des Vaters, ja dessen animalischer Haß gegen dieses Wunder der Eigenschöpfung seines Sohnes? Was galt die Wut gegen den Sphärenflug jubelnder Jugend? Das Schicksal hielt die Waage zwischen Vater und Sohn, zornig warf ersterer den Tod der Mutter in die Schale, und diese sank, sank, sank immer tiefer. Da ergriff ein Schaudern die Seele des Sohnes, er raufte sich die Haare, weinend, schluchzend, und schrie: »Ich war ein Kind! Was Unverstand verschuldete, soll es mein ganzes Leben zerstören? Nein! Hör mich, o Mutter, Mutter, wußte ich von irgendeiner Verantwortung, als du durch mich sterben mußtest? Wie kann Ahnungslosigkeit den Menschen verfolgen, bis sie ein zweites Opfer fordert – mich! Mutter, o Mutter, hilf mir! Mutter, ich zerbreche!«

Da hob sich sachte die Schale wieder und schwebte

zurück zum pendelnden Gleichgewicht.

Starr sah der Vater auf die Waage. Gab es im Schicksal selbst nicht die Gerechtigkeit? Hatte er nicht die Hälfte seines Lebens verloren durch den Tod der Gefährtin, die Hälfte seiner Kraft und seinen ganzen Frohsinn? Lebte er denn nicht, weil er eben noch leben *mußte,* da es eine Sünde gegen den Schöpfer gewesen wäre, der Gattin freiwillig in den Tod zu folgen?

Sein Sohn?

Was war das für ein Wort – Sohn? Ja, er hatte einmal einen Sohn gehabt, erinnerte er sich, aber dieser starb, als er sechs Jahre alt war, starb mit der Mutter am gleichen Tag. Nur einen Sarg trug man zwar aus dem Haus, jedoch der zweite stand und wurde beigesetzt in seiner – des Vaters – Brust. Das Herz zerbrach, weil es dem Druck nicht mehr die nötige Kraft entgegensetzen konnte, und in der Brust zurückblieb nur der Sarg, hölzern, kalt, gefühllos, das Gefäß eines Toten.

Verlor der Vater nichts? War er noch Mensch?

Je klarer eine Frage, desto ungefärbter die Antwort.

»Schicksal«, sagte er, »in die Schale deiner Waage werfe ich mein Leben; sie möge sinken, sinken, hinabsinken ins Bodenlose, denn boden-, tiefenlos ist auch mein Schmerz.«

Und siehe da, die Schale sank . . .

Starr blickte der Sohn auf das langsam abwärtsschwebende Schicksal, betäubt von der Erkenntnis, erschüttert von der Zerrissenheit der väterlichen Seele, gebannt vom Kampf um seine eigene Erhaltung oder sein Verderben.

Vater! Kannte der Sohn das Gefühl des Leitens, Ermahnens, Gebens, Ratens und Verzeihens durch den Vater?

O nein, das Gefühl des Getretenseins war der Zollstab, mit dem väterliche Liebe zu messen er hatte lernen müssen, Liebe, die in Haß sich gewandelt hatte und zur Marter eines Daseins geworden war.

Da brach es aus ihm heraus, ein Lavastrom aus dem Krater eines Vulkans, ein Flammenbündel, gewaltiger, lodernder als der FEUERFLUG, und der Brand wuchs, wuchs, die Lohe züngelte hin zur Waage, und seine Stimme schrie durch den Brand: »Verzeihen lernt uns Gott! Die Kunst ist Edelsinn! Edelsinn ist Ideal! Ideal ist stets die Jugend! Jugend will schäumen, atmen, leben! Auch ich will leben, hörst du, Schicksal, leben, streben, wachsen, schenken! Denn ich bin die Jugend!«

Hoch schnellte die Schale, höher, immer höher, hinauf ins Blau des Äthers, durch die Wolken, über Sterne, Sonnen, Welten, höher, höher bis zu den Füßen Gottes.

Und aus der Schale klang die Stimme des Dichters: »Vater, du liebst mich, du gabst mir die Kunst. In deinen Armen suche ich Kraft, um der Qual der Welt zu trotzen.«

Und lächelnd im Wissen streichelte Gott die Schale des Schicksals.

So entschied sich in den Seelen der Kampf zwischen Vater und Sohn, und der Vater brach ächzend zusammen, weil der Sohn ein Künstler war.

Im Leben des Menschen ist die Erkenntnis der sicherste Weg zur Vollendung – wenn auch der steinigste.

Aber gerade diese Steine, deren mühsame Überwindung uns oft die Frage aufdrängt: »Ist es das wert?« – diese Steine des Schicksals sind die Proben unseres Willens, unserer Herzen, sind die Klippen, mit denen fertig zu werden der Starke auserkoren ist. Hinter ihnen erst liegt meistens die Wahrheit.

Je näher du dem Ziele kommst, um so höher, breiter, schroffer, abweisender werden die Klippen. Die meisten Menschen scheitern an ihnen, wenige erklettern sie, jauchzen auf der Höhe, doch der Blick zurück erweckt in ihnen das Schwindelgefühl, die Angst vor dem Sturz; sie taumeln, suchen krallend Halt und stürzen.

Ein Mann jedoch erreichte das Ziel und gab es nicht mehr auf, lachend, unbeschwert, dem Glanz der Sonne zugewandt.

»Halt!« riefen die Kämpfenden, »halt, Freund, Bruder! Sag uns den Weg! Bist du nicht einer wie wir, ein Mensch? Willst du uns nicht auch das Licht gönnen? Sag uns den Weg! Wie kannst du uns ihn neiden, wie kannst du uns das mißgönnen, was du selbst besitzt?«

»Seht, Brüder«, sprach der Lichtgeweihte, »an euren Worten brecht ihr schon entzwei. Ihr denkt von mir, was eure Seelen fühlen und auch täten, jedoch ihr selbst wollt das nicht wissen und dünkt euch rein.«

»Welch ein Gerede!« schrie die Menge. »Sag den Weg und schweige von Moral!«

Mitleidig lächelnd trat der Sieger da zurück in seinen Sonnenglanz.

»Der Weg ist Selbsterkenntnis.«

Nach langem innerem Kampf sah der Vater das Vergebliche seiner Bemühungen ein, aus dem Sohn den richtigen Erben seines Geschäfts zu formen. Da er aber keinen zweiten Sohn – oder eine Tochter – hatte, blieb nichts anderes übrig, als den jungen Mann in der Firma sozusagen mitzuziehen und dabei zu hoffen, daß im Lauf der Zeit doch noch irgendwie ein Juniorchef zustande kam, der einigermaßen brauchbar war.

Die Laufbahn des Jünglings fand also nun auf Geheiß des Seniorchefs eine Fortsetzung im Versandkontor. Dort mußte der verhinderte Dichter die täglichen Ein- und Ausgänge der Waren eintragen, die Lagerbestände registrieren und sich mit der Erstellung sauberer Bilanzen vertraut machen. Der erste Buchhalter hatte dabei vom Alten natürlich wieder den Auftrag, besonders strenge Maßstäbe anzulegen.

Mit stoischem Gleichmut ertrug der Feuergeist den Stumpfsinn der neuen Arbeit. Wenn er vom Buchhalter, dessen Eifer, dem Seniorchef zu Diensten zu sein, sich überschlug, gerügt wurde, widersprach er mit keinem Wort, sondern begnügte sich damit, durch den Mann hindurchzusehen.

Stumm, gesenkten Hauptes, saß er an seinem hohen Faktoreitisch und schrieb, rechnete, verglich und legte ab.

An den Abenden jedoch pflegte er sich regelmäßig zu verwandeln, und so, wie sich aus der Puppe die Pracht des Schmetterlings schält, wurde aus dem Schreiber der Dichter mit den glänzenden, der Welt auf den Grund sehenden Augen.

Und eines Nachts legte er das Fundament seines zweiten Dramas DAS DUMPFE HERZ.

Mit einem großartigen Prolog ließ er einen Eremiten auftreten, der vor den Menschen in die Eimsamkeit geflohen war, weil die Erkenntnis des Menschlichen ihn fast zum Wahnsinn trieb:

Geht, geht, in euren Augen wohnt
die Pest, die fluchbeladen, stets
zum Greifen an der Reinheit sich
bereitend, von euch durch eurer Worte,
durch eurer Taten, Blicke, Winke, Klagen
und Selbstverstellung Unzulänglichkeit
zu mir sich schleicht und mit der Zeit
den Ekel überwindet, der ihr wehrt!
Geht aus den Augen mir! Geht! Kann
der Schrei der Selbsterhaltung euch, den
von der Welt Getretenen, nicht einen,
ja winzig kleinen Funken Mitleid wecken?
Ihr habt das Leben leben wollen, doch
der Fluch des Vielgenoss'nen machte euch
zu einem Stein, der sich bewegt und lebt.
Ich will die Freiheit, will die Sonne,
will Glück, will Freude sehn! Nicht nur
genießen will ich, gleich Schmarotzern
die Umwelt für den eigenen Wahnsinn würgen,
nein, edel will ich schaffen und aus eigenem,
mit Schweiß gedünktem Boden Früchte ziehn!
Geht, geht – der Wahnsinn wächst, solang
noch eure blassen Lippen flüstern können!

In diesen Zeilen schlug das Herz des Dichters. Das war nicht mehr der Schwung des FEUERFLUGS, es war schon das Aufbäumen gegen Welt und Mensch, ein Tasten hin zur Erkenntnis, das erste Fühlen in die Regionen des Warum und Wofür.

Als er diesen Prolog beendet hatte, waren seine Kraft und seine Selbstüberwindung zerbrochen wie der edle Marmor, an dem ein Künstler, zu besessen vom Drang des Schaffens, die Schläge seines Meißels stärker führte als erträglich.

Der Dichter weinte, weinte seit Jahren wieder wie ein Kind, weinte um sich selbst, weinte um sein schmerzhaftes Glück – um die Kunst!

Am Morgen fand der Vater ihn eingeschlafen am Tisch sitzen. Der Kopf lag auf den Pergamenten. Schwach brannte noch die Öllampe. Neugierig trat der Vater auf leisen Sohlen näher und drehte die Funzel aus, deren Licht nicht mehr gebraucht wurde, da es schon Tag war. Dann zog er sachte, damit der Sohn nicht erwachte, unter dessen Kopf das oberste Blatt hervor – den Prolog.

Lange kaute der Vater an diesen Versen, las sie mehrmals, setzte ab, blickte auf den Schlafenden, fuhr wieder fort zu lesen. Lange, beängstigend lange dauerte seine Lektüre. Je näher er dem Ende kam, desto erstaunter wurden seine Augen. Endlich ließ er das Blatt sinken und legte es behutsam auf den Tisch zurück. Er vermied jedes Geräusch.

Und dann geschah etwas Überraschendes: Der Vater strich dem schlafenden Sohn sanft, fast scheu über das Haar. Er hatte die letzte Klippe erstiegen. Lautlos glitt er aus dem Zimmer.

Der Kampf war entschieden.

Die Kunst war Sieger. Im Triumph schwenkte sie unsichtbar den Lorbeer.

Denn die Kunst kommt von Gott.

Und dann brach der Tag an, der dem Leben des jungen Mannes eine neue Richtung gab.

Gott Amor trat auf den Plan.

Das Schicksal hielt also den Jüngling nun für gereift genug, ihn zum Genuß jener Frucht einzuladen, die unfaßbar süß, aber auch genauso bitter sein kann.

Der alte Handelsherr gab in den Räumen seines Hauses aus Anlaß eines großen, gewinnträchtigen geschäftlichen Abschlusses ein rauschendes Fest. Die gesamte reiche Bürgerschaft der Stadt war eingeladen worden und erschien auch.

Die Tische bogen sich, edler Wein funkelte in den Gläsern, kühles Bier schäumte in den Krügen, kostbares Geschmeide unterstrich die Schönheit des einen Teiles der anwesenden Damen und milderte die Häßlichkeit des anderen Teiles.

Der Gastgeber, gutgelaunt, erfreut über den Profit, den seine Geschäfte abwarfen, hatte auch für den jungen Dichter ein paar freundliche Worte übrig, als dieser, nachdem er sich von seinen Pergamenten losgerissen hatte, sich zu ihm gesellte, um als Sohn des Hauses an der Seite des Vaters auch jeden der Gäste mit Handschlag zu begrüßen.

An sich war der Jüngling diesem Trubel, dem vielen Gelächter, dem Tabaksqualm, den Witzen der Herren und dem Klatsch der Damen, dem Gemauschel der Kaufleute, das auch hier anhielt, den Tischreden und Trinksprüchen und überhaupt allem aus ganzem Herzen abgeneigt, aber er überwand sich, nahm an dem Treiben teil und hielt sogar selbst auch eine Tischrede, der es nicht an jugendlichem Schwung und Reichtum des Geistes, über den er ja mehr als alle anderen Anwesenden verfügte, mangelte.

Begeistert wurde geklatscht, fröhliche Zurufe wurden laut, junge Damen dachten nicht mehr nur an das Konto, das mit dem witzigen Redner in Zusammenhang gebracht werden konnte, und ältere bedauerten, nicht später auf die Welt gekommen zu sein.

Der Handelsherr hatte sich plötzlich eines offen erkennbaren Stolzes auf seinen Sohn zu erwehren.

Sohn?

Heimlich, in einer Falte seiner Seele regte sich ein väterliches Gefühl, das ihm einst verlorengegangen war und sich nun, nach fast vierzehn Jahren, wieder einstellte: die Liebe zu seinem Sohn.

Er fiel ein in das Beifallklatschen der anderen. Seine Augen glänzten.

Der Sohn war erstaunt. Er ahnte nicht die innere Wandlung seines Vaters. Er schrieb dessen Benehmen einem überreichlichen Genuß des Weines zu, den er zwar nicht hatte beobachten können, der jedoch mit Sicherheit stattgefunden haben mußte. Jedenfalls freute er sich aber der guten Laune des gestrengen Vaters und nickte ihm dankbar zu.

Eingeladen war auch ein Jugendfreund des Handelsherrn, ein ebenso reicher, angesehener Kaufmann in der Stadt wie dieser selbst. Er stand im Ruf einer ganz allgemeinen Brutalität, die nicht nur bei Abwicklung seiner Geschäfte zum Durchbruch kam. So scheute er sich z.B. nicht, auf Kinder, die vor seinem Haus spielten und dabei Lärm verursachten, seinen Hund zu hetzen, eine riesige Dogge, die zum Glück mehr Verstand hatte als er und hinter den flüchtenden Kindern nur herbellte, sie aber nicht biß, obwohl ihr verrückter

Herr das ernsthaft von ihr erwartete. Der Eierfrau, die ihm einmal ein angeschlagenes Ei brachte, zerschlug er den ganzen Korb mit hundert Eiern und jagte sie davon. Er war also ein Terrorist reinsten Wassers.

Als gewissen Milderungsgrund mußte man ihm zubilligen, daß er, wie der Gastgeber, seiner Frau auch früh verlustig gegangen war, als sie ihm das erste Kind, ein Töchterchen, geboren hatte und im Wochenbett gestorben war.

Dadurch so hart gegen alle Welt geworden, brachte er jedoch seiner Tochter seine ganze Liebe entgegen, umgab sie mit jedem Luxus und hielt ihr mit Eifer alles fern, was sie nur irgendwie hätte betrüben oder ihr hätte schaden können. Dieses Mädchen war zusammen mit ihrem Vater auch eingeladen worden und saß nun inmitten der Bürgerstöchter, an deren Gesprächen sie sich freilich nur zurückhaltend beteiligte.

Bei Tisch, als der junge Dichter sein kurzes, aber höchst eindrucksvolles Feuerwerk losließ, sah sie mit großen Augen zu ihm auf, erstaunt über so viel unvermutetes Temperament, begeistert vom Witz der Worte und eigentümlich angezogen von diesem schmalen, blassen Gesicht mit der dünnen Haut, unter der es von innen zu leuchten schien.

Er fühlte diesen Blick auf sich, suchte die Augen, von denen er ausging, und fand sie in einem rosa überhauchten Gesicht, das von einer schweren, wie gesponnenes Gold wirkenden Lockenfülle eingerahmt war.

Doch das Wichtigste waren diese Augen. Welch ein Glanz wohnte ihnen inne, welch ein dem Himmel gleichgestelltes Blau besaßen sie, welch klare Tiefe, die bis an den Rand der Seele führte, war ihnen eigen!

Sie war nicht gemeinhin hübsch, diese Achtzehnjährige. Von einer Schönheit, die ins Auge fiel, hätte selbst ein Dichter hier nicht singen können. Sie ragte nicht über die Allgemeinheit hinaus, jedoch ihr Blick glich, wie gesagt, alles aus, was ihr die Natur an anderen Attraktionen versagt haben mochte.

Der junge Dichter stand wie im Traum und starrte sie an. Es ging von ihr etwas zu ihm herüber, was er nicht deuten und nicht greifen, sondern nur fühlen konnte. Es war wohl ein Hauch der Unschuld, der lächelnden Reinheit, und doch ein Tasten der sichtbaren Reife nach dem Naturgesetz des Lebens.

Es war ein heimliches Zueinanderströmen zweier Seelen. Er mußte lachen, innerlich sich selbst verspottend. Liebte er vielleicht schon dieses Mädchen?

Liebe?

Kann Liebe in wenigen Minuten sich des Herzens bemächtigen? Braucht Liebe, um erst wirkliche Liebe zu sein, nicht auch Überlegung, Besinnung?

Die klare Frage lautet doch: Bist du bereit, alles zu tragen für diese . . . Liebe?

Sonst ist es nur ein Rausch, ein Taumel des Gefühles, der ebenso rasch wieder verfliegt, wie er dich anfiel.

Nein, es war nicht Liebe, nicht Rausch, es war nichts, *noch* nichts, was sich auf dem primären Trieb des Menschen aufbaute. Es war ein Sichfinden der Seelen, ein Zueinanderstreben des geistigen Gefühles.

Er lauerte nach Aufhebung der Tafel auf eine Möglichkeit, in ihre Nähe zu gelangen, doch sosehr ihre Blicke ihn dazu auch ermunterten, der Wink des Vaters rief ihn an dessen Seite. Folgsam trat er zu ihm, der ihm zu seinem Erstaunen den Arm um die Schulter legte und mit erhobener Stimme zur ganzen Gesellschaft der Anwesenden sagte: »Meine lieben Gäste, darf ich um Gehör bitten? Ich habe eine Überraschung für alle. Keiner hier weiß wohl, daß dieses nüchterne Handelshaus, in dem nur Verträge, Bilanzen, Rechnungen die Szene zu beherrschen scheinen, im geheimen auch die zarte Blüte der Poesie versteckt hält . . .«

Ein Raunen ging durch die Reihen der Gäste, und der junge Mann, der sich besonders angesprochen fühlen mußte, errötete tief.

»Ich«, fuhr der Gastgeber fort, »will es kurz machen und niemanden auf die Folter spannen – mein Sohn hier ist ein Dichter.«

Überraschte Ausrufe wurden laut. Manche sprangen auf. Ein Mühlenbesitzer bat im Namen aller Anwesenden darum, eines Vortrags durch den Poeten für würdig erachtet zu werden.

»Vater«, murmelte der Sohn, »ich weiß nicht . . .«

Er brach ab. Er wußte nicht, was er tun sollte. Niemals hatte er mit einem solchen Ansinnen gerechnet.

»Lies deinen Prolog«, sagte der Vater leise.

»Den Prolog?« Des Sohnes Erstaunen wuchs und wuchs. »Woher kennst du ihn?«

»Ich kenne ihn«, antwortete lächelnd der Vater.

»Woher?«

»Ich habe ihn gelesen, als ich in dein Zimmer kam und dich über deinem Werk der Schlaf übermannt hatte. Hätte ich dich wecken sollen, ehe ich meine Neugier befriedigte?«

Der Dichter schwieg. Er blickte dem Vater in die

Augen und entdeckte darin keinen Vorwurf, sondern nur Stolz. Da wurde er froh.

»Du weißt also, wie ich meine Nächte verbringe, Vater?«

»Ich hoffe, nicht alle.«

»Und du bist mir nicht böse?«

»Erst, wenn durch dein Wirken im Kontor unsere Zahlungen die Einnahmen übersteigen sollten.«

»Vater!«

Es war ein leiser Jubelruf des Sohnes.

»Lies deinen Prolog«, sagte der Handelsherr noch einmal rasch, um zu verhindern, daß er in aller Öffentlichkeit von seinem Sohn auch noch umarmt wurde.

Doch die Antwort, die ihm erteilt wurde, lautete: »Nein, Vater, nicht den Prolog – dieser wird nie mehr gesprochen werden. Er ist mir jetzt, in diesen Sekunden, zu einem Heiligtum geworden.«

»Was dann, mein Sohn?«

Der Dichter überlegte, sein Blick ging über die erwartungsvolle Menge und suchte ein bestimmtes Augenpaar. Er fand es. Dort am Kamin stand die Besitzerin der schönsten Augen der Welt. Ihr Blick begegnete dem seinen. Ihr Haupt unterstützte durch ein leichtes Nicken die Bitte der Allgemeinheit an ihn, den Dichter.

»Ich will«, sagte er kurz entschlossen, sich eine Haarsträhne aus der Stirn streichend, »keine Verse bringen, die ich schon geschrieben habe, sondern mich am Gegenwärtigen versuchen, möchte das wählen, was im Sprechen mir zum Geiste dringt, und das heißt: Ein Stegreifdichten will ich Ihnen bieten.«

Zuhörerinnen und Zuhörer setzten sich in Positur.

Auch das Mädchen am Kamin ging zurück zu seinem Stuhl. Zweifel ließ allerdings der Vater erkennen, dessen Stirn sich sorgenvoll faltete. Stegreifdichten? Wie konnte man im Handumdrehen Kunst erschaffen? Kunst, die Zeit benötigt, sich in ihrer Fülle zu verwirklichen?

O Elend, wenn sein Sohn sich, ihn und die Ehre des ganzen Hauses der Lächerlichkeit preisgab! Warum trug er nicht seine Werke vor? Warum setzte sich in ihm die ausgefallene Idee fest, den Augenblick, den flüchtigen, im Gedicht zu erhaschen? Ein Fiasko drohte. Der Handelsherr wäre am liebsten aus dem Zimmer gelaufen, durfte sich das aber keinesfalls erlauben.

Er war ein nüchterner, sehr, sehr guter Kaufmann – aber eben nur ein Kaufmann; er wußte nichts von der Kraft des Genies.

Still war es geworden. Der Dichter suchte wieder jenes Augenpaar, auf das allein es ihm ankam. Er fand es, und da fühlte er, wie es in seinem Herzen aufbrach. Ein Hauch des Geistes, ein Funken Kraft, Selbstvertrauen, Glaube an seine Intuition und viel, viel Begeisterung lebten auf in ihm.

»Wir haben Frühling«, sagte er mit klarer Stimme, »Frühling, der uns hebt mit unsichtbarer Macht, der in uns die Gefühle weckt, von denen wir im Eis des Winters nur träumen, die wir uns ersehnen. Ein Zauberstab berührte die Natur, und aus den toten Zweigen sproß das Leben, die erstarrte Erde lockerte sich und schickte mit Wunderkraft die ersten Blumen in die Sonne. Ist das nicht alles nur ein Gleichnis der Natur, daß alles leben muß und, wenn es vergeht, doch unsterblich wiederkehrt, öfter wechselnd in Gestalt? Der Mensch ist auch ein Kind der mächtigen Natur – kehrt er zurück? Wer kann es je ergründen, nachdem die Erinnerung uns fehlt? Doch sehe ich hinaus in die Sonne, wandle ich die blumengesäumten Wege, höre ich den Gesang der Vögel, dann drängt es mich, laut aufzujauchzen vor Lebenslust und zu deklamieren . . .«

Klar klang seine Stimme durch den stillen Raum, zart, beschwörend trafen ihn diese glänzenden Augen, die ihm Mut, Kraft und Vertrauen gaben.

»O welch zauberhaftes Klingen,
hell wie Silberglöcklein, zart, gehaucht,
Elfenreigen seh ich tanzend,
weiße Lilien in der Hand,
Hochzeitsfest der Blüten feiern.
In den goldgesponn'nen Haaren
glitzern Perlen – Morgentau,
und der Quelle leises Rauschen
ist der Takt der Festmusik.
Frühling – Herz, o öffne dich,
springe, sprieße, knospengleich,
blühe, locke und empfange
sinnentaumelnd und gebäre.
Stetig wechseln schnell die Zeiten,
eines bleibt und herrscht – Natur!«

Still blieb es im Raum, als er geendet hatte, ganz still, doch nur sekundenlang, dann brach ein Beifallssturm los, der die Fensterscheiben zum Erzittern brachte. Indes, der Dichter sah nur diese Augen, diese leuchtenden Augen, in denen es jetzt zu glitzern begann . . . Tränen dankten ihm für diese kleine Probe seines dichterischen Gefühles.

Der Vater eilte auf ihn zu, nahm ihn stürmisch in seine Arme, drückte ihn an seine Brust und küßte ihn auf die Stirn, stammelnd, nur mit Mühe einige Worte hervorbringend.

»Mein Sohn, mein lieber, einziger Sohn . . .«

Aber schon wurden die beiden auseinandergerissen, die Gäste drängten sich zwischen sie, und über dem jungen Dichter schlugen die Wogen der Begeisterung zusammen. Jeder wollte mit ihm anstoßen, dadurch ergab es sich zwangsläufig, daß er viel, viel Wein trank – zuviel!

Und immer wieder tauchten im Gewoge jene leuchtenden Augen auf, die ihn bannten.

Der Alkohol machte ihm Mut. »Ich bin dein«, sagte er beim ersten Tanz kühn zu dem Mädchen.

»Und ich dein.«

Es war nur ein Hauch aus ihrem Munde, aber dem Jüngling dröhnte er im Ohr wie der herrliche, mächtige Chor aller Engel im Himmel.

Leider wurde ihm dann bald übel. Da er über keinerlei Erfahrungen in solchen Situationen verfügte, flüchtete er sich instinktiv zum Vater und fragte ihn unglücklich: »Was soll ich machen? Mir ist schlecht. Kann man dagegen etwas tun?«

Der alte Handelsherr, den schon die Abschlüsse ungezählter Geschäfte zur Trinkfestigkeit erzogen hatten, lachte.

»Steck den Finger in den Hals«, lautete sein prosaischer Rat.

»Und dann legst du dich hin.«

»Das kann ich nicht, Vater.«

»Warum nicht?«

»Weil ... weil ich hier noch gebraucht werde.«

»Aha«, grinste der Vater. »Etwa von der jungen Dame, mit der ich dich tanzen sah?«

Der Sohn, der sich ertappt fühlte, konnte nur nikken, wobei er errötete. Dies zu vermeiden war ihm unmöglich, und das ärgerte ihn natürlich.

»Vom Tanzen«, fuhr der Vater fort, »würde ich dir allerdings abraten.«

»Warum?«

»Weil du dir dann den Finger gar nicht mehr in den Hals stecken mußt.«

Der Sohn wich einen Schritt zurück.

»Vater! Soll das heißen, daß du glaubst, daß ich ...«

Er brach ab. Das Bild, das vor ihm auftauchte und in dessen Mittelpunkt er sich selbst sah, war zu widerlich.

»Es könnte dir passieren«, sagte der Handelsherr ungerührt, »daß du mitten im Menuett ...«

»Vater!«

» ... kotzen mußt, mein Sohn.«

»Vater!«

»Stell dir dann das Dekolleté deiner Partnerin vor, das davon in Mitleidenschaft gezogen werden könnte.«

Davon wurde dem Jüngling auf der Stelle so übel, daß er es gerade noch schaffte, die Toilette zu erreichen.

Anschließend befand er sich in einer Verfassung, die ihm nur noch eins einflüsterte: sterben.

Der Rat, mit dem ihn der Vater versehen hatte – nämlich sich hinzulegen –, wurde daher automatisch von ihm befolgt. Nur ein Viertelstündchen, dachte er . . .

Er schlief natürlich ein und erschien nicht wieder. Der Vater entschuldigte ihn bei dem Mädchen, das zwar enttäuscht, aber nicht böse war. Sie hatte Verständnis für solche Vorfälle, die ihr von Gesellschaften im Hause ihres eigenen Vaters bekannt waren.

Seit diesem Tag trafen sich der Dichter und das Mädchen oft. Das mußte aber heimlich geschehen, denn des Mädchens Vater wäre mit einem solchen Flirt, wenn er davon gewußt hätte, ganz und gar nicht einverstanden gewesen. Daran konnten die zwei jungen Leute nicht den geringsten Zweifel hegen.

Es ist ein Unterschied, einem Jüngling, der ein eigenes Gedicht zum Vortrag bringt, Beifall zu spenden, oder ihn als Schwiegersohn ins Auge fassen zu müssen. Diesen Unterschied hätte ein nüchterner, außerordentlich harter Kaufmann, wie des Mädchens Vater, ganz besonders kraß empfunden. Es empfahl sich also dringend, ihm solche Aufregungen zu ersparen. Nachdem er in seiner allgemein bekannten Brutalität sogar schon auf harmlose, spielende Kinder seine Dogge hetzte, hätte unser junger Dichter mit Sicherheit für sein Leben fürchten müssen.

Indes, der Liebe Macht ist unwiderstehlich. Die zwei jungen Leute trafen sich, wie gesagt, dennoch regelmäßig und flüsterten einander ihre Schwüre ins Ohr.

Es war aber eine eigenartige Liebe, die sie fühlten, keine sogenannte »normale«. Sie war nicht – *noch* nicht – aufgebaut auf Reiz und Sinnlichkeit, sondern abgewandt dem Trieb, Lust zu suchen. Noch lebte ihre Liebe von der seelischen Erkenntnis, zueinanderzugehören, von Gott dazu erwählt zu sein, sich gegenseitig zu ergänzen.

Und wohl ist der Seele, wenn sie sich zur Seele findet; beide schwelgen geistig im Paradies der Sphäre – doch wie lange?

Wie lange kann das Fleisch von diesen Flügen zehren? Wann bricht es, bis zur Grenze des Erträglichen gedämpft, dennoch herrisch hervor mit der Gewalt, die ihm von der Natur gegeben ist? Wann fordert es seinen Sold vom Leben?

Eines Nachmittags war es, die Sonne lachte am Frühlingshimmel, da gingen der Dichter und sein Mädchen Arm in Arm aus der Stadt hinaus, um ihre Herzen im Hauch der sprießenden Natur zu stärken und ihre Seelen der Liebe zu öffnen, die – ungeweckt, doch nun schon geheimnisvoll drängend – in ihrer Brust schmerzte.

So, wie eine Blumenknospe wundersam aufspringt und erblüht zum Lobe Gottes, waren die beiden gereift zum ersten Erleben.

Viel Volk, junges und altes, wurde von diesem Frühlingstag hinausgelockt in die Natur.

Leichtfüßig schritten die beiden dahin, beschwingt, unbeschwert, ein Lächeln inneren Glücks auf den Lippen. Schon bald aber stahlen sie sich beiseite, mußten sie doch immer darauf achten, von möglichst wenigen Leuten gesehen zu werden. Sie eilten froh durch Wald und Wiese, bis ein kleiner, abseits gelegener Hain sie mit seiner Stille anlockte. Umgeben von schlanken Birken und jungen Buchen, entsprang eine unter moosbewachsenen Steinen versteckte Quelle und lieferte mit ihrem leisen Plätschern eine diskrete Begleitung zum Gesang der Vögel.

»Locken dich das klare Wasser, das saftige Grün und das Konzert der Vögel nicht zum Verweilen?« fragte der Dichter mit schelmischem Lächeln das Mädchen.

Errötend senkte sie den Kopf und schwieg, als wollte sie es ihm nicht zu leicht machen. Und als er sich ins Gras setzte und sie zu sich hinunter an seine Seite zog, leistete sie einen spürbaren, wenn auch nicht entschiedenen Widerstand. Die Stunde, in der er sich selbst zu erliegen bereit war, schien gekommen zu sein. Dem Mädchen erging es nicht anders.

Doch wenige Sekunden später fühlte er, wie in seiner Seele eine noch mächtigere Stimme lockte, eine gewaltigere als die der Liebe, eine süßere als die der Sehnsucht – er hörte die Glocken der Kunst.

Da griff er unter sein Wams und zog Pergament, einen sorgsam gespitzten Gänsekiel und ein kleines Fläschchen mit schwarzer Tinte hervor. Das Mädchen sah ihm zu, erstaunt über seine plötzliche Wandlung und im Inneren enttäuscht über die Zurückweisung ihres geheimsten Wunsches.

Da saß er nun im Gras, das Pergament auf den Knien, und schrieb – schrieb, was seine Seele ihm vorsagte, was sein Herz fühlte, was sein Blut sang, schrieb von der Natur, von der Liebe, von der jubelnden Seele, und merkte nicht, wie seine Wangen sich röteten, wie seine Augen sich füllten mit überirdischem Glanz, wie seine Hände dem göttlichen Funken gehorchten. Er war nicht mehr Mensch, er war nicht mehr der Sohn des reichen Kaufherrn, er war jetzt ein Werkzeug Gottes, ein Mittler zwischen Gott und Natur – er war ein Dichter!

So schrieb er Zeile um Zeile, Vers um Vers, hörte der Amsel Schläge erklingen und die Quelle plätschern und verband dies alles zu einer Sinfonie des Seins, dem er kritisch und wachsam den Schein gegenüberstellte.

Sie saß still an seiner Seite, verwundert, benommen erst, bald aber fasziniert, und wollte beten, daß dies Erlebnis nie zu Ende ginge.

Wie war sein Herz jetzt so weit, so offen für alles Gute und Reine, aber auch für das Schlechte und Verderbliche! Und darum muß ich, dachte sie, immer bei ihm sitzen, ihn und seine Seele vor diesen Schatten schützen.

Das fühlte sie, und sie merkte, wie ihre Aufgabe – die Aufgabe einer Frau – ihr bereits gestellt war und begonnen hatte.

Erst nach Stunden legte er den Federkiel hin, atmete tief ein, streckte sich, breitete die Arme aus und berührte dabei ihren Körper. Da zuckte er zusammen, kam zu sich, blickte zur Seite und sah sie still, geduldig wartend neben sich im Gras sitzen. Aus ihren Augen leuchteten ihm ihr Verstehen entgegen, ihre Demut vor seiner Kunst und ihre Ergebenheit vor Gott. Und schon jauchzte er laut auf, umarmte sie, preßte sie an sich und sank mit ihr, trunken vor Glück und Liebe, ins weiche Gras.

Ist es verständlich, daß auch jetzt die Zeit verrann, verflog in überwirklichem Glanz, in einem Dom von

Licht? Gibt es Verliebte, die ihre Liebe nach dem brutalen Zeiger der Uhr messen oder nach dem Stundenschlag ferner Kirchenglocken?

Als sich seine heißen Hände von ihrem Leib lösten, halbwegs wenigstens, war die Dunkelheit hereingebrochen, und ein frischer Wind kühlte die erhitzten Stirnen. Und doch war es ihm immer noch, als sei ihre Lockenpracht umtanzt von den Kobolden eines anderen Lichts, und dieser Tag dünkte ihn nicht wie ein Sonntag, der jede Woche wiederkehrt, sondern wie ein Fest des Herzens, wie ein Feiertag seines Lebens, wie eine Sprosse höher auf der Leiter zum Paradies.

Da riß er sie noch einmal in seine Arme und küßte von ihren selig bebenden Lippen, von ihren in Liebe erstrahlenden Augen alles Glück, alles Leuchten wie ein Verdurstender, dem man in der Wüste ein Glas Wasser reicht. Dann barg er ihren Kopf an seiner Brust und blickte auf zum klaren Abendhimmel, an dem der Mond schon die Riesenherde seiner Sterne hütete.

»Woher will der arme, kleine Mensch wissen, was Glück ist, wenn er es bisher nur durch den Geist erhaschen wollte?«

War es ein Gebet, das er da anstimmte?

Das Mädchen zitterte an seiner Brust. Ihm kam es vor wie ein Schluchzen, ein Weinen aus der Tiefe ihres glücklichen Herzens.

»Was weiß die Seele vom Hochgefühl des Herzens, wenn bisher nur die graue, leblose Theorie ihr Licht überschattete? Was weiß der Mensch vom Jubel des Herzens?«

Ganz fest drückte er sie an sich, so fest, als wollte er

den zarten Körper in sich hineinpressen, um ihn nie wieder zu verlieren oder hergeben zu müssen.

»Ich habe ihn gespürt, gefühlt – diesen stummen Schrei nach Licht, dieses Aufbegehren, dieses Schäumen der Seele wie das eines jung gekelterten Weines. Du, du hast es mich gelehrt.«

Er spürte, wie sein Herz sich öffnete und sein Blick sich nach innen wandte und dort als einzigstes nur ihr Bild sah.

Und er fühlte, daß sie allein ihn gelehrt hatte, was reine, edle, wirkliche Liebe ist und was sie vermag.

In diesen Minuten wußte er zum erstenmal, daß ihre Seelen nah und fest für immer untrennbar miteinander verbunden waren.

Als er am nächsten Morgen in seiner Stube erwachte und die Gedanken zu den Ereignissen des vergangenen Tages zurückkehrten, hielt es ihn nicht lange zwischen seinen vier Wänden. Er stürmte hinaus, lief durch die Straßen, taumelnd vor Seligkeit, und hätte es am liebsten in die Welt geschrien:

Hört doch, hört, ihr teilnahmslosen Menschen, hört, was ich euch in die Ohren rufe! Ihr stumpfsinnigen Geschöpfe, ihr verfehlten Ebenbilder Gottes, hört, was ich euch zujuble: Sie, sie liebt mich, sie – ja, staunt nur – sie liebt mich, nur mich, Herrgott, begreift ihr denn nicht . . . was starrt ihr mich so an?

Oh, er war jung, frei und ehrlich und immer noch nicht, obwohl streng angefaßt vom Vater, von der Härte des Lebens geschlagen, die jedes Gefühl an den Rand des Verkümmerns bringen kann.

Und gerne hätte er der Menschheit noch zugerufen:

Seht ihr denn mit euren blinden Augen nicht, wie sich dort oben der Himmel öffnet, wie die herrliche Sonne strahlt, hört ihr mit euren tauben Ohren nicht, wie die Vögel jubeln: Ich liebe dich, ich liebe dich! – O ihr Menschen, ihr Wanderer auf Wegen des Stumpfsinnes, hört ihr denn immer noch nicht, welche Botschaft ich euch bringe? Nein, ihr hört mich nicht. Und trotzdem möchte ich euch umarmen, euch alle, weil ich unvorstellbar glücklich bin.

Aber er hat es nicht gerufen, hat es in sich verschlossen gehalten, still und gläubig, und es war ihm, als ginge ein helles, unirdisches Licht in ihm an, und als flüstere ihm eine leise und dennoch mächtig hallende Stimme zu: Sei dieser Liebe würdig!

Da stürmte er weiter, fort aus der Stadt, wieder hinaus in die Natur, flüchtete im Geiste in die Arme dessen, der alles erschafft und alles erlöst.

Was kümmerte es ihn, daß der Himmel seine Schleusen öffnete und ihn durchnäßte! Dünkte es ihn doch, daß die Regentropfen Freudentränen der Engel waren, die von ihnen über das Glück eines Menschenkindes geweint wurden.

Den Kragen hochgeschlagen bis zu den Ohren, die Hände tief in den Taschen vergraben, lief er durch Regen und Wind und achtete des Wetters nicht. Doch als sich die Wolken verzogen und die Sonne wieder am Himmel erschien, wuchs sein Gefühl ins Unermeßliche, und es war ihm, als spüre er das Herz der Geliebten an seinem Herzen schlagen, leise und harmonisch, unzertrennlich verbunden für ein ganzes Leben bis in den Tod.

Da betrat er, getrieben vom Drang, sich mitzuteilen,

sich in seinem übervollen Inneren Luft zu verschaffen, eine kleine Kapelle am Wegesrand, setzte sich in einen der halbverfallenen, von Holzwürmern zerfressenen Chorstühle, brachte aus seinem Wams wieder einmal Pergament und Schreibzeug zum Vorschein und verfaßte im Anblick des gekreuzigten Heilands, der an der Altarwand hing, die Zeilen:

> Bist Du nicht der alleinige Inhalt und Sinn meines Lebens, Geliebte? Bist Du nicht die menschliche Göttin, die herrliche Zauberfee, von der ein Wink, ein Blick, ein kleiner Kuß genügt, um das stolze Herz zu brechen, bis es Dir zu Füßen liegt? Können Deine zarten Finger nicht alle Fäden meines Lebens ziehen, so wie ein Puppenspieler seine kleinen, künstlichen Menschen führt? O Du meine Geliebte, nie hätte ich nüchterner Prediger des Geistes gedacht, ein solcher Knecht des Gefühles zu werden. Nie hätte ich so meine eigene Seele entdeckt, wenn Du mir nicht den Zauberschlüssel in die Hand gedrückt hättest, jenen goldenen Schlüssel, der das Tor zum Paradies öffnet: *LIEBE.*

Er hielt inne und blickte verzückt in den stillen Raum der Kapelle. Der Regen hatte draußen inzwischen aufgehört, die Sonne hatte sich durch die Wolken gekämpft und sandte nun ihre Strahlen, die gebrochen wurden durch die Glasmalereien der Fenster, direkt auf den Altar, so daß das Marienbild von mildem Glanz übergossen war.

Wie hätte es anders sein können, als daß ihn das

Gesicht der Madonna an *sie* erinnerte, an *sie*, seine Madonna auf Erden? Dann schrieb er weiter mit glühenden Wangen:

> Soll ich Dir singen, was mein Inneres fühlt mit Glanz und Jubel, mit Musik und ein klein wenig Nachdenklichkeit? Ich müßte nicht ein oder zwei, sondern hundert Pergamente beschriften, und auch dann noch wäre es nur ein Bruchteil von dem, wessen mein Herz voll ist. Ein ganzes Leben würde ich brauchen, um Dir zu sagen und zu zeigen, wie lieb ich Dich habe, und Gott, der Herr, möge uns segnen, daß dieses Leben an seinem Ende uns einmal vor seinen Thron führte, wo wir immer noch vereint sein mögen in Liebe und Treue und umflossen sein vom unverminderten Glanz des Glücks.

Wieder hielt er inne, überlas mit trunkenen Augen noch einmal seine Zeilen und wußte, daß dies hier sein Glaubensbekenntnis geworden war, machtvoller und heiliger als jenes, das die Pfaffen und fahrenden Mönche für Geld und gutes Essen und Trinken lieferten.

Dann raffte er sein Schreibzeug zusammen, steckte alles unter sein Wams und trat hinaus in die Frühlingssonne.

Über der Kapelle stieg gerade mit ihrem Trillerlied eine Lerche in das Blau des Himmels. Kohl- und Blaumeisen flitzten durch das Geäst der Weiden. Ein Eichelhäher, aufmerksamer Wächter des Waldes, stieß einen Warnruf vor dem fremdartigen Zweibeiner, der nicht hierhergehörte, aus.

Der Dichter hatte es nun eilig, wieder nach Hause zu kommen. Bald winkten ihm die Türme der Stadt. Weit in der Ferne verschmolz mit dem Horizont das mächtige Band des Rheines, dessen Bett sich zwischen weinbepflanzten Hügeln dem Meer zuwand.

Wochen vergingen im Taumel der Liebe und des Glücks, doch diese Zeit war, wie sich später sagen ließ, nur noch eine Gnadenfrist, die das Schicksal den Liebenden gewährte.

Eines Tages, als der Dichter wieder einmal auf sein Mädchen wartete, dort am Rande der Stadt, wo bei der alten Eiche der Weg in die Kleefelder einbog, verrann die Zeit, ohne daß ihr leichter Schritt zu vernehmen gewesen wäre. Jede Minute, die er zählte, ohne etwas von ihr zu sehen, folterte ihn; jeder Viertelstundenschlag der Kirchenglocke dröhnte in ihm wie Donnergetöse.

Eine Stunde verging, die zweite begann – sie kam nicht. Noch wartete er eisern und zwang sich dazu, an eine Verspätung zu glauben.

Als aber auch die zweite Stunde sich ihrem Ende zuneigte, begannen Schreckensbilder ihm vor den Augen zu tanzen. Nun wußte er, daß etwas Böses geschehen sein mußte.

War sie plötzlich erkrankt, war sie verunglückt? Hatte man sich nicht gestern in der Stadt davon erzählt, daß ein Gespann durchgegangen und ein junges Mädchen unter die Hufe des scheuenden Pferdes geraten sei?

Großer Gott!

Der Dichter fing an zu zittern. Dann erinnerte er

sich jedoch daran, daß sie schon einmal nicht gekommen war, ihm allerdings von einem verschwiegenen kleinen Jungen ein Zettelchen hatte überbringen lassen, auf dem stand, daß sie durch den überraschenden Besuch einer Tante im Haus festgehalten werde.

Heute freilich tauchte auch kein Junge auf.

Hatten die Leute gestern nicht erzählt, daß das verunglückte junge Mädchen die einzige Tochter eines begüterten, verwitweten Vaters gewesen sei?

Allmächtiger!

Der Dichter hielt das keinen Augenblick mehr länger aus. Mit einem Ruck setzte er sich in Bewegung, lief wie gehetzt durch die Straßen, stieß erzürnte Passanten an, kümmerte sich nicht um ihre Flüche und Schimpfworte und rannte weiter.

Nach Atem ringend, langte er vor dem Haus der Geliebten an.

Was interessierte ihn in diesem Augenblick der gefürchtete böse Vater! Die Angst vor diesem war verflogen, sie hatte einer noch größeren um das Mädchen Platz gemacht. Was kümmerten ihn luchsäugige, geschwätzige Nachbarinnen!

Erregt pochte er an die schwere Eichentür. Die Schläge hallten im ganzen Haus dumpf wider. Es dauerte nicht lange, dann ging die Tür auf, und im Rahmen stand der Mann, dem zu begegnen unter normalen Umständen keineswegs der Wunsch des Dichters gewesen wäre.

Seine Augen schossen Blitze.

»Was wollt Ihr?« herrschte er hart den jungen Mann an.

»Ich war mit Eurer Tochter verabredet, ich . . .«

»Das weiß ich! Ich bin ihr dahintergekommen! Man hat mir endlich berichtet, mit wem sie sich herumtreibt!«

»Herumtreibt? Herr, wir . . .«

»Herumtreibt, jawohl! Ich dulde das nicht mehr länger, hört Ihr!«

»Sagt mir vorerst nur, ob sie wohlauf ist.«

»Wohlauf ist sie kaum, nach dem Tanz, den ich ihr gemacht habe.«

»Herr, Ihr habt sie doch nicht geschlagen?«

»Auch das ginge Euch nichts an!«

»Kann ich sie sprechen?«

»Ihr seid verrückt! Nie mehr könnt Ihr sie sprechen! Ich habe sie fortschaffen lassen aus der Stadt, zur Schwester meiner verstorbenen Frau. Dort bleibt sie, bis sie wieder gesund ist.«

»Gesund?« erschrak der junge Mann zutiefst. »Ist sie krank?«

»Ja, *geistes*krank, solange sie einem solchen Kerl nachläuft, wie Ihr es seid!«

»Herr, Ihr beleidigt mich. Was habt Ihr gegen mich?«

»Ihr seid nichts, und Ihr werdet nichts. Wie wollt Ihr einmal eine Frau, eine Familie ernähren?«

»Mein Vater . . .«

»Euer Vater«, unterbrach der zornige alte Mann den Jüngeren, »hat mir schon oft genug gesagt, was mit Euch im Geschäft los ist. Wenn er einmal stirbt, kann man sich denken, was mit der Firma geschehen wird.«

»Mein Vater hat in letzter Zeit . . .«

»In letzter Zeit scheint er nicht mehr normal zu sein. Plötzlich gefallen ihm Eure Gedichte.«

»Auch Ihr habt mir doch Beifall gespendet an jenem Abend in unserem Haus.«

»Konnte ich ahnen, daß Ihr Euch meine Tochter in den Kopf setzt? Und daß auch sie überschnappt?«

»Wir . . .«

»Schluß jetzt!« beendete der Alte den Auftritt. »Verschwindet! Laßt Euch nicht mehr sehen hier, wenn Ihr nicht Bekanntschaft mit meinem Hund schließen wollt! Auch Eurem Vater könnt Ihr sagen, daß mir an einem Verkehr mit ihm nicht mehr gelegen ist.«

Mit einem lauten Krach flog die schwere Tür ins Schloß. Der Dichter aber glaubte sterben zu müssen, so unglücklich fühlte er sich.

Zu Hause flüchtete er sich wieder in seine Welt, die Welt der Poesie. Er schrieb, als der Abend hereingebrochen war, im Silberlicht des ins Zimmer scheinenden Mondes Verse der Liebe und des Schmerzes:

In Deiner Liebe ruht mein Glauben,
ruht all mein inniges Vertraun,
will Dich das Schicksal mir auch rauben,
ich werde doch den Himmel schaun.
Denn bist du fern, in den Gedanken
soll unser Kuß ein Bündnis sein,
zu glauben in des Lebens Schwanken,
ich steh zu Dir, und Du bist mein.
Vor uns jedoch schwebt hell ein Licht:
die Liebe stirbt im Herzen nicht.

Für Deine Liebe lebt mein Leben,
lebt all mein wenig Erdenglück,
mußt Du den Armen auch entschweben,
einst kehrst Du lächelnd mir zurück.

Dem Schicksal trotz ich, das in Schlägen
die Peitsche des Erdulders schwingt,
doch auf der Liebe leichtem Wege
droht keine Macht, die uns bezwingt.
Wo Du an meiner Seite stehst,
Du mit mir lächelnd, schwebend gehst,
ist auf der Welt für mich das Paradies.

Durch Deine Liebe wächst mein Schaffen,
wächst all mein Streben, wächst all mein Geist,
Abgründe werden schaudernd klaffen,
wenn Dich das Schicksal von mir reißt.
Seh ich in Deine Augensterne,
küß von den Lippen süßen Met,
kreist mir die Welt in Traumesferne,
und jedes Wort wird zum Gebet.
Und streicheln Deine zarten Hände
den Lebensschmerz von meiner Stirn,
ist's mir, als ob das Glück ich fände,
ein Diamant auf Bergesfirn.

Und durch die Wolken bricht die Sonne hell –
ein Schrei – o Gott, ich liebe Deine Welt!
Schon seh ich vor mir diese Trennungsstunde,
wo sich ein Herz von meinem Herzen reißt,
schon hör ich aus dem klagend, zuckend Munde
ein Schluchzen, wo ein Lachen doch zumeist
den Sang der Seele in die Welt gejubelt.
Ein kurzes Wort, voll Klang und doch so hohl,
ein leises Flüstern: »Lebewohl!«

Du fährst hinaus, wann sehen wir uns wieder?
Wann jemals wird ein Kuß uns binden?
O weine, Herz, – nein – ruf in Klageliedern

mein Glück zurück, laß es mich finden! –
Der Strahl der Hoffnung aber leuchtet nicht,
das Leben ist des Menschen Pflicht
und Pein zugleich, ein strenger Wart,
die Geißel schlägt, das Herz wird hart,
das Schicksal aber schreitet würgend alles nieder!

Die nächsten Wochen wurden zur Qual, das väterliche Haus zu einem Gefängnis und die Arbeit in der Faktorei zur widerlichen Last.

Die Auseinandersetzung, die stattgefunden hatte, verschwieg der Sohn dem Vater, trotzdem entging letzterem die Veränderung seines Erben nicht. Eine Aussprache unterblieb jedoch, der alte Handelsherr hielt sie nicht für nötig, obwohl der Sohn kaum mehr etwas aß und deshalb sichtlich abmagerte.

»Was hat er?« fragte besorgt die Haushälterin des Handelsherrn, als der Sohn seinen Teller wieder einmal überhaupt nicht angerührt hatte.

Der Alte zuckte die Achseln.

»Dichterlaune«, brummte er.

Und daran glaubte er auch, hatte er doch einmal gelesen, daß Künstler die seltsamsten Leute seien. Wenn ihnen, hatte da gestanden, einmal eine Fliege ins Tintenfaß fiele, sännen sie sofort darüber nach, ob darin nicht eine besondere Infamie des Schicksals zu sehen sei.

Indes, bald darauf trat der Sohn eines Morgens vor seinen Vater hin und sagte: »Ich halte es nicht mehr aus. Ich will hinaus, hinaus in die Welt, Vater. In die Weite, in die Ferne. Laß mich gehen, Vater.«

»Phantast!« brummte der Alte. »Die Welt ist Pest

und Ekel. Bleib hier, unser Dach ist sicherer und angenehmer als jede Krone eines Baumes, als jedes Zelt des Himmels.«

»Ich kann nicht, Vater«, brach es aus dem Sohn heraus. »Ich kann nicht mehr . . . ich ersticke!«

»Du erstickst bei deinem Vater?«

»Versteh mich doch! Eine Welt will ich mir schaffen, eine eigene Welt.«

»Und wo soll die liegen, Dichter?« grollte der Vater, an dessen Schläfen die Adern zu schwellen begannen.

Der Junge sah es nicht, er blickte in die Weite, in ein Paradies des Traumes. Voller Glauben sprach er: »Sie liegt im Geist, im Können, im Nichtverzagen.«

»Deine Welt ist die Firma. Ich übernahm sie von meinem Vater, dieser wiederum von seinem Vater, dieser von seinem . . . und so weiter und so fort. Generationen schafften an dem Werk, legten Stein auf Stein, errichteten den Bau. Du bist vorläufig der Letzte unseres Stammes. Mit dir steht oder fällt die Firma.«

»So fällt sie, Vater, muß sie fallen, weil ich Höheres erstrebe.«

Da richtete der Alte sich zu seiner vollen Größe auf.

»Gibt es etwas Höheres, als ein Erbe zu erhalten? Meine Pflicht ist es, dich zu leiten, daß du erkennen lernst, was ein Erbe bedeutet. Du müßtest nun eigentlich alt genug sein, das selbst zu sehen. Es ist die Pflicht, die dich an deinen Posten bindet, die Pflicht des Blutes – was ist da noch stärker, was gewaltiger als diese Tatsache?«

»Das Heiligste – die Kunst.«

Zornig blickte ihn der Vater an, zornig funkelten seine Augen, zornig war der Ton.

»Du bleibst!«

»Nein.«

»Du willst nicht?«

»Nein.«

»Du stößt deinen Vater zurück?«

»Ich sage ja, denn kanntest *du* bis jetzt Erbarmen mit deinem Sohn?«

»Du zerstörst das Erbe deiner Ahnen!«

»Wer sagt, daß ich durch dieses Erbe leiden soll? Mein Wille war es nicht, daß irgendeiner unserer Vorfahren anfing, sich dem Handel zu verschreiben.«

Der Alte stellte seine letzte Frage, grollend, noch größer werdend: »Du stellst das eigene Ich über die Pflicht des Blutes?«

Der Sohn gab die Antwort nicht zögernd und fest: »Die Pflicht zur Dichtung gilt mir mehr.«

»Taugenichts!«

Der Alte brüllte es, aus einem jahrhundertealten Gefühl gerissen. Er hatte den Untergang seines Werkes und das der Ahnen vor Augen. Er trat vorwärts, blind vor Wut, hob die Faust, die Faust, an der die schweren Ringe blitzten, und schlug zu.

»Taugenichts! Verkommenes Subjekt! Tagedieb! Parasit! Lump! Faulpelz!«

Jedes Schimpfwort wurde von einem Schlag begleitet.

»Tunichtgut! Kreatur! Schädling!«

Und immer wieder: »Taugenichts!«

Taumelnd suchte der Sohn dem Bereich der Arme des Amokläufers zu entkommen, aber der Vater folgte ihm, brüllend, mit Schaum vorm Mund, und schlug zu, schlug zu. Blut tropfte aus der Nase des Sohnes, die Lippe riß – der Junge wehrte sich nicht gegen die Schläge, denn sie kamen ja vom Vater. Da ... plötzlich ... brach ein Röcheln aus des Alten Brust, ein nie gehörtes Stöhnen, ein fremdes Schluchzen. Er wankte, suchte Halt, griff taumelnd um sich, glitt aus und fiel schwer auf den Teppich.

»Vater!«

Der Sohn sprang hinzu, kniete nieder, rüttelte den regungslosen Körper.

»Vater, was ist, was hast du? So sprich doch! Mein Gott! Vater!«

Stumm lag der Alte, stumm für ewig. Zu groß war die Erregung für sein altes Herz gewesen.

Der Sohn aber konnte es nicht fassen, rüttelte den Toten immer und immer wieder, nahm dessen Hände in die seinen, horchte nach dem Herzschlag und fing wieder an zu schütteln.

Endlich begriff er, was geschehen war, sah er den Willen des Schicksals.

Die letzte Frage aus dem Munde des Vaters, ehe ihn der Herzschlag gefällt hatte, stellte sich nun noch deutlicher, schärfer:

Das Erbe – ja oder nein?

Hier lag der Vater, vor ihm stand der Sohn.

Entscheide dich, entscheide dich, du Wankelmütiger, mit aller Klarheit! Die Firma oder die Kunst.

Danach wird es kein Zurück mehr geben, nur noch ein Vorwärts, doch das Vorwärts teilt sich.

Wähle deinen Weg, dein Leben hängt von deiner Entscheidung ab. Bedenke, einmal nur gibt dir das Schicksal jenen Zauberstab in die Hand, mit dem du dir dein Leben nach eigenem Ermessen formen kannst. Wähle, Mensch ...

Der Sohn sah auf den toten Vater. Dich, Vater, dachte er dabei, darf ich nicht fragen. Was du von mir erwartest, ist klar. Und hast du nicht recht? Bin ich dir nicht diese Entscheidung, die Entscheidung in deinem Sinne, schuldig – gerade jetzt?

Und schon wollte sich der Sohn hinknien, dem toten Vater die Hand auf die stille Brust legen und schwören, stets in seinem Geiste zu leben und zu arbeiten, das Werk der Ahnen zu erhalten ... da zuckte er zurück.

Leuchteten da nicht zwei Augen? Zwei große Augen in flimmerndem Glanze? Hörte er nicht ein Flüstern – ich liebe dich?

Und dort, dort trat sie aus der Wand, die Kunst, die Muse, und hielt einen Lorbeerkranz. Für dich, wenn du mir folgst ...

Für dich!

Jedoch, was war mit dem Vater?

Mit dem Erbe?

Mit der Blutspflicht?

Mit der Firma?

Ich liebe dich, hörte er es wieder flüstern. Die Muse liebte ihn, und er liebte die Muse.

Seine Dichtung, glühend; seine Verse, wie Fanfaren.

Der Flug seines Geistes!

Rief er nicht:

> Freiheit braucht die Seele, Luft
> zu atmen die Natur, des Lebens
> zu eng begrenzten Raum mit Kraft
> zu sprengen ...

Sprengen!

Sprenge die Ketten der Vernunft, wirf dich dem Gefühl in die Arme!

Da trat er jäh einen Schritt vom Leichnam seines Vaters zurück, fanatischen Glanz in den Augen, und sagte: »Ich kenne meinen Weg. Kunst, ich folge dir.«

Und ohne auf den Toten noch länger zu achten, wandte er sich zur Tür, verließ den Raum, schenkte die Firma der Stadt, die mit ihr machen konnte, was sie wollte, packte sein Bündel, versah sich mit seinem Ersparten und setzte den Fuß in den Staub der Straße.

Sehnsucht.

Was ist Sehnsucht?

O Mensch, Unwissender, laß deinen Mund schweigen, denn er redet nur Falsches, wenn er das erklären will. Sehnsucht läßt sich nicht mit dem Verstand zerlegen; Sehnsucht muß man fühlen, kann man nur fühlen.

Sehnsucht, dieses tiefste und schmerzlichste Geheimnis der Seele, ist eines jener Wunder im Menschen, die nie geklärt und nie begriffen werden. Es ist da, einfach plötzlich da, dieses drückende, schmerzende Gefühl, dieses geheimnisvolle Gewicht, das sich auf das Herz legt und dessen Schlag behindert, einengt. Er ist plötzlich da, dieser mystische Drang nach jemandem oder etwas, den oder das wir ersehnen.

Sehnsucht.

Gäbe es eine Zunge, die diesen Schmerz, der bitter ist und doch süß zugleich, zerlegen könnte wie ein Chemiker seinen Stoff oder wie ein Mechaniker seine Maschine – ein Heiligtum würde in den Staub sinken, eine Welt der Seele würde zerbrechen, ein Teil des Göttlichen würde seine Wunderkraft verlieren.

O Sehnsucht, Schwester der Liebe, treibe du eher die Menschen in ihre süßen Taumel zum Glück oder Verderben, als daß du den Schleier deiner Herkunft lüftest.

Auch unser junger Dichter fühlte diese Macht, der er nicht entrinnen konnte und wollte, fühlte das Suchen seiner Seele nach einem Paar glänzender Augen und roter Lippen. Er ließ sich treiben, willenlos, war ein Spielball seiner Empfindungen, wanderte durch Dörfer und Städte, reiste zu Pferd, im Wagen, wie es die Gelegenheit ihm schenkte. Er schluckte Staub und schwitzte in Sonnenglut, fror im Regen, trotzte dem Sturm, blieb unverzagt, trieb, wie er glaubte, dem Glück entgegen und trieb doch ab vom Strom der Allgemeinheit in ein stilles Nebenwasser ganz am Rand des Bettes. Dort hielt er an.

Noch war er jung und ahnte nicht sein fürchterliches Schicksal. Im Gegenteil, er fühlte sich glücklich, unendlich, überschwenglich glücklich, denn er stand jetzt vor dem ersten Ziel seiner Reise . . . vor dem Haus der Geliebten. Inmitten eines Parks lag es, groß, stattlich, verziert mit Figuren von Künstlerhand. Kunde gab es vom Wohlstand derjenigen, denen es gehörte.

Doch den Dichter interessierte das nicht. Er umschritt das Besitztum, das von einem hohen Zaun umgeben war, und suchte nach einer Stelle, die ihm Gelegenheit bot, ins Innere des Parks und damit in die Nähe der Geliebten zu gelangen. Am großen, schmiedeeisernen Tor der Hauptfront traf er auf einen alten

Gärtner, der sorgsam die den Eingang verzierenden Blumen pflegte.

»Gott zum Gruße, Alter!« wagte der Dichter ein Gespräch zu eröffnen. »Die Arbeit ist mühsam für deinen gebeugten Rücken. Schon längst solltest du dich ausruhen dürfen von der Last des Lebens.«

Der Greis blickte von unten herauf den jungen Mann an.

»Die Blumen liebe ich«, sagte er. »Sie sind das Herrlichste, das die Natur zu bieten hat.«

»Du bist Gärtner aus Leidenschaft?«

»Aus Leidenschaft, ja – aber kein gelernter.«

»Wie soll ich das verstehen?«

»Jüngling«, sagte der Alte lächelnd, »ich war Tischler und hatte zwei Söhne, große, gesunde Söhne. Zwei Sonnen waren sie für mich in meiner Hütte. Ich war früh verwitwet. Da kam ein Krieg. Sie zogen ins Feld – so jung wie du waren die beiden. Gleich zu Beginn traf den einen ein Schwertstoß in die Brust. Noch blieb mir der zweite, blieb mir der Glaube an die Hälfte meines Glücks. Doch dann verlor ich auch ihn – durch die Pest. Ich legte ihn zu seiner Mutter ins Grab und pflanzte Blumen auf den flachen Hügel. Das hatte ich vorher auch schon getan, aber jetzt erst sah ich, wie herrlich sie blühten. Man bekommt ein Auge dafür, wenn man älter wird. In der Jugend geht man an der Blumenpracht der Friedhöfe achtlos vorüber. Schließlich begann ich, mich ganz den Blumen zuzuwenden. Jede Knospe, die ich ziehe, jede Blüte, die ich pflege, dünkt mich wie ein Teil meiner lieben Toten. Was macht es, wenn der Rücken schmerzt – das Herz, es soll sich freuen!«

»Und es freut sich«, nickte der Jüngling.

Aufmerksam hatte er dem Alten zugehört und setzte nun das Gespräch mit ihm fort.

Ob er, der Alte wüßte, daß ein junges Mädchen in dem Hause hier wohne?

Ja doch, vor ein paar Monden sei eines zugezogen, ein trauriges Kind.

»Wieso traurig?« fragte der junge Mann. »Weißt du das?«

Der Greis schüttelte den Kopf.

Nein, das wisse er nicht. Er könne nur sagen, daß das Mädchen mit trauriger Miene im Park herumliefe und einige Male, auf einer Bank sitzend, geweint habe.

Des Jünglings Herz schlug schneller, als er diese Kunde vernahm, teils aus Freude, sie gefunden zu haben, teils auch aus schmerzlichem Mitgefühl für ihr Leid.

Er fragte den Alten, ob dieser nicht dem Mädchen einen Zettel in die Hände spielen könne oder, besser gesagt, wolle.

Der Greis wiegte bedenklich den Kopf.

Das Mädchen werde, antwortete er, streng von der Tante bewacht, einer zwar alten, doch immer noch scharfäugigen Jungfer.

»Du würdest mich zu großem Dank verpflichten«, drängte der Jüngling und setzte hinzu: »Nicht nur mich – auch das Mädchen.«

»Warum?«

Da sprudelte es aus dem Dichter heraus, alles, was sich in den Monaten ungestillter Sehnsucht in seinem Inneren angesammelt hatte. Eine Sturzflut der Worte brach hervor.

Im Alten schienen Erinnerungen wach zu werden. Ein leises Lächeln stahl sich auf sein Gesicht.

Aufatmend schloß der Dichter: »So, nun kennst du meine Geschichte, kennst du mein Herz.«

Der Greis nickte. »Vor fünfzig Jahren ging's mir genauso. Mir ist, als höre ich mich selbst.«

»So wirst du mich um so besser verstehen und mir helfen.«

»Was hast du vor?«

»Mein Glück zu finden.«

»Willst du . . . willst du das Mädchen etwa mit Gewalt . . .«

Der Greis brach ab. Mit besorgter Miene blickte er den Jüngeren an. Als dieser trotzig schwieg, hielt er ihm vor: »Entführung war zur Ritterszeit ein sehr beliebtes Spiel. Heute steht harte Strafe darauf.«

Der Jüngling seufzte.

»Noch weiß ich nicht, was ich tun werde«, sagte er. »Stecke du erst meinen Zettel der Lieblichen zu – das Weitere bringt uns das Schicksal . . .«

»Das du zwingen willst«, fiel der Alte ein, »und das dich doch schon längst zum Spielball seiner Laune auserkoren hat.«

»Und wenn's so wäre – ich kann's nicht ändern!« rief der Dichter ekstatisch.

Nun seufzte wieder der freundliche Greis und sagte: »Gib den Zettel her . . .«

»Den muß ich erst noch schreiben.«

»Dann schreib ihn.«

»Das geht nicht so schnell. Ich bringe ihn dir morgen.«

»Meinetwegen.«

»Morgen um die gleiche Zeit an der gleichen Stelle hier. Geht das?«

Der Greis nickte.

»Tausend Dank!« rief der Jüngling, enteilte und suchte sich ein stilles Plätzchen, wo er wieder einmal Pegasus, das geflügelte Roß der griechischen Sage, das Roß der Dichter, satteln konnte.

Leise weht durch Deinen Garten
zärtlich-warm ein Frühlingswind,
hier, Geliebte, will ich warten,
bis die Sterne müde sind.
Hoch am Himmel gießt mit Lachen
fahles Silberlicht der Mond,
oh, stets will ich stehn und wachen,
Sklave Deines Himmelsthrons.
Könnte ich die Blütenzweige
doch in Deine Arme legen,
könnte süßer Schmelz der Geige
Dich erfreun auf allen Wegen,
könnte ich mein Herz, das wunde,
aus der Brust für dich doch reißen,
daß es zitternd gebe Kunde,
welch ein Leuchten, Freudegleißen
jeder Blick von Dir erweckt.

Oh, ich kann nicht, streng bewacht
sind des Glückes stein'ge Pforten,
Augen spähen durch die Nacht,
Vorsicht heischend allerorten.
Wie ein Stirnreif großer Fürsten,
nach dem gier'ge Diebeshände
tasten und im Fieber dürsten

und selbst die Moral verpfänden,
wirst, Geliebte, Du bewacht.

Doch zu hoch sind keine Gitter,
daß ich heimlich in der Nacht,
sei's bei Mondschein, Sturmgewitter,
mich nicht auf die Kraft vertrau,
die der Sehnsuchtsdrang mir schenkt.
Wenn ich Deine Augen schau,
diesen Glanz, der mich gelenkt
unermüdet über Weiten,
selig, trunken, lebensfern
werd ich Dir zu Füßen gleiten,
Dir, der Sternen schönster Stern.

Nicht erträglich ist das Leben,
wenn es hinter Mauern träumt,
Glück und Frohsinn will ich geben
Dir, in der die Jugend schäumt.
Nicht versprechen will ich, bauen
Schlösser, die im Leben fallen,
nein, auf Kraft und Mut vertrauen
baut die ird'schen Siegeshallen.
Was das Schicksal uns auch schenke,
was brutal es auch zertritt,
eins, o Liebste, stets bedenke:
unsre Liebe gehet mit.
Geht mit uns den Weg des Glückes,
schleicht mit uns den Schmerzenspfad,
schenkt uns Kraft zum Trotz des Lebens,
lenkt bedachtsam Gottes Rat.

Liebe ist die Macht der Seele,
die den Mensch zum Himmel hebt,
Liebesschleier will ich schenken,
die das Glück für Dich gewebt.

Sinnend hielt er inne, überlas seine Verse noch einmal und schrieb dann darunter:

Morgen um Mitternacht warte
ich auf Dich im Park, im Gebüsch
beim großen Tor.

Als er seinem Helfershelfer, dem freundlichen Gärtner, das Blatt brachte, hatte er nichts dagegen, daß dieser das Gedicht las. Alte Leute sind neugierig und scheuen sich nicht, das zu erkennen zu geben.

Nachdem der Gärtner die Verse andächtig studiert hatte, fragte er den jungen Verfasser ernst: »Bist du ein Dichter?«

»Ja«, antwortete dieser schlicht.

»So halte dein Leben fest, daß es dir nicht enteilt. Ich kannte einen . . .«

Er verstummte, da ihm der Jüngling ungeduldig ins Wort fiel, indem er ihn fragte: »Wann wirst du ihr das Blatt zustecken?«

»Möglichst bald. Ich sehe ja, daß du sie heute nacht schon treffen willst.«

»Ich danke dir aus ganzem Herzen. Ich werde dich in einem Gedicht verewigen. Sollte irgend etwas nicht klappen – bei dir oder bei mir –, komme ich morgen wieder hierher, und wir machen einen neuen Anlauf. Darum bitte ich dich.«

Der Alte nickte. Längst war er vom Jüngeren überfahren worden und sagte zu allem ja und amen. Das ist ja meistens so, daß die Jugend in solchen Fällen die Initiative an sich reißt und das Alter sich fügt. Stellt sich dann die Reue ein, ist es fast immer zu spät.

Es kam eine warme Nacht, und der Mond zauberte auf Bäume, Büsche und Gräser einen aus Silber gewebten Schleier. Ein zarter Hauch schwebte über der Natur wie das tiefe, sorglose Atmen eines schlafenden Kindes. Es war eine Nacht der Dichter und der Liebenden.

Er stand an der im tiefsten Dunkel liegenden Innenseite des Zaunes, verborgen durch ein Fliedergebüsch, und spähte aus nach dem Schatten der Geliebten. Und wieder wurde es eine Folter für ihn.

Es war schon Mitternacht durch, und noch immer war keine Spur von der Ersehnten zu sehen. Warum kam sie nicht? Hatte der Gärtner sie nicht getroffen? Oder hatte er sie gar nicht treffen wollen? Trieb der Alte nur ein Spiel mit ihnen beiden?

War er gar bereit, sie zu verraten?

Den Jüngling durchfuhr ein eisiger Schreck. Was garantierte ihm, daß der Gärtner wirklich auf seiner Seite stand? Was rechtfertigte sein Vertrauen zu ihm?

Nichts.

Es hätte sich also empfohlen, schleunigst zu fliehen, um die eigene Haut zu retten.

Die Haut der Geliebten, die durfte ihn dann allerdings nicht mehr kümmern.

Damit war es aber auch schon klar, daß eine Flucht nicht in Frage kam. Der Jüngling hätte es einfach nicht fertiggebracht. Er wartete also weiter.

Langsam, unendlich langsam verging die Zeit.

Doch da . . . ein Schatten, ein Schweben, ein ganz leiser Schritt im samtenen Gras.

Ein Hauch: »Du . . .«

Sie kam, sie war es. Fest preßte er die Lippen aufeinander, um nicht laut, nein, triebhaft aufzuschreien. Leise bog er die Zweige auseinander und flüsterte zurück: »Hier, Geliebte . . .«

Er breitete die Arme aus, um sie zu umfangen, aber sie warf sich ihm, die Lage überblickend, nicht an die Brust, sondern nahm ihn an der Rechten, zart und doch fest, und flüsterte: »Komm, hier ist's zu gefährlich. Folge mir . . . Vorsicht, die Äste . . . tritt mit den Zehen auf, gib acht, jetzt kommt ein Kiesweg . . . jedes Geräusch kann uns hier verraten . . .«

Folgsam hielt er sich an ihre Anweisungen. Verhältnismäßig rasch kamen sie dadurch vorwärts, glitten tiefer hinein in den stillen, dunklen Park. Er hielt den Mund, nur einmal fragte er sie: »Gibt's hier keinen Hund?«

»Doch, aber der schläft.«

»Er schläft?«

»Ganz tief.« Ein leises Kichern wurde laut. »Ich habe ihn schlafen gelegt.«

Ein Grund mehr für ihn, über ihre Kaltblütigkeit zu staunen.

Schließlich erreichten sie eine ganz besonders behütete Ecke des großen Parks, einen kleinen Platz mit hohem, weichem Gras. Umgeben war er von dichtem Gebüsch und kleinen Tannen, deren Zweige bis zur Erde reichten.

Still war es zwischen den beiden, denn wo Herzen sprechen, sind Worte überflüssig. Nur in die Augen sahen sie sich, in diese Spiegel ihrer Seelen, tranken sich von ihnen gegenseitig den Glanz, das tiefe Schimmern und Leuchten herunter, das Gott den Menschen gibt, wenn sie lieben.

Sie sahen sich in die Augen, und da war es, als führe eine allgewaltige Macht sie zueinander. Sie spürten nicht die eigenen Schritte, doch der Raum verengte sich. War es ein Schweben, Gleiten oder gar ein Stürzen? Nein, es war mehr, mehr . . .

»Duuu . . .«, brach es aus beiden Herzen.

»Duuu . . .«

Ein doppeltes Schluchzen, und in die Arme taumelten sie sich gegenseitig, zitternd, verlangend, leidenschaftlich.

Geheimnisvoll durchglüht fanden die Lippen sich . . . endlos, die Welt vergessend, alles fordernd, alles gebend.

Sie sanken in das Gras.

»Duuu . . .«, stammelten ihre Lippen.

»Duuu . . .«, keuchte ihr Atem.

Und hinter einer Wolkenbank versteckte sich der Mond.

Langsam begann es kühl zu werden. Die Boten des Morgens zeigten sich. Ein frischer Wind durchrauschte das Gezweig, und in der Ferne wurde aus dem Schwarz der Wolken ein dunkles Grau.

Das Mädchen saß im Gras und ordnete die aufgegangenen Flechten. Er lag an ihrer Seite, wohlig im Gras ausgestreckt, sich seiner Müdigkeit überlassend.

»Ich halte das nicht mehr aus hier«, sagte sie zu ihm. »Den ganzen Tag bewacht mich das Gesinde, und die

Tante selbst schläft zusammen mit mir im gleichen Zimmer.«

»Und trotzdem bist du gekommen, Liebste«, sagte er und streichelte ihre zarte Hand und küßte deren Innenfläche.

»Es war schwierig«, antwortete sie. »Deshalb auch meine Verspätung. Ich mußte warten, bis das Pulver wirkte, das ich ihr in den Wein gegeben hatte. Abends trinkt sie nämlich immer ein Glas Wein. Sie meint, sie bliebe davon schlank, die Säure zehre. Endlich schlief sie, und ich konnte mich davonschleichen.«

Die Antwort war ein Gestammel.

»Ich liebe dich, ich liebe dich, ich liebe dich.«

»Was soll nun werden?« fragte sie ihn bang.

»Du mußt heraus aus diesem Gefängnis, mußt mit mir hinaus in die Welt.«

»Aber wie? Der Vater verweigert einer Ehe mit dir sein Einverständnis.«

»Warum ihn fragen? Selbst zu handeln bringt den Sieg. Das Leben steht uns offen, wir sind jung, wir wollen es erobern. O Geliebte, unser Schicksal lenken wir allein, wir und die Liebe, die uns nie verlassen wird – nie, nie, hörst du, nie!«

»Nie!« rief sie auch leise und küßte ihn.

Es war ein beiderseitiger Schwur. Ein Schwur für die Ewigkeit.

»Was kann uns aufhalten, Liebste?« sagte er nach einer Weile. »Wir zwingen unser Glück, wir glauben an das Gute, und der Glaube versetzt Berge.«

»Des Vaters Segen würde uns dennoch guttun«, gab sie noch einmal zu bedenken.

»Ach was! Liebte und segnete mich mein Vater?

Nein, im Fluche und gegen mich rasend, starb er. Was kümmert's mich jedoch, ich zimmere mir mein Leben selbst, denn meinen Geist kann mir niemand stehlen, und eine große Macht folgt mir, die jeden überzeugt und ihn gewinnt: die Macht der Kunst.«

»Liebster, ich . . .«

»Was?«

»Ich habe Angst.«

»Angst?«

»Ja.«

»Eben sagtest du noch, daß du mich liebst.«

»Unaussprechlich und ewig, aber . . .«

»Dann mußt du auch Vertrauen zu mir haben.«

»Habe ich ja, aber . . .«

»Kein ›Aber‹, Liebste! Du hörst auf mich, wir fliehen zusammen, und zwar möglichst bald, schon morgen um Mitternacht. Ich erwarte dich hier.«

Sie ergab sich.

»Ich komme«, hauchte sie.

Und er jubilierte: »Das Leben wird es dir einst danken, Liebste!«

Er küßte sie, immer und immer wieder. Rasch war abzusehen, womit das wieder enden würde. Sie wehrte ihn deshalb von sich ab und sagte: »Der Morgen kommt, Liebster. Ich muß ins Haus, und auch für dich wird's allerhöchste Zeit, daß du von hier verschwindest. Niemand darf dich sehen.«

»Noch einen Kuß, Liebste, bitte . . .«

Sie ließ sich erweichen, aber als er gleich wieder stürmisch werden wollte, sagte sie energisch: »Schluß jetzt! Du mußt gehen! Wenn man uns entdeckt, ist alles, alles uns verloren. Willst du das?«

»Um Himmels willen, nein!«

»Dann sei vernünftig.«

Sie erhoben sich aus dem Gras. Sie hatten nicht gemerkt, wie kühl dieses längst geworden war.

»Soll ich dich noch bis zum Haus bringen?« fragte er sie.

»Nein, der Weg ist mir bekannt.«

»Was ist mit dem Hund?«

»Törichte Frage! Er kennt mich. Außerdem schläft er wohl noch. Ich habe ihm – deinetwegen – auch reichlich von dem Pulver in seine Schüssel gegeben, das der Tante Schlaf vertiefte.«

Er lachte verhalten.

»Du bist eine . . .«

Er brach ab.

»Was bin ich?« fragte sie.

»Eine Satansbraut«, lachte er. »Man muß sich vor dir in acht nehmen.«

»Nachdem ich deine Braut bin«, schlug sie ihn in diesem kleinen Rededuell, »mußt du der Satan sein. Was hältst du davon?«

»Nichts, ich . . .«

»Geh jetzt, sonst verdirbst du wirklich alles, Liebster!«

»Noch einen allerletzten Kuß«, bettelte er wie ein unvernünftiges Kind, und wie eine unvernünftige Mutter konnte sie ihm seinen Wunsch wieder nicht abschlagen.

Dann aber riß sie sich los von ihm und verschwand zwischen den Büschen, huschte durch den Park dem Haus zu. Am Horizont hatte sich der Himmel gerötet, golden blitzte es auf zwischen den Wolken, die Sonne kam hoch, brachte Licht, die Erde erwachte, das Konzert der Vögel setzte ein.

Lang, unendlich lang wurde dieser Tag. Die Sonne schien und schien, noch immer wollte sie nicht untergehen. Endlich, endlich kam die Dämmerung, aber dann war es mit ihr das gleiche. Sie wollte und wollte sich nicht beeilen. Sie trödelte sozusagen ewig herum, und die Nacht ließ und ließ auf sich warten.

Unruhig lief der Dichter in der Gaststube der Herberge, die ihm zur Zuflucht geworden war, auf und ab, unfähig, einen klaren Kopf zu behalten. Seine Gedanken jagten sich. Nach der Euphorie in der Liebesnacht plagten ihn jetzt selbst auch Zweifel. Er mußte sich Mut zusprechen.

Nun also begann das Leben, das Leben mit seinen Höhen, aber auch mit seinen Tiefen. Von heute an war er ganz allein der Träger seines Schicksals, nein, zweier Schicksale, denn auf ihm lastete auch die Verantwortung für eine andere Seele, die sich ihm, zerbrechlich und zart, anvertraut hatte.

Er hörte auf, hin und her zu rennen, setzte sich an einen Tisch. Der Wirt brachte ihm das Abendbrot, das jedoch keine Würdigung fand. Der nervöse Dichter rührte es nicht an. Mit dem Kopf in seinen Händen vergraben, saß er da und blickte abwesend vor sich hin.

Seine Geliebte kam aus einem reichen Haus, war an seidene Kleider und funkelnde Geschmeide gewöhnt, Luxus aller Art war ihr zur Selbstverständlichkeit geworden. Konnte er ihr Ähnliches bieten? Allein der Gedanke war Hohn. Wer war er denn? Ein Dichter ohne Stellung, ohne jede Basis einer beruflichen Existenz, nur getragen von dem Glauben, einmal erkannt und beachtet, anerkannt und gedruckt zu werden. Und wenn es soweit kam, konnte er dann daran denken, kostbaren Schmuck zu kaufen? Würden sie nicht immer froh sein müssen, wenigstens nicht zu hungern?

Wie groß war die Gefahr, daß sie den Luxus nicht missen konnte? Gewohnheit ist eine starke Macht. Würde ihre Liebe stark genug sein, um diese Macht zu besiegen? Oder würde sie zerbrechen an der Bescheidenheit des Lebens, das er ihr nur bieten konnte?

Würde sie ihren Schritt in die Freiheit an seiner Seite bereuen? Würde er ihr wahres Glück bieten können?

Glück? Liegt Glück im Luxus? Im Fortbestehen gewohnter Verhältnisse?

Liegt Glück nicht im Herzen? Und gehörte das Herz nicht ihm? Doch wiederum – war es nicht zu schwer für sie, von großer Höhe in die Tiefe zu stürzen? Durfte er denn überhaupt die Hand nach ihr ausstrecken? War es zulässig, einen anderen Menschen eventuell ins Unglück mit hineinzuziehen?

Unglück? Konnte es nicht auch das Glück werden, wenn seine Bücher ...

Wenn?

Wenn!

Zukunftsträume ...

Wenn, wenn, wenn ...

Ich halte das nicht aus, dachte der Dichter und hämmerte sich mit den Fäusten gegen die Schläfen. Ich halte das nicht aus ... Herrgott, so hilf mir doch!«

Der Wirt spülte Gläser und beobachtete das Benehmen seines seltsamen Gastes. Dem scheint ein Rädchen zu fehlen, oder er hat eines zuviel, sagte er sich im stillen. Ein Verrückter. Ja, ja, die Welt, sie trägt Geschöpfe aller Art. Na, das Schicksal wird schon wissen, was es vorhat mit ihm.

Wahrlich, ein Philosoph, dieser Wirt ...

Plötzlich sprang der Gast auf, warf Geld auf seinen Tisch, packte sein Bündel am Lederriemen und stürmte ohne Gruß aus der Stube. Wieselflink eilte der Wirt an den Tisch, um festzustellen, ob der Betrag, den dieser Narr hinterlassen hatte, auch ausreichte.

Doch siehe da, der doppelte lag auf dem Tisch, nicht abgezählt, einfach hingestreut.

Und mit einem Schlag hatte der Wirt seine Meinung geändert.

»Ein nobler Herr«, murmelte er hochachtungsvoll. »Habe ihm das gar nicht angesehen, bin ein Ochse. Er muß im Geld schwimmen. Ja, ja, die Welt, der eine hat's, der andere hat's nicht. Das Schicksal wird schon wissen, wem es das Jeweilige zuteilt – und warum.«

Ab jetzt verlief sich jede Spur der beiden. In der Stadt jedoch begann ein Prozeß, der die Bevölkerung in Atem hielt.

Aus einem vornehmen, sicheren Gebäude war des Nachts ein Mädchen mit Gewalt geraubt worden. An der Gewalt bestand kein Zweifel. Die Sittsamkeit des Mädchens schließe jede andere Möglichkeit aus, schwor die alte Tante.

Der Vater tobte, schrie, er wolle vor den Kaiser treten und alle verklagen, den Bürgermeister, die Gendarmen, Himmel, Hölle, alle und alles wolle er verklagen, wenn nicht der Schuldige gefunden werde. Die Verantwortlichen wanden sich: man tue, was man könne, doch sei der Täter vorläufig entwischt, entflohen mit dem Mädchen.

Der Alte brüllte, wozu Gesetze bestünden, wenn sie die Bürger nicht schützen könnten, wozu man die ganzen öffentlichen Abgaben zahle – Kreuzdonnerwetter, allein habe doch der Schurke diese Tat nicht verüben können, ein Helfer sei vonnöten gewesen, der das Tor aufgeschlossen habe. Wer besitze denn den Schlüssel?

»Der alte Gärtner«, sagte zitternd die Tante.

Man schleppte nun den Greis vor die Schranken des Gerichts, und er leugnete die Wahrheit nicht.

Ja, er habe das Tor nicht verschlossen.

Warum nicht?

Weil ihn das junge Mädchen darum gebeten habe.

Ob er wahnsinnig sei?

Nein.

Warum er das getan habe?

»Ich sagte schon«, antwortete er noch einmal schlicht, »weil sie mich darum gebeten hat.«

»Das kann nicht sein, denn sie wurde mit Gewalt entführt.«

»Nein.«

»Doch, wir wissen es!«

»Von wem soll sie entführt worden sein?«

»Das wollen wir doch von dir erfahren. Wer war bei ihr?«

»Ein junger Dichter.«

»Aha, das genügt uns, der hat schon seinen eigenen Vater auf dem Gewissen. Wohin ist er?«

»Das weiß ich nicht.«

Man brüllte den Greis an, bedrohte ihn, doch er war wirklich überfragt. Man glaubte ihm nicht, und so wurde er, da der Zorn der Herren, denen er ausgeliefert war, ein Opfer forderte, zur Folter verurteilt. Unter unsäglichen Qualen starb er. Zwei Tage lang dauerte die Marter, und bis zuletzt konnte der alte Mann nicht sagen, wohin die beiden entschwunden waren.

Eine gewisse Anerkennung blieb ihm im Tode nicht versagt.

»Ein harter Brocken«, sagten die Folterknechte, als er kein Lebenszeichen mehr von sich gab.

Eine unangenehme Überraschung harrte ihrer. Der Rat der Stadt löste sie wegen Unfähigkeit ab, da dies nun schon der zweite Fall war, wo ihnen ein Delinquent so rasch verstorben war, ohne daß es ihnen gelungen wäre, ihm die Wahrheit zu entlocken.

In einer armseligen Bodenkammer lag wimmernd ein Kind auf einem Strohbett. Der fahle Schein, der durch das schmale Fenster an der schrägen Decke drang, fiel auf ein Gesicht, das verzerrt im Schmerz war, gerötet vom Fieber. Am Kopfende des Bettes kniete schluchzend eine Frau, ein schmales Weib, dem man Jahre des Hungers ansah. Die Kleidung bestand fast nur aus Lumpen.

An einem wackligen, erbärmlich kleinen Tisch saß ein Mann, den sorgenschweren Kopf in die Hände gestützt, und blickte abwechselnd auf die Frau und das Kind. Auch er war ein Bild der Armut. Lange gab er keinen Laut von sich.

Das Kind wimmerte. »Es fiebert«, sagte die Frau, ihr Schluchzen unterbrechend.

Er schwieg, starrte auf das Kind. Abwesend, leblos fast war sein Blick.

»Seit Tagen liegt es so, es phantasiert, es stöhnt. Dem Kind hilft die Natur nicht mehr. Nur ein Arzt kann es noch retten.«

Die Mutter hatte diese Worte geschluchzt und trocknete sacht die nasse Stirn des Kindes.

»Ein Arzt? Ein Arzt will Geld sehen. Woher soll ein unverstandener Dichter Geld nehmen?«

»Mein letzter Schmuck . . .«

»Verkauft! Seit Tagen schon! Die Miete wollte der Hausbesitzer haben. Keiner hat ein Herz, wenn es um seinen eigenen Vorteil geht. Wir besitzen nichts mehr, keinen Schmuck, keine Wäsche, nicht mehr das Geringste . . . nur noch unser Leben.«

Trostlos hatten diese Worte geklungen, dumpf, hoffnungslos.

»Herr im Himmel, sei gnädig, hilf mir!« Laut betete es die verzweifelte Mutter. »Es darf nicht sterben, ich flehe dich an. Das Leben hat mir schon alles genommen, Frohsinn, Lachen, Glück, aber ich will mich nicht beklagen. Gern will ich alles hingegeben haben, wenn du es fordertest, nur lasse mir mein Kind, mein einziges, hilf mir, daß es noch einmal gesund wird, ich flehe dich an.«

Schluchzend vergrub sie ihr Gesicht im Stroh neben dem Kopf des fiebernden Kindes, dessen Wimmern kurz verstummte, abgelöst wurde von einem plötzlichen Schrei: »Mama, Mama!«

Der kleine Körper bäumte sich auf.

»Mein Gott, hilf!« schluchzte die Mutter wieder und drückte das Kind zurück auf das Stroh.

»Mama«, klang es leiser.

Die kleinen, mageren Finger griffen um sich.

»Mama . . .«

Das Grauen stand im Raum.

Da sprang der Dichter auf und stürzte zum Lager. Immer noch starr war sein Blick. Schweiß perlte auf seiner Stirn, kalter Schweiß. Er sah in das fiebernde Gesicht, stieß plötzlich einen unartikulierten Laut aus, fuhr auf den Absätzen herum und eilte hinaus.

Ehe er die Tür zudrückte, hörte er wieder: »Mama . . . Mama . . .«

Gehetzt stürmte er durch die Straßen, dem Haus des nächsten Arztes zu.

»Was wollt Ihr?« fragte ihn dieser im geschäftsmäßigen Ton, nachdem er sich mit einem Blick ein entsprechendes Urteil gebildet hatte. »Habt Ihr auch Geld, um zu bezahlen?«

»Doktor, Ihr müßt uns helfen . . . unser Kind . . . das einzige . . . es stirbt!«

»Ob Ihr auch Geld habt, um zu bezahlen, frage ich.«

»Ja.«

»Gut, was fehlt dem Kind?«

»Ich weiß es nicht, Doktor, es fiebert, hat Schmerzen in der Brust und Kehle . . . es ist ganz schlimm . . . Ihr müßt gleich kommen.«

»Ich komme ja, aber zahlt zuerst fünf Taler, ich will sichergehen.«

»Fünf . . .« Dem Dichter blieb vor Entsetzen das Wort im Hals stecken. »Die habe ich nicht.«

»Dann könnt Ihr gleich wieder verschwinden.«

»Doktor, ich bin ein armer Mann.«

»Daß Ihr keiner von den Fuggers aus Augsburg

seid, sieht man Euch an. Deshalb bin ich ja auch gleich auf fünf Taler heruntergegangen.«

»Ich habe nur zwei.

»Vier sind mein letztes Wort.«

»Wenn ich aber nur zwei habe!« schrie der Dichter gequält auf.

»Dann sucht Euch einen anderen Arzt«, erklärte dieses Prachtexemplar eines Helfers der Menschheit vollkommen ungerührt.

»Doktor!« Der Blick des Dichters wurde irr. »Unser Kind stirbt . . . vor unseren Augen . . . glaubt mir!«

»Wer sagt, daß ich Euch nicht glaube?«

»Dann müßt Ihr kommen!«

»Ich erkläre Euch zum letzten Mal, ich komme, wenn Ihr mir vier Taler zahlt.«

Der Dichter explodierte.

»Seid Ihr denn noch ein Mensch?« brüllte er, urgewaltig den Haß der ganzen Welt auf diesen Arzt schleudernd, dem Geld vor Leben ging. »Habt Ihr denn kein Herz im Leib? Unser Kind stirbt, und Ihr, Ihr redet vom schnöden Mammon! Schämt Ihr Euch nicht? Fürchtet Ihr nicht die Strafe Gottes?«

»Schreit hier nicht rum, ich warne Euch.«

»Ich *muß* schreien, sonst hört Ihr mich nicht, weil Ihr taub seid gegenüber meiner Not!«

»Wenn ich die Büttel rufe, wird Euch ganz rasch das Brüllen vergehen.«

Der Arzt hatte nach einer Pfeife gegriffen, die er sich nun gemächlich stopfte.

»Drei Taler«, sagte er und setzte rasch hinzu: »Aber ich schwöre Euch bei allen Heiligen, daß das wirklich mein letztes Angebot ist.«

Der Dichter fiel vor ihm auf die Knie.

»Ich *habe* doch nur zwei!«

»Dann besorgt Euch einen dritten und kommt wieder.«

»Von *wem* denn?«

»Woher soll ich das wissen? Ich kenne die Leute nicht, bei denen Ihr eventuell Kredit habt.«

Nun steckte der Arzt die Pfeife an und entlockte ihr dichte Rauchwolken. Endlich begriff der Dichter, daß hier Hopfen und Malz verloren war.

Er sprang auf. Er mußte sich an den Tisch klammern, um sich nicht auf dieses Tier in Menschengestalt zu stürzen.

»Mörder!« schrie er. »Mörder!«

Dann stürmte er aus dem Zimmer. Paffend sah ihm der Arzt nach und hatte ihn schon wenige Sekunden darauf vergessen. Ähnliches erlebte er zu oft.

Und wieder rannte der Dichter durch die Straßen, läutete bei zwei weiteren Ärzten, die ihm die gleiche Abfuhr erteilten wie der erste. In jenen Zeiten herrschte in den Kirchen ein Betrieb in Schichten, den wir uns heute gar nicht mehr vorstellen können. Damals wurde unaufhörlich von der Barmherzigkeit Gottes und der Menschen gepredigt – aber *geübt* wurde sie nicht!

Zuletzt ging der Dichter, ohne sich viel davon zu versprechen, zu seinem Verleger. Und richtig, er wurde auch unfreundlich empfangen mit einem knappen: »Ihr?!«

»Darf ich hereinkommen?« fragte der Dichter, um nicht gleich an der Tür wieder abgefertigt zu werden.

»Bitte«, sagte der Verleger notgedrungen und ging voraus. Drinnen knurrte er: »Um was geht's?«

»Ich brauche Eure Hilfe.«

Das habe ich mir gedacht, sagte sich der Verleger im stillen. Die wollen immer meine Hilfe. Und »Hilfe« heißt »Vorschuß«. Kommt nicht in Frage.

»Mein Kind stirbt«, setzte der Dichter hinzu, als der Verleger mit verschlossenem Gesicht schwieg.

»Da seid Ihr bei mir an der falschen Adresse. Ich bin, wie Ihr sehr gut wißt, kein Arzt.«

»Natürlich weiß ich das. Ich war auch schon bei drei Ärzten, aber jeder wollte sofort Geld sehen.«

»Verständlich.«

»Und ich habe keines, beziehungsweise nicht genug.«

»Ich auch nicht, falls Ihr darauf abzielt.«

»Ich bräuchte nur ein paar Taler.«

»Nicht einen einzigen kann ich Euch geben. Ihr habt keine Ahnung, wie's in meiner Kasse aussieht.«

»Ich schreibe Ihnen ein neues Werk.«

»Ich sitze noch auf Ihrem alten. Niemand kauft es, niemand will es lesen. Alle sind nur interessiert an französischen Geschichten voller Reiz und Erotik, versteht Ihr, an Pikanterien, nicht an Euren Trauerversen.«

»Dann stelle ich mich um. Ich verspreche es Euch.«

»Dazu seid Ihr nicht in der Lage, dessen bin ich sicher. Das muß man gewissermaßen im Blut haben. Die Franzosen haben es.«

»Aber ich brauche nur ein paar Taler!« schrie der Dichter verzweifelt.

»Nicht einen kann ich Euch geben«, wiederholte der Verleger unbarmherzig.

Der Dichter war mit seiner Kraft am Ende. Stumm

starrte er den Verleger an. Erst nach einer Weile sagte er mit tonloser Stimme: »Ihr seid alle Mörder.«

Dann drehte er sich um und verließ – ein gebrochener Mann – mit hängenden Schultern das Haus.

Durch die Straßen lief er mit finsterer Miene, voll des Hasses der Seele gegen alles Menschliche. Er lief am Treiben auf dem Markte vorüber, am bunten Leben in den Geschäften, sah das Lachen, Schmunzeln wohlgenährter Bürger, die Zufriedenheit, das Glück, den Schein der aufgeputzten Welt, blickte in Gesichter ohne Seele, die abgestumpft waren durch die Gewohnheiten des Alltags, er hörte die lächerlichen Phrasen von Milde, Güte, Menschlichkeit, Aufopferung, Gleichheit, Brüderlichkeit – und dort, in einer Bodenkammer, in einem kalten Verschlag unter dem Dach, dort starb sein Kind, gemordet durch die Gier der Menschen.

Menschen?

Nein – entseelte Fratzen!

Ihr Mörder, dachte er unentwegt, ihr alle, alle, die ihr atmet, steht und geht, sitzt und liegt, eßt und trinkt, ihr, die ihr euch der Schöpfung Krone nennt und denkt, über die Natur erhaben zu sein, was seid ihr, wenn man euch die Masken von den Gesichtern reißt? Nichts als Mörder! Mörder! Mörder! Mörder!

Und ich selbst? Was bin ich? Dasselbe!

Alle sind gleich, ohne Ausnahme. Jeder schleppt seine Schuld mit sich herum, der eine offen, der andere im geheimen.

Habe ich nicht meinen eigenen Vater auf dem Gewissen? Brach ihm nicht das Herz im Zorn über mich?

Und jener arme, alte Mann, der Gärtner, warum

mußte er sterben? Brachte nicht ich einen grauenvollen Tod über ihn?

Zweimal also war ich schon der Mittler des Todes.

Und nun?

Nun bin ich's zum dritten Mal.

Mein Kind stirbt, kein Arzt hilft, weil das Geld fehlt. Ich bin nicht in der Lage, ein paar Taler aufzubringen. Dadurch werde ich wieder zum unmittelbaren Verantwortlichen für diesen Todesfall.

Ich habe die Sicherheit des elterlichen Hauses verschmäht, warf mich der Armut in die Arme. Freiwillig tat ich es. Wer ist also daran schuld, daß ich nun mittellos bin? Ich! Wer kann den Arzt nicht zahlen? Ich! Wer bricht auch noch der Mutter des Kindes das Herz? Ich, immer ich! Ich bin an allem schuld! Gott speit mich aus seinem Munde aus!

Der Dichter rannte durch die Gassen, taumelte in eine Kirche, fand keine Worte des Gebetes, haderte statt dessen mit Gott und den Heiligen, bekam es mit der Angst vor sich selbst zu tun und kehrte endlich zurück in seine Bodenkammer. Die schweißnassen Haare klebten ihm wirr am Kopf, die Augen blickten starr, leblos ins Leere, der Körper zitterte – so trat er ein.

Das matte Wimmern seines Kindes empfing ihn. Die gemarterte Mutter sah ihn an, stumm, tränenlos geworden in den Stunden seiner Abwesenheit – und sie wußte alles. Schwer sank ihr Haupt auf das zerwühlte Stroh des Bettes.

Er trat zu ihr, die Beine versagten ihm fast den Dienst. Er blickte auf das Kind, das sich in Fieberphantasien wälzte, und strich über das aufgelöste Haar seiner Frau. Dumpf, stickig war es im Raum. Die verbrauchte, von Krankheitskeimen verseuchte Luft hemmte den Atem.

»Es ist das Schicksal, dem wir nicht entrinnen können«, sagte er mit tonloser Stimme. »Es fordert Opfer von uns bis ans Lebensende.«

»Dies Opfer ist zu schwer!« schrie sie ins Stroh.

Er streichelte sie, hatte Mühe, die eigenen Tränen zurückzuhalten.

»Zu schwer ist nichts, alles kann ertragen werden. Oft ist der Mensch schwach, doch im Leiden ist er ein kleiner Gott.«

»Du lästerst!«

»Nein, ich ringe mir die letzte Achtung ab, deren ich noch fähig bin. Was haben wir geopfert und gelitten, und nie kam uns die bange Frage: Warum? Warum der Schmerz, warum verstoßen aus dem Glück?«
Sie schluchzte, er fuhr fort: »Warum hast du das Erbe, das dein Vater für dich anhäufte, ausgeschlagen? Warum tat ich dasselbe? Warum hat jeder von uns auf ein sorgloses, frohes Leben verzichtet? Die Antwort darauf kann ich nur für mich geben. Und klingt diese Antwort nicht lächerlich? Klingt sie nicht wie heller Wahnsinn? Alles, alles gab ich nur der Kunst. Die Kunst also verschlang mein Leben, fraß mein Glück, verpestete die Seele. Die Kunst, die unbefleckte, hohe Reinheit, die edle Kunst. Ist das nicht Wahnsinn? Einen dreifachen Todesboten machte sie aus mir. Das *ist* Wahnsinn!«

Er verstummte kurz, nahm dann seine Klage wieder auf: »Gibt es ein Zurück? Nein – wohin? Ein Erbe existiert nicht mehr, es ist in andere Hände übergegangen, das meine wie das deine. Wir gehören zu den Ärmsten der Welt, zu den Verdammten dieser Erde. Der größte Vorwurf, den ich mir mache, ist der, daß ich auch auf dich noch die Bürde dieses Unglücks geladen habe.«

Sie hob den Kopf, blickte ihn an, sagte nichts. Doch dann stieß sie plötzlich hervor: »Und wenn *ich's* versuche?«

»Wenn du was versuchst?«

»Ein bißchen Geld aufzutreiben.«

»Wie denn?«

»Indem ich verspreche, es abzuarbeiten, als Putzfrau . . .«

»Seit Monaten bietest du dich doch dazu schon vergeblich an.«

»Aber ich habe noch nicht im Hause eines Arztes nachgefragt.«

»Mein Gott!« rief er, und der Haß loderte wieder in seinen Augen auf. »Du Ahnungslose! Die sind die Schlimmsten! Denen mußt du zuallererst Bargeld bringen, ich habe es doch erlebt.«

»Sei nicht so laut«, bat sie ihn, doch das Unglück war schon geschehen. Das Kind wurde unruhig, wimmerte stärker, wälzte sich herum, griff um sich und zuckte. Schweißnaß war der ganze Körper, rot das schmerzdurchpulste Gesicht. Jetzt bäumte sich das Kind noch auf und röchelte.

Entsetzen packte die Mutter.

»Es stirbt, es stirbt! O Herrgott, laß mich mit ihm gehen!«

Da ergriff eine furchtbare Angst den Dichter, die Drohung grenzenlosen Verlassenseins. Jetzt galt es, um ein Leben zu kämpfen, während ein anderes erlosch. Seine Frau durfte er nicht auch noch verlieren. Sie war sein letzter Halt, der Engel, der ihm das Dasein verklärte. Ging auch sie von ihm, hatte der Balken über ihm die Last eines Dritten, der auch noch in diesem Raum verstarb, zu tragen. Dann war es vorbei – umsonst gelebt und gelitten. Dann war das Dasein eine Schale ohne Kern.

Er kniete neben ihr nieder, nahm ihren schwachen Körper in seine Arme und streichelte ihr das blasse Gesicht. Sie sah ihm in die Augen, entdeckte darin seinen grenzenlosen Schmerz, seine Angst, aber auch seinen Willen, trotzdem stark zu sein, und sie begann zu schluchzen.

Und es wimmerte das Kind.

Der Abend kam, fahl wurde das Licht. Die Wände wurden grau, grau trat der Tod ins Zimmer und kam langsam auf das Lager zu.

Da war es dem Dichter, als schwebe eine tiefe Feierlichkeit durch den Raum. Keinen Schmerz spürte er vorübergehend mehr, kein Würgen in der Kehle und kein Brennen in den Augen, war doch in das Ende, das der Tod brachte, auch die Erlösung mit eingeschlossen. Dem Dichter schien es, als glitte er hinab in einen weiten Raum voll Wolken, die ihn schwerelos von dannen trugen.

Dunkel war es dann. Das Wimmern wurde schwächer. An des Dichters Brust schluchzte seine Frau, die Mutter des sterbenden Kindes, eine mater dolorosa, und er strich ihr unentwegt über das Haar.

Tröste sie, dachte er, tröste sie und mich selbst mit dem Mittel, das mir geblieben ist – mit der Kunst.

Tröste sie, hemme nicht die Stunde, da die Kunst von selbst spricht, und sei sie auch nur dem verständlich, der ihr die Seele zu öffnen weiß.

Und leise schwebte die Dichterstimme durch die Dunkelheit, während er den Kopf der Schluchzenden aufrichtete und ihr in die Augen blickte:

»Rose, deine Augen leuchten,
wenn die Perlen Morgentau
deinen tiefsten Leib durchfeuchten –
Rose, blüh, wenn ich dich küß.«

Und er küßte sie auf Augen, Mund und Wangen, und sie hielt still, während die Tränen liefen und der Körper im Schluchzen erbebte.

Schwächer, immer schwächer wurden die Laute des Kindes.

Er trocknete ihm die Stirn, streichelte die kleinen Hände.

O Gott, mein Gott, stärke uns, damit wir das aushalten, stärke uns beide, mich, den Vater, und noch mehr sie, die Mutter.

Unendlich liebevoll nahm er sie wieder in seine Arme.

»Zarter Atem deines Duftes,
ewig meines Herzens Glanz,
nährend zarte Blütenpracht,
spiegelst Wangen, die ich koste.«

Da fühlte er es naß in seinen Augen werden, und etwas lief über die Wange zum Kinn – eine Träne. Doch er wischte sie nicht ab, ließ sie nicht verschwinden, nein, er zeigte sie, war stolz auf sie. So stolz!

Nur noch ganz schwach drang das Wimmern des Kindes durch die tiefe Dunkelheit. Plötzlich wurde es noch einmal zu einem Stöhnen, hell, langgezogen, das in ein rasselndes Röcheln überging.

»Es stirbt«, flüsterte die Mutter an der Brust ihres Mannes.

Und das Röcheln wurde schwächer.

Da nahm der Vater die eine Hand des Kindes, legte sie in die zuckenden Finger der Mutter und überdeckte beide Hände mit seinen eigenen. Die Tränen rollten über sein Gesicht, und gebrochen klang seine Stimme in der Finsternis, als er deklamierte:

»Komm, laß uns verzaubert träumen,
wachend sein im Paradies.
Harfen klingen, Engel singen
in mir, um mich, auf zu dir.«

Zwischen seinen Fingern zuckten die der Mutter des Kindes, das sich aufbäumte, stöhnte, wimmerte, aufschrie und wieder röchelte. Bei dem Schrei war er zusammengefahren und hatte seine Frau fest an sich gepreßt.

Der unsichtbare, aber spürbare Tod stand nun ganz nah am Bett. Der Dichter legte den sterbenden kleinen Körper zurecht und streichelte das nasse Gesicht. Und zugleich strich auch der Tod langsam mit der Hand über das Haupt des Kindes.

Der Dichter fühlte es. Ein stechender Schmerz jagte ihm durchs Herz, ein Schrei würgte in der Kehle, unterdrückt, zurückgedrängt von dem Willen, stark zu sein. Der Schrei unterblieb also fast ganz; nur ein dumpfer Laut wurde vernehmbar, hohl, leblos wie das

Herz des Dichters und wie das Gesicht, das er an seine Brust gedrückt hielt.

»Leben flieh, laß mich äonisch,
Geister in die Gruft, hinweg!
Sterbend netzen meine Lippen,
Rose, dich, im Bußgebet.«

Und er küßte das Kind. Da wurde das Röcheln schwächer und schwächer, der kleine Körper streckte sich, ein langer Atemzug hob die magere Brust, ein Atemzug, der wie ein schwaches Pfeifen klang . . . dann war es still. Unhörbar ging der graue Gast, und der Dichter drückte seinem Kind die Augen zu.

Ohnmächtig war die Frau geworden. Stumm hob er sie hoch, trug sie auf seinen Armen zu dem Strohlager in der Ecke, hüllte sie in eine alte Decke und wankte dann zurück an seinen kleinen Tisch, setzte sich hin und stützte den Kopf in seine Hände. Und endlich brach der Wille, stark zu sein, in sich zusammen. Stöhnend erlaubte der Dichter sich Schwäche. Sein Haupt entglitt den stützenden Händen und schlug auf den Tisch. Haltlos fing er zu weinen an.

Weit in der Ferne schlug eine Turmuhr, dumpf hallten ihre Schläge in die Kammer, wurden untermalt vom Schluchzen eines Mannes, eines Vaters, der voller Schmerz um sein Kind weinte, der sein ganzes Schicksal beweinte, getreten in den Abgrund, verkommen, verachtet, weil eine Welt unreif war für seine Kunst.

Plötzlich trommelte ein Regenschauer an das kleine Fenster, und um das Dach heulte der Wind, rüttelte an den Schiefern, unter denen auf Stroh ein totes Kind und eine Mutter lagen, deren Körper zwar noch lebte, deren Seele jedoch ebenfalls dahingeschieden war.

Kein Ende nehmen wollte in der Dunkelheit das Schluchzen, das Schluchzen eines Genies.

Der Verleger und ein paar Ärzte aber saßen an reichgedeckten Tischen, und der Verleger sagte zu seiner Köchin, die ihm gebratene Täubchen mit Reis zubereitet hatte: »Das nächste Mal Kartoffelkroketten, verstehst du, der ewige Reis hängt mir zum Hals heraus. Ich wollte dir das heute schon sagen.«

»Und warum habt Ihr es vergessen, Herr? War daran etwa jenes heruntergekommene Subjekt schuld, das ich aus Euerm Zimmer kommen sah?«

»Ganz recht. Stell dir vor, der Kerl wollte . . .«

Der Verleger brach ab, winkte mit der Hand und sagte: »Na ja, Frechheit stirbt eben nie aus. In Zukunft kommt mir keiner von dieser Sorte mehr über die Schwelle.«

Auf der Landstraße wirbelte Staub auf, gelber, dicker Staub. Dazwischen mahlten eintönig, wie von einer mystischen Riesenfaust im gleichen Takt bewegt, rohe, klobige Wagenräder. Hin und her, wie der Perpendikel einer Uhr, schwankten die Planwagen. Die Sonne brannte unbarmherzig vom Himmel herab.

Da saß er nun im letzten Wagen, er, der Dichter, das von Gott begnadete Genie, der Feuergeist der heiligen Muse. Er drückte sich an die Plane und schluckte mit stierem, leerem Blick den Staub der Straße. Seine Frau hockte neben ihm, zerschlissen war ihr Rock, zerfetzt die Bluse, strähnig, verwahrlost das Haar, in dessen blonden Locken einst die Blüte des Frühlings sich lebensfroher entfaltet hatte als im Schoß der mütterlichen Erde. Statt Lebensfreude schaute ihr – und natürlich auch ihm, dem Dichter – der Hunger aus den Augen.

Komödianten, ausgestoßener, verachteter Abschaum der Gesellschaft, Zigeuner der Landstraße, fahrendes Volk, Hungerkünstler, Genies des Possenreißens.

Sie sanken, sanken der Sonne gleich, die eben glühte und sich Stunden später verhüllte im Schleier bleierner Schwärze; sie sanken, fielen, taumelten empor und stürzten wieder.

Was war ein Abgrund? Eine Schlucht?

Sie lachten, warfen sich hinein, doch sie zerschellten nicht. Noch glomm ein Funke unter der Asche, noch war ihre gegenseitige Liebe nicht erkaltet.

Die Kolonne hielt an. Ein Bach säumte die Straße und bot Gelegenheit, die elenden Pferde, die noch magerer waren als ihre Besitzer, zu tränken.

Weit lehnte der Dichter sich zurück, und der Arm seiner Gefährtin stützte ihn, damit er nicht in das trokkene, von Ungeziefer wimmelnde Stroh sank.

»Staub, wirbelnder Nebel der Straße, folgst du mir?« flüsterte sein blasser Mund und lächelte doch dabei in wissendem Schmerz um die Wahrheit. »Folgst du mir als ein Schatten, als ein gelber, mystischer Schleier für ziehende Komödianten? Krönst du den Dichter der Straße mit Bändern und samtenen Tüchern, ihn, über dessen Possen das Volk lacht und den es mit armseligen Kreuzern entlohnt? Hier fährt ein Genie, ein von Gott begnadeter Mensch. Wirble, Staub, wirble! Pappeln am Wege, was steht ihr und glotzt? Neigt euer hohes Haupt vor den grauen Planen der Wagen ... hier fährt die Kunst.«

Und er schloß die Augen, doch die zusammengepreßten Lider hemmten die Tränen nicht, die von den Wimpern hinunter zu den Mundwinkeln rollten.

Die Gefährtin küßte die Zähren fort, streichelte zart das knochige Antlitz und sagte schlicht: »Ich liebe dich.«

Da fand er den Mut und hob den Blick zu ihr empor und sah in eine Seele liebenden Leides. Klein, erbärmlich klein kam er sich in diesem Augenblick vor und schämte sich seiner Tränen, die doch letzte Funken des menschlichen Aufbäumens gegen die Unerbittlichkeit des Schicksals waren.

Dann wurde wieder weitergefahren. Der Nachmittag verging, der Abend senkte sich hernieder auf Straße und Bäume, auf Roß und Wagen. Blaß begann der Mond seine Wanderung am Himmel. Eine Drossel schlug im Gebüsch, und ihr Gesang, den sie vor dem Schlaf noch anstimmte, weckte im Dichter Erinnerungen an seine Kindheit. Drosseln hatte es auch im Garten seines Elternhauses gegeben.

Bei einem kleinen Wäldchen, in der Nähe eines Dorfes, hielt die Kolonne an, die Pferde wurden ausgespannt, und die Menschen holten aus Kisten und Stroh Geschirr und die kärglichen Reste des Mahles vom Tag zuvor, setzten sich in das abendfeuchte Moos und gaben den Zähnen und dem Magen Arbeit, doch dem Körper und dem Blut keine Stärke.

»Noch leben wir«, sagte der Dichter zu seiner Gefährtin und kaute an einem Brotkanten, der trocken und hart war, fast eine Woche alt. »Noch tragen uns die Füße, und der Geist denkt. Mehr können wir nicht verlangen. Was wollen wir mehr vom Leben als leben?«

Und all die Komödianten, die ihn aus Mitleid als sogenannten Hausdichter mitschleppten, nickten zustimmend, denn sie waren zu alt und zu stumpf geworden zum Denken. Nur ein junger, etwas verkrüppelter Mann, der den Harlekin spielte und auf geheimnisvolle Art zu der Truppe gestoßen war, mit einem blutverkrusteten Dolch im Gürtel, schien damit nicht einverstanden zu sein. Er schüttelte den Kopf und sagte: »Leben? Was ist das? Ein Strick, ein Degenstoß, ein Sturz in den Abgrund – und du bist nicht mehr. Einen Wurm kann man in Stücke schneiden, er lebt weiter, der Kopf, der Rumpf, der Schwanz, ein jedes Stück für sich. Doch der Mensch? Er ist, wenn du es so nimmst, weniger als ein Wurm mit seinem Leben. Denken allerdings kann der Wurm nicht, über sich nachdenken. Wir hingegen können das. Doch sehe ich uns so an, scheint es mir eher ein Fluch zu sein denn ein Segen, daß wir denken können.«

Daraufhin wurde es still im Kreis, nur das auf kleiner Flamme gehaltene Lagerfeuer knisterte leise, und sein flackernder Schein verlor sich auf halber Höhe an den Stämmen der Kiefern und Fichten in der Dunkelheit.

Neugierig und mit verstecktem Spott traten ein paar Bauern und fünf, sechs Burschen aus dem nahen Dorf hinzu, die der Feuerschein und das Wiehern der Pferde angelockt hatte.

»Habt ihr Lust, uns noch eine Vorstellung zu geben?« fragte ein Bauer, dessen Kleidung und Bauch auf eine gewisse Wohlhabenheit schließen ließen, die sich freilich, wie bei jedem seines Standes, in Grenzen hielt. Eine kleine Mühle, die sich noch auf seinem Grund befand, sicherte ihm Nebeneinkünfte. »Aber etwas Lustiges!«

»Zum Weinen lassen wir uns vom Pfarrer anstiften. Zum Weinen über unsere Sünden«, setzte keck einer der jungen Burschen hinzu.

»Morgen ist ohnehin schon wieder Sonntag, und er wäscht uns von der Kanzel herab die Köpfe!« rief ein zweiter.

»Also, was ist?« fragte der dicke Mühlenbesitzer. »Einen halben Dukaten zahle ich.«

Einen halben Dukaten!

Ist die Kunst eine Ware des Marktes, die man für billiges Geld kauft wie Gemüse, Gewürzkräuter und Federvieh?

Ein halber Dukaten!

Kunst ist ein Heiligtum, ist ein Reichtum der Seele, ist ein Altar Gottes im Herzen der Menschen, die fühlen, was Kunst bedeutet, was Kunst gibt, wie Kunst stärkt.

Ein halber Dukaten!

Spring ihm ins feiste Gesicht! schrie es in der Brust des Dichters. Rasch trieb es ihm das Blut in seine Schläfen, daß die Adern schwollen.

Zeig ihm, daß wir den seelischen Adel in uns tragen und keine Bettler oder Zigeuner sind.

Ein halber Dukaten!

Doch der Hunger wühlt in den Eingeweiden, der Magen knurrt. Ein halber Dukaten – das bedeutet Essen für zwei Tage. Zwei Tage! Eine Ewigkeit! In zwei

Tagen kann man reich sein oder unter dem Rasen liegen.

Sieh deine Frau an, Dichterling, sieh ihre Knochen aus den Backen hervortreten, sieh ihre Augenhöhlen und das Fieber im Blick, sieh ihre hagere, ausgezehrte Gestalt.

Und ein halber Dukaten!

»Baut auf!« sagte er zur Truppe, und es war eine fremde Stimme, die sprach.

Die Komödianten legten einige Bretter von Wagen zu Wagen und errichteten so eine primitive Bühne über der Erde. Auf diese hinauf stieg der Dichter und verbeugte sich. Mit getragener Stimme schickte er sich an, buchstäblich Perlen vor die Säue zu werfen, indem er den Prolog sprach:

»Versteht, wie wahre Kunst euch wandelt,
beschenkt euch mit dem süßen Trost,
der Angst und Leiden dieser Erde
euch still ins Lachen überführt.
Seht auf zu uns, wir spielen euch
das Leben, nicht den bill'gen Scherz.
Fällt unser Vorhang, Menschen, seht
in euch und heilt den grauen Schmerz,
der euren Seelen widersteht –
seht euren Geist als ein Gebet
zu dem an, der euch mühsam schuf,
zu leben, nicht zu knechten diese Welt!«

Fragend blickten die Männer aus dem Dorf, alte wie junge, einander an, ohne Verständnis, und wußten noch nicht, wie sie sich verhalten sollten.

Der Harlekin betrat nun die Bühne und spielte einen Krüppel, dessen Rolle ihm schlechterdings auf den Leib geschrieben war. Ob seiner Häßlichkeit und Unbrauchbarkeit war er aus der Gesellschaft der Menschen ausgestoßen worden. Nun wankte er einsam in einen Wald, um seinem nutzlosen Leben ein Ende zu machen.

»Ich bat nicht um das Leben, ungewollt
kam ich zur Welt, doch wissend will ich nun
dem Pestball meinen Rücken drehn.
Lebt wohl . . .«

Doch gerade, als er den Dolch hob und ihn sich in die Brust stoßen wollte, kam ein Eremit des Weges, dessen Donnerruf ihn von seiner Tat abhielt. Mit der Weisheit des Alters belehrte ihn der Asket, das Leben zu erringen und es nicht fortzuwerfen.

»Nur Schwachheit zweifelt, Stärke nimmt
das Schicksal in die Hand – und siegt!«

Der Krüppel sah es ein, versprach, sein Leben neu zu formen, und wandte sich den Menschen wieder zu. Verspottet, verlacht, unverdrossen aber, versuchte er, sich Arbeit zu verschaffen, doch überall wies man ihn, den Wechselbalg, den Gnom, ab. Nur eine alte Witwe fühlte Erbarmen mit dem Wicht, der sich schon, seines Versprechens überdrüssig, in den nächsten Fluß stürzen wollte, und nahm ihn zu sich, damit er ihren Garten und ihr Haus in Ordnung halte. Nun war der Krüppel glücklich. Er sang sogar. Aber die Menschen um ihn herum neideten ihm das kärgliche Auskommen, prügelten ihn auf der Straße, wenn er zum Einkaufen geschickt wurde, und warfen die Fenster des

Hauses ein und straften die Witwe mit Verachtung. Da sah der Unglückliche, der an seinem Körper scheiterte, das Unmögliche seiner Existenz ein, verfluchte diese Welt, bat den Eremiten um Verzeihung und griff zum Strick.

»Welt, flieh zurück, dumpf ist dein Atem,
doch oben ist es licht und rein und glücklich.«

Als man seinen Leichnam aus dem Haus trug, folgten der Kiste, die sein Sarg war, allseits verächtliche Blikke, und nur ein elender, aussätziger Bettler murmelte:

»Ein Sarg? O Glücklicher, du kennst
jetzt Frieden – könnte ich mit dir . . .«

Der Harlekin verließ die Bühne, und der Dichter betrat wieder die Szene, um den Epilog zu sprechen. Das Publikum war in der Zwischenzeit längst unruhig geworden. Zwischenrufe waren laut geworden, Gelächter begleitete die Aufführung. Doch davon ließ sich der Dichter nicht beirren. Er erhob seine Stimme und faßte den Sinn des Stückes zusammen, steigerte sich, donnerte endlich die letzten Verse in die Nacht hinein:

»Geh, Mensch, verfluchter Auswurf der Natur,
und stähle deinen Wahnwitz an dem Aas,
das deine Hand erwürgte. Geh und wirf
den Kopf empor – schon morgen bist du nur
ein faulender Kadaver, der die Luft verpestet!«

Still wurde es. Nicht lange jedoch, dann wußte der Pöbel aus dem Dorf wieder, wie zu reagieren ihm zukam. Sprichwörtliche Säue waren sie, die mit Rüben hätten gefüttert werden müssen, nicht mit Perlen. Der dicke

Müller ließ dies in klassischer Weise erkennen, als er seiner Ablehnung des Ganzen Ausdruck gab, indem er rief: »Wir wurden beschissen!«

Verächtlich warf er dabei das Geldstück im Werte eines halben Dukaten auf die Behelfsbühne, drehte sich um und verließ, zusammen mit den Seinen, die ihm nur allzugern folgten, die Stätte, an der Kunst wieder einmal so total ihr Ziel verfehlt hatte.

Die Welt ist voller Unbarmherzigkeit, voller Ablehnung gegenüber allem Aufsteigenden, nach dem Licht Strebenden. Die Welt ist eine riesige Region des Neides, der giftigen Mißgunst, des Mißtrauens, das überall Gefahren für die bestehende Ordnung wittert und das Neue mit Härte und ohne Erbarmen bekämpft und zu unterdrücken sucht. Und nur ein granitener Wille, an dem sich die immerwährenden Angriffe brechen wie die Wogen des Meeres am Felsenriff, setzt sich gegen das Alte durch und trägt die Fackel des Sieges in den eigenen Tempel.

Dieser Kampf ist das Leben, und der Sieg winkt oft nie oder erst nach dem Tod. Wenn der hölzerne Kasten in die Erde gesenkt wird, erkennt die Nachwelt häufig erst die Leistung des Dahingeschiedenen. Dann ehrt sie das Erbe – wenn der Tote eines hinterließ. Bettler pflegen für sich zu leben und unbeweint zu sterben. Wo jedoch Tränen fließen, stehen diese in der Regel im Zusammenhang mit irgendeinem Vermächtnis.

Des Lebens Sinn ist das Schaffen für die Zukunft. Oft aber ist der Weg steinig, unendlich steil, wenn man aus dem Nichts kommt, und es gehört auch noch das letzte Quentchen Willenskraft dazu, das eigene Licht zu entfachen und zu erhalten und nicht in der Zugluft der feindlichen Umwelt wieder verlöschen zu lassen.

Im rauchigen, stickig-dumpfen Gastzimmer eines Dorfwirtshauses grölte das Volk nach vollbrachtem Tagewerk. Vier Stadien, in denen sich die Gäste befanden, gab's, wie immer, zu beobachten: lustig; angeheitert; betrunken; besoffen. Falscher Gesang aus rauhen Männerkehlen stieg empor zur Decke. Weiber kreischten. Hinter der Theke goß der fette Wirt, der ein gesticktes, abgegriffenes Käppi auf dem haarlosen Schädel trug, in große und kleine Humpen seinen Wein. Billig war letzterer in fast jeder Beziehung – nur in einer nicht: im Preis. Neben ihm, verhärmt, zum Erbarmen ausgezehrt, stand an einem Trog ein Wesen, das geschlechtslos schien und dennoch eine Frau war. Sie wusch unentwegt Krüge. Nicht die kleinste Pause gestattete sie sich; den kalten, scharfen Augen des Wirts wäre es nämlich nicht entgangen, wenn sie sich auch nur fünf Sekunden lang, wie er sich auszudrükken pflegte, auf die stinkfaule Haut gelegt hätte.

Die Hände waren geschwollen, sie taten weh in dem kalten Wasser. Finger und Gelenke waren taub. Keiner Empfindung des Schmerzes jedoch durfte nachgegeben werden. Arbeiten war Geld, Geld war Leben.

Manchmal blickte sie auf, ohne dabei ihren rastlosen Händen eine Pause zu gönnen, und warf einen scheuen Blick auf die grölende Menge im Raum, unter der sich, etwas abgesetzt in einer dämmrigen Ecke, der Halt ihres Lebens, so jämmerlich dieses war, befand – er, der Dichter.

Dort saß er, einen Becher des allerbilligsten Weines vor sich, den Federkiel in der Hand, und schrieb. Er dichtete. Inmitten des allgemeinen Krachs war er der Welt entrückt, hatte er den Ort, an dem er weilte, ganz und gar vergessen.

Ganz und gar vergessen hatte er auch, wozu ihm der halsabschneiderische Wirt den Wein spendiert hatte.

Er dichtete. Vers um Vers floß ihm aus der Feder. Und merkwürdig: Nicht Traurigkeit füllte sein Herz, nicht davon lief ihm ausnahmsweise einmal der Mund, die Feder über, sondern er besang lautlos die frühlingsbunte Natur, gaukelnde Falter und helles Vogelgezwitscher; davon ausgehend, sah sein inneres Auge die Freude, das Glück, das er in Wirklichkeit nie besaß.

Er hätte wissen müssen, daß ihn der Wirt nicht aus den Augen ließ. Schon runzelte dieser Kerl die Stirn, deren Knochen so dick war, daß er dem jedes echten Ochsen in der Tat hätte Konkurrenz bieten können.

»Zum Teufel, wozu säuft der meinen Wein!« begann er zu schimpfen. »Ich werde ihm gleich in den Arsch treten!«

Zutiefst erschrak die Frau am Spültrog.

»Ich sage ihm Bescheid«, stieß sie hervor, sich die Hände an ihrer alten Schürze abtrocknend.

»Du sagst gar nichts! Du machst hier weiter! Das besorge ich selbst!«

»Ich muß sowieso auch schon längst austreten, wenn's erlaubt ist . . .«

»Was mußt du?«

»Austreten.«

»Nichts da! Dafür bezahle ich dich nicht. Gestern mußtest du auch schon raus. Damit ist jetzt Schluß. Erledige das gefälligst vor Antritt deiner Arbeit oder danach.«

»Ich bin erkältet.«

»Was bist du? Sag das nicht noch einmal! Ich kann nur gesunde Leute brauchen, kranke jage ich zum Teufel!«

Er kam einen Schritt auf sie zu.

»Also, was ist, bist du erkältet oder nicht?«

»Nein«, stieß sie ängstlich hervor und hatte die geschwollenen, aufgesprungenen Hände schon wieder im kalten Wasser, um Krüge zu waschen.

Kurz darauf stand der Wirt, dieses Muster eines Arbeitgebers, das für die damalige Zeit eine ganz normale Ausgabe war, vor dem Dichter.

»Und du«, fuhr er ihn an, »du glaubst wohl auch, ich bin ein Idiot, was?«

»Nein, wieso?« antwortete der Dichter, der Mühe hatte, aus seiner Traumwelt zu erwachen.

»Weil du dich auf meine Kosten satt säufst und frißt und . . .«

»Zu essen habe ich heute noch nichts bekommen«, unterbrach den fetten Wirt der Dichter, dem der Hunger aus den Augen schaute.

»Aber du wartest darauf! Und wo bleibt die Leistung dafür? Wozu habe ich dich ins Haus geholt?«

Da der Dichter schwieg, beantwortete sich der Wirt seine Frage selbst: »Damit du den Gästen Spaß machst, verdammt noch mal!«

»Gleich«, zwang sich der Dichter zu sagen. »In wenigen Minuten. Ich habe einen Einfall, den möchte ich noch schnell zu Papier bringen . . .«

»Einen Dreck wirst du! Entweder du spurst sofort, oder du fliegst! Verstehst du mich? Hast du vergessen, woher du kommst, wer du bist? Ein Possenreißer! Im Straßengraben fand ich euch, dich und dein Weib, dem Krepieren nahe, als ich mit Wein vom Lieferanten kam. Angefleht habt ihr mich, euch auf meinen Wagen klettern zu lassen, gebettelt um Arbeit habt ihr, und ich ließ mich erweichen. Mit deinem Weib bin ich einigermaßen zufrieden, aber nicht mit dir. Also los, tu endlich was, Schluß jetzt mit deinen Klecksereien!«

Und damit riß er dem Poeten den Federkiel aus der Hand und schleuderte ihn in die Ecke. Auch das Geschriebene fegte er vom Tisch.

Ein erregter Protestruf wurde laut. Der Dichter hatte ihn ausgestoßen. Er erhob sich von seinem Platz, ein böses Glimmen erschien in seinen Augen.

»Sofort hebst du das wieder auf!«

»Bist du verrückt, ich denke nicht daran!«

»Heb das auf, oder es passiert etwas . . .«

»Was denn?« fragte der dicke Wirt höhnisch.

»Ich bringe dich um.«

»Du schon, du Gerippe. Komm her, dann puste ich dich um, du Hungergestalt.«

Ein Chor allgemeinen Gelächters ertönte. Die Gäste verfolgten gespannt die Auseinandersetzung zwischen den beiden und amüsierten sich.

»Heb das auf!« sagte der Dichter ein drittes Mal, ungeachtet dessen, was ihm blühte.

Jetzt erst fiel dem Wirt etwas anderes auf, und er fragte erregt: »Wie kommst du überhaupt dazu, mich zu duzen?«

»Und wie kommst du mir gegenüber dazu?«

»Ich bin dein Chef, und du bist ein Haufen Dreck, aus dem Straßengraben aufgelesener Dreck.«

Nun war es soweit, daß das Faß überlief. Stille herrschte. Alle schauten gebannt zu. Der Angriff des Dichters mußte kommen, ohne Rücksicht darauf, was sich daraus für ihn entwickeln mochte. Der Wirt stand da und grinste. Sichtlich freute er sich der anstehenden Dinge.

Doch er wurde enttäuscht. Ein Schrei ertönte in der Stille, als der Poet zum Sprung ansetzte; er stammte von seiner Gefährtin, die nun das Waschen der Krüge doch eingestellt hatte, vorübergehend wenigstens.

Der Dichter blickte hinüber zu ihr, sah ihre Tränen, ihre doppelte Angst, einmal die Angst um seine Gesundheit und dazu die Angst um das armselige Unterkommen in diesem verfluchten Laden hier. Welche der beiden Ängste die größere war, dies frage man sich besser nicht.

Kraftlos sank der Dichter in sich zusammen. Er wußte, daß er – wieder einmal – verloren hatte. Sich selbst die Dornenkrone aufsetzend, sagte er zum Wirt sogar: »Verzeiht, Herr, ich war von Sinnen.«

Unendlich verächtlich blickte ihn der Wirt von oben bis unten an, wandte sich dann seinen Gästen zu und fragte sie, mit dem Daumen auf die Jammergestalt des Poeten weisend: »Habt ihr gesehen?«

Hohngelächter erhob sich wieder, nur eine einsame Stimme der Vernunft war zu vernehmen, die rief: »Laßt ihn in Ruhe! Gebt ihm was zu trinken, wenn ihr wollt, daß er euch heute noch etwas bietet.«

Das wurde von den meisten sogar eingesehen, und

so schüttete man nun von allen Seiten Wein in ihn hinein. Auf seinen leeren Magen, den der Poet hatte, wirkte der Alkohol dementsprechend. Nicht lange, und dieses Publikum kam auf seine Rechnung. Schwankend begann der Dichter laut zu deklamieren, einen kleinen, lustig-blöden Vers:

»Zu Tieren soll man liebend sein,
jedoch umarme mal ein Schwein
und erst 'ne Ziege, wenn sie spuckt,
küß mal 'nen Floh, wenn er dich juckt,
und einen Ochsen kos' ich nie auf Erden,
denn ich will nie ein – Rindvieh werden!«

Laut lachten alle, klatschten in die Hände, prosteten ihm wieder zu. Sogar der Wirt schickte ihm auch noch einmal einen Krug Wein. Und der Dichter schritt zur zweiten seiner Darbietungen. Er blickte in die erwartungshungrigen Augen, zog eine Bibel aus dem Rock, hielt sie hoch und schrie:

»Zur richt'gen Zeit ein Buch im Arm,
ist wie das Rhizinus für 'n Darm!«

Gewieher brauste auf, ein einziger Bravoschrei, nur zwei alte Leute in einem Winkel bekreuzigten sich, mit starren, ob dieser Lästerung entsetzten Augen auf den Dichter blickend. Dieser besann sich plötzlich noch einmal kurz, führte die Bibel an den Mund und stöhnte: »Herr, mein Gott, vergib mir alles, alles.«

Dann schwanden ihm die Sinne, bewußtlos sank er zu Boden. Der Alkohol obsiegte leicht, da ihm von einem ausgehungerten Jünger der brotlosen Kunst keinerlei Reserven entgegengesetzt werden konnten. Erschrocken eilte die Frau hinter der Theke hervor, kniete bei ihm nieder und strich ihm mit nassen Händen das wirre Haar aus der Stirn.

Die Menge johlte.

Ein grober Fuhrknecht wankte heran, blieb knapp vor ihr stehen, musterte sie mit geilen Blicken und sagte: »In der Not frißt der Teufel Fliegen. Das gilt für uns beide. Bist zwar nicht mehr die Schönste, aber von mir sagt man das gleiche. Wir passen also zusammen. Komm, ich bin stark, in meiner Kammer will ich dir das beweisen, von deinem Alten ist heute nichts mehr zu erwarten.«

Unter Volksgegröle griff er nach ihrem Arm und zog sie hoch.

Sie riß sich los, trat zurück.

»Nein!«

Er streckte wieder seinen langen Arm nach ihr aus, griff aber ins Leere und taumelte ein bißchen.

»Rühr mich nicht an!« rief sie.

»Warum nicht?«

Darüber lachten alle.

»Warum nicht?« wiederholte er.

»Du bist besoffen!«

»Lange nicht so bes . . . besoffen«, lallte er, »wie der hier.« Dabei zeigte er auf den Dichter am Boden. »Davon kannst du dich überzeu . . . zeugen, komm . . .«

Schritt für Schritt wich sie zurück, Schritt für Schritt folgte er ihr. Hilfesuchend blickte sie sich um, erntete aber wieder nur erbarmungsloses Gelächter.

Und dann schnellte seine Hand plötzlich vor und erwischte sie. Sie wand sich unter seinem eisernen Griff, konnte sich aber nicht mehr davon befreien, obwohl sie kratzte, biß und um sich trat.

Das Gegröle im ganzen Raum erreichte seinen Höhepunkt. Davon erwachte der Dichter und sah den Ringkampf, der sich abspielte und eine ganz und gar einseitige Angelegenheit war.

Infolge des Nebels in seinem Gehirn brauchte er ein Weilchen bis zur Erkenntnis dessen, was mit seiner Frau geschah. Überraschend schnell war er aber dann auf den Beinen und warf sich auf den betrunkenen, geilen Wüstling.

Und nun wurde in wenigen Sekunden vom Fuhrknecht das nachgeholt, was eine Stunde oder zwei zuvor das Publikum vom Wirt erwartet hatte.

Dichter, sogar besser ernährte, sind nur zum Duell mit geistigen Waffen geschaffen. Raufereien mit Fäusten gehen sie besser aus dem Weg. Für Fuhrknechte gilt das Umgekehrte.

»Jetzt reicht's mir aber«, erklärte erbost der Wirt, nachdem alles ganz rasch vorüber war. »Raus mit euch!«

Galt dies der Schar seiner grölenden Gäste?

O nein, es richtete sich gegen den zu Boden geschlagenen Dichter und auch gegen seine Frau.

»Raus mit euch!« wiederholte der Wirt. »Verschwindet! Und laßt euch nie wieder blicken!«

»Warum?« fragte die Frau totenblaß.

»Raus mit euch, sage ich zum letzten Mal!«

»Ihr habt doch gesehen, was geschah.«

»Was ich gesehen habe, war, daß sich ein armseliger Possenreißer, der keinen Kreuzer in der Tasche hat, an einem Gast von mir vergriffen hat. *Das* habe ich gesehen.«

Ein letzter Funken der Empörung flackerte in ihr auf und gab ihr die Kraft zu antworten: »Der Gast hat sich wohl eher an meinem Mann vergriffen. Seht doch, da liegt dieser immer noch. Und zuallererst hatte er sich an mir vergriffen.«

»Wollte dein Mann, der elende Kerl, ihm ans Leder – ja oder nein?«

»Weil er glaubte, mich verteidigen zu müssen. Und das mit Recht!«

»Dich verteidigen. Was denn verteidigen? Ihr seid Gesindel, und bei Gesindel gibt's nichts mehr zu verteidigen, merkt euch das. Dieser Ausspruch steht euch nicht zu.«

Er blickte wieder einmal in die Runde und fragte ganz allgemein seine Gäste empört: »Habt ihr so etwas schon gehört?«

Und dann war seine Geduld erschöpft. Er richtete sich zu voller Größe auf und sagte zu ihr: »Wie lange dauert das nun noch, bis ihr zwei verschwunden seid? Gleich mache ich euch Beine.«

»Ich kriege noch Lohn von Euch«, sagte sie demütig. Der Funken der Empörung war erloschen.

Er gab ihr ein paar Kreuzer.

»Das ist nicht genug«, meinte sie. »Seid barmherzig.«

»Ich bin mehr als barmherzig. Vergißt du den Krug, den zu zerbrochen hast?«

»Den habt Ihr mir doch schon abgezogen.«

»Wann?«

»Vorige Woche.«

»Hast du das schriftlich?«

»Nein.«

»Also lügst du. Soll ich den Büttel rufen? Dann werden wir sehen, wem geglaubt wird.«

Da ließ sie alle Hoffnung fahren. Tränenlos bückte sie sich, half dem noch taumelndem Dichter, welchem vom Mundwinkel ein dünner, roter Faden den Hals hinunter in den schmutzigen Kragen lief, auf die Beine, stützte ihn, und so schlurften sie beide hinaus in die dunkle Nacht, von der sie keineswegs in die Arme geschlossen wurden, sondern die ihnen, wie allen armen Leuten, feindselig gesonnen war. Auf der Schwelle jedoch drehte er sich noch einmal um, blickte sie alle an und sagte, restlos nüchtern geworden, zu ihnen: »Wenn ihr Menschen wäret, würde ich Gott bitten, euch zu verzeihen. Aber ihr seid Tiere.«

Aus einem Traum schreckte der Dichter auf und blickte in den flackernden Schein der Kerzen. Viel Gold funkelte um ihn herum. Schnitzwerk, Wände und Möbel prunkten. Der ganze Glanz gehörte dem Fürsten dieses Schlosses, dessen Laune es seit einiger Zeit war, sich einen eigenen Dichter zu halten, einen Hausdichter gewissermaßen.

Der Auftrag lautete, »Französisches« herzustellen mit dem Federkiel.

Des Fürsten Wunsch war dies, und er traf sich darin mit dem Begehren seiner Mätresse, die er natürlich auch besaß. Die beiden bedurften solchen Sinnenkitzels, er aufgrund des Alters, in dem er sich schon befand, sie, um einem Mangel an Erfahrungen abzuhelfen, unter dem sie trotz ihrer siebzehn Jahre immer noch zu leiden glaubte.

Die Erwartungen, die an den Hausdichter gestellt

wurden, waren hochgesteckt. Er jedoch tat sich schwer. Dies war aber nun weniger eine Frage des Könnens, sondern mehr des ganz persönlichen Geschmacks.

»Pfui Teufel«, seufzte er, und der Bogen, welcher vor ihm auf dem Tisch lag, wollte und wollte sich nicht füllen. Als es damit dann doch klappte, hatte der Dichter wieder einmal in seinem Inneren eine Weiche gestellt und das Wort buchstäblich seinem Geschmack erteilt.

Die Träume, aus denen er schöpfte, wechselten. Allen war aber gemeinsam, daß sie sich mit dem Leben befaßten, über das er nachsann.

Langsam war ein Wachstropfen dabei, sich von einer der Kerzen zu lösen. Lächelnd verfolgte der Dichter den allegorischen Vorgang. Der Tropfen machte sich selbständig, löste sich von seinem Stamm los und stellte sich gewissermaßen auf eigene Beine. Dies war aber eine Illusion, denn schon im Fallen erkaltete er ein bißchen, und auf der Tischplatte, die ihn auffing, erstarrte er rasch gänzlich in der Kälte der Welt. Seine Existenz war absolut sinnlos geworden. Tropfen seiner Art bezogen Funktionalität nur aus der Gemeinschaft. Galt für viele Menschen nicht dasselbe?

»Das Leben ist eine Schmiede«, murmelte der Dichter und schaute einem zweiten Tropfen zu, der in die Fußstapfen seines Vorgängers trat. »Eine Schmiede, in der die Seelen geglüht und unter Hammerschlägen gehärtet werden. Weiches zerschmilzt in der Glut, allzu Hartes zerspringt auf dem Amboß, nur die Dehnbarkeit hat Bestand.«

Ich bin wohl zu weich für das Leben, dachte er melancholisch. Ich gleiche dem Wachstropfen, der sich vom Stamm gelöst hat und längst erstarrte, erfror und dadurch überflüssig wurde. Es ist mir keinerlei Wert mehr beizumessen.

Leise klappte eine Tür ins Schloß. Jemand stand im Zimmer und sah auf die regungslose, ins Kerzenlicht starrende Gestalt an dem kleinen Tisch.

Schlief denn der Bursche mit offenen Augen, anstatt zu arbeiten für das Geld, das ihm bezahlt wurde? Zum Teufel, der Fürst rechnete spätestens bis morgen mit entsprechender Belieferung. Und auch seine Mätresse tat dies, sie war ja kaum weniger als er auch schon ständig hinter »Anregungen« her. Wenn die beiden enttäuscht wurden, suchten sie in ihrem Unmut sicher wieder nach dem nächsten »Blitzableiter«, der sich ihnen bot. Und wer war der? Der Sekretarius des Fürsten, der auch – und gerade – im Intimbereich Seiner Durchlaucht die Verantwortung trug dafür, daß alles im fürstlichen Sinne »lief«.

Helle Wut packte den Mann an der Tür, und er stampfte mit dem Fuß auf den Boden.

»Heda!« rief er. »Was macht Ihr? Wollt Ihr wohl aufwachen?«

Der Dichter fuhr hoch, verwirrt, wußte im Moment nicht, was los war, mußte sich erst wieder in die Lage, die herrschte, finden. Dann erkannte er, wer mit roher Hand – besser gesagt: rohem Fuß – in seine Traumwelt eingedrungen war.

»Oh, der Herr Sekretarius, so spät noch auf?« Krampfhaft suchte der Dichter einen freundlichen Ton zu treffen. »Habt Ihr in der Bibliothek noch gewaltet oder . . .«

Mit einer schroffen Handbewegung schnitt der Hofschranze, gekleidet in einen schwarzen Seidenrock, dem Dichter das Wort ab. Der Blick aus seinem kalten, vom flackernden Kerzenschein überhuschten Gesicht verhieß nichts Gutes.

»Ich will das Werk sehen!«

»Welches Werk?«

»Fragt nicht so dumm! Das Werk für Seine Durchlaucht. Ihr Dichter hört doch diesen Ausdruck für das, was Ihr schreibt, so gern. Oder seid Ihr am Ende gar kein Dichter?«

»Doch.«

»Also her mit Eurem ...« Er zögerte und ergänzte dann mit deutlichem Hohn: »...Werk.«

Und damit streckte er die Hand aus nach dem Bogen, der auf dem Tisch lag. Der Unterarm des Dichters, den dieser rasch auf den Bogen preßte, kam ihm jedoch zuvor.

»Nein, Herr Sekretarius, ich bin noch nicht fertig. Morgen, ja, morgen bringe ich Ihnen das Ganze. Seine Durchlaucht werden zufrieden sein.«

»Jetzt will ich das Zeug sehen!«

»Herr Sekretarius ...«

»Hört Ihr nicht?«

»Ich sage Euch doch, daß ...«

»Euch zu kontrollieren ist meine Pflicht. Wenn Ihr Euch deshalb jetzt nicht sofort willfährig zeigt, werdet Ihr es zutiefst bereuen.«

»Ich bitte Euch ...«

»Weg da!«

Der Sekretär gab dem Dichter einen Stoß, und so gelang es ihm, den umstrittenen Bogen an einer Ecke zu erhaschen. Nun zerrten ihn beide hin und her, und es bestand dadurch höchste Gefahr der Zerstörung für das kostbare Blatt.

»Verdammter Hungerleider, läßt du los!« zischte der Hofschranze. »Läßt du los, oder du hältst heute nacht noch Einzug in die Folterkammer!«

Diese fürchterliche Drohung verfehlte ihre Wirkung nicht. Der Dichter wich zurück, hielt aber an seiner Seite das Blatt noch fest.

»Das bestimmt der Fürst!« antwortete er.

»Der ist heute noch verreist, du Wurm! Zu bestimmen habe deshalb ich, und ich lasse dir das Fleisch von den Knochen peitschen, das schwöre ich dir.«

Des Dichters letzter Widerstand wurde gebrochen, als der Hofschranze hinzufügte: »Und dein elendes Weib werde ich dazu bestimmen, dem Schauspiel zuzusehen. Die guten Tage, die sie sich beim Kartoffelschälen in der Küche macht, sind mir ohnehin längst ein Dorn im Auge.«

»Satan!« keuchte der Dichter, doch das Blatt, an dem ihm nicht ohne Grund so viel lag, gab er frei.

Die Augen des Hofschranzen schossen Blitze.

»Das hast du nicht umsonst gesagt!« verkündete er, und erst dann begann er zu lesen, nachdem er sich einige Schritte vom Tisch des Dichters zurückgezogen hatte.

Etwas Furchtbares braute sich zusammen.

Dem Sekretarius schienen bei der Lektüre die Augen aus den Höhlen zu quellen. Mehrmals knurrte er wie eine der gefährlichen Doggen des Fürsten. Dann wurde es wieder still im Raum, und der nächste Laut, der ertönte, stammte von einem mächtigen Faustschlag des Hofschranzen auf die Tischplatte.

Was er hatte lesen müssen, war zuviel der Frechheit, des Hohnes. Es war eine Lästerung Gottes und des nach seinem Ebenbild geschaffenen Menschen. Es war Ketzerei, verdiente die Tortur, war ein Verleugnen, Vergessen, Beschimpfen, Besudeln der Menschheit insgesamt. Hier stand es, mit schwarzer Tinte auf Pergament gemalt, auf Pergament, welches – o dieser Hohn! – das fürstliche Wappen trug. Hier stand es und klagte an:

Ewig umrankt
wie von Efeu
und verdeckend das Antlitz
doch am gleichen Giebel
blühend wie Rosen
und tragend die süße
und saure Frucht
edelsten Weines,
doch ewig umspien
von eklem Gewürm
wie das Haupt der Medusen
ist dein Leben
vom Schicksal.
Hart wie die Felsen,
unergründlich wie die Weite
des Weltenalls
und schwer voll glühender Tränen
gleich einem rauschenden Meer
ist die Seele des Menschen,
der heimkehrt
zu Gott.

Als Kind im Schmerze geboren,
als Kind im Seufzer gelebt,
als Kind röchelnd gestorben,
nur ein Kind als Wanderer
in die Ewigkeit –
das ist der Mensch!

Die Wut kochte in dem Hofschranzen. Er fühlte sich ganz persönlich mißachtet, beleidigt, angegriffen. Außerdem dachte er an den zu erwartenden Zornesausbruch des Fürsten mit den sich daraus für ihn, den Sekretarius, ergebenden Resultaten. Wild blickte er um sich, suchte nach irgendeinem Gegenstand, den er in die Hand zu kriegen trachtete, damit er die Bestrafung des Missetäters sofort einleiten und ihr den nötigen Nachdruck verleihen konnte. Ein zweiter Faustschlag krachte auf den Tisch; das Tintenfläschchen sprang hoch, überschlug sich und verspritzte seinen Inhalt weithin, wobei vor allem der kostbare Teppich in Mitleidenschaft gezogen wurde. Das herrliche Stück war dadurch ein- für allemal verdorben, weil es in der damaligen Zeit noch nicht die wirksamen chemischen Reinigungsmittel späterer Jahrhunderte gab.

»Infames Subjekt!«

Die Kerzen schienen zu erschrecken, so brüllte der Sekretär. Ihr Flackern erreichte eine Stärke, die befürchten ließ, daß sie ganz erloschen.

»Verbrecher!«

Eine Kerze ging tatsächlich aus, getroffen vom Geifer des Brüllenden.

»Lump!«

Der Dichter zuckte jedesmal zusammen. Es war, als

ob ihn ein Peitschenhieb getroffen hätte.

»Tagedieb!«

Zwei weitere Kerzen gaben ihren Geist auf; die allgemeinen Beleuchtungsverhältnisse minderten sich dadurch zusehends.

»Betrüger!«

Der Dichter hörte auf zusammenzuzucken. Eine Wandlung ging mit dem Poeten vor sich. Ein Funke glomm auf in seinen Augen.

»Ist das deine Arbeit, die du leistest?« brüllte der Sekretär, der längst jede höfische Kontenance verloren hatte. »Dieser Dreck? Dieser Scheißdreck? Dieses Ausgespiene eines kranken, verfaulten Gehirns?«

»Herr . . .«

»Friß es doch selbst, stopfe es zurück in deinen stinkenden Magen!«

Mit diesen Worten versuchte der Hofschranze, der von Sinnen war, den von ihm rasch zusammengeknüllten Bogen dem Dichter in den Mund zu pressen. Der Poet wich zurück, doch der Sekretarius rückte jeden Schritt, den der Dichter tat, sofort nach, und seine Hand mit dem Kneuel stieß immer wieder ins Gesicht des Poeten.

»Friß es! Ersticke daran! Schweine, die hungrig sind, fressen ihren eigenen Dreck!«

Plötzlich blieb der Dichter stehen.

»Schluß jetzt!«

Der Hofschranze gehorchte nicht, seine Hand stieß trotzdem noch einmal zu. Es war das letztemal. Ein schneller, harter Schlag des Dichters, dem die bessere Ernährung am fürstlichen Hof wieder zu Kräften verholfen hatte, auf den Unterarm seines Gegners zerstörte das Weltbild des Hofschranzen.

Sekundenlang war es still. Etwas Unvorstellbares hatte sich zugetragen. Dann füllte das Geheule des Hofschranzen den Raum.

»Du wagst es, die Hand gegen mich zu erheben? Du Hund, du! Das wagst du wirklich, du Hund? Ich kann's nicht glauben, du Hund. Ich erschlage dich, du Hund, und befehle dir, dabei stillzuhalten, du räudiger, ganz erbärmlicher Hund . . .«

Er riß eine der erloschenen Kerzen aus ihrem schweren silbernen Ständer, warf sie in die Ecke, packte den Ständer und schwang ihn, um ihn auf den Schädel des Dichters herniedersausen zu lassen.

Das Vorhaben des Rasenden wurde vereitelt. Das Ganze lief sehr schnell ab, kaum konnte man ihm mit den Augen folgen. Der Dichter war rasch zur Seite getreten, der Schlag des Angreifers ging dadurch ins Leere, und ehe sich die Hand des Sekretärs noch einmal erheben konnte, um zu einem zweiten Hieb auszuholen, wurde ihr der Ständer vom Verteidiger entrissen.

Der Hofschranze war von Sinnen, aber auch der Dichter war es nun. Statt einzuhalten und den Ständer, den er, der Dichter, erobert hatte, auf den Tisch zurückzustellen, statt den Gegner äußerstenfalls mit den Fäusten zur Räson zu bringen, schwang jetzt er den Ständer und schmetterte ihn dem Hofschranzen auf den Schädel. Der Schlag war von einer solchen Gewalt, daß keinen Augenblick ein Zweifel am Resultat, das er erzielte, bestehen konnte.

Röchelnd stürzte der Sekretarius zu Boden und starb innerhalb weniger Sekunden. Sein Blut befleckte den schwarzen Seidenrock, in dem er steckte, und schädigte auch wieder den Teppich, dessen Muster sinnigerweise den Helden Siegfried darstellte, wie er sein Schwert dem Lindwurm in den giftigen Leib rannte.

Starr stand der Dichter und blickte auf das, was er angerichtet hatte. Wut und Haß, die den Verstand in Urlaub geschickt hatten, erloschen in ihm. Als ihm die ganze Tragweite des Geschehens klar wurde, entrang sich ihm ein tiefes Stöhnen, das nur deshalb nicht zu einem Schrei des Entsetzens anschwoll, weil der Unglückliche selbst *dazu* zu entsetzt war.

Ich bin verloren, dachte er dumpf, rettungslos verloren, und ich habe es nicht anders verdient; kein rascher, gnädiger Tod wird mir vergönnt sein, sondern einen langen, unerträglich grausamen Tod werde ich erleiden müssen. Wäre ich dem Schlag, der auf mich zielte, nicht ausgewichen, stünde ich jetzt schon vor dem Richterstuhl Gottes, und zwar als Opfer einer Bluttat, nicht als Täter. Zu dieser Gnade verhalf ich dem, den ich erschlug. Herausgefordert hat er mich zwar zu meiner Tat, doch das wird meine irdischen Richter, mit denen ich es zu tun bekommen werde, nicht milder stimmen.

Ein Hund bellte im Schloßhof. Der Dichter horchte auf. Kam der Fürst von seiner Reise zurück, heute nacht schon, nicht erst morgen? Waren rollende Wagenräder zu vernehmen, die den Hund aufgeschreckt hatten?

Nein, still wurde es wieder. Das Schloß setzte seinen Schlaf fort, der Sekretarius seinen ewigen.

Ich sollte die Frist, die mir noch gegeben ist, nützen, dachte der Dichter, sollte fliehen. Aber wohin? Wohin ohne Pferd, ohne Geld? Außerdem würde das meinem armen Weib zum Verderben gereichen. Sie würden sie an meiner Stelle in Bande schlagen, sie foltern und langsam töten. Und sie würde, überwältigt von unerträglichen Schmerzen auf der Streckbank, gepeinigt von glühenden Zangen, sterben mit einem Fluch auf den Lippen, einem Fluch, der mir, dem Schuldigen an ihrer Not, gelten würde. Nein, das kann ich nicht machen. Flucht ist mir verwehrt. Gott, steh mir bei!

Und der Dichter ging und rief selbst die fürstlichen Wachen, die ihn ins Verlies warfen.

Durch die dumpfen, düsteren Gänge des Verlieses hallten Schritte. Überall nistete hier das Grauen. Kleine, vergitterte, in den Stein gehauene Löcher gewährten spärlichem Licht Zutritt. Herzen stockten, Brüste wagten kaum zu atmen, Gefolterte stöhnten. In den Zellen verfaulten Unglückliche, denen die Tortur noch Reste des Lebens gelassen hatte. Oft kam es vor, daß Verstorbene noch tagelang in ihren Zellen lagen und ihr Leichenwasser ins Stroh sickerte; häufig wiederum passierte es auch, daß noch Lebende, die sich nicht mehr rührten, herausgezerrt und begraben wurden; solche Fälle zu bedauern wäre verfehlt gewesen, bedeutete doch die Beisetzung für die Opfer auf jeden Fall die Erlösung. Beisetzung hieß allerdings: verscharrt werden.

Es war die Hölle. Und einige Stockwerke darüber jagten einander die rauschenden Feste am fürstlichen Hofe.

Die Schritte kamen näher. Sie stammten von einem Wärter, an dessen Gürtel schwere Schlüssel klirrten, und von einem in Schwarz gekleideten, verhüllten Weib an des Wärters Seite.

»Der Fürst gab dir die Erlaubnis zu diesem Besuch«, sagte der Wärter zu der Frau. »Das wundert mich. Habe ich noch nie erlebt. Er muß besonders guter Laune gewesen sein. Was mag er wohl gegessen oder getrunken haben? Einen zarten Fasan? Roten Wein aus dem Land der Franken? Normalerweise ist es nicht seine Angewohnheit, Todgeweihten eine solche Gunst zu gewähren. Dein Mann hat Glück. Und du hast dem Fürsten dafür hoffentlich auf den Knien gedankt.«

»Ich hatte ihn auf den Knien darum gebeten«, lautete die Antwort des Weibes.

»Ich verstehe es trotzdem nicht, denn darum wird er schon oft angefleht worden sein – vergeblich, wie ich schon sagte.«

Der Wärter blickte auf die schwarze Gestalt, unter deren Hüllen nichts zu erkennen war.

»Bist du jung und schön?« fragte er sie.

»Nein.«

»Hattest du noch einen Ring?«

»Nein.«

Der Wärter schüttelte den Kopf.

»Das kapiere wirklich, wer will – ich nicht.«

»Mein Mann ist ein Dichter«, sagte daraufhin das Weib mit einer Stimme, in der sogar etwas Stolz mitklang. »Dichter sehen Gott im Leben schon, im Tode reichen sie ihm beide Hände. Ich bin seine Frau, das letzte Irdische, was er besitzt. Der Fürst verstand und gab mir die Erlaubnis.«

»Begreife das ein Philosoph«, brummte der Knecht in seinen Bart, der ihm struppig Wangen und Kinn bedeckte. »Gleich kommt die Zelle.«

»Wieviel Zeit steht mir zum Abschiednehmen zur Verfügung?«

»Die ihr beide braucht, um einen Rosenkranz zu beten, wurde mir gesagt. Das muß genug sein.«

»Es ist genug zur Tilgung aller Schande«, kam es flüsternd zwischen den Schleiern hervor.

Wieder schüttelte der Büttel den Kopf. Der fehlt wohl ein Rädchen, dachte er. Seine tagtägliche Umgebung, das, was er von früh bis spät und von spät bis früh sah und hörte, die Schreie der Gequälten, die letzten Seufzer der Sterbenden, das alles hatte ihn vollkommen abgestumpft, vertiert. Was Menschen fühlten, war ihm fremd, interessierte ihn nicht.

Sie standen vor der Zelle, deren dicke Bohlentür mit einem gewaltigen Eisenschloß versehen war. An der Wand steckte in einem rostigen Ring ein Kienspan. Flackernd huschte dessen blasser Schein über die nassen Mauern und warf die Schatten des Paares zitternd auf die Quader. Fröstelnd zog das Weib das Schultertuch enger um den schmalen Rücken. Klirrend fuhr der Schlüssel in das Schloß, und quietschend, kreischend und knarrend öffnete sich langsam die schwere Bohlentür.

Stumm, wandelnd wie im Traum, mit angehaltenem Atem, trat sie ein, und hinter ihr fiel schwer, ein dumpfes Echo weckend, die Pforte zur Freiheit wieder ins Schloß.

An die Tür gelehnt, bewegungslos stand sie in der Zelle, um das Auge an die Dunkelheit zu gewöhnen. Allmählich gewann ihre schreckliche Umgebung Konturen.

Unter dem einzigen Luftloch der Höhle lag auf einem Bündel faulenden Strohs der Dichter, halb entkleidet, mit geschlossenen Augen, flach atmend. Der Oberkörper war übersät mit blutigen Wunden, die wimmelten von Ungeziefer, Maden, Würmern. Neben ihm stand ein halbzerbrochenes, tönernes Trinkgefäß, in dem sich mehr Schmutz als Flüssigkeit befand. Von der Decke tropfte es in regelmäßigen Abständen auf die Brust des Geschundenen.

Warum wurde er nicht wahnsinnig? Warum schrie er nicht? Warum schmetterte er den Schädel nicht an einen dieser Quader und machte dadurch Schluß mit sich, seiner Not und seinen Schmerzen? Warum nicht? Warum lebte er noch?

Mach ein Ende, die Grenze des Erträglichen ist überschritten. Jetzt noch zu leben ist Wahnsinn, sich selbst zu erlösen wäre höchste Stufe der Vernunft. Steh auf und wirf dich gegen die Mauer. Fehlt dir der Mut? Hast du die Tortur bestanden, die Knochenmühle der Geständniserpressung, so hast du Mut genug gezeigt, du Held. Doch wahrscheinlich fehlt dir die Kraft, die man aus deinem zerschlagenen, zerrissenen, angesengten Körper herausgefoltert hat. Du kannst nicht mehr jenes Maß an Bewegung aufbringen, das erforderlich wäre, um dich selbst zu erlösen.

Und morgen fällt dein Kopf auf dem Markt unter dem Gegröle des Pöbels – das ist die Schande!

Das darf nicht sein!

Fühlte der Dichter die Gegenwart eines Menschen im Raum und den herrischen Befehl einer zerrissenen Seele?

Er öffnete die Augen, sah sein Weib, nicht erschreckt,

nicht erfreut, nicht erhoben, nicht erschüttert.

Schlicht sagte er: »Du . . .«

Doch in diesem Wörtchen schwang eine Welt von Empfindungen mit.

Sie trat näher, langsam, aber nicht zögernd.

Der erste Engel, dachte das Herz des Dichters, der Vorbote des Paradieses.

Von seinen Lippen aber floß nur ein zweites »Du . . .«

Das sagte mehr als ein Schwall von Klagen oder Äußerungen der Liebe.

Du . . .

Ein Wort wurde zu einem ganzen Programm in geheiligter Stunde, in der ein Mensch sich anschickte, zu scheiden von Licht und Wärme.

Du . . .

Ein Wort wurde zum Gebet.

Die Frau hielt vor dem Lager an, stand still, roch die Fäulnis des Strohes und des Wassers, hörte es von der Decke tropfen, in gleichen Abständen, taktmäßig, Tropfen auf Tropfen, unentwegt. Sie sah die teils blutigen, teils verschmorten Male auf dem nackten Körper, die Striemen, die Finger ohne Nägel, die man ihnen ausgerissen hatte, sah die geschwollenen Fuß- und Handgelenke mit ihren Spuren von den Streckseilen, sah das Haar, das in diesen Höllenstunden schlohweiß geworden war.

Sie sagte leise: »Du Märtyrer.«

Verneinend schüttelte er den Kopf.

»Märtyrer? Nein, Märtyrer werden zu Unrecht gequält, sie haben nichts getan. Ich aber wurde schuldig, ich mußte büßen, was ich verbrochen habe.«

Sie widersprach entschieden: »Du hast nur in Notwehr gehandelt, du bist kein Mörder. Mögen auch alle Gassen widerhallen vom Geschrei des Pöbels, der dich auf dem Block am Markt sterben sehen will, du bist kein Mörder. Mag man auch vor mir ausspucken, du bist kein Mörder. Ich weiß es. Die Kunst ist deine Seele, und die Kunst ist rein, ganz einfach deshalb, weil sie die Kunst ist. Doch der Mob will sein Opfer.«

Müde senkte er den Kopf auf seine blutige Brust und schwieg. Sie wehrte nicht dem inneren Bedenken und stand, hoch aufgerichtet, vor dem Lager. Nach Minuten erst blickte er wieder auf. Mühsam hob er die Hände, streckte sie ihr entgegen.

»An ihnen«, sagte er gepreßt, »klebt Blut . . .«

»Dein eigenes«, unterbrach sie ihn. »Sieh sie nur an.«

». . .und das eines anderen Menschen«, fiel er ein, »den ich getötet habe.«

»Es war Notwehr.«

»Was heißt Notwehr? Es wäre nicht notwendig gewesen, ich hatte ihn doch schon entwaffnet. Trotzdem führte ich den verhängnisvollen Hieb, und deshalb schreit das Opfer nun aus der Ewigkeit nach der Sühne.«

»Du warst bis aufs Blut gereizt.«

»Um so mehr hätte ich Anlaß gehabt, mich zu beherrschen.«

»Dann wärest du von ihm erschlagen worden.«

»Womit? Der Waffe hatte ich ihm doch schon, wiederhole ich, entrissen.«

»Man sagte mir, daß noch vier weitere Kerzenleuchter herumstanden.«

»Auf die Gelegenheit, ihm alle vier zu entreißen, einen nach dem anderen, hätte ich warten sollen.«

Sie verstummte. Es hat keinen Zweck, dachte sie, er hat sich in seine Büßerrolle verbissen. Seine Schuldgefühle haben von ihm Besitz ergriffen. Er scheint sie gar nicht mehr missen zu wollen. Sie sind in seiner Situation der einzige schreckliche Trost für ihn. Ich kann ihn davon nicht abbringen. Aber ich muß es versuchen, ich darf nicht aufgeben.

»Ich mußte büßen, schon hier auf Erden«, flüsterte er. »Oder denkst du, im Himmel warten sie auf einen Mörder?«

»Ich denke . . .«

»Meinst du, ein Chor von Engeln mit Fanfaren steht zum Empfang bereit?«

»Ich meine . . .«

»Siehst du, deshalb gibst du mir recht«, unterbrach er sie schon wieder, ohne eine Antwort von ihr abgewartet zu haben. »Es ist also gut so, wie man mit mir verfahren ist.«

»Und noch verfahren wird, meinst du das auch? Noch ist ja nicht alles schon vorüber.«

»Du sprichst wohl vom bevorstehenden Gang zum Richtblock – oder?«

»Ja.«

»Leicht wird er mir fallen, glaub mir das.«

»An deine Ehre denkst du gar nicht mehr, scheint mir.«

Nun erst merkte er, daß sie auf ein bestimmtes Ziel losging, und deshalb fragte er sie: »Was willst du von mir?«

»Im Morgengrauen rollt dein Haupt in den Staub,

und dein Stolz regt sich nicht, dagegen bäumst du dich nicht auf?«

»Nein«, antwortete er schlicht und unendlich müde.

»Und deine Ehre?« Zum zweiten Mal kurz hintereinander fiel dieses Wort.

Mit einem Lidschlag – die Hände hätten ihn zu sehr dazu geschmerzt – winkte er ab. »Die Ehre? Diese Mauern nähren Moos, nicht solche idyllischen Begriffe.«

»Nein, diese Mauern sind ein Prüfstein deines Willens.«

Fragend blickte er sie an, entdeckte ein Maß von Entschlossenheit in ihren Zügen, das nichts Menschliches mehr an sich hatte. Der Geist einer der großen Tragödien der Antike wehte durch den Raum. Ein Schwindelgefühl befiel ihn. Er mußte die Augen schließen. Als er sie wieder öffnete, raunte er: »Sprich schon, sag mir, wozu du hergekommen bist . . .«

Sie nickte.

»Der Marktplatz ist umsäumt«, begann sie, »in seiner Mitte erhebt sich auf einem Podium ein Block. Das Volk füllt dichtgedrängt die Stätte, und durch ein Meer von Beschimpfung, Bedrohung, von Flüchen, des Geifers, der Besudelung fährt dich der Henkerskarren zum Schafott. Du legst das Haupt auf diesen Block, der Pöbel johlt, der Scharfrichter hebt jetzt das lange, schwere Beil, er nimmt Maß, zielt, in der Menge mehrt sich der Tumult, da blitzt es auf, ein Schrei aus tausend Kehlen bricht sich ringsherum an den Wänden der Häuser, in deren Fenstern auch noch Schaulustige liegen, und dein Haupt ist in den Staub gerollt, du bist gerichtet.«

»Ich weiß das alles«, sagte er.

Unerbittlich jedoch fragte sie ihn: »Wie nennt man diesen Tod?«

»Den Tod durch das Beil.«

»Nein – Tod der Schande.«

»Mich . . .«

»Willst du so sterben?«

»Was könnte mich davor bewahren?«

»Willst du, oder willst du nicht?«

»Nicht mein Wille ist gefragt.«

»Doch!«

Sie zitterte und mußte sich an eine der nassen Mauern lehnen, um sich noch länger aufrecht zu halten. Nur jetzt nicht niedersinken, nicht schwach werden, gilt es doch, einen Schwachen zu stärken. Nur jetzt nicht zeigen, was dein Inneres zerfrißt. Er darf nicht wissen, daß die Seele blutet bei jedem Wort und doch das Opfer fordert.

»Es gibt einen Weg, dem Beil zuvorzukommen.«

»Du meinst . . .«

Das Wort erstarb ihm auf den Lippen, die Stimme versagte ihm.

»Ich soll . . .«, nahm er einen neuen Anlauf, der ebenfalls scheiterte.

Erst der dritte Versuch gelang.

»Du denkst an einen Tod durch eigene Hand?«

Ohne Zögern nickte sie. Ihm stockte der Atem. Doch zwischen Theorie und Praxis klaffte noch eine große Lücke.

»Wie denn?« fragte er sie. »Kein Gift kann ich aus Steinen pressen; das Stroh läßt sich nicht flechten zum Strick, der mich tragen würde; zu verfault ist es; die Hose selbst zerrisse, würde mein Gewicht ihr zugemutet. Was kann ich anderes tun, als warten auf das Morgenrot?«

»Du vergißt eines . . .«

»Was?«

»Mich.«

»Dich?«

»Ganz richtig, mich.«

»Das verstehe ich nicht. Was willst du damit sagen?«

»Meine Hand kann die deine sein.«

Schweigen senkte sich herab. Er blickte sie mit großen Augen, in denen Fassungslosigkeit, ungläubiges Erstaunen, Entsetzen, aber auch Bewunderung lagen, stumm an.

Sie kniete sich nieder zu ihm und sprach, als bete sie: »Ich habe nur gelitten an deiner Seite. Trotzdem hörte ich keinen Augenblick auf, dich zu lieben. Ich zog mit dir von Ort zu Ort, von Dorf zu Dorf, wurde verlacht, bespien, geschmäht vom Volk als Landstreicherin, Komödiantin – ich habe es ertragen. Den Staub der Straßen schluckte ich, Gras habe ich als Gemüse uns gekocht, nur weil wir leben wollten und nicht betteln – ich habe es ertragen. In widerwärtigen Schenken spülte ich die Gläser, das Geschirr in kaltem Wasser, die Hände sprangen auf, der Rücken schmerzte, raubte mir den Schlaf in der Nacht – ich habe es ertragen. Die Gäste, niedriges Geschmeiß, beleidigten mich, beschmutzten meine Frauenehre, belästigten mich lüstern, griffen mir unter den Rock und wollten mehr, ich wehrte mich und wurde in den Staub gestoßen – ich habe es ertragen. Die Geringste war ich in der Küche des Fürsten, wurde von einer Vettel aus Böhmen, die das Regiment führte, angetrieben, mit heißem Wasser begossen, geschlagen mit allem, was sie gerade in der Hand hielt – ich habe es ertragen. Den Geifer, die Schläge, den Spott, die Gier – alles, alles habe ich ertragen. Warum? Warum habe ich es ertragen? Fragst du nicht, warum? Die Antwort ist einfach: Weil ich dich liebte. Und nun fordert man das letzte Opfer noch von mir – dich selbst . . .«

Sie verstummte kurz, blickte empor zur Decke, als wollte sie sie durchdringen bis hinauf zum Himmel, in dem Gott wohnte, und sie schloß: »Dazu sage ich NEIN!«

Das klang wie ein eherner Schwur.

»Du willst mich töten?« flüsterte er.

»Ich will dich denen entreißen. Aber nur mit deinem Einverständnis.«

»Wie willst du es tun? Mich erwürgen?«

»Dazu fehlt mir die Kraft. Es würde auch zu lange dauern. Ich könnte dein langsames Sterben nicht mit ansehen. Es muß ein schneller Tod sein. Durch einen schnellen Stoß.«

»Einen schnellen Stoß? Womit?«

»Damit!«

Ihre magere, blasse Hand glitt unter das schwarze Kleid, und als sie wieder zum Vorschein kam, blitzte ein Dolch zwischen ihren Fingern.

»Nein!« stieß er hervor.

Sie ließ den Dolch, den sie schon erhoben hatte, sinken.

»Du versagst mir dein Einverständnis? Du hast Angst vor dem Eisen, das dich erlöst?«

»Nein, nicht diese Angst ist es, die mich erfüllt.«

»Welche dann?«

»Sie würden dich foltern, wie sie noch nie einen Menschen gefoltert haben.«

Ein kurzes, grimmiges Lachen stieß sie aus.

»Wenn das deine Sorge ist, kannst du sie aus deinem Herzen verbannen. Einen Leichnam zu foltern hat noch keinem Genugtuung bereitet.«

Er bäumte sich auf – *wollte* sich aufbäumen, besser gesagt. Der winzige Rest an Kraft, der ihm noch zur Verfügung stand, befähigte ihn aber dazu nicht mehr. Es blieb bei einem kläglichen Versuch, dann sank er wieder auf das Stroh zurück.

Auch ein mündlicher Widerspruch wurde ihm verwehrt. Sie beugte sich nämlich schnell über seinen Mund und verschloß ihm diesen mit einem letzten Kuß.

»Wir haben keine Zeit mehr«, flüsterte sie ihm ins Ohr. »Einen Rosenkranz zu beten hat man uns zugestanden. Diese Frist ist gleich vorüber. Ich begleite dich ins Jenseits, Geliebter, ich bin nur einen Schritt hinter dir . . .«

Damit stieß sie ihm den Dolch ins Herz.

Ein Seufzer erklang, ein Zittern ging durch die Gestalt des Dichters, dann war er tot. Ein Genie hatte zu Gott zurückgefunden.

Zufrieden mit sich, im Einklang mit ihrem Gewissen, unbeirrbar vollführte seine Frau ohne das geringste Zögern das gleiche auch mit sich selbst.

In der dumpfen Höhle des Schreckens aber sang ein himmlischer Chor, nur hörbar den Seelen, die heimkehren, die Hymne der Seligkeit vom Sieg des Herzens.

Konsalik

Als Band mit der Bestellnummer 11 130 erschien:

H. G. Konsalik

LIEBE LÄSST ALLE BLUMEN BLÜHEN

Roman

»Dame mit eigenem Wagen sucht für eine Ferienreise in den Süden charmanten Reisebegleiter.« Aus einer plötzlichen Laune heraus hat Kathinka Braun, sehr erfolgreiche und obendrein bildschöne Architektin, dieses Inserat aufgegeben.
Dann steht er plötzlich vor ihr, Ludwig Zipka mit dem blonden Haar und den fröhlichen blauen Augen. Das einzige, was Kathinka von ihm weiß: Er ist Designer für Anglerfliegen. Es genügt, um die gemeinsame Ferienreise nach Südfrankreich zu starten. Doch alles kommt anders als erwartet. Schon auf ihrer Anreise werden sie von zwielichtigen Gestalten verfolgt, und bereits am ersten Abend ereignet sich vor der alten Mühle St. Jacques, ihrem Urlaubsdomizil in der Camargue, ein mysteriöser Zwischenfall, der eine Lawine von Ereignissen auslöst. Mißverständnisse, Eifersuchtsszenen, gefährliche Abenteuer sorgen für sechs Wochen Turbulenz, bis am Ende – nach vielen Umwegen – eine große Liebe steht.

BASTEI LÜBBE

KONSALIK

Bastei Lübbe-Taschenbücher

Die Straße ohne Ende
10048 / DM 5,80

Liebe am Don
11032 / DM 5,80

Bluthochzeit in Prag
11046 / DM 5,80

Heiß wie der Steppenwind
11066 / DM 5,80

Wer stirbt schon gerne unter Palmen… Band 1: Der Vater
11080 / DM 5,80

Wer stirbt schon gerne unter Palmen… Band 2: Der Sohn
11089 / DM 5,80

● **Natalia, ein Mädchen aus der Taiga**
11107 / DM 5,80

● **Leila, die Schöne vom Nil**
11113 / DM 5,80

● **Geliebte Korsarin**
11120 / DM 5,80

● **Liebe läßt alle Blumen blühen**
11130 / DM 5,80

● **Es blieb nur ein rotes Segel**
11151 / DM 5,80

● **Kosakenliebe**
12045 / DM 5,80

Wir sind nur Menschen
12053 / DM 5,80

● **Liebe in St. Petersburg**
12057 / DM 5,80

● **Der Leibarzt der Zarin**
13025 / DM 3,80

● **2 Stunden Mittagspause**
14007 / DM 4,80

● **Ninotschka, die Herrin der Taiga**
14009 / DM 4,80

● **Transsibirien-Express**
14018 / DM 4,80

● **Der Träumer**
17036 / DM 6,80

Goldmann-Taschenbücher

Die schweigenden Kanäle
2579 / DM 5,80

Ein Mensch wie du
2688 / DM 5,80

Das Lied der schwarzen Berge
2889 / DM 5,80

● **Die schöne Ärztin**
3503 / DM 6,80

Das Schloß der blauen Vögel
3511 / DM 6,80

Morgen ist ein neuer Tag
3517 / DM 5,80

● **Ich gestehe**
3536 / DM 5,80

Manöver im Herbst
3653 / DM 6,80

● **Die tödliche Heirat**
3665 / DM 5,80

Stalingrad
3698 / DM 7,80

Schicksal aus zweiter Hand
3714 / DM 6,80

● **Der Fluch der grünen Steine**
3721 / DM 5,80

● **Auch das Paradies wirft Schatten Die Masken der Liebe**
2 Romane in einem Band
3873 / DM 5,80

● **Verliebte Abenteuer**
3925 / DM 5,80

Eine glückliche Ehe
3935 / DM 6,80

Das Geheimnis der sieben Palmen
3981 / DM 6,80

Heyne-Taschenbücher

Die Rollbahn
01/497 DM 5,80

Das Herz der 6. Armee
01/564 DM 5,80

Sie fielen vom Himmel
01/582 DM 4,80

Der Himmel über Kasakstan
01/600 DM 5,80

Natascha
01/615 DM 5,80

Strafbataillon 999
01/633 DM 4,80

Dr. med. Erika Werner
01/667 DM 4,80

Liebe auf heißem Sand
01/717 DM 5,80

Seine großen Bestseller im Taschenbuch.

Liebesnächte in der Taiga
01/729 DM 6,80

Der rostende Ruhm
01/740 DM 4,80

Entmündigt
01/776 DM 4,80

Zum Nachtisch wilde Früchte
01/788 DM 5,80

● **Der letzte Karpatenwolf**
01/807 DM 4,80

Die Tochter des Teufels
01/827 DM 5,80

Der Arzt von Stalingrad
01/847 DM 5,80

Das geschenkte Gesicht
01/851 DM 5,80

Privatklinik
01/914 DM 4,80

Ich beantrage Todesstrafe
01/927 DM 4,80

● **Auf nassen Straßen**
01/938 DM 4,80

Agenten lieben gefährlich
01/962 DM 4,80

● **Zerstörter Traum vom Ruhm**
01/987 DM 4,80

● **Agenten kennen kein Pardon**
01/999 DM 4,80

● **Der Mann, der sein Leben vergaß**
01/5020 DM 3,80

● **Fronttheater**
01/5030 DM 4,80

Der Wüstendoktor
01/5048 DM 4,80

● **Ein toter Taucher nimmt kein Gold**
01/5053 DM 4,80

Die Drohung
01/5069 DM 5,80

● **Eine Urwaldgöttin darf nicht weinen**
01/5080 DM 4,80

Viele Mütter heißen Anita
01/5086 DM 4,80

● **Wen die schwarze Göttin ruft**
01/5105 DM 4,80

● **Ein Komet fällt vom Himmel**
01/5119 DM 4,80

● **Straße in die Hölle**
01/5145 DM 4,80

Ein Mann wie ein Erdbeben
01/5154 DM 5,80

Diagnose
01/5155 DM 4,80

Ein Sommer mit Danica
01/5168 DM 5,80

Aus dem Nichts ein neues Leben
01/5186 DM 4,80

Des Sieges bittere Tränen
01/5210 DM 5,80

● **Die Nacht des schwarzen Zaubers**
01/5229 DM 4,80

● **Alarm! Das Weiberschiff**
01/5231 DM 5,80

● **Bittersüßes 7. Jahr**
01/5240 DM 4,80

Engel der Vergessenen
01/5251 DM 5,80

Die Verdammten der Taiga
01/5304 DM 5,80

Das Teufelsweib
01/5350 DM 4,80

Im Tal der bittersüßen Träume
01/5388 DM 5,80

Liebe ist stärker als der Tod
01/5436 DM 5,80

Haie an Bord
01/5490 DM 5,80

● **Niemand lebt von seinen Träumen**
01/5561 DM 4,80

Das Doppelspiel
01/5621 DM 6,80

● **Die dunkle Seite des Ruhms**
01/5702 DM 5,80

● **Das unanständige Foto**
01/5751 DM 4,80

● **Der Gentleman**
01/5796 DM 5,80

● = **Originalausgabe**

Konsalik

Als Band mit der Bestellnummer 12 057 erschien:

Heinz G. Konsalik

LIEBE IN ST. PETERSBURG

Man schreibt das Jahr 1914. Auf dem Silvesterball im Winterpalais begegnen sie sich zum erstenmal: Grazina Comtesse Michejew und der deutsche Offizier Gregor von Puttlach. Es ist der Beginn einer Liebe, die einmalig und grenzenlos ist. Ein Deutscher und eine Russin . . . und im Herbst bricht der Erste Weltkrieg aus. Gregor soll zurück, um gegen Rußland zu kämpfen. Grazina beschwört ihn, bei ihr zu bleiben. Das aber heißt: desertieren, sich in Petersburg gefangennehmen lassen und das Kriegsende in einem Internierungslager abwarten. Und beides bedeutet die Trennung von Grazina.
Das Rad der Geschichte droht zwei Menschen zu überrollen, die sich lieben . . .

BASTEI LÜBBE